走向後現代主義

〔荷蘭〕佛克馬　伯頓斯　編

王　寧　顧棟華
黃桂友　趙白生　譯

淑馨出版社

授　權　書

本書經作者授權出版繁體字版本發售，若有翻印者，依法必究。

授權人：王宁

1992年3月10日

目　錄

中譯本序

1987年我在西安作短暫訪問期間，在中國比較文學學會第二屆年會上，我滿意地獲悉，王寧先生打算發起翻譯《走向後現代主義》一書，這是我和漢斯·伯頓斯(Hans Bertens)教授合編的一本論文集。我們兩名編者均執教於荷蘭烏得勒支大學：伯頓斯先生教美國文學，我教比較文學。

我們為何會對後現代主義發生興趣呢？難道我們相信後現代主義帶有能拯救世界的信息嗎？後現代主義是每個人都應當信奉的一種新的意識形態嗎？不，我並不認為我們是受到任何使命感的觸發。但是，我們卻對大約四十年前突然出現"後現代"術語這一現象饒有興趣，因為它漸漸地已成為一個家喻戶曉的用語。它為哲學家、社會學家、藝術批評家和文學史家所使用，而且最近已成了宣傳廣告和政治學語言中的一個陳詞濫調。我們本想搞明白它的各種用法的所指意義。作為一個文化概念，"後現代"這一術語可作為分析和理解當代文學和思想——至少在歐美是這樣——的一個有用工具。

在討論文學思潮——或在一個更廣闊的背景之下——文化生活潮流時，我們必須首先確立它們的地點、時間和社會認可性。確實，包括後現代主義在內的任何文學思潮都有着自己的地理學的、年代學的以及社會學方面的局限。它起源於北美洲的文學批評，由此阿根廷作家J.L.博爾赫斯(J.L.Borges)便成了第一位後現代主義作家。在六十年代,後現代主義幾乎成了一個單單發生在美國的事件。其後,後現代主義的概念擴大了:把法國的"新小説"也包括進來了,意大利作家伊塔洛·卡爾維諾(Italo Calvino)也被認為是後現代主義者,並且連托馬斯·伯恩哈特(Thomas Berhard)、彼德·亨特克(Peter Handke)和波特·斯特勞斯(Botho Strauss)這樣的德國作家也被歸入了後現代主義作家的行列。漸漸這個概念擴大了,包括進了越來越多的不同國籍的作家,但迄今這一概念仍然毫無例外地幾乎僅限於歐美文學界。

對於這一術語之限於西方世界,也許可作一番解釋。後現代作品與一種特殊的思維方式相聯係,它批判了陳腐的個性和既定的等級制度。它表面上反對所有的等級思想,但我認為,它實際上僅對現存的等級制度發生懷疑。任何人,包括後現代時期的人,都不可能無所區別、無所選擇地生活着。但是,毋庸否認,後現代主義作家表現出對無選擇性(non-selection)技法的偏好,而這一點似乎正是十分順應經濟興盛的形勢。西方文化名流的奢侈生活條件似乎為自由實驗提供了基礎。但是後現代對想象的要求在飢餓貧困的非洲地區簡直是風馬牛不相及的,在那些仍全力為獲得生活必需品而鬥爭的地方,這也是不得其所的。

也許在一個寬泛的意義上説來,"後現代"這一術語現在也用於一些生活水準較高的東亞地區,例如日本或香港,但是後現代主義文學現象仍局限於某個特殊的文學傳統。後現代主義文學不僅是接着現代主義文學而來的,而且還是與其逆向相背的。

我現在盡可能説得清楚些:後現代主義文學是不能摹倣的,它屬於一個特殊的、複雜的傳統。但是通過閱讀後現代主義文學,我們將知道西方世界的重大發展;最重要的是,後現代主義作家促使我們去思考。

本書中各篇文章都包含了如此之多的新術語和複雜的思想,

因此這些文章是極難翻譯的。如果有某些段落仍不甚明瞭，請不要責備譯者，那應該由作者負責。畢竟幾位譯者頗有膽識，下了很大力氣完成了一樁極好的工作。

杜威．佛克馬

1988年2月於烏得勒支

（王　寧　譯）

前　言

後現代主義這個術語給文學史家帶來不少困惑，甚至人們還未來得及確定其意義，它就已成了一個家喻戶曉的用語。人們也許感到它確實同歐美的現狀有關，當然也適用於德國、意大利和荷蘭。實際上，在這些地區，這個術語直到兩三年前才為人們所知，但現在，人們卻在討論視覺藝術、建築、音樂和文學時，頻繁地提到它。似乎也該探討一下這個術語的使用及有用性了，這也是本書的旨意所在。

這樣的一個研究計劃所牽涉的問題範圍很廣，而且任何試圖解決這些問題的嘗試都需要搞清楚人們的認識論立場。其中要解決的一個問題就是對研究對象進行描述，同時，這一問題也關涉到這樣的描述是否有根據。在《初步探討》一文中，杜威・佛克馬主張從正面回答這個問題，他試圖避開這樣一種兩難：一方面由語言決定論的現代(同時也是流行的)變體所致，另一方面則起因於文學交流中的經驗實體的簡單化概念。正如他在第二篇文章中所說明的那樣，他看到了後現代主義世界觀原則與後現代主義文本對語義和(文本)句法的偏好的某種聯係。在他看來，後現代主義者創造了一種特殊的語言，人們必須懂得這一語言，才能理解他們的文本。出於某種"策略上的"原因，布賴恩・麥克黑爾(Brian McHale)也將後現代主義與現代文學中其他主要傾向分開來談。他集中探討了後現代主義文學與現代主義文學的區別，建議我們應考慮到，在後者中佔主導性特徵的是認識論問題，而前者中卻內涵了本體論問題的主旨。

鑒於麥克黑爾和佛克馬都展示了他們所理解的後現代主義文

學的範例,因此,漢斯・伯頓斯便對後現代主義這一術語及概念的流變——主要在北美文學中——作了一番評述,正是這一系列發展流變最終使人們對後現代主義的意義有了一些(儘管不多)共識。他的論文《後現代世界觀及其與現代主義的關係》主要是一篇研究報告(Forschungsbericht),它把我們從過去一直帶到現在,正是從這篇報告開始,我們才能繼續進行研究。

另一些論文則集中於分析原始材料。理查德・托德(Richard Todd)討論了現代英國文學中出現的後現代主義表現手法,尤其在安東尼・伯吉斯(Anthony Burgess)、伊麗斯・默多克(Iris Murdoch)和穆麗爾・斯帕克(Muriel Spark)的小說中較為明顯。厄爾路德・蟻布思(Elrud Ibsch)則集中探討了後現代主義在德語中的一個變體:托馬斯・伯恩哈特(Thomas Bernhard)的作品,她認為,他的作品是某個哲學傳統的一部分,但同時卻又不同於現代主義中早先的那些認識論觀點,尤其與穆齊爾(Musil)小說中的思想大相逕庭。厄勒・穆薩拉(Ulla Musarra)考察了後現代主義的雙重及多重表現手法對伊塔洛・卡爾維諾(Italo Calvino)小說的叙事結構的影響。荷達・施米特(Herta Schmid)討論了蘇聯的後現代主義戲劇(或新先鋒派?),但她同時也提出了分期問題,並提出了一種受到簡・穆卡洛夫斯基(Jan Mukařovský)和另一些學者啟發的結構主義解決方法。

對被當作是後現代主義的單個文本的分析必然引出概念化和定義的問題。傑拉德・霍夫曼(Gerhard Hoffmann)通過悲劇性、荒誕性與喜劇性的概念區別探討了後現代主義小說。塞奧・德漢(Theo D'haen)則把視覺藝術也包括了進來,從而拓展了爭論的範圍。在讓-弗朗索瓦・利奧塔德(Jean-François Lyotard)的後現代概念的啟示下,他看到了當代美國小說與藝術之間的明顯相似。海爾繆特・萊生(Helmut Lethen)至今仍對研究後現代主義持批評態度;他特別對把先鋒派排除在現代主義概念之外以及其對後現代主義概念造成的後果進行了質疑。梅苔·卡利內斯庫(Matei Calinescu)則把關於現代主義與後現代主義對立的爭論擴展到分期的編史問題,而且在很大程度上觸及了對歷史的理解問題。在最後一個例子中,卡利內斯庫將這一描述特定歷史時期的術語當作一種提出問題的方式,並為之進行了辯護。但蘇珊·蘇萊曼(Susan Suleiman)卻始終對表明歷史時期差別的這種用法——尤其是後現代主義術語的使用——持懷疑態度,鑑於各種原因,這一術語一直是不確定的和含混的,其中一個原因就在於英美文學傳統與歐洲大陸文學傳統的差異。蘇萊曼的論文對過分簡單化的做法提出了頗有說服力的告誡,同時也把歷史時期的差別拉平了。本書最後一篇論文一方面可以被解釋為對可能出現的偏差進行的批評,另一方面也可當作是為搞清認識論問題並作學術鑒定所作的辯護。

本書所收的各篇論文均在一個關於"後現代主義"的專題研討會上提出並開展了討論,該研討會於1984年9月21日至23日在烏得勒支大學總體文學和比較文學研究所舉行,傑拉德·霍夫曼因故未能到會,但其他各位撰稿人的論文均得到了詳細的討論,參加討論的不僅有這些作者本人,還有應邀來訪的學者,他們的加入頗受歡迎。這些學者是:希爾德·波格米爾(Sieghild Bogumil,波克姆大學),克里斯特爾·凡·波希門-薩夫(Christel van Boheemen-Saaf,萊頓大學),納里斯·杜特歇弗(Joris Duytschaever,安特衛普大學),奧格斯特·弗萊(August Fry,阿姆斯特丹自由大學),讓·格拉德(Jean Galard,阿姆斯特丹梅森迪卡爾大學),威勒姆·凡·萊仁(Willem van Reijen,烏得勒支大學),路茲·洛德里格斯(Luz Rodriguez,盧旺大學),約翰·提萊曼斯(Johan Thielemans,根特大學)以及A.基伯第·法爾加(A. Kibédi Varga,阿姆斯特丹自由大學)。還有五位青年研究者參加了研討會,其中特別應當提及莉斯·威斯琳(Lies Wessling),因為她為這些討論寫了一份很有價值的報道,儘管這裏未能全文刊出,但下面這段文字亦可作為其概要。

這次討論主要圍繞下列主題:(1)後現代主義這一術語以同樣的方式適用於所有文類嗎？或者說其中一種文類比其他諸種文類更適用於傳載後現代主義的成規嗎?一種暫時的結論是,小說也許是後現代主義者偏好的文類,其次是戲劇(哈洛德・品特 Harold Pinter,愛德華・邦德 Edward Bond,湯姆・斯托帕德 Tom Stoppard,羅伯特・威爾遜 Robert Wilson,波特・斯特勞斯 Botho Strauss 等),但同時詩歌也不能被排除在外,在這些文本中,可以感覺出表明自身特徵的後現代主義成規(不僅是博爾赫斯 Borges,還有羅伯特・克雷里 Robert Creeley,約翰・阿希伯里 John Ashbery,羅爾夫・狄特・布林克曼 Rolf Dieter Brinkmann 和格里特・克羅爾 Gerrit Krol);(2)後現代主義與現代主義的對立包括先鋒派還是將其排除在外?有關這個問題的討論並未明確。但很明顯,首先應對作為特定歷史時期的術語的(歷史上的)先鋒派與該術語在類型學上的使用作出區別。此外,(歷史上的)先鋒派概念也必須做出區分:達達主義與表現主義、未來主義與超現實主義是迥然不同的。有一位與會者令人信服地爭辯道,先鋒派運動是進步的,它們採取了一種綫性的時代觀,此外它們致力於"元敘述"(métarécits),這恰恰有別於後現代主義。至於歷史先鋒派是否也包括在我們的現代主義概念中,則須對以後現代主義為一方與現代主義及歷史先鋒派(可能不包括達達主義)為另一方的對立作出解釋;(3)當然,這就引出了後現代主義準則的問題。對於是否應把新小說(nouveau roman)包括進後現代主義的文本庫這一問題並未達到任何共識。然而,如果後現代主義概念考慮到民族和個體差異的話,那麼,在一個國際範圍內運用這一概念的機會就必然增多,這在很大程度上取決於(4)對後現代主義特徵界定的方式。這個問題佔了整個討論的大部分時間,因此不可能對所提出並可能在每篇論文中更精確地表達的所有意義作出總結。但是,對諸如斷裂和斷片這類概念,或者無等級制度(nonhierarchy)和無選擇(nonselection),或缺乏正當性這類概念是否還適用,有一種傾向表明,不應對後現代主義文本產生和受到閱讀的歷史語境視而不見。這些文本往往包含了針對早先的特定文本的發難。例如,新小說的立場就很明確,如果我們比較有把握地知道它的發難指向誰的話,當然除了巴爾扎克以外。

這些僅僅是討論的一些主要觀點。這次研討會可謂生動活潑的卓有成效的會議。我們感謝阿姆斯特丹皇家科學院提供的物質資助,從而使國外學者得以光臨會議。這次研討會由後現代主義研究中心承辦,該團體由來自荷蘭各大學的一小批學者組成。1983年,該團體受到《用歐洲語言撰寫的比較文學史》協調委員會委託,承擔了撰寫《後現代主義》分卷的任務。既然該協調委員會是隸屬於國際比較文學協會(ICLA)的一個常設機構,因此這次研討會實際上是由國際比較文學協會主辦的。關於後現代主義的第二次研討會將於1985年8月在巴黎召開,那次會議也同樣由國際比較文學協會主辦。

在荷蘭撰稿者中,有五位是後現代主義研究中心的成員,他們的論文作為"文學成規"科研項目的一部分,參加這個項目的學者分別來自烏得勒支大學、萊頓大學、阿姆斯特丹自由大學以及阿姆斯特丹大學,但該項目的執行機構設在烏得勒支。

最後,但也並非最不重要的一點,應該感謝馬格麗特・戴維斯(Margreet Davidse),她不辭辛苦,將所有手稿打印了出來。

烏得勒支大學　　　　漢斯・伯頓斯
1985年3月　　　　杜威・佛克馬
（王　寧　譯）

初步探討

杜威・佛克馬

這些論文是提供給本次研討會並進行討論的,會議旨在爲撰寫一本《後現代主義》論著而明確立場,因爲這本書是由國際比較文學協會主持的多卷本《用歐洲語言撰寫的比較文學史》的一個分卷。迄今已問世了四個分卷(威斯坦因,1973;瓦伊達,1982;巴拉劍,1982;威斯格伯,1984)。這些論著分別展示了文學的歷史記載,同時也使我們碰到了第一個問題:在何種程度上,後現代主義可以被描述爲接着人們所熟悉的浪漫主義、現實主義、象徵主義、表現主義、現代主義和超現實主義發展順序之後的另一文學潮流呢?當然詳細的敍述並不十分費力,在某種程度上也不致於令人失望,因爲從來就没有任何文學潮流或時期是單線發展的,它們不可能像一列火車的車箱那樣明顯可辨,倒是與其相反,正如雷內・韋勒克所令人信服地論證的那樣,分期的概念"往往和不同的特徵相結合:過去的殘存物、未來的預兆以及帶有相當個性化的特徵"(韋勒克 1963:252)。

文學潮流並沒有一個涇渭分明的開始和終結,這自然是一個困擾人的複雜問題——對此我下面還要談——但後現代主義卻提出了這樣一個附加的問題,即它所面對的觀衆不同於現代主義及其他主義的觀衆,因此繼續使用我們的隱喻,往往就要沿着另一條軌道運行,這條軌道或許更爲寬闊(哈桑 1975;費德勒 1975,1983)。正如許多人所認爲的那樣,後現代主義不僅超出了語言藝術的界限,而且對各門類藝術的傳統區別以及藝術與現實的區別的超越也被認爲是後現代主義的主要特徵之一(哈桑 1975:58;哈特曼 1983:87—91)。這個看法自然不無正確,而且在本書其他篇章中,每當論點涉及文學交流系統的變革時都有所提及;"高雅"文學與通俗文學的對立,小説與非小説的對立,文學與哲學的對立,文學與其他藝術門類的對立統統消散了。

然而,一個人總不能同時寫出關於所有這一切的文字,儘管我們也知道,在當代文化的幾乎所有領域裏都可見到後現代主義思潮,但是如果我們要全面研究它,就需要把這個問題分解開來考察。這就使我們得以集中精力初步探討後現代主義文學,同時也探討後現代主義文學同(文化)生活的其他領域的關係。

在提議將我們的研究對象分離開來的同時,我們實際上已經從後現代主義的普遍影響中列舉出了一個領域作爲範例,即我們自己的那種特徵顯著的學術話語(與施米特的説法相一致,1982:124)。有些學者相當謹小慎微地論證,另一些學者諸如諾曼·霍蘭德,則帶着較多的自信,他們認爲,後現代主義的發展也可以在學術研究中看出來——甚至都可見於科學中:數學、物理學和生物學。霍蘭德認爲,他"可以在精神分析學中發現一條從早期現代(Early Modern)到盛期現代(High Modern)到後現代(Postmodern)的類似發展綫索"(霍蘭德 1983:297)。此外,他還認爲,最近的文學批評中有些思潮也是後現代的產物,例如分解理論以及德里達的著作(霍蘭德 1983:296)。在此,我想在批評(我將研究其與後現代主義的關係)與分析(必定是幫助我們搞清後現代主義概念的工具)之間劃一條界限。爲了清晰明瞭起見,我將區分出對後現代主義的參與和對這種參與的審視。來自内部的後現代主義批評的典型例子,即使用其遊戲般的手法來推論並且/或者這樣排印,則是伊哈布·哈桑(1975)、萊斯利·費德勒(1975)等學者的首創。

當然,我也意識到這裏存在着認識論上的混亂,因爲任何對闡釋學(H. G. 伽達默爾 1960;利科 1969,1975)和批評理論(阿多諾

1972)並非全然無知的人都應當意識到這一點。然而,正如弗雷德里克·詹姆遜所承認的那樣(1971:341—342),"從內部"的研究往往免不了要同義反覆和重複自己試圖證明的結構。伊哈布·哈桑現在似乎已對自己早先的那種遊戲性感到懊悔了,如果他未設計出一種元語言的話,至少也已經提供了研究文化變革的一種模式(哈桑 1983:17—23)。誠如諾伯特·格羅本所聲稱的那樣(1972),將研究主體與被考察的客體截然分離是不大可能的,但也不妨作這樣一種分離的嘗試。我們越是接近後現代主義,就越會帶有偏見,因而我們就越容易懷疑使我們認同於後現代主義的藝術或非藝術目標的誘惑。一種缺乏遠見的目光也許會使我們對後現代世界觀的價值及局限視而不見,並對其語言的可能前景及有限性熟視無睹。

就這一點而言,後現代主義概念的重要地位應成爲我們關心的一個問題。不管後現代主義被當作已滲透到當代生活各方面的一種力量,或被視爲包括我們各個文化領域中十分活躍的彼此不同但又相互關聯的因素——不管我們對後現代主義有着整體的概念還是片面的看法——這個問題反正已出現了,不管它是經驗實體的一部分或只是一種心理結構。

厄爾路德·蟻布思(1977)對所涉及的這方面問題作了一番評述:她討論了與不同歷史時期的特徵有關的形而上學(geisteswissenschaftliche)和唯名論傳統,但在參照沃迪卡(1942)、苔辛(1949)和韋勒克(1963)的著述時,她顯然又偏好結構主義的觀點,因爲這種觀點能夠産生出只有在某種抽象的層次上才被認爲是真實的概括性描述。這一立場可以得到詳盡的闡述。人們可能會爭論道,結構主義提供了一種從歷史上獨特的文本(或其他現象)中抽象的方法,但與此同時,卻又要求與經驗實體保持關係。確實,結構主義的程式和操作方式,只有在這樣的範圍內才具有經驗的價值,即這種從歷史文本中抽象的方法以某種可重複並得到檢驗的方式得到運用;始終如一運用一種分析手法也許會產生得到主體間性(inter-subjectively)檢驗的結果。儘管導向形成概念模式的文學文本的分析或許是有用的,而且還會增强我們對文學史結構的洞察力,但它依然有局限。正如列維-斯特勞斯在對普洛普的研究中所表明的那樣,這種方法的一個不可避免的缺點在於,從歷史文本到綜合考察只有一條路可走,連返回的道路都没有;換言之,對歷史材料的形式分析可以得出綜合性結論,但這樣的概括卻不可能再現原來的資料數據(列維-斯特勞斯,1960:23)。

正是意識到了其局限性才使得結構主義迥然有别於實證主義。必須强調指出,結構主義只有就其容易受到質疑而言才同文學史研究相關,從一種"後結構主義"的觀點來看,這個問題也適合於結構主義的綜合考察所合乎的目的。在原始資料中發現結構存在於實體中這一概念尤其受到了艾科(Eco1968,1972)的批判,並已被擯棄了。列維-斯特勞斯提出的本體論結構概念已經由一種概念論結構觀取而代之了。然而,這一或許是必然的發展卻隱含着某種對經驗性驗證之可能性的進一步削弱。

但是蟻布思卻贊同概念論結構觀,並且將歷史時期的概念設想成一種產生於各種分析手法的結構模式,因爲那些手法把原始材料縮減並簡化了。我以爲對分析手法的選擇取決於研究者心中的目標;分析手法也大致取決於研究者的主觀興趣,而且由他的研究中產生的模式似乎也只有工具的價值。試圖强調現代主義和後現代主義的連續性的研究者可以設計出能夠支持這種思想的分析方法。同樣,試圖强調這兩種潮流的斷裂的學者也可以用不同的分析方法,並得出相反的、但也照樣帶有偏見的結論。這兩種研究的相對價值是可以確立的,只要考慮到它們的不同抽象水平。從原則上講,這兩個概念中任何一個都是切實可行的,它們同經驗實體的不同關係只有在這種情況下才會顯示出來,即人們注意到,在一個更高的抽象層次上,連續的模式構成不變因素,而斷裂的模式則可以在此維持可變因素。只有這樣,贊同連續的論點(格拉夫,1973)和贊同斷裂的論點(哈桑,1975)的不確定性才能得到解釋。

顯然,我們現已得出了這一相對論的結論,即文學潮流或時期的概念是一種精神建構,幾乎完全脫離經驗實體,由於它是這樣一種靈活易變的手段,因而可以適合幾乎任何一種論點。確實,要解決現代主義和後現代主義有着連續性還是斷裂性的爭論實在是不可能的,除非討論中的可接受的抽象層次事先就確定。這同樣也適用於另一些有關文學史劃分的問題,諸如巴羅克的概念是否正當(參照韋勒克 1963:69—127);也適用於這些問題:現代主義究竟包括表現主義、未來主義、達達和超現實主義這些先鋒運動(布拉德伯里和麥克法侖,1976)還是不包括它們(萊文 1960;弗克納 1977);也適用於把亨利·詹姆斯和約瑟夫·康拉德歸列爲早期現代主義作家(勒沃,1976;霍蘭德,1983)或晚期現實主義作家(韋勒克,1963:222—256)這類問題。

這些例子相當艱難地表明,確定一個文學潮流的範圍是如此之難,儘管也許並非不可能。然而,當我們認爲後現代主義和其他文藝思潮的認識論性質充其量不過是一種精神建構或手段模式時,我們似乎就站到了一個較爲穩固的基點上了。後現代主義也是一種特殊的語言,或一種特殊的文學代碼,它僅僅爲一批作家所使用,他們頗爲(或在某種程度上)衆多的讀者所熟悉;因此,後現代主義本身就是一個社會事實,一個享有或部分享有知識的事實。人們可以通過考察而發現的任何原始資料對那種多少屬於普通知識的性質及其範圍(作家在訪問記和評論中的綱領性聲明,以及文本中表達出的發送者代碼,接受文獻等)作經驗的研究。然而這樣的經驗研究也並非簡單之舉。儘管對後現代主義語言的審視有着經驗的基礎,而且,作爲一種潮流的後現代主義的概念模式同某些社會交際的事實相互關聯,但這些"事實"並不包括簡單的經驗數據,倒是要求得到某種解釋,然後才能夠被驗證是否可以進一步演進並體現在學術爭論中。但是,這只適用於人文學科中,討論的所有“事實”,也許可以超出人文學科之範圍。

要同時研究後現代主義語言的性質及其範圍顯然是不可能的。要麼從一個對後現代主義性質的相當含糊的共識出發,進而劃出屬於這一範圍的作品之界限,要麼着手於對“顯然”屬於後現代主義的文本的某種共識,然後就這些文本的明確可辨特徵繼續研究,除此之外似乎別無選擇。在此,研究者只好依循一些含糊不清的文學批評觀點了。最初,他往往受制於已經爲作家貼上的標籤以及其作品的特徵,因爲對此他無法施予影響。也許他不得不眼看着文學史被那些在他看來可悲的或者不明智的批評家任意劃分。然而他的任務則是研究這些事實,並且從那些擁有使文學實體成形和成名之特權的作家和批評家的宣言那裏獲取啓示。當一位學者對他們那些指出了反常現象和不必要的精確性的發現作詳細說明時,他也許同樣會對自己那留在文學交際之實體上的印記感到滿足。他對文學潮流的重新建構,他對那些新創的技巧的發現及命名,以及他對那些含糊不清的結構的證明,也許會增加消耗,因爲任何一種新的寫作技巧都難免這種消耗。人們不禁想起羅伯-格利耶的抱怨:布魯斯·默里塞特對他的作品的那種敏銳的分析迫使他不得不毫不間斷地尋求新的手法。同樣,諾曼·霍蘭德也指出:“通過寫這方面的論文,出版書籍以及各種雜誌的專刊,我們已宣佈自己經過了後現代主義並從另一邊出去了。一旦藝術家能對之命名,他們就再也不會以某些人的那種一知半解的無知來‘對待’後現代主義了,那些人從一開始就對我們與盛期現代的自足結構之關係持懷疑態度”(霍蘭德 1983:306)。

確實,文學研究,特別是當代文學研究,與天文學迥然不同。一方面,學者必須在某種程度上依靠別人創立的術語,因爲那些術語已經構成了他試圖研究的文學實體;另一方面,他的研究結果最終又會影響文學傳播的實體。如果我們對後現代主義的分析性描述之結果影響了後現代主義實踐的話，那麼便出現了這樣的問題：我們的分析如何才能得到重複和檢驗，我們如何才能夠達到有着主體間性效力的結果。在描述至今仍在許多國家繁盛的後現代主義時，具有諷刺意味的是，我們必須下決心把它當作過去的一部分——我們無法直接施予影響的部分。然而，任何人都不可避免地要去探討充滿了別人（作家、批評家和早先的學者）語言特徵的文學實體。對這個問題，好像還沒有任何解決方法，只是認識到這一點或許會使我們有資格去評估自己的成果，同時也可以使我們的要求更有節制。但是，我們最終會看到的那些綜合考察——如果我們完全夠資格的話——也許至少會部分地滿足我們要認識現代文學史和當代文化的慾望。我們對這些綜合考察的局限性和可能性越是瞭解，它們就越能有效地充當進一步探討的手段。

（王 寧 譯）

參考書目

Adorno（阿多諾），Th. W. *et al.* 1972. *Der Positivismusstreit in der deutschen Soziologie*（《德國社會學中的實證主義論爭》）. Darmstadt und Neuwied: Luchterhand.

Balakian（巴拉劍），Anna, ed. 1982. *The Symbolist Movement in the Literature of European Languages*（《歐洲語言文學中的象徵主義運動》）. Budapest: Akadémiai Kiadó.

Bradbury, Malcolm, ed. 1977. *The Novel Today: Contemporary Writers on Modern Fiction*（《今日小說：當代作家論現代小說》）. Glasgow: Fontana.

Bradbury（布拉德伯里），Malcolm and James McFarlane（麥克法侖），eds. 1976. *Modernism 1890-1930.*（《現代主義：1890—1930年》）. Harmondsworth: Penguin.

Bronzwaer, W. J. M., D. W. Fokkema and Elrud Ibsch, eds. 1977. *Tekstboek al-*

gemene literatuurwetenschap(《總體文學教程》). Baarn:Ambo.

Cunliffe,Marcus,ed. 1975. *American Literature since 1900*(《1900年以來的美國文學》). London:Sphere Books.

Eco(艾科),Umberto. 1968. *La struttura assente:Introduzione alla ricerca semiologica*(《一致的結構:符號學接受導論》). Milano:Bompiani.

……. 1972. *Einführung in die Semiotik*(《符號學導論》),ed. Jürgen Trabant. München:Fink.

Faulkner(弗克納),Peter. 1977. *Modernism*(《現代主義》). London:Methuen.

Fiedler(費德勒),Leslie. 1975. "Cross the Border—Close that Gap:Post-Modernism"(《越過邊界——填平鴻溝:後現代主義》),in Cunliffe 1975:344-366.

……. 1983. "The Death and Rebirths of the Novel:The View from '82'"(《小說的死亡與再生:82年的觀點》),in Hassan and Hassan 1983:225-242.

Gadamer(伽達默爾), Hans-Georg. 1960. *Wahrheit und Methode: Grundzüge einer philosophischen Hermeneutik*(《真理與方法:哲學闡釋學的基本特點》). Tübingen:Mohr.

Graff(格拉夫),Gerald. 1973. "The Myth of the Postmodernist Breakthrough"(《後現代主義突破的神話》),reprinted in Bradbury 1977:217-249.

Groeben(格羅本), Norbert. 1972. *Literaturpsychologie: Literaturwissenschaft zwischen Hermeneutik und Empirie*(《文學心理學:介於闡釋學和經驗主義之間的文學研究》). Stuttgart:Kohlhammer.

Hartman(哈特曼),Geoffrey H. 1983. "The New Wilderness:Critics as Connoisseurs of Chaos"(《新的荒野:作爲來自混亂中的鑑賞者的批評家》),in Hassan and Hassan 1983:87-110.

Hassan(哈桑),Ihab. 1975. *Paracriticisms:Seven Speculations of the Times*(《超批評:對時代的七篇沉思錄》). Urbana:University of Illinois Press.

……. 1983. "Ideas of Cultural Change"(《文化變革的觀念》),in Hassan and Hassan 1983:15-39.

Hassan, Ihab and Sally Hassan,eds. 1983. *Innovation/Renovation: New Perspectives on the Humanities* (《革新/更新:人文科學研究的新視角》). Madison:University of Wisconsin Press.

Holland(霍蘭德),Norman N. 1983. "Postmodern Psychoanalysis"(《後現代精神分析學》),in Hassan and Hassan 1983:291-309.

Ibsch,Elrud. 1977. "Periodiseren:de historische ordening van literaire teksten"(《循環:文學文本的歷史秩序》),in Bronzwaer *et al*,1977:284-297.

Jameson(詹姆遜),Fredric. 1971. *Marxism and Form:Twentieth-Century Dialectic Theories of Literature*(《馬克思主義與形式:二十世紀文學理論的辯證法》). Princeton:Princeton University Press.

Lévi-Strauss(列維-斯特勞斯), Claude. 1960. "La Structure et la forme: Réflexions sur un ouvrage de Vladimir Propp"(《結構與形式:對弗拉基米爾·普洛普著作的思考》), *Cahiers de l'Institut de Science Economique Appliquée* 99:3-37.

Levin(萊文),Harry. 1960. "What Was Modernism"(《什麼是現代主義》), in Levin 1966:271-295.

……. 1966. *Refractions:Essaysin Comparative Literature*(《比較文學論集》). New York:Oxford University Press.

Le Vot(勒沃),André. 1976. "Disjunctive and Conjunctive Modes in Contemporary American Fiction"(《當代美國小說中的分離和連接模式》),*Forum* 14,1:44-55.

Ricoeur,Paul. 1969. *Le Conflit des interprétations:essais d'herméneutique*(《解釋的衝突,闡釋學論集》). Paris:Seuil.

……. 1975. *La Métaphore vive*(《體驗的隱喻》). Paris:Seuil.

Schmidt(施米特),Siegfried J. 1982. "Perspectives on the Development of Post-Concrete Poetry"(《後具體詩的發展透視》),*Poetics Today* 3,3:101-136.

Teesing(苔辛),H. P. H. 1949. *Das Problem der Perioden in der Literaturgeschichte*(《文學史的分期問題》). Croningen and Batavia:Wolters.

Vajda(瓦伊達),György M. ,ed. 1982. *Le Tournant du siècle des Lumieres 1760-1820:Les genres en vers des Lumieres au Romantisme*(《1760-1820年啓蒙時代的轉折:走向浪漫主義的啓蒙詩風》). Budapest:Akadémiai Kiadó.

Vodička(沃迪卡), Felix. 1942. Die Literaturgeschichte, ihre Probleme und Aufgaben (《文學史問題的提出》),in Vodička 1976:30-86.

……. 1976. *Die Struktur der literarischen Entwicklung*(《文學發展演變的結構》), ed. Jurij Striedter. München: Fink.

Weisgerber(威斯格的), Jean, ed. 1984. *Les Avant-gardes littéraires au XXe siécle*(《二十世紀的先鋒派文學》), 2 vols. Budapest: Akadémiai Kiadó.

Weisstein(威期坦因), Ulrich, ed. 1973. *Expressionism as an International Literary Phenomenon*(《作爲一種國際性文學現象的表現主義》). Paris: Didier, and Budapest: Akadémiai Kiadó.

Wellek(韋勒克), René. 1963. *Concepts of Criticism*(《批評的諸概念》), ed. Stephen G. Nichols. New Haven and London: Yale University Press.

後現代世界觀及其與現代主義的關係

漢斯·伯頓斯*

引　言

對所謂“後現代”運動的批評論爭自五十年代末、六十年代初小心翼翼地開始以來，已經(尤其在近十年裏)朝着幾乎所有的方向擴展開了。然而在其初始階段，這場爭論的範圍卻僅限於一批興趣相投的批評家——從撰寫述評的角度來看是興趣相投的——例如歐文·豪(1959)，六十年代中期的萊斯利·費德勒和蘇珊·桑塔格，伊哈布·哈桑(1969年以及從那以後)，戴維·安丁(1971)，威廉·斯邦諾斯(1972)和查爾斯·阿爾提埃里(1973)，自七十年代中期以來，這場討論愈演愈烈，逐步進入一場劇烈的混亂之中，成了一場有着衆多批評家參加的、可以各抒己見的自由爭論。也許這樣看待這一事物未免有失誇張了，但是有些人加入論爭時確實異常活躍，如果還說不上帶有激情的話(克林科維茲，1975；麥拉德，1980)，因而這樣的氣氛便表明我的看法並非誇張。

我將對後現代世界觀作的這番述評(始自這些後現代主義批評家著述的出現)自然使我們直接正視這一很難回答的問題：後現代主義這一術語究竟是由什麼因素構成的。要解決這個問題尚遙遙無期，正如討論的活躍氣氛所顯示的那樣；此外，伊哈布·哈桑最近的一個觀點也表明了這一點，他對這個術語的逐步被接受所作

* 漢斯·伯頓斯是荷蘭烏得勒支大學英文系教授。

的貢獻顯然超過任何批評家。誠如他在最近一篇論文中所指出的,“後現代主義這個問題仍然很複雜,並有着討論的餘地”(哈桑,1983:25)。實際上,自從科勒七年前發表第一篇評述這一術語的文章以來,情況並未發生多大變化,他當時也不得不總結道:“人們至今對什麼是‘後現代’仍然没有一致的看法”(科勒1977:16)。

換言之,既然後現代主義這一術語在整個討論過程中已逐漸進入了術語學的迷宮,我也不敢奢望本文能爲其指明一條出路。我充其量只能緊扣住各種明確和含糊的定義或建議來進行討論,然後看看這一努力將把我導向何方。我的策略是基於這一假想之上(或稱之爲不可否認的事實也未嘗不可),即後現代主義决非鐵板一塊的(monolithic)現象。顯然,我認爲——在諸如霍夫曼等人(1977)和布拉德伯里(1983)看來也是如此,對於那些在術語的整一中看出其多樣化的批評家,我這裏只提及兩位——决不止一種後現代主義。我打算把各種後現代主義——或乾脆叫被稱作後現代主義的各種批評構想——加以分門別類,因爲它們在過去的二十五年裏多少已確立了自己的地位,至少在時間上説是如此。我不禁想到歐文·豪、威廉·斯邦諾斯、萊斯利·費德勒和伊哈布·哈桑等人對這一術語的使用,當然,這裏提到的只是一些就後現代主義問題撰文的最重要的批評家。那樣一種分門別類一開始就得依循年代的順序:從最早就不斷地與這一術語相關的用法直到七十年代初,因爲到了這時,哈桑的範圍很廣的後現代主義概念帶來了變化,並曾一度幾乎壟斷整個討論。在討論從早期直到1977年的演變這部分,我得益於兩篇具有開創性的文章:麥克爾·科勒的《“後現代主義”:一種歷史觀念的概括》(1977)和傑拉德·霍夫曼、阿爾弗雷德·霍農和路迪格·昆諾合作的《作爲分析二十世紀文學準則的“現代”、“後現代”和“當代”》(也是1977)。科勒的述評寫得最爲出色,儘管未包括後現代主義這一術語的整個演變歷史;霍夫曼等人的文章在寫作時對這一術語的各種用法都加以了系統化和分析,故也不失爲一篇成功之作。另一篇有用的述評是華萊士·馬丁的《後現代主義:終極還是再生?》(1980),但我在下面的討論中並不想效法馬丁的系統方法。

我的多元論方法(這裏濫用一個在描述後現代主義時正變得越來越重要的術語)看來要把我引向一種同樣屬於多元主義的後現代世界觀(Weltanschauung)。如果對後現代主義術語的各種使用確實基於有時分歧很大的批評構想的話,那麼被這些構想所認同的世界觀也照樣會顯出千姿百態。是否有可能在一種高度抽象的包容性觀點下將這些世界觀加以分類,尚有待觀察。如果誠如那些批評家們所界定的那樣,不可能有這樣一種基本上整一的後現代主義結構,如果人們不可能忘記多樣性和張力之中還有統一性的話,那麼後現代主義這一術語對於就這個名稱而激烈爭辯的每一位批評家來說,就必須作進一步的界定。或者說,對這一術語的某種特殊使用可以被宣佈爲“正式的”,這樣,另一類的後現代主義則需要重新加以說明。

我的多元論策略必然會把討論推進到後現代主義與現代主義的關係,包括現代時期的先鋒派:達達、超現實主義以及其他運動。我當然不會將後現代觀念與現代主義的任何單個概念相關聯;現代主義並不是一個像後現代主義那樣的不穩定概念,但必須樂觀地說,現代主義的任何個性特徵都受到了廣泛的接受。我在討論那些批評家對這一概念的理解時理應跟踪他們。

那麼,最後再談談我對材料的選取。我已經最大限度地限於討論那些實際使用後現代或後現代主義術語的批評文字,不管這個術語之間加不加連字號“-”,也不管第一個字母是否大寫(或者有的文章中甚至既加連字號又將第一個字母大寫,一個極端的例子就是 Post-Modern)。然而,如果在我看來,一個作家明顯地被人用另一個術語來指涉通常被當作後現代的現象,那我就會毫不猶豫地將他包括進來。另一個例子也許是費德曼對他所謂的“超小說”

(Surfiction)的討論,那也已被幾乎所有探討後現代領域的批評家包括在後現代主義文學的名下了。

一 歷史的述評:1934年到七十年代中期

(一)從1934年至1964年:"後現代"術語的使用

在上面提到的那篇文章(科勒,1977)中,麥克爾·科勒追溯了這一術語的最早用法。他討論了弗雷德里科·德·奥尼兹的"後現代主義"(Postmodernismo,1934),達德萊·費兹的"後現代"(Post-Modern,1942)以及阿諾德·湯因比的"後現代"(Post-Modern,1947)等用法。科勒的討論表明,這一術語的早期表達形式同我的探討目標無甚相關,因此我不想對之再予以關注。接下來他討論了查爾斯·奥爾森的用法,因爲後者反覆使用了這一術語,但卻未做出任何明晰的定義:"作爲抒情詩人和散文家的奥爾森主要關注的是這個術語的誘惑力。雖然他在1950年到1958年這段時間裏經常使用這個詞,但卻未對之作任何界定"(科勒1977:11)。按照科勒的觀點,奥爾森對這一術語的使用同湯因比的用法不無相似之處,用富科的話説,指出了對1875年以來的西方文化史的一種新的認識(episteme)。如果這算總結了奥爾森的見解的話,那麼他對這一術語的使用就無甚意義了,因爲它將爲實用目的撒出一張過於寬大的網,這些目的包括對現代主義和後現代主義作出區分。

然而,科勒卻未注意到早先對這一術語的一種用法,而那恰恰從另一個角度表達了奥爾森的見解。照傑羅姆·馬扎羅的看法,美國詩人蘭代爾·傑瑞爾在寫於1964年的一篇評論羅伯特·洛威爾的詩集《威利爵爺的城堡》的文章中使用了"後現代"這一術語,用它來"概括包括洛威爾的詩作在內的那一文學運動的特徵"。兩年後,另一位美國詩人,約翰·拜里曼,也沿用了這一術語,以"證明杰瑞爾就是其源頭"。馬扎羅論證道,儘管乍一看,奧爾森和杰瑞爾的後現代主義彼此大相逕庭,但實際上卻完全一致:

> 約瑟夫.N.里德爾的《倒轉的鐘》(1974)在奧爾森的描述語境下探討了威廉·卡洛斯·威廉斯的"反詩學"(Counterpoetics),這本書使我相信,某些法國結構主義者按照海德格爾的解釋方法對奧爾森的觀點所作的解釋與我所領悟的杰瑞爾的原意無甚明顯的不同。如果沒有結構主義的專門語言,對"現代主義"和"後現代主義"的本質差別的系統表述就可這樣進行:在認爲語言從統一中瓦解的同時,現代主義試圖通過提議保持沉默來恢復未來的狀態或語言的破壞性;後現代主義則接受這種劃分,並把語言和自我定義……當作同一的基礎來使用。結果,現代主義傾向於更加神秘(就這個詞的幾種傳統意思而言),而後現代主義儘管有其表面的神秘主義,但卻不可避免地顯示出世俗性和社會性(馬扎羅1980:viii)。

對奧爾森的後現代主義的這種解釋是基於另一種解釋之上的,例如艾倫和巴特里克在《後現代:美國新詩·修訂本》選集中就高度評價了奧爾森的開拓性嘗試,並指明,奧爾森所稱的後現代主義是對崇尚形式主義的現代主義的反叛:

> 文選的開篇是查爾斯·奧爾森的論文《投影詩》,這篇文章在發展龐德和威廉斯傳統的同時,聚集了新詩的力量。他是最早看到那種詩的更大影響的評論家,而且確實,他第一個在論文和書信中使用了具有當代意義的"後現代"這一術語。(艾倫和巴特里克1982:10)

奧爾森的後現代主義能得到不同的解釋,是因爲他未做任何界定的嘗試,所以我在此並不想對任何一種後現代主義作不成熟的討論;我認爲,這樣做也許會頗爲正當地同他的詩歌實踐和理論著作相聯係,因爲他恰恰在理論著述中使用了這一術語。與其相反,我要在對威廉·斯邦諾斯和理查德·帕爾馬等批評家提出的那種後現代主義的討論中回過頭來參照奧爾森的觀點,因爲他們也像馬扎羅一樣,設想出一種同海德格爾式的存在主義哲學有着牢固聯係的後現代主義。

鑑於奧爾森對"後現代"術語的使用(或至少是馬扎羅、艾倫和巴特里克對這種用法的解釋)很容易與目前的一個流行"意義"相認同,歐文·豪和哈里·萊文對後現代主義的看法便成了決定後現代主義興起之時的依據;他們對這一術語的命名似乎已幸存了下來。但專門對歐文·豪的後現代概念作更細緻的考察依然頗有價值,因爲他對社會和情感態度的重大變化作了詳細的描述,同時也詳細描述了一種新的精神,在其後的批評家看來,這種精神將成爲轉向他們所認爲的後現代觀念的一個早期的標誌。即使後來的那些批評家使那些新的態度以及五十年代變化了的美國社會氣候順應了事物的發展過程,並且對這一轉變作了十分積極的估價,但他們依然同意,豪在五十年代發現的那一系列大規模文化變革有着重大意義。

照豪和萊文分別寫於1959年和1960年的著述來看,後現代主義基本上是五十年代美國的一個現象。他們都將其視爲現代主義的衰落。在萊文看來,"後現代"是一股改頭換面的"反智性思潮"(anti-intellectual current)。在豪看來也是如此——正如舊金山作家的作品中所表現的那樣——但還不止是那樣:豪的後現代主義把馬拉默德、梅勒和貝婁這樣的作家也包括了進來。豪認爲,戰後的美國社會在五十年代的豐裕條件下已變得混亂無章;他看到了傳統的權威中心的腐爛,傳統的風俗禮儀被忽視和墮落,消極厭世情緒到處可見,而牢固的信念和"事業心"卻盪然無存了。結果,他稱之爲的後現代小說中的人物往往缺乏社會目標,因而變得虛無,在世界上隨波逐流,漫無目標,在這個世界上,由傳統和權威確立的社會關係也悄然不見了:“這些小說同既定的社會範疇格格不人,它們關注的是這種距離的形而上含義,因而他們實際上形成了我所稱之爲的‘後現代’小説”(豪1959:433)。現代主義作家畢竟還“傾向於認爲,資本主義世界中人與人之間的社會關係是確定了的,親密的和可知的”(豪1959:423),而在豪所稱作的那些後現代作家看來,“似乎我們的思想和文學成規的準則都在被全然擯棄”(豪1959:428)。後現代作家的創作全然擯棄了英雄和英雄人物的衝突;他只能虛構他所生活的世界上的那些“極度畸形”和他那“極度飄忽不定的”經歷之“病態”。

雖然豪的後現代主義準則今天已很難找到任何支持者,但他的後現代主義對於人們早期認識那一角色卻不無重要意義,認識論和本體論懷疑在戰後美國文學中所扮演的正是那一角色,這在後來的另一些批評家所稱作的後現代文學中尤爲明顯。

爲了使本文第一部分得以完滿,我要指出,威廉·凡·奧康納的觀點與豪的觀點迥然不同,他在《新大學才子與現代主義的終結》(1963)一書中,發展了一種相反的後現代主義觀點。奧康納集中探討了英國的“後現代主義”,其中包括菲力普·拉金,約翰·韋恩,伊麗斯·默多克和金斯萊·艾米斯。他要求人們承認他提出的多種後現代主義,他認爲這種後現代主義是從被他視作現代主義的異化形式的現象中脱胎出來的。與前面的各種形式相反,他的這種後現代主義者(Postmodernists)牢牢地植根於經驗之中,並且與“普通的公衆生活和負責人的事務相關”。奧康納的後現代主義在今天只有某種歷史的價值;他所意指的這一術語的定義並未沿用到現在。

(二)後現代主義與美國的反文化:六十年代中期

六十年代中這段時期,美國批評家萊斯利·費德勒撰文論道,對歐文·豪幾年前描繪的傳統價值的明顯崩潰應從積極的方面來看,而不應對之持否定的態度。在他看來,後現代主義標誌着一種與現代主義作家的精英意識的徹底決裂。它放眼未來,幾乎(或根本)不對偉大的現代主義的歷史抱任何興趣(費德勒,1965)。正如科勒所言,"人們已不再把現代看作是一個盛極至衰的歷史時代的没落,而是一個很有希望的新的歷史開端"(科勒1977:12)。費德勒和另一位美國批評家蘇珊·桑塔格也有相同的看法,他在後現代主義中發現了一種"新感覺"(桑塔格的術語),一種與六十年代的美國反文化相一致的新的自發性。在發表於1975年(但寫的時間要早得多)的論文《越過邊界——填平鴻溝:後現代主義》中,費德勒進一步探討了他自己所描述的後現代主義:大大地傾向於通俗藝術。布拉德伯里在費德勒和桑塔格的後現代主義定義中看出了一種"新的後現代主義意識"(布拉德伯里1983:323),它是對藝術的本質及功能的傳統"人文主義"概念的反叛。誠如傑拉爾德·格拉夫所言,"桑塔格和費德勒指出,整個西方藝術傳統被揭示爲一種超理性的帝國主義,簡直類似於資産階級資本主義的侵略和征服奢望(格拉夫,1979:31)。在費德勒(顯然同情自己的後現代主義)看來,這種新感覺尤其嘲弄了現代主義藝術的抱負,後現代小説將從西部小説、科幻小説、色情文學以及其他一切被認爲是亞文學(Sub-literary)的體裁中汲取養分,它將填平精英文化和大衆文化之間的鴻溝。它基本是以通俗小説爲主,是"反藝術"和"反嚴肅"的。此外,它的方向是反現代主義和反智性,它致力於創造新的神話(儘管並非正統現代主義的神話),致力於"在其真實的語境中"創造一種"原始的魔術",它還將在一個機器主宰的時代對神奇的部族化做出貢獻,從而"在機器文明的空隙"造出上千個小小的西部地域(費德勒1975:365)。

費德勒的反現代主義觀點也得到了桑塔格的支持,她也像費氏一樣討厭"意義"。誠如她在《反解釋》一文中所稱,"藝術家想不使自己的作品得到解釋倒無關緊要……這些作品的價值並不在於其'意義',而在其他方面"(桑塔格1966:19)。我們從桑塔格那裏獲得的恰恰是一種對感官的祈求——“我們需要的是一種藝術的生命欲望，而不是藝術的闡釋學”(桑塔格1966:23)——還需要一種極端的形式主義:“《馬里安貝德》中的重要意義恰是其中某些意象的純然不可迻譯的、訴諸感官的直接性，以及其對某些有關電影形式的問題的精確的(如果説有失狹隘的話)解決方法”(桑塔格1966:19)。因而，在桑塔格看來，後現代主義的特徵是“逃避解釋”，同時，對解釋的厭惡也導致了某些拙劣模倣的、抽象的或刻意裝飾的形式的産生。爲了抵制解釋，後現代主義藝術甚至成了“非藝術”(non-art)，正是這種公然的厭惡才造成了與籲請(如果算不上祈求的話)解釋的現代主義藝術的斷然決裂。後現代藝術只有被而且必須被體驗，而現代藝術則指涉一種隱於表面以下的意義，因而也必須得到理解。後現代藝術展現自己的外觀，而現代藝術則要把握處於那外觀之下的深層含義。我們在桑塔格和費德勒那裏已經(儘管還比較隱晦含蓄)看到了一種趨向遠比現代主義代碼更爲顯著的藝術作品探討方法的轉變，即可以强調其多層的和潜層的意義。他們將其認同爲後現代主義的這種態度也許最好描繪爲讚美性的，即對直接體驗——而非智性體驗的一種讚美。顯然在這裏，我已經暫時把奧爾森與後現代主義聯係起來了(對他我下面還要討論)，同時也與後期關於“表演性”(performance)在後現代藝術中所扮演的角色的種種理論聯係上了。

最後，桑塔格又介紹了後現代藝術的另一個特徵，該特徵後來主要通過伊哈布·哈桑而被廣泛接受了(毫無疑問，哈桑對那一特徵的探討略有不同，但其相似性很值得在此一提)。用理查德·沃森的話來説，桑塔格聲稱，“新的藝術把手段和媒介擴展到了科技界，擴展到了通俗藝術領域，並且擯棄了過去的特徵”(沃森1974:1190)。他接着引用桑塔格的原話:“有了新的感覺這一有利條件，機器的美，或解決數學習題的美，雅斯帕·約翰斯的油畫的美，讓-拉克·戈達的電影的美，以及披頭士樂隊的品格和音樂美都同樣可以理解。”誠如桑塔格所稱,這種“整體的感覺”同哈桑後來描述爲“內在性”(immanence)的東西有着明顯的類同。它完全陷入了折衷主義,其範圍寬泛到超越了二十世紀的文化和科學的前景,並且看不出有何界限。正如尤根·派普在對桑塔格的概念所作的卓越探討中所言,“藝術、科學和‘行爲’技藝融爲一體了”。“同時,這種整體感以某種使人不安的方式揭示了馬爾庫塞所謂的‘單維向度’和品欽的‘熵’的概念”(派普1977:65)。他的這種略帶敵意的討論同樣也因探討了馬歇爾·麥克盧漢對桑塔格的概念的影響而值得稱道。

在公開不友好地分析費德勒、桑塔格以及美國反文化後現代主義時,傑拉德·格拉夫至多感覺到了基於這種特殊的後現代主義觀念之上的能量崇拜:“對能量的讚美——一個無法被理解或無法被控制的世界的勃勃生機。”格拉夫在“垮掉派詩歌、“投影”詩人那裏,在惠特曼的本土傳統詩歌的其他繼承者威廉斯和龐德那裏,同時也在短時期曾流行的舞臺劇、即興表演和通俗藝術,以及在各種任意的、不和諧的藝術和音樂實驗中”,看出了這種能量(格拉夫1979:58)。格拉夫把‘投影’詩人也包括了進來——這派的代言人當然是查爾斯·奧爾森——這在我看來,再一次表明了這一事實:在費德勒和桑塔格指向經驗的直接性的生機論後現代主義與奧爾森和其後的威廉·斯邦諾斯和理查德·帕爾馬這類批評家的後現代主義之間,有着無可否認的聯係。格拉夫同時也指出了同後現代主義的“表演性”模式的聯係,也即我上面評述的那一聯係。“表演性”模式(六十年代中期還不甚流行的一個術語)對某些批評家來說,也許正像人們所猜測的那樣,不僅包括舞臺劇這類戲劇性表演,而且也包括反文化小說中的反解釋和遊戲性格調,例如,人們可以在理查德·布羅提根的小說中發見這種格調,同時也包括人們在雷蒙德·費德曼和羅納德·蘇克尼克等所謂“超小說家”的小說中發見的表演聲音。因此,一場更爲充分的討論不得不等到後來才再度展開。

按照格拉夫的看法，這種所謂的反智性的、追求享樂的後現代主義拒不"在傳統的意義上'嚴肅地'對待藝術"，它只是用藝術來反對自己的虛榮，它公然誇大自己的脆弱性，拒斥分析和闡釋性批評，因爲分析和解釋往往會把藝術還原到抽象的層次，並且因此而使其"潛在地釋放的能量"抵消。最後，它還反映了"一種不太認真的理性主義的意識模式，這種模式更投合神話、部族意識和幻覺經驗，並且植根於一個'變化的'、流動的、無差別的自身(self)的概念之中，恰與被壓抑的西部的自我(ego)相對立"(格拉夫1979：31—32)。

在此之前，理查德·沃森已經沿着同樣的線索對六十年代中期的後現代主義作了分析。他考察了一系列射向爲格拉夫所總結的反文化特徵進行意識形態辯護的影響。在那次辯護中，起重要作用的有諾曼. O. 布朗和赫伯特·馬爾庫塞對弗洛伊德心理學的修正，還有諾斯洛普·弗萊對藝術的愛欲功能的强調。布朗和馬爾庫塞分別通過不同的方式批評了弗洛伊德的這一理論：人們在經受壓抑之後最終轉向以接受現存制度爲終極目的。對他們來說，一種"重要的反制度是由想象性文化提供的，因爲這些作品同厄羅斯(即愛慾 Eros)的願望和恐懼緊密地相聯……在馬爾庫塞看來，藝術作品構成了一個反抗非理性現實的感覺秩序。在布朗看來，"藝術可以保證愛慾，即快樂原則找到在不遭毀壞和騷擾的情況下進入世界的道路"(沃森1974：1200)。諾斯洛普·弗萊則從一個截然不同的角度加入了這一爲爭取愛慾得到解放的吶喊："愛慾是爲爭取被社會結構害怕並抵制的更豐裕的生活而奮鬥的主要傳聲筒"(引自沃森1974：1198)，因此在他看來，愛慾基本上也通過藝術來實現其解放方式。

總之，沃森的分析試圖表明，被費德勒和桑塔格認同於美國的反文化的後現代主義是何以成爲爭取擺脫五十年代禁錮(智性的、社會的和性的)的革命呼聲的大背景的一部分的。

再來談談格拉夫。他對這種形式的後現代主義的發展所作的分析成了沃森觀點的補充。格拉夫追隨豪,聲稱"後現代主義小說的社會背景"是五十年代異化了的中產階級。他從後現代主義的根基部位看到了某種深刻的文化危機,這實際上是一種從深處擯棄目的和意義的本體論危機:"有意義的永恒實體的喪失,它爲編造神話所取代,異化的被歸化和趨於正常——這些狀況均構成了當代文學的一個共同出發點"(格拉夫1979:62)。但儘管如此,格拉夫仍然未把後現代主義當作一種新的激進的分道揚鑣。倒是與其相反,他論證道,後現代主義只是現代主義反叛"傳統的現實主義"的進一步完成,因爲這種反叛在現代主義那裏尚未完成:

> 現代小說,除去一些爲數不多的例子,實際上並未影響現代主義理論所需要的那種人類經驗的主體化和私有化,因爲根據那些理論,文學被定義爲一種與公共客觀世界的理性話語相對立的內在"意識"的表達。與之相對比,後現代小說則傾向於把這些現代主義理論的邏輯推向極限……(格拉夫1979:208)

實際上,格拉夫把後現代主義(既包括六十年代的各種形式,也包括其後在美國發展起來的自我反省式的元虛構格調)視爲浪漫主義預設的一種邏輯發展;他看出了從浪漫主義藝術觀和藝術家到後現代主義藝術觀及其創立者之間的一條連續不斷的發展綫索。

可以這樣來概括:六十年代中期,費德勒和桑塔格曾試圖界定一種在他們看來同迅速崛起的美國反文化及其先驅——諸如"投影派"和垮掉派詩人——密切相關聯的後現代主義。那種後現代主義是反解釋、甚至反智性的和生機論的;它强調表演和形式甚於意義和內容;它試圖用充滿意義和嚴肅性來貶低現代主義的抱負;它試圖釋放藝術的愛慾潛能並排除高雅藝術和低劣藝術之間的界限;它趨向於對世界的全然接受,包括機器時代的產品,有時也趨向神秘主義這一自我與世界的合一。它隱含的意識形態體現在諾曼·O.布朗、赫伯特·馬爾庫塞、馬歇爾·麥克盧漢(他因强調全球化和媒介的作用而顯得重要)等當代批評家的著述中,同時也反映在弗萊的藝術的愛慾功能說中。另一些影響則來自巴克敏斯特·福勒,烏爾蘇拉·勒金的生態學和超驗主義科幻小說以及卡洛斯·卡斯坦尼達的魔幻世界。它被後現代主義的實踐者以及早期的批評家費德勒和桑塔格等人視爲與現代主義的激進的分道揚鑣,因爲它的價值體系全是它自己的。然而,後來的批評家卻容易看到它同現代主義(格拉夫)或同現代先鋒派(哈桑等)之間的不間斷的聯係。

(三) 作為現代主義的智性反叛的後現代主義

1969年,理查德·沃森將一種參與反叛現代主義及其傲慢性的後現代主義(儘管他未用這一術語)與反文化後現代主義相認同,但卻很有智性和國際性,而且不特別地具有美國特色。

沃森在四位有着典型性的作家那裏探討了這類後現代主義:伊麗絲·默多克,阿蘭·羅伯-格利耶,約翰·巴思和托馬斯·品欽。儘管這些作家不無重大差別,但他們的共同點在於深深地懷疑現代主義美學。在沃森看來,這些作家"懷疑作爲一種超理性真理的現代主義的隱喻概念,因爲這一真理把似非而是的對立和現代主義的神話統一了起來,而後者則使之成了一個有利於藝術的序列以及主體性自我之約束的原則"(沃森1969:460)。因此,我們便着手將顛覆隱喻和神話作爲對序列安排的嘗試,同時也試圖超越客體世界的偶然性和不可探測性:在他們看來,外部世界和主體(自然、客體和別人)須在其全然客觀的狀態下回復其整體的不可探測性,必須停止像過去在現代主義中那樣,作爲作家主體意識的一部分。必須承認主客體之間的差別和距離,而不能通過隱喻和神話的手段予以否定;自我和世界的統一只是一種幻想(顯然,沃森的概念在此不同於六十年代中期的概念,因爲根據那時的概念,自我與世界的統一往往是或隱或顯的目的之一)。沃森的文章引出牢牢限制在一個哲學語境中的後現代主義問題。他認爲,後現代有着强烈的本體論懷疑特徵,其激進程度如此强烈,連薩特的存在主義也遭到拒斥。例如,羅伯-格利耶就在薩特那裏感悟出一種存在於主客體之間的隱約的聯係,因爲在薩特和加繆的小説中,外部世界都"總是適應主人公和作者的主觀性"(沃森1969:463—464)。

既然在費德勒的後現代主義中,我們發現了某種大致出於本能的對現代主義預設的反叛,因而我們在沃森的概念中,也同樣發現了一種智性的、哲學的反叛。現代主義美學的認識論基礎被認爲是全然不完備的,而且事實上根本不存在,沃森的後現代主義者則不顧現代主義對統一的信念(不管這種統一的獲得是多麽艱難),而是相信一種否定統一性的文學,這種文學以"一個偶然的世界,一個人們可以自由自發地對待經驗的世界",來取代"一個僅提供了本體論支架和所謂高級話語的世界"(沃森1969:475—476)。

這就留待人們去作兩個限定性的評論。首先,沃森所説的"能自由自發地對待經驗"的人使人想起了對自發性及反文化的直接經驗的强調。然而,在沃森的發展過程中,一種新的魔幻、新的神話以及一種對自我與世界之鴻溝的超越是不可能實現的。其次,沃森也在這種强烈的懷疑中看到了某種與現代主義對自我和對歷史的"意義"的懷疑的承續性:"以某個論據來證明這些作家的實踐確實構成了現代主義拒斥浪漫主義的人格和歷史觀念的另一種形式,倒並不困難"(沃森1969:476)。沃森也和格拉夫一樣,在他的多樣化後現代主義中看到了這些懷疑的過激性:它們雖然困擾着現代主義,但在很大程度上也受制於現代主義作家。

(四)存在主義的後現代主義

在1972年到1976年這一段時間裏,威廉·斯邦諾斯發展了一種後現代主義觀念，這種觀念至少要求同早先的種種後現代主義迥然有别。然而，正如我們將看到的，斯邦諾斯最初在這方面的論述同與反文化相關的後現代主義概念以及沃森的激進的認識論懷疑概念都有着類同。

斯邦諾斯把"多種'後現代'寫作模式"鑒定爲"早期語像現代主義的擴展"，這些模式包括奧爾森提及的詩歌，費德勒提及的通俗藝術和沃森提到的新小說，但他後來又將這些排斥在外了。顯然他贊同一種真正的後現代主義寫作形式：

> 例如，我指的是羅蘭·巴爾特的結構主義批評，喬治·布耶和讓-皮埃爾·理查的現象學批評和馬歇爾·麥克盧漢的新意象主義；查爾斯·奧爾森的"田野派詩歌"(field poetry)和皮埃爾·加尼埃費迪南·克里威特和弗朗兹·蒙的具體派詩歌；羅伯-格利耶和米歇爾·布特的新小説；以及萊斯利·費德勒這類批評家所鼓吹的通俗文藝……都有着超越歷史的取向，或者乾脆説，都致力於使時間空間化。結果，後現代主義文學想象最初的衝動的存在主義源頭便黯然失色了，這樣也就危及到二次大戰後的衝動……即試圖使文學代表現代人的真正歷史意識的恢復介入與世界的本體論對話(斯邦諾斯1972:165—166)。

對於斯邦諾斯來説，現代主義文學是偶像般的，它沉溺於"從存在主義的時間中的宗教—審美退卻，而進入完美藝術的永恒的同時性中"(斯邦諾斯1972:158)，因此，只有那種文學才稱得上爲後現代主義文學，因爲它從存在主義的角度接受了因情况而異的歷史性。這種後現代主義的文學拒不"去實現因果取向的期望，拒不以開頭、中間和結尾這樣的成規來創作小説"(斯邦諾斯1972:148)；它顛覆情節，它分化消解，它試圖"把穩定的個體逐出'公衆的安居意識'，逐出那整體世界的歸化了的、科學指向的和組織化了的親密氛圍……"(斯邦諾斯1972:155)。"後現代文學想象的規範原型是反偵探小説"(斯邦諾斯1972:154)，因爲它强有力地破壞了讀者的期待，同時也不去解決犯罪問題，拒不提供一個秩序井然、行爲規範的整一化的世界（在斯邦諾斯以前，後現代的反偵探小說概念，曾在麥克爾·霍爾求斯特的文章《偵探小說及其他問題》(1971)中討論過）。

在斯邦諾斯看來（顯然效法了沃森和哈桑，而且後來更接近哈桑的看法），後現代主義並不是一個僅限於英美兩國的事業，而是一場真正的國際性運動。它的主要形成性影響是歐洲的存在主義，主要是海德格爾的存在主義，它的許多主要實踐者都是歐洲人：薩特、貝克特、尤奈斯庫、熱奈特、弗里希、薩洛特等。斯邦諾斯在其後的一篇論文中，廣泛討論了他的後現代主義的存在主義淵源，文章的標題十分引人注目：《海德格爾、克爾凱郭爾和闡釋的循環：走向作爲話語的後現代主義闡釋理論》(斯邦諾斯1976)。正如標題中的“作爲話語的闡釋”所表明的那樣，斯邦諾斯斷言，可以通過他從後現代文學中所要求的那種整體的本體論懷疑來解決某種困境，也即他在我所引證的那篇早期論文的一長段文字中規定的一項要求，在那篇文章中，他把“使文學代表現代人真正的歷史意識之恢復介入與世界的本體論對話”的衝動(斯邦諾斯1972：166)界定爲後現代主義的因素。他所定義的後現代文學並不是遊戲性或者表演性的，既不是一種愛慾釋放，也未提供任何新的神話；倒是與其相反，它致力於真實性，致力於揭示人類的歷史性和歷史的偶然性。

在我看來，這種對歷史的强調，證明了斯邦諾斯爲什麼把羅蘭·巴爾特和新小說這樣的人和事物排除在他的後現代圈子之外的原因。毫無疑問，巴爾特的結構主義以及後來的後結構主義和羅伯-格利耶對其小說的純語言性質的强調觸動了斯邦諾斯，如同對他的歷史觀的純形式主義的和唯美化的規避，這也是對構成他的概念之核心的“人類的歷史性”的規避。巴爾特和羅伯-格利耶所信仰的語言的自我指涉性在他面前必定呈現爲一種從具體存在世界中的故意退卻。但即使如此,他對巴爾特和羅伯-格利耶延襲語像(iconic)現代主義所作的指責依然令人無法接受,因爲這二人都未要求自己的作品具有語像的功能,他們也不相信寫作竟然可以爲這種功能服務。

走向海德格爾式本體論的這場運動在另一位有着存在主義傾向的批評家那裏明顯得多,那就是理查德·帕爾馬。他沿着斯邦諾斯的路子抨擊了現代主義,但他的後現代主義觀念(或一種未來的後現代主義)卻遠不如斯邦諾斯的觀點溫和。他提出了許多嘗試性的"後現代意識形態",我在此僅舉幾例。時間也許是"循環整一的——一種完美的存在空間",它可以統一過去和現在,從而賦予"某種永遠存在的現時以深度"。空間可以變成"多重透視"(Multiperspectival),"也即一個有着諸多變體的範圍。""後現代人可以把自己再度置於同更大的意義力量相關聯的位置",如此等等。同樣,在帕爾馬看來,接受偶然性、斷片和歷史性對於後現代理解這個世界是不可避免的。然而,比斯邦諾斯更爲公開的是,帕爾馬走向了一種新的本體論:"語言也許可以成爲本體論的一種揭示手段,在這之中事物通過語詞呈現其存在",而且,"在後現代思維中,真理可以超越只重視實用的空間;它可以成爲用語言爲媒介對事物的忠實表述……"(帕爾馬1977:27—29)。我之所以强調這一點,是因爲對語言的本體論可能性的這一信念是遠離另一些(後結構主義的)後現代主義觀念的一聲鞭長莫及的呼喊,這些觀念宣佈,所有把語言變成實證知識的工具的企圖都是全然徒勞的。帕爾馬也許反對這一點,即他(和斯邦諾斯)的本體論並非傳統意義上的本體論,但卻體現了偶然性和歷史性。這也許確實如此,但假如說不是這樣的話,又如何解釋他那多種後現代主義解釋潛能的烏托邦希望呢?

也許,一種後現代的表演性闡釋學將把那種解釋中介的可能因素置於一個與早在現代就已佔據的位置不同的地方。也許,它甚至會恢復闡釋者那些古已有之的闡釋薩滿教的力量,也即揭示隱匿物、改變理解甚至醫治心靈的力量(帕爾馬1977:30—31)。

正如我選摘的這段引文中所示,帕爾馬並不把後現代主義當成一場嚴格的文學運動。實際上,他要求的根本不是談論一場運動,而是談論"某種更接近我們思維前提中的考古學手段的東西……這個問題是我們觀察事物的形而上基礎"(帕爾馬1977:21)。帕爾馬的視野顯然比斯邦諾斯的寬廣,因爲他把美國的反文化也包括進了他的認識之中,"這種不斷增長的生態學意識和神秘、超然和東方因素的再生",因此,他的後現代主義觀念最終就和萊斯利·費德勒的觀念有了許多共通之處,儘管他仍有存在主義作爲基礎。帕爾馬認爲,後現代主義總想預示一種新的認識,因爲這種認識體現並超越了傳統的、理性的西方哲學滋生的本體論懷疑,擺脫了西方理性主義的陷阱——走向一種全然還原的、本質上虛無主義的和可發掘的世界觀——它通過海德格爾的存在主義有可能實現。

現在再來討論威廉·斯邦諾斯。儘管他把奧爾森的"田野派詩歌"歸類爲"語象現代主義"的另一擴展形式,但我依然認爲,華萊士·馬丁所認爲的斯邦諾斯和帕爾馬的後現代主義概念與奧爾森的後現代主義有着某種直接的聯係,然而,他卻錯誤地作了這樣的界定:"從奧爾森、克里萊、戴維·安丁和杰羅姆·羅森伯格的口語詩中又冒出了一種後現代主義。正如威廉·斯邦諾斯所描述的那樣,它預示着邏各斯中心主義的形而上學之終結和海德格爾所設想的口頭語言的再生"(馬丁1980:144)。

這種立場在帕爾馬那裏顯然比在斯邦諾斯那裏更爲直率,因爲後者在涉及口頭語言的可能前景時比較謹慎,這似乎是查爾斯·羅塞爾在當代文學中看出的某種傾向的一部分:"在當代文學和思想中,有許多東西表達了這種追求某種靈知(gnostic)意識狀態和自我與世界的神秘結合之願望……(羅塞爾1974:356)。"這種朝向後現代神秘主義的發展在反文化後現代主義中也很明顯，但斯邦諾斯也將其歸類爲現代主義。這裏便提出了這樣一個問題：爲什麼他總是把奧爾森連同反文化排除在他的後現代序列之外，而別人卻看出了這些概念之間的明顯相似性。

如果我不揣冒昧地作這樣的回答的話，那麼在我看來，斯邦諾斯認爲奧爾森和反文化完全與歷史無關，因而也就對存在主義的惡意(mauvaise foi)感到内疚。

儘管存在着這一重大分歧(很可能歸結爲方法中的分歧：理智與直覺的對立)，我仍然認爲斯邦諾斯的存在主義後現代主義完全能適應奧爾森的觀點，進而擴展開來也適應經常用於美國詩評中的這一概念。儘管並不是所有被查爾斯·阿爾提埃里、唐納德·艾倫和喬治·巴特里克等人包容在"後現代"旗號下的詩人都相信詞語的力量，他們在很大程度上也帶有某種存在主義的先入之見。因而表現出對所有高級話語和形式主義權威的懷疑。艾倫和巴特里克就把奧爾森的後現代主義定義爲"説到底，它無時無刻不受現實約束"(艾倫和巴特里克1982：11)，並且認爲，黑山派詩人、垮掉派和紐約派詩人本質上都效法了奧爾森，時而帶有神秘的目的，時而又毫無目標。在他們看來，詩歌中的後現代主義"的標誌是對原始性、精神和性欲的不可缺少性以及神話的接受，和對科學、機遇和變化、機智和夢幻的最新理解"(艾倫和巴特里克1982：12)，總之，對此時此地的現實全盤接受，這種接受通常表現出的特徵是帶有某種敬畏，這種敬畏竟使其中的某些東西表現出了"前文字(preliterate)和前理性(prerational)"的特徵。

查爾斯·阿爾提埃里總想在斯邦諾斯的存在主義歷史性和與反文化有聯係的神秘主義之間作出仲裁："後現代詩人一直在試圖揭示人與自然相統一的方式，以便使價值得以被視爲内在變化過程的結果，因爲在這些過程中，人也像某個物體一樣是創造力的動因……"(阿爾提埃里1973：608)。阿爾提埃里還詳細探討了反文化:“上帝代表當代人而顯現爲一種能量,即內在力量的强烈表現形式”;然而,他那後現代的“人與自然”的合一並非傳統的詞語意義上的超越,自我和客體尋求的是在具體世界中的統一,而非超驗的形而上學的統一:“後現代人試圖使宇宙具體化,他們把特殊視爲玄秘超然的,而非象徵的。”(阿爾提埃里1973:610—611)

在馬扎羅看來,後現代詩歌最終“免不了顯出其世俗性和社會性,不管它表面上顯示出多少神秘主義的東西”(馬扎羅1980:Viii),而現代主義者則傾向於更加神秘化和非個人化。馬扎羅的後現代主義包括奧登(Auden)、傑瑞爾、洛威爾、羅斯克、拜里曼和畢肖普等詩人,但卻顯然把垮掉派這樣一些詩人排除在外,因爲他們把一種存在主義同對“口頭語言之再生”的神秘主義信念加以聯系。儘管馬扎羅沒有提到斯邦諾斯,但他卻使我把討論又拉回到斯邦諾斯的存在主義上,進而强調了他所謂的後現代詩人是如何努力應付偶然和直接經驗的。然而,儘管馬扎羅在他的導言中提到了海德格爾,但他卻未把他的後現代主義置於斯邦諾斯對西方理性主義的邏各斯中心主義的批判這一語境中。結果,他的後現代成員就不是奧登、拜里曼和畢肖普這些各不相同的詩人的某種鬆散聚合,因爲這些詩人都以自己的不同方式介入了實在世界,其介入方式遠比現代主義詩人更爲直接、更爲個人化和更爲專致。

二 走向綜合:從多種後現代主義到一種後現代主義

既然我討論到現在的這些後現代主義概念總是傾向於把五十年代和六十年代的某些傾向和文化特質孤立起來,以便冠之以“後現代”,於是到了七十年代,後現代主義便成了一個越來越具有包容性的術語,它把所有不能歸類爲現實主義或現代主義的文學和文化現象都彙集到了一起。正如科勒在1977年所能概括的那樣:

> 儘管對究竟是什麼東西構成了這一領域的特徵還爭論不休,但"後現代"這個術語此時已一般地適用於二次世界大戰以來出現的各種文化現象了,這種現象預示了某種情感和態度的變化,從而使得當前成了一個"現代之後"的時代(科勒1977:8)。

科勒爲説明這個意思還引用了美國藝術批評家約翰·佩洛特的一段文字:

> 我是在六十年代中期被迫使用後現代這一術語的,因爲我想探討各種似乎不合現代主義藝術規則的作品……後現代主義並不是一種特定的風格,而是旨在超越現代主義的一系列嘗試。在某些場合下,這意味着被現代主義"廢除"了的藝術風格的"復活"。而在另一些場合,它又意味着反對客體藝術或包括你本人在内的東西(科勒1977:13)。

儘管費德勒的後現代主義概念已經相當寬泛了,但後現代主義的真正包容性卻始自伊哈布·哈桑關於後現代主義問題的論述,尤其始自他早期的那本書:《奥爾甫斯的解體:走向後現代主義文學》(1971)。(從1964年到1969年,哈桑已經發表文章論述這一正在崛起的現象了,但有了這本書,哈桑才開始不斷地對關於後現代主義的爭論發生影響。)

在本文的第二部分,我將首先討論哈桑的後現代主義概念;然後再簡略提及另一些寬泛的觀念,諸如梅苔·卡利内斯庫以及法國批評家讓-弗朗索瓦·利奥塔德的觀念。

(一)伊哈布·哈桑的後現代主義:一種新認識的崛起

伊哈布·哈桑無疑是所有加入後現代主義論爭之中最多産的一位批評家,在本文範圍内追踪他的後現代主義概念的發展是不可能的,因爲他在十五年時間裏出版了四本論著和許多論文。然而,我們想盡量説明哈桑的後現代主義是如何變得越來越無所不包的,直到最後成爲一種成熟的認識觀念(episteme)。

在論述這些課題的早期著述中,哈桑把後現代主義看作是主要反形式的、無規束的、反創造性和唯信仰論的衝擊力量,受到了一種"破壞意志"(will to unmaking)的激發。正如梅苔·卡利内斯庫所指出的,這一概念近似歐洲大陸的先鋒派概念,而且哈桑一開始的後現代準則也支撑了這一看法;在《奧爾甫斯的解體》中,他在德·薩德那裏,在布萊克那裏,在釋惑學(Pataphysics)那裏,在達達那裏,在超現實主義那裏,在被他稱爲非文學的作品中,在讓-熱内特等那裏,均發現了後現代衝動,這裏只提一些例子。在他的例子中,達達和超現實主義佔據核心地位(在此我必須説明,我認爲,在他早期著述中的這一先鋒主義的後現代主義概念,比他後來的那個更帶存在主義色彩的概念更爲重要,後者同樣也出現在《奧爾甫斯的解體》中,把作爲一場運動的存在主義以及海明威和貝克特這樣的作家也包括了進來)。這種後現代的運動是朝着某種否定自身(故稱破壞意志)的藝術方向的衝擊力。它表明了一種朝向沉默的運動,並且以"兩種沉默的特徵"來表現自己,這二者合在一起便構成了後現代主義:"a)語言的消極重復,自我破壞,惡魔般的,虛無主義的;b)其積極的靜止,自我超越,神聖的和絶對的。"誠如霍夫曼等人(1977)所指出的,哈桑在他的概念中不惜犧牲"積極的靜止"來强調其"消極性",這一點正如在哈桑的語言中("自我超越,神聖的",他在别處則用來指垮掉派詩人的"神聖的拒絶")所表明的,在他本人生涯的這一時刻,也許曾有過明確的神秘主義聯想,即羅塞爾稱作"意識的靈知狀態"的那種神秘主義。如果不是這樣的話,那麼他的"積極的靜止"也還是同查爾斯·阿爾提埃里這類批評家在直接性中發現的超自然的優雅相關。

哈桑的早期概念中具有重要意義的因素恰在於,這一概念頗有意義地擴展了後現代主義的範圍。他和沃森一道(1969),使一種國際性的後現代主義概念普及化了(如果算不上是實際介紹的話),從而爲斯邦諾斯等後來的批評家的研究鋪平了道路。更爲重要的是,他改變了後現代主義的歷史界限劃分,從而使人們有可能將後現代主義——或干脆説他的多樣化後現代主義——視爲西方文化史上由來已久的一股潛流之興盛。儘管他後來常常撤回他的一些更加雄心勃勃的主張,並且比方説,把詹姆斯·喬伊斯的《芬內根的守靈》作爲第一部真正的後現代主義文學作品加以討論,但他的歷史視角和類型學方法已經決定性地影響了後來的討論。

正如我所評述的那樣,哈桑後來提出的後現代主義概念寬泛得多。照他本人在1980年所言,"我們不能像我有時所做的那樣,僅僅停留在這一假想之上:後現代主義是反形式的,無規束的或反創造的;因爲儘管它全帶有這樣的性質……但也還是包括那種揭示'整體感'(桑塔格)的需要,也需要'超越界限和填平鴻溝'(費德勒),同時還試圖(正如我所指出的)達到心靈的某種新靈知主義直接性"(哈桑1980b:121)。

然而,到1980年時,哈桑已經把更多的東西收容進了自己的後現代主義,從而將其變成了一種成熟的認識觀念(a full-fledged episteme)。在我剛才引證的那篇文章中,他爲了描述自己的後現代主義,汲取了列維-斯特勞斯、羅伯-格利耶、拉康、德里達、富科、德勒茲、巴爾特、德曼、布朗、斯泰納等當代作家和思想家的觀點。從過去的尼采那裏隱隱約約出現了一種形成性影響,即法國後結構主義者重新發現的尼采。換言之,到1980年時,哈桑已經把大量結構主義和後結構主義的思想拉進了自己的後現代圈子。在文學領域,他把紀實小説、美國的新新聞文體、幻想和科幻小説文類以及自我反省式(self-reflexive)元虚構小説都歸入了自己的後現代概念。他還從法國拉進了新小説和"《太凱爾》雜誌上的語言學小説"。他甚至把自己的後現代主義擴展到了文學批評領域,提出了自己的超批評(paracriticism),即旨在"恢復多重適應性(multivocation)藝術"的一種後現代批評形式(哈桑1975:25)。

這種多重適應性藝術使人很難總結哈桑的後現代主義觀點。的確,他的研究工作頗有參考價值,正如下面這張"暗示了後現代某些特徵的表"裏所示,所有這些特徵都是指向相反方向來對抗現代主義特徵的:"釋惑學/達達主義;反形式(分離的,公開的);遊戲;機遇;無規束;疲憊/沉默;過程/表演;即性表演;參與;反創造/分解/對立;缺失;離散文本/互文;合成句式;並列結構;轉喻;結合;根蒂/表面;反解釋/誤讀;能指;手迹的(作家的);反敍述;聖靈慾望;多形的/雌雄同體的;精神分裂症;差異(Difference)—延異(Differance)/痕迹;反諷;不確定性;內在性"(哈桑1980b:123)。正如我在前面所述,這個單子具有無窮的聯想性,但實際上卻無法指向一個穩定的、界定明確的中心。正如霍夫曼1977年就已指出的那樣,哈桑的"'沉默'之'意義'以及他的後現代主義作家名單幾乎不可能還原到一個公分母"(霍夫曼等1977:34);因此,從那以來哈桑的概念便不那麼容易定義了。

在十分一般的意義上,哈桑的後現代特徵中大部分——也許全部——都同分解主義的無中心世界之概念相關。換言之,它們受制於一種激進的認識論和本體論懷疑。這在哈桑看來是後現代主義與現代主義的主要差別:"現代主義——除了達達和超現實主義外——之所以創造出自己的藝術權威形式,恰恰是因爲中心再也不存在了,因此後現代主義便走向同正在崩潰的事物有着深層聯姻的藝術無規束狀態——或走向通俗"(哈桑1975:59)。既然現代主義者試圖使自己免受宇宙混亂意識和可能會感覺到的不會出現"中心"脆弱意識的侵擾,而後現代主義者則接受了這種混亂的現象,他們實際上生活在同這一混亂的某種相近狀態之中。這種對所有權威、所有高級話語和所有中心的終將死亡的後現代主義認識致使人們對混亂予以接受。有時甚至導致一種同動亂的世界的神秘主義調和,比如說,在諾曼·O.布朗提出的宇宙神秘主義中就是如此。布朗也自然被哈桑歸爲後現代主義者。

對中心終將消失的這種認識導向一個以兩種重要傾向爲特徵的後現代世界。"不確定性"(indeterminacy)和"內在性"(immanence)。在這兩極中,不確定性主要代表中心消失和本體論消失之結果;內在性則代表使人類心靈適應所有現實本身的傾向(這當然也由於中心的消失而成爲可能)。本體論基礎的這種絕對的必然喪失——哈桑在後現代主義哲學中看到的這種現象也和"海森伯格的物理學測不準原理以及戈代爾對所有邏輯系統的不完整性(或不確定性)的證明相近——在哈桑看來便造成了後現代模式的激增。不確定性也許會導向魔幻形式、神秘主義、超驗主義和啓式主義崇拜(與反文化相關的各種意識)、或導向存在主義、後存在主義、"非人性化"(dehumanization)、自我失落、生態主義、斷片、新未來主義,如此等等,不一而足(哈桑1975:54—58),只要這些意識模式不被當作是以本體論爲基礎的,都會出現上述情況。這種劇烈的不確定性完全能突破西方文化中的傳統障礙:"宗教與科學,神話與科學技術,直覺與理性,通俗文化與高雅文化,女性原型與男性原型……開始彼此限定和溝通……一種新的意識開始呈現出了輪廓"(哈桑1982a:110)。既然任何智性和道德體系、任何感悟現實的方式最終都不可能得到正式認可(利奧塔德語),那麼,就沒有一樣東西要求在本體論意義上高於另一些東西,因而也就能進行卓有成效的互相交流了。正如哈桑本人所指出的那樣,不確定性決不是一個明確的術語,而是一種走向某種整體多元論的傾向,這也許很容易適用於彼此排斥的範疇:

> 這種傾向確實是由訴諸下面這些詞的衆多潛在傾向(sub-tendencies)構成的:公開性、異端邪說、多元主義、折衷主義、隨心所欲、反叛、扭曲變形(deformation)。光是最後一個詞,就足以包容十幾個流行的破壞性術語:反創造、解體(disintegration)、分解、無中心(decenterment)、轉位(displacement)、差異、斷裂……(哈桑1983:27—28)。

在另一極致,哈桑的後現代主義範圍還包括"後現代世界的第二種主要傾向"。這一傾向叫做"內在性,這是我在不帶宗教共鳴的情況下使用的一個術語,其意在表明心靈綜合自己在世界上的一般特徵並對自我和世界發生作用之能力,這種能力越來越直接地成爲其自身的環境……"這一傾向在哈桑學術生涯的早期,也叫做新諾斯替教義(Neo-Gnosticism),受"由離散、發散、播散、分散(diffraction)、脈動(pulsion)、結合、泛基督教主義(ecumenism)、交際、交互作用(interplay)、相互依賴、相互滲透等諸如此類的詞召喚。這一傾向尤其取決於人類作爲一種會説話的動物之出現……這種靈長用自己創造的符號來確定自己,進而逐步發展爲構成自己所身處其中的宇宙"(哈桑1983:29)。

在缺少本質和本體論中心的情況下,人類可以通過一種語言來創造自己及其世界,也就是説,按照後結構主義的觀點,脱離客體世界。正是在這種內在性中,哈桑發現了一種走向"太一"(the One)、走向統一的運動。既然不確定性會導致斷片、部族化,那麼,內在性也會通過愈益走向一體化的語言媒介而導致全球化——"媒介的內在性現已影響了邏各斯的分散"(哈桑1980a:110)——這也是科學技術語言所導致的。顯然,馬歇爾·麥克盧漢的幽靈如同桑塔格的一元感覺一樣,不時地懷着某種滿足迴盪在哈桑的內在性上方。

這樣,哈桑便第一個把後現代主義文學概念轉化成一個門類衆多的文化概念,他顯然得助於費德勒、桑塔格等人。這個概念最終取決於同時性的表現形式,甚至取決於不確定性與內在性的交互作用,或者"破壞"與再造的交互作用,也即對一切權威的破壞和通過一種無中心的語言達到的再造,一種"新的語言內在性"(哈桑1980a:97)。

最後交代一下哈桑式後現代主義的淵源。儘管我在敍述中已着重强調了針對其中心的激進本體論懷疑(因爲在我看來這似乎是最重要的單個構成因素)，但哈桑仍然針對了歐文·豪的分析：

> 然而，最後這種認識因素還是證明只是衆多因素之一。唯信仰論和不確定性傾向的力量衍生自更大的社會意向：一種正在西方世界崛起的生活準則，機構價值的破裂，自由慾望的滋生，各種解放運動的風行，全球範圍的分裂和派系傾軋，恐怖主義的甚囂塵上——總之，這衆多因素(Many)決定了其必然高於單一因素(one)之上。(哈桑1983：29)

毫不奇怪，哈桑的包容性後現代認識觀竟能適應衆多的當代文學形式或模式，儘管這些形式或模式往往被早期的後現代主義批評家嚴格地排斥在外。在哈桑看來，後現代主義之所以包括自反式或元虛構小說，是因爲它反映了一切語言都是自我指涉的這一認識觀，即使它在現象學意義上也仍然遵循自己的創造。後現代主義爲了同樣原因也包括語言學或意象主義小說(新小說和《太凱爾》小說)。它之所以包括紀實小說則因爲這種小說模糊了事實與虛構之區別：事實，或者至少其各種形式的解釋者也是虛構的形式。不確定性把人們的想象從傳統的陳腐範疇中解放了出來，並使得重新評價幻想作品和科幻小說這類亞文學體裁成爲可能。它導致了形形色色的自我表現性表演模式，誠如人們在超小說家們的小說中所見：現實不過是想象的產物(在幻想作品和科幻小說中也是如此。)它也可能導致藝術最簡單主義，或甚至走向科學。換言之，對哈桑的不確定性的可能的美學反應的廣泛性導致了無法歸在同一名稱下的各種文學形式和模式的滋生。儘管哈桑的概念因其包容性而頗爲引人注目，但從文學分類的角度來看，這種包容性同時也是其缺憾。這也是所有認識概念的一個明顯的缺憾。因此，我在簡述另一些寬泛概念之後，打算回到純粹的後現代主義文學探討上來。

（二）後現代認識觀念：另一些觀點

在對伊哈布·哈桑的認識觀念作了如此詳盡的考察之後，我打算簡略地評述梅苔·卡利内斯庫和讓-弗朗索瓦·利奧塔德的認識觀念。這倒不說明他們的後現代主義認識概念不如哈桑的概念有價值，而是在我看來，哈桑爲後現代主義的認識觀念奠定了基礎，同時，卡利内斯庫和利奧塔德的概念同哈桑的也有不少相通之處。

先來討論利奧塔德，因爲他的《後現代狀況》(1979)一書對後現代主義論爭做出了重要貢獻〔爲了實用目的，我在此主要引證他最近的一篇論文：《回答這個問題：什麼是後現代主義》(1983)，在該文中，他試圖簡明地回答這個問題〕。首先，利奧塔德認爲，後現代狀況之特徵在於深刻的認識論和本體論危機。誠如哈桑所言："利奧塔德的核心主題在於'偉大的叙述'和'元叙述'之衰廢，而這恰恰是資産階級社會的有機構成因素。因而，這種深刻的危機就是某種'正統性'(légitimation)的危機(同哈伯馬斯在《晚期資本主義的正統性問題》中提的'正統性危機'相對照)，這體現在時下由許多語言主宰的各種認知的和社會的努力中"(哈桑1983：26)。我們也可引一段哈桑對利奧塔德"核心主題"的"自由的"解釋性總結：

> 後現代狀況對於消除幻想無疑是一個局外者，正如它之於消除正統的盲目積極性那樣。在元叙述之後，正統又能立足於何處呢？功能性標準只是技術上的；它無法適用於判斷真理和正義。果真如哈伯馬斯所認爲的那樣，通過討論達到共識嗎？那種標準違反了語言遊戲的異質性。而且發明創造又總是在異議中獲得的。後現代知識並不僅僅是權力的工具。它完善了我們的感覺力，使之認識到差異，同時也增强了我們容忍不能被同一標準衡量之物的能力。它不是在一致和同源中發現理性的，而是在發明創造者的背理(paralogies)中發現的。
>
> 因此，這一明確的問題就是：社會關係的某種正統性、一個公正的社會能按照某種與當前的科學活動相似的悖論變爲實際嗎？這種悖論是由

什麽組成的呢?(哈桑1983:26—27)

在舉出利奥塔德對這一問題的回答之前,我首先要指出這一後現代"主題"究竟同現代主義主題有何不同。利奥塔德認爲,"現代美學是一種崇高的美學,儘管它也是一種懷舊的美學。它使不可表現的東西僅作爲失卻了的内容而突現;但是形式則由於其可辨的一致性而繼續出現在讀者觀衆面前,作爲給他們的欣慰和愉悦"(利奥塔德1983:340)。我以此來説明,現代主義儘管在事物的核心處辨識出了"不可表現的東西"和中心的失去,但它最終仍然避免了同那種體現於智性怯懦中的失卻發生真正的遭遇。後現代主義在利奥塔德看來,是現代的繼續,它"應是這樣一種狀況:在現代範圍内以表象自身來突現不可表現之物……"(利奥塔德1983:340)。因此,利奥塔德認爲,後現代主義文學是一種"破壞的"文學,一種致力於以其自身的兩難(aporias)來揭示不可表現之物的文學,同時也是一種表演性的和"活動經歷"的文學:

〔後現代〕在表象自身中突現不可表現之物……本身也排斥優美形式的愉悦,排斥趣味的同一,因爲那種同一有可能使集體來分享對難以企及的往事的緬懷……尋求新的表現,其目的並不是爲了享有它們,而是爲了傳達一種强烈的不可表現之感。後現代藝術家或者作家往往置身於哲學家的地位:他寫出的文本,他創作的作品在原則上並不受制於某些預先設定的規則,也不可能根據一種決定性的判斷,並通過將普通範疇應用於那種文本或作品之方式,來對他們作出評判。那些規則和範疇正是藝術品本身所尋求的東西。於是,藝術家和作家便在没有規則的情況下從事創作,以便規定將來的創作所要求的規則。所以,事實上,作品和文本均具備了某個事件中的衆多人物;同樣,這些人物對於其作者來説總是姗姗來遲,或者説,構成同一事物的那一因素,即他們的被寫進作品以及他們的被展現(mise en oeuvre)又總是開始得太快(利奥塔德1983:340—341)。

利奥塔德對“不可表現之物”的意識之强調致使他排斥當代那些藝術表現形式,即拒斥被費德勒、桑塔格以及其後的哈桑這類批評家視爲後現代主義的那些形式,因爲它們也像現代主義一樣,迴避了一切高級話語崩潰之後果。在他看來,這些所謂的後現代主義形式並不如反現代主義形式更適應我們這個時期。顯而易見,利奥塔德心目中想到的是桑塔格的一元感覺、費德勒的通俗藝術以及哈桑的走向內在性之傾向的那些產物:

> 折衷主義是當代總體文化的零度;人們聽强節拍通俗音樂,看西部片,午餐吃麥克唐納(McDonald)的食物,晚餐吃當地菜肴,在東京灑巴黎香水,在香港穿“過時”服裝。傳授知識成了電視遊戲的內容,爲讀者找一些折衷主義著作倒是很容易的。由於藝術成了迎合低級趣味的拙作,因而便迎合了具有主導作用的贊助人“趣味”的混亂。藝術家、美術館老板、批評家以及讀者觀衆一起沉迷於“流行的時尚”,這個時代真可謂一個寬鬆的時代。但是這種“流行時尚的”現實主義實際上是一種金錢現實主義;因此在缺少審美標準的情況下,根據其產生的效益來估價藝術作品的價值依然是可行的和可用的。這種現實主義順應了所有的傾向……只要這些傾向和需求擁有購買力(利奥塔德1983:334—335)。

這些信息媒體(informatique)在這種智性欺騙的折衷主義中起到了重要作用,因爲它並不試圖表現那些不可表現之物;倒是其態度基本上是享樂主義的。現在再來討論後現代的正統性這一問題,這是缺少所有先在權威的一種正統性。誠如哈桑所說,利奥塔德構想了一個充斥了“稗史”(les petites histoires)的後現代時代,一個有着各種並列排比(paratactical)、反論和背理敘述的後現代時代,這些敘述意在向語言遊戲開放當前的政治知識結構,同時也向使我們能在這一遊戲本身的規則中有所突破或者有所變革的那些想象性重構開放這種結構(哈桑1983:27)。這並非返回高級話語,而是接受一種後結構主義的語言觀,這種觀點將語言視爲揭示其自身的無中心特徵和暴露一切敘述都缺少中心之事實的工具。後現代的合法性只能是高度假定性和暫時性的,它並無本體論基礎。它是狹隘的和脆弱的,並且包含着悖論。

如果說利奧塔德依然小心翼翼地聲稱,一種後現代認識觀已牢固地確立了自身,那麽梅苔·卡利内斯庫則對一個新時代的到來持更爲審慎的保留態度:"我必須首先承認,當代思想中的一種多元主義復興(我所理解的)就像某種必不可少的東西(desideratum)一樣,是一個醞釀中的現象(a phenomenon-in-the-making)……"(卡利内斯庫 1983:284)。這種"多元主義復興"(pluralist renaissance)——不管其狀況如何——就處於卡利内斯庫的後現代主義概念的核心。

在卡利内斯庫看來,這種"新的(後現代)多元主義"使自己迥然有別於現代主義。"除去極少幾個例子外,現代的激進懷疑主義運動使我們面臨着突出的自相矛盾性,而這正是這些運動根據一元論假想所預設的。那麽,縱然現代對一元論的批判實際上不過是對一種新的包含一切並解釋一切的一元論的尋求(耐心或不耐心,或者爲絶望而悲愁,或者受一些奇怪的太平盛世之希望的啓示),難道不是上述這種情形嗎?"(卡利内斯庫1983:263—264)。但是這種新的多元論完全可以置於一個更爲廣闊的語境之中:"……如果我們擯棄有着猶太—基督教末世學的現代世俗化變體之特徵的線性時代邏輯,那麽我們就會很快意識到,最近擺脱一元論的種種傾向均屬於更新(renovation)的範圍,而不是創新(innovation)的範圍"(卡利内斯庫1983:264)。

總之,後現代多元論既已被視爲以現代主義的一元論或二元論爲背景的(在那些情況下,兩種相異的現實之差别得到了認可),那麽,它就應是創新的,因爲它接受了這一事實:"有多種不可還原的原則,因而也就有諸多的世界。"它的"對話式多元論"(dialogic pluralism)以某種使人聯想到富科的離散形式之方式導向了"一種

對關係範疇的新解釋”:

> 既然歷史相對性擺脫了現代時代概念的必然的綫性發展,同時也擺脫了想逃避那種必然的綫性的自然企圖(表現爲對整體上可逆轉而且理想上亦可控制的時代概念的各種哲學或科學的抽象圖式),因而也就容易呈現爲一張巨大的交互規定之網,在這張網內,某些重要選擇的不可更替性創造了新的可更替的模式;它也容易呈現爲一個沒有任何“客觀”預定的目的(telos)或結果(eskhaton)的正在進行的“創造進化”過程。我們的意識就存在於處於永恒的“時間原則”(chronotopical)之變化的多重(實際的或可能的)世界中(卡利內斯庫1983:284)。

在卡利內斯庫看來,在這種多元論後現代主義中,傳統的界限可能已打破:“因而出現了後批評以及更寬泛的後現代參照系,在這一參照系中,數學、宗教和藝術在保留其所有不可還原的差別時,也可以被認爲具有極重要的共同特徵。我們注意到,識别這些特徵……使得繼續進行早已被現代擯棄了的文化內部的對話(intracultural dialogue)成爲可能”(卡利內斯庫1983:275)。

儘管如此,卡利內斯庫的多元論還是未能使他進入一種後結構主義的分解主義中,這派理論擯棄了所有旨在獲取所謂“實證”知識的企圖。倒是與其相反,他把這種分解主義看作是一種可“迻譯爲哲學上的‘否定一元論’”的“否定性獨語”(negative monologism)。他想到的是德里達及其追隨者們的“未在一元論”,即他所冠之的“否定和激進不可知論一元論”。在他看來,這種否定一元論用來“排他性地達到顛覆和瓦解整一(One)之目的,而不去實現對衆多(Many)的肯定”(卡利內斯庫1983:272—273)。照卡利內斯庫看來,分解主義只是貌似多元主義,而“由這種多元論所斷定的多重性……則顯然是一個空洞的整一:一種‘加倍’和‘再加倍’的未在,一種無止境的重復,一種什麼也不建構的諸多構架的無限復歸”(卡利內斯庫1983:273)。我認爲,卡利內斯庫的見解同利奥塔德的多有相通之處。他們把高級(一元論的)話語之喪失看作是他們的後現代主義諸概念的核心,但他們又不大情願去得出這樣的結論,即這種未在必然要導向被利奥塔德稱爲"任何東西都會消亡"之境地。也許可以從分解主義的未在之無窮反覆中解救出一些東西;在利奥塔德看來就是其"稗史",而在卡利内斯庫看來則是其對觀眾的肯定。在下一部分,我將討論一位批評家,即美國批評家艾倫·王爾德(Alan Wilde)。我認爲,他提出了一個與利奥塔德和卡利内斯庫的概念都十分相近的後現代主義概念,儘管王爾德又回到了一個更爲局限於文學範圍的觀點上。

三　重返文學後現代主義

從這篇對後現代主義評述中出現的是這樣一種情形,即較近的概念至少都有這一核心特徵:一種激進的認識論和本體論懷疑。既然在早期的概念中,注意的焦點往往都在别處,那麼始自沃森(1969)和哈桑(1971),這種激進的懷疑便加入了後現代主義的核心,並且從此佔據了那個核心部位。當前關於後現代主義的各種分歧都傾向於專注其對文學的影響,同時也專注某些具體的文藝作品是否屬於那個懷疑的表現形式這一問題,而非專注這一核心之前提。甚至像詹姆斯·麥拉德這樣的批評家,雖然贊成用"高級現代主義"(sophisticated Modernism)和"後期"(late-phaseed)現代主義並全然拒斥現代主義這一術語,但他也還是承認,這種本體論不可信性對於他所謂的高級現代主義作品有着重要性:

> ……後期現代主義作家的作品已達到了這一地步:他不僅不可能相信"外在"的物質或歷史的世界,也即一個被早期現代主義者所放棄的信念;他再也不可能相信那些爲"内在"世界設置的大部分現代主義的權威,也即人的智性或想象的内在世界(麥拉德1980:140)。

在本文的這一部分裏，我打算討論一些“應用的”後現代主義概念，即那些不發生認識作用的概念，這些概念試圖描繪多少已得到成功界定的一些後現代主義文學。我的討論不是詳盡無疑的，同時我也認識到我的材料選取很容易被人認爲是武斷的：我將略去對這場辯論的許多有意義的貢獻，例如約翰·巴思、理查德·波爾里埃爾、菲力普·斯特維克、戴維·洛奇、布魯斯·莫里塞特等人的貢獻。他們的觀點之於我的探討目的或者太不明確，或者過於具體。這裏不妨舉幾個例子：巴思就提出過“後現代主義寫作模式與現代主義模式的綜合或超越(transcension)”，並以此作爲“後現代主義小說的一個頗有價值的計劃”。他意在表明，“理想的後現代主義小說應當高居於現實主義與非現實主義、形式主義與‘内容主義’(contentism)、純文學與受委託而寫的文學、同仁小說與廉價小說之間的爭吵之上”(巴思1980：70)。同樣，波爾里埃爾對“演示性自我”(performing self)的討論也十分有意義，而且這一概念本身也已廣泛流傳(儘管通過波爾里埃爾的努力而不排他)，但他畢竟是在一般層次上討論的。此外，斯特維克對他所謂的“新小說”(new fiction)的討論也極有效益，這尤其體現在他對那種小說的技巧的評論中，但他卻撒下了一張大網：“新小說在其寓言之基礎上，可以區別於舊小說，同時也基於這一事實，即他情願讓這種結構法享有自我意識的突出，並賦之以愛的色彩，一種遊戲感，以及爲了自身而進行的創造和歡樂。”(斯特維克1973：216)

在這一序列的另一邊，戴維·洛奇在試圖制訂後現代戰略時表現出相當的精確，但他對詳細闡明後現代世界觀卻不太感興趣，因爲他注意到，(1)對世界的這一總體觀念抵制了人類意識對之進行解釋的强制性企圖，同時，對人類困境的這種總體看法在某種程度上也近乎‘荒誕’，它並未成爲許多後現代寫作的基礎……”(洛奇1977：225)。顯然，他相當唐突地創造了別人也許可以從中看出其轉向的某種同一性。難道羅伯-格利耶(也被歸入他的後現代行列)

不想看出世界的"荒誕"嗎?那種不表明世界抵制解釋這一"總體思想"的後現代文學又在何處?比洛奇更拘泥者還有,例如布魯斯·莫里塞特和杰拉德·霍夫曼(莫里塞特,1975;霍夫曼,1982),但他們的貢獻本身卻是卓越的,卻因其詳盡地專注後現代文學的技巧方面而超出了本述評的範圍。

我在下列選擇中受制於中庸之道(the golden mean),因而決定討論這樣一批批評家:他們既對後現代世界觀感興趣,也對這一觀念何以在後現代主義作品中成形的方式感興趣。但他們的概念是相當寬泛的,同時,也是相當拘泥的,因爲他們試圖在後現代文學這一整體內對不同的模式作出區分,因而總是爭辯道,這些模式在一切中心、一切"特權語言"(privileged languages)均消失的情況下(羅塞爾語,羅塞爾1974:359)仍有着共同的淵源。也許,我與其說受制於中庸之道倒不如說更受制於個人偏見:在我看來,我們也必須在後現代主義內部對各種模式作出區分,以便將其弄個明白,同時也便於爲一種卓有成效的討論確立一套規則。

(一) 格拉夫、麥拉德、王爾德和其他批評家

在較大範圍的後現代主義内描述兩種以上的模式,已有人做過嘗試,他們是傑拉爾德·格拉夫、詹姆斯.M.麥拉德,超小說家(主要是雷蒙德·費德曼和羅納德·蘇克尼克)、克里斯托弗·巴特勒、安德列·勒沃、艾倫·王爾德等。我在此僅簡略評述其中的一些論點,然後更詳細地考察艾倫·王爾德的主張,因爲他把一種通常不被歸入後現代主義序列的亞文類(他稱作"中間小說"midfiction)也包括了進來。

在開始討論格拉夫時,我們再次發現,現代主義與後現代主義之間有着頗爲人們熟悉的區別:

既然覺得現代主義者的嚴肅性依靠一些明顯專斷的基礎,因此後現

> 代主義作家便把這種嚴肅性當作一種拙劣模仿的對象。現代主義求助於藝術這一被界定爲强加於野蠻渾沌之上的人性秩序，……因而後現代主義者便總結道，在這樣的藝術和歷史概念下，藝術給人們的只是同另一些不可信的文化機構相差無幾的慰藉。後現代主義預示着，這一歷史的惡夢，也像現代主義美學和哲學傳統對歷史的界定那樣，已經壓倒了現代主義自身(格拉夫1979:55)。

因此，"從有意義的永恒實在，從所有實體中的異化，便成了一個不可避免的狀況"(格拉夫1979:55)。在把後現代主義視爲一場國際性運動時，格拉夫也在羅伯-格利耶(他戲擬現代主義者的"尊重真理和意義")的小說中發現，異化也像在約翰·巴思、唐納德·巴塞爾姆這些美國當代作家那裏一樣起着作用，因爲他們和羅伯-格利耶一樣，也拒斥這種深度概念："在後現代小說中，人物也如同永恒的實體，是某種'關於子虛烏有'的東西，缺乏說得通的動機或可發現的深度(格拉夫1979:53)。"

這種異化現象往往通過兩種主要方式得到虛構的本質。第一種以博爾赫斯的作品爲範例，在他的敘事中，"反省和自我戲擬的技巧暗示出一個人性意識能在其中超越自身神話的世界"(格拉夫1979:56)。這種"禁錮狀態通過某種悲劇的或悲喜劇的角度得到了表現，它迫使我們將其視爲一個問題"(格拉夫1979:56)。這對格拉夫的論點頗爲重要：儘管博爾赫斯的後現代主義把"唯我主義扭曲"表現爲"唯一可能的視角"，但它卻將其歪曲表現了，因而"隱晦地承認了某種正常性概念，但這只要是一個悲觀地喪失了的概念也就行了"(格拉夫1979:56)。博爾赫斯的後現代主義同時也有這樣的特徵，即有着"爲這種客觀實在的喪失指明歷史社會原因的能力"(格拉夫1979:56)。換言之，博爾赫斯的小說也許是自反性的，但它仍然力圖用可辨識的方式來解釋事物；它含蓄地對其自身存在之理由提出了"'實實在在的'評論"。雖然並非所有的自反小說都可以用博爾赫斯的敍事方式作自我解釋(在格拉夫看來,異化在巴思和巴塞爾姆那裏就"與其原因意識相脫離"),但即使在其更爲激進的異化形式中,自反小說也還是表現了歪曲了的意義之喪失。

對待異化的一個全然不同的態度體現在格拉夫所謂的"更值得稱道的後現代主義形式"中。在這裏不存在對"一種客體價值秩序"之喪失的懊悔,而且事實上,幾乎也没有對以前的秩序的任何記憶可言。它的消失應被視爲一種解放。"自我疆界的解體……被視爲意識擴張的一種支撑形式和發展前奏"(格拉夫1979:57)。格拉夫在此參照了蘇珊·桑塔格的觀點,他想到的是反文化後現代主義,對此,我在前面已引證過他的一些觀點了。

這樣,我們在格拉夫那裏便看到了一種仍與實體有着細微的智性聯係的自反模式,另一種模式則無意識地緊抓住渾沌,儘管自我的疆界已解體,但它依然是徹底唯我主義的。

自反小說(或者元小說)與一種值得稱道的後現代主義形式的這一區别也得到了另一些批評家的響應。詹姆斯·麥拉德就在自己的高級現代主義(他用來稱後現代主義的一個術語)中創造了一種與之相似的區别特徵。在他看來,現代主義正統性戰略的消失導致了最後階段(後現代)的正統性:"藝術表演"本身的正統性,作爲"行爲、儀式和遊戲"的藝術品。誠如麥拉德所言:"在神話、原型和語言均被顛覆的事件中(誠如它們已被高級現代主義者所顛覆那樣),小說家便可爲了主體和權威或正當性而求助於寫作本身這一行爲"(麥拉德1980:138)。

這種"表演"以"兩種相反的方式"得以實現:"作爲過程或作爲産品,作爲……遊戲或娛樂,行爲或人工制品,事件或語像,上下文或文本……(麥拉德1980:140)。"第一種方式强調"過程",被麥拉德等同於遊戲、行爲、事件和上下文,因而是實用性的。它强調"敍事的固有價值";它玩弄觀衆,玩弄現實,玩弄傳統的文學成規。例如,屬於這一範疇的作家有布羅提根、馮尼戈特、巴塞爾姆和蘇克尼克。後現代主義表演的第二種類型,即被等同於娛樂、人工製品、語像和文本的那類東西,則採取"一種基本上客觀對待宇宙、觀衆、自我和作品的態度"(麥拉德1980:133)。它提供了自足的、自反的小說,例如納博科夫的《蒼白的火》或約翰·巴思的《迷失在遊樂園》。這裏的"權威之來源"並不在於表演了第一種範疇的"聲音"(麥拉德相當混亂地稱之爲"表演性"模式),而倒是"在於所產生的客體——語像藝術客體自身"——當然不存在現代主義賜予語像藝術的那種"高級"權威。

於是,麥拉德便在後現代主義的"表演性"之內,對兩種文類作了區分,這二者是以"遊戲(play)這個表演性術語和娛樂(game)這個人爲產生的術語來表示的(麥拉德1980:133)。顯然,這兩種模式都同格拉夫的自反小說以及他的值得稱道的形式多有相通之處,只有一點例外,即麥拉德並不企圖將這二者中的任何一個置於實在世界之基礎上,儘管這只是暫時性的。

作爲他所謂的"超小說"的批評家和作家,雷蒙德·費德曼也隱約地意在作這同樣一種區別。儘管他的立場表述得遠不夠清晰明白。他的出發點(他自稱爲"後存在主義")在於這一認識,即任何東西都是不可言傳的:"談論這個世界是不可能的(費德曼1978:127)。"他也追隨羅伯-格利耶,聲稱世界不過是存在的,並且領悟出了揭示這一事態的後現代主義特徵的衝動:"在這種新小說的計劃背後……潛藏着一種真誠的努力。對一種新的真理的尋求。一種試圖恢復事物、世界以及人類的適當位置(一種更爲純潔的狀態)的真正的努力(費德曼1978:128)。"這一衝動導致後現代文學朝兩個方向發展。第一個方向是元小說(meta-fiction)。小說必須不斷地將其自身顯示爲虛構作品,它們必須成爲"對(其)自身欺騙性的無止境的揭露"(費德曼1978:122)。對世界的認識(小說一貫主張如此)必須爲這一行爲所取代:"在小說內部尋求——甚至再尋求——它想寫小說的意義何在。這是一種自我反省的行爲……(費德曼1978:122)。"而在同時,第二種衝動也在發生作用,這是由這一解放意識所刺激的一種創造性衝動,即"此時一切都可言傳"。這種衝動導致了"冗長曲折的句子,語無倫次的語詞發音、重復、羅列……整個的蒙太奇和拼貼機制",其實並不包含多少自我反省性,倒是包含了一種明顯的努力(費德曼也未過於公開地致力於此),即努力"捕捉事物的本來因素,對世界、對其客體和人作重新估價,但卻不強加給它們任何預先設定的意義"(費德曼1978:127)。

一方面,我們有着自反性和針對藝術作品的內部指向性,另一方面,我們又有一種外部指向並介入世界的衝動。這後一種衝動相當含糊地歸於語言內部的一種潛在能量。誠如理查德·皮爾斯在討論超小說時較爲清楚地表述的那樣:"這一傳載媒介宣稱自己是興趣和制約的獨立的來源(皮爾斯1974:72)。"語言似乎總是要表演自身並觸及世界,以擴展經驗的直接性。另一位超小說家,羅納德·蘇克尼克,也對自我意識和自我封閉的元小說與一種有着不同於純粹自反性選擇的小說作了類似的區別,並將這兩種模式視爲多少帶有前後關聯性的:

> 那也許是六十年代小說與七十年代小說的最重要的區別。後一類小說拋去了六十年代對形式的反諷感,以及其自我戲擬和自我意識。到了七十年代,那種自我意識便成了對那一手段及其選擇的一種更爲敏銳的意識(蘇克尼克1977:105)。

查爾斯·羅塞爾作了一種可進一步闡述超小說觀念的區別。在他看來,當代文學(他用來稱後現代主義文學的術語)循着兩個主要方向發展,這二者都"在書刊圖片的基礎部位保證了沉默"(羅塞爾1974:352);換言之,它們都不承認語言能真實地表達事物。一個方向"强調書刊圖片的認識論空間。它研究個體與環境的關係。嚴格說來,它提供的並不是對世界的研究,而是對經驗何以通過意識而得到淨化的研究”(羅塞爾1974:352)。羅塞爾列舉了這樣一些作家:品欽、科辛斯基、布羅提根、蘇克尼克和巴塞爾姆,他們寫出了以對“世界的想象性反應”爲中心的小説。羅塞爾截去了費德曼的這種寫作可以重新估價世界這一觀點,從而强調指出,那些反應確實只能是對一個本質上不可企及的世界的反應。但畢竟他的想象性反應在我看來,仍然可以等同於費德曼的“捕捉事物本質”的嘗試。後現代文學中的另一個方向對羅塞爾來説,就是自我反省的方向。它“把焦點集中於語言的規範結構……正是作家的結構手法、意義的基礎和形式才具有重要性”(羅塞爾1974:352)。正如人們也許預料的那樣,這裏提及的作家顯然包括博爾赫斯(“這批人中最主要的人物”)、巴思、納博科夫和庫弗。

儘管這種再分法把後現代主義文學分爲元虛構和表演性(用麥拉德的術語)兩大類别相當流行,但這決非唯一的劃分法。專注於形式更甚於想象的批評家往往傾向於補充一些不同的區别性特徵。例如,克里斯托弗·巴特勒就感悟出了兩種主要模式之間的某種辯證法:“……在於《芬内根的守靈》的宏大滯重結構與《旋律》的故意缺少這一結構之間的那種辯證關係制約了整個後現代時期;在這二者之間作出各種調節的正是對藝術家心靈過程的現象學專注……。”(巴特勒1980:5)對創作過程的這種關注可以與巴特勒的主要模式中的任何一種相結合,甚至還可以自身成爲一種模式:“當前的結構主義對語言遊戲和藝術家操縱代碼的强調,從多種意義上説來,就是對創作過程的動力的這種關注之延展(巴特勒1980:5)。”雖然這並非巴特勒所主要關心的東西,但他的討論卻也暗示出一種對比:仍植根於現實的後現代主義小説與“强加給其客體的特别排他性的關注”和“公然擯棄任何模仿的義務、甚至斷絶同日常情感生活的任何聯係”的對照(巴特勒1980:138)。這種區别儘管並不太明確地出現在費德曼的概念中,但卻是艾倫·王爾德的觀點之核心。我很快就要轉而討論他的觀點。

另一位十分關注形式的批評家是安德烈·勒沃，他在後現代主義小說中看出了“冷漠的隔離和狂熱的捲入兩個極致”，這兩個極端在二者之間留下了一個“空白……過去被傳統小說所佔據的重要空白”(勒沃1976:54)。這兩個極致都預設了一個無意義的、不可拯救的支離破碎的世界和一種作者的觀點，這種觀點表明，“再也不像現代主義者那樣，去盡力保存一種基於對人和社會的理想主義概念之上的秩序”(勒沃1976:46)。勒沃將冷漠的這一極致同一種支離破碎的世界觀相聯係，這是一個斷裂的極致:“斷片和不連貫被接受爲規則。記憶的幻覺被湮没了，因果被認爲是可轉換的，邏輯的世事被作爲描寫碎片玩弄”(勒沃1976:51)。狂熱捲入的一極則同妄想狂相關聯，其特徵是連貫性，一種忘我地捲入所面臨的混亂之中的意識:“其打動人之處在於片斷(分離)視覺中極其突出的幾何模型之消散。觀察者的特質(視覺是其特殊媒介)屈從於更爲散亂的近似聯覺之感覺。輪廓和障礙物似乎消解在某種粘滯流體中了，細節也融入了一種統一氛圍下的四處滲透的潮流和漩渦。”(勒沃1976:53)

勒沃的模式似乎相似於巴特勒的模式:妄想狂式的(paranoid)滯重結構與支離分裂的(schizoid)缺失結構的對立。但那種印象很可能會使人誤入歧途。勒沃的連貫性模式意在强調感官印象，不禁使人想起了費德曼和蘇克尼克的超虛構小說敘述者或反文化的衆多產物，在那裏，人們倒未發見結構滯重現象，而恰恰相反，發見了一種統一的意識，即在無條件接受意義上的那種統一。無論如何，巴特勒和勒沃所闡明的是這一點:主要基於形式所作的區分是或然性的;關於後現代主義技巧以及這些技巧何以迥然有别於現代主義技巧的討論仍在發展，還是看看克里斯琴納·布魯克-羅斯(1981)和傑拉德·霍夫曼(1982)最近的重要著述吧。

現在再回過頭來看後現代世界觀，我將簡略討論一下艾倫·王爾德對後現代論爭的貢獻，並以此來總結這篇評述近年來的批評性貢獻的膚淺之作。王爾德之所以值得關注，是因爲他以一種令人意想不到的方式擴展了後現代主義文學的概念，把馬克斯·艾潑勒和斯坦利·艾爾金這樣的作家也包括進了他的後現代行列——實際上，在他看來，這些作家顯然也已經創作出了那些迷人的後現代小說。

同樣，在王爾德看來，後現代主義放棄了現代主義試圖恢復整體性的嘗試，而是傾向於一個斷片的世界，並且接受了經驗的偶然性：

> 正如我曾多次表明的，如果現代主義的明確特徵在於其對斷裂和分離持反諷的看法，那麼後現代主義在其觀念上則更爲激進，它倒是源自一種隨意性、多重性和偶然性的觀念：總之，一個需要修補的世界爲一個無法修補的世界所代替了。現代主義受到某種焦慮感的刺激，試圖在藝術的自立秩序中或在自我的無自我意識(unselfconscious)深度中恢復整體性……因而在其慾望和幻滅的强度中走向英雄高雅。後現代主義出於對這些努力的懷疑，自我表現爲故意地、有意識地反英雄特徵。面對着世界的隨意性和多樣性，它(爲城市和世界)規定了那種懸而未決的態度，這……隱含着對世界及宇宙間事物之意義和關係的一種根本易變性的寬容。(王爾德1981：131—132)

照王爾德的看法，這種對易變性的後現代式寬容導向了一種成爲後現代主義文學之特徵的“懸念式反諷”(suspensive irony)。既然現代主義的反諷“在同其分離觀念的對抗中”設定了“一種對廣泛秩序的補充性觀念，並因此而產生了一種往往超越了信仰的希望”，那麼相對照而言，現代的“懸念式”反諷則從未包括這樣一種補充性觀念。說到底，現代主義的反諷是“反反諷的”，而後現代反諷則決不會消解在絕對的觀念中：“不管在其他方面，後現代反諷者彼此間多麼不相同，但他們至少都一致承認，他們在自己所描繪的世界中的情形是必然的。不管他們有未捲入那個世界，都得屬於它，

他們的視角受制於一種來自現實內部的觀點。"(王爾德1981:121)

正如這段引文所示,王爾德的後現代作家要麼捲入自己的世界,要麼未置身其中,這種捲入性在王爾德看來恰是一個重要的區別。一方面,有着這樣一些自覺或不自覺地置身其外的作家:元小說家和超小說家。王爾德對自反小說已不感興趣了,他認爲這類小說被過高地估計了:"對它的關注……更多地同元批評(metacriticism)的突出地位有關……而較少關涉元小說自身的內在價值"(王爾德1982:179)。他被超小說家們的自以爲是所激怒,因而認爲,他們最終也是置身其外的,儘管他們的主張與其相反:"就在這些作家沉迷於世界的混亂之同時,卻又否認世界本身所具有的特異性和刺激因素……起效用的……顯然是代替和取代的一個過程。"(王爾德1981:137)王爾德認爲,超小說是可還原的和自我封閉的。它那介入世界的企圖是欺人之談的;事實上,它使"現象實在"屈從於"對意識的主觀化和理想化的改造"(王爾德1981:141),因而最終是基於一種還原藝術的唯美主義之上的。王爾德甚至都未在超小說中感悟出羅塞爾的"想象性反應",他倒是看到,作家的想象將其選擇模式强加給世界,並且論證道,在實際的實踐中,超小說家並未像他們所希望的那樣,遠離現代主義。

於是,在王爾德看來,娛樂與遊戲之間、人爲模式與表演模式之間並無多大差別:這二者都放棄了通過語言來介入世界的努力。但是,還有第三種模式,叫做"中間小說",它仍試圖具有指涉性,並且甚至對確立(顯然是小範圍的)真理抱樂觀的態度。中間小說在"接受表面的重要性"的同時,至少還不時地在那種表面之中發現了"雖然有限但卻是真正的肯定之可能性"(王爾德1981:123)。中間小說的懸念式反諷同時也是一種"生成性反諷"(generative irony);它表現了一種"受到自我與世界的交流啓發的企圖,旨在嘗試性和暫時地創造出反對(而非取代)一種無意義的宇宙的反反諷價值領域。總之,世界被接受爲已知,並且在其本質上是不可變更或理解的。但是那種認識決非意在隱含禁慾式的退讓或自殺性的絶望”(王爾德1981:148)。中間小説試圖證明是反對虛空的,儘管其“贊同”是“局部的、有限的和暫時的”。换言之,它尋求積極的認識(“反反諷領域”),而並非對這一事實視而不見,即在任何絶對的意義上,認識(一種真正“反反諷的”認識)都是全然不可企及的:

> 中間小説描繪了一種在現實主義與反省性這對立的兩極(其前提和技術性程序)之間進行交流的叙述形式。此外,它還試圖頻繁地、似非而是地通過有限場所中的交易來揭示普通事物的非凡特殊性——從而使作家的(以及讀者的)信念受到質問。最後,它邀請我們不是通過而是進入行動與其人物的關係中——並通過其結構内的某種策略上的偏差或轉向——迂回地、嘲諷地將存在於一個自身的世界中的道德混亂領會爲“文本”,這個文本在本體論意義上是反諷的,它因情況而異,同時也具有成熟性(王爾德1982:192)。

對王爾德來説,中間小説是後現代主義内最重要的一種模式〔因此也許他所稱的那種“後現代主義基本上是美國的一個事件”(王爾德1981:12)〕,他歸給中間小説的重要性顯然是他出發點的一個結果:“我的看法(儘管只是大致的和完全非教條的)是現象學的(王爾德1981:3)。”王爾德的立場倒使人想起了利奥塔德的(“稗史”)和卡利内斯庫的(他對得到肯定的祈求)那些看法,甚至,儘管有着如此之大的分歧,想到了斯邦諾斯的存在主義後現代主義觀點。

無論如何,中間小説必須和那些後現代主義概念歸爲一類:在一個以本體論懷疑爲主的框架内仍感悟出一種積極認識的基礎,而不管它有多少片面性和臨時性。王爾德的概念致使他對唐納德·巴塞爾姆和羅伯特·庫弗這些作家的小説作出挑釁性的解釋。更爲重要的是,它還爲諸如斯坦利·艾爾金這樣一些作家提供了一席位置,而他們至今對那些試圖把他們歸類的人來説,仍然是一種困惑。艾爾金的模式肯定是表演性的,但同時也是指涉性的;它具有深度的反諷性，但卻不害怕意義。王爾德的中間小說在當代作品的廣闊範圍內，則是一個頗受歡迎的新範疇，不管它將在實際上顯示出多少後現代特徵。

四 問題和一些嘗試性的結論

第一個問題自然是究竟有沒有這樣一種獨立的後現代主義現象，儘管已有多少批評家爲之辯護付出了主要的精力。另一些批評家則同樣勁頭十足地否認其存在並且論證道，後現代主義不過是現代主義內的一個發展(麥拉德1980;克默德1968)。爲使這個問題進一步複雜化，已有相當數量的批評家捲入了關於後現代主義的辯論，因而批評本身也已成爲一種十分靠不住的事業，而且事實上成了一種虛構。例如，布拉德伯里就宣稱："我把這些策略、方法和推測(與時期劃分有關的)看作是帶有一些虛構性的一部分——有時就是同一種類的虛構性——它也參與了對創造性藝術本身的製作"(布拉德伯里1983:311)。波爾里埃爾甚至更爲毫不猶豫地認爲，文學批評就是虛構，是一個可與純文學虛構相比擬的虛構化過程(波爾里埃爾1971:29)。哈桑對批評的認識論可能性也十分謹慎，並以明顯贊同的態度引證了諾曼·霍蘭德的觀點："讀物的數量之多可與寫這些讀物的讀者數量相當。有可能這樣，而且也應當這樣(哈桑1980a:113)。"換言之，居於最近的後現代主義概念之核心的那種劇烈的不確定性，迫使那些接受這種不確定性的批評家一邊提出自己的觀點，一邊又將其"分解"(deconstruct)。誠如哈桑的"超批評"(Paracriticisms)中所示，批評成了表演，同時在後現代語境內難以區別於沉默(這些批評家的連續不斷的產品並不表明他們允許自己的實踐受理論討論的支配)。

於是就存在着明顯的制定規範和劃分時期問題。後現代主義究竟是一個專門的美國現象(王爾德)還是有着廣泛的國際性(沃森、哈桑、斯邦諾斯、利奧塔德等)。它究竟包括新小説這樣的亞文類(沃森、洛奇、哈桑、莫里塞特等)還是排斥它(斯邦諾斯)。它包括荒誕派文學和戲劇(斯邦諾斯、杜昂)嗎?包括拉丁美洲的魔幻現實主義(巴思)嗎?包括所謂的紀實小説(扎瓦扎德)嗎?後現代主義可以回溯到德·薩德和另一些前現代的反制度和先鋒派人物(哈桑)嗎?它始自博爾赫斯(格拉夫等)、始自貝克特(洛奇)、始自海德格爾和薩特的存在主義(斯邦諾斯)、始自喬伊斯的《芬內根的守靈》(後期的哈桑),或是一個嚴格的二戰後的現象(王爾德、斯特維克等)嗎?這些問題繁多,我只好捨棄這個臨時列出的包括一些最迫切的問題的名單了。

遺憾的是,我的結論並不繁多。顯而易見,最重要的問題就是,在大多數概念中,同時在最近關於後現代主義的幾乎所有概念中,本體論的不穩定性問題是絶對的核心。正是意識到了中心的缺失、特權語言和高級話語的缺失被視爲同現代主義的最顯著的區別,而現代主義在幾乎所有的批評家看來,則仍然不放棄某些中心,並且力圖迴避爲後現代主義所接受的劇烈的不確定性之影響。然而,儘管存在着這一決定性的差别,但大多數批評家照樣一致認爲(尤其在文學技巧方面),現代主義和後現代主義之間仍然存在着重要的連續性。

所提出的另一些重大差别在於,讀者角色的不斷變换和後現代的“自我失落”。先談讀者的角色,正如霍夫曼等人所說:“從某種交際的角度來看,現代主義似乎强調創作感受與藝術品以及發送者與信息之間的關係,而後現代主義則强調信息與收受者之間的關係(霍夫曼等1977:40)。”諾曼·霍蘭德也贊同這一點:“大體上説來,後現代批評已決定性地轉向了讀者與文本的關系(霍蘭德1983:295)。”意義是相互作用的結果,它並不是人們在文本中所發現的已知物,而是在讀者與文本的交互作用過程中創造出來的。因此流行的批評概念便是依據自身權利而形成的一種藝術形式;它以某種基本上不被當作迴異於其他創造過程的方式介入了個體的創造性才能。

霍蘭德還將對閱讀過程中交互作用的强調同精神分析學中的類似發展相關聯，在精神分析學中，先前那個有着穩定的本質的概念讓位給了（至少在他所稱之的後現代精神分析學中）一個新的本質概念，即基於交互作用之上的概念："這種主題和變體（theme-and-variations）的本質概念以一種明顯的後現代、元虛構方式消解了個體的中心。你是虛構的，我也是虛構的，就像後現代小說中的人物一樣。我所擁有的最個性化的、最重要的東西，即我的本質，並不在我身上，而是在你我之間的交互作用中，或在一個被分割了的我身上"（霍蘭德1983：304）。

霍蘭德的本質觀儘管往往有着較爲激進的形式，卻得到了普遍的贊同。正如我們所見，在傑拉德·格拉夫看來，後現代主義的值得稱道的模式在於"自我界限解體"之特徵；在丹尼爾·貝爾看來，"各種各樣的後現代主義……不過是自我本質在消除個體自我（ego）的努力中的解體罷了"（貝爾1976：29），伊哈布·哈桑進一步說明道，"結構主義者和後結構主義者所堅決要求的那個自我本質（self），也效法尼采的直覺認識，確已成了一個空洞的'地方'，在那裏，許多個自我相混合，相分離"（哈桑1977：845）。在霍夫曼看來，這場朝向一個不太明確、不太穩定的本質的運動甚至是某種認識觀念調和的轉變："可以感覺出的一個朝着現代文學主體性消失的傾向之朕兆已成爲後現代作品中的一個事實。因而現代文學與後現代文學的一個巨大的差別便在兩種認識觀念的對立中得到了反映：主體性對立於主體性的失落。"（霍夫曼等1977：20）

後現代的自我本質再也不是一個有力量把（明顯主觀的）秩序强加給外界環境的相干性實體了。它已變得無中心了（重復霍蘭德的話）。後現代主義的劇烈的不確定性已進入到個體自我中，並已强烈地影響了它原先的（假設的）穩定性。本質也像其他一切一樣，變得不穩定了。

這些現象在我看來,是此時所能可靠地得出的最一般的結論。另一些較爲具體的結論暫且還得拭目以待。我對後現代主義文學實踐所作的結論必然也是嘗試性的。我認爲,我們在批評中可以在後現代主義文學範圍内確定兩種主要的模式,我在此已作了評述:一種模式是放棄了指涉性和意義,另一種則仍然試圖有所指涉,有時甚至力圖確立局部的、暫時的和假定的真理。

非指涉性模式包括自反或元虛構寫作,同時也包括表演性寫作,如果那種寫作不旨在尋求指涉和意義的話(人們也許會想到,比方説,布羅提根的笨拙的遊戲性)。然而,表演性寫作並不一定就是非指涉的——它可以反映作家與其外界環境的現象學意義上的含涉(involvement)——在這種場合下,它往往屬於另一種模式。非指涉模式不能確定文本以外或超出寫作過程之外的意義,因爲模式是由文本所體現的。對此提出異議的一位批評家就是傑拉爾德·格拉夫,但是被他歸因爲博爾赫斯的元小説的"超文本"(extra-textual)意義其實並無多少"意義",而倒是對意義的可能性的一種否定。這種非指涉模式被許多批評家用來與結構主義或後結構主義的觀點相關聯。

指涉模式一般同現象學方法相關聯,其中主體——遠不如在現代主義小説中那麼穩定和一致——積極地嘗試着介入世界。這種模式也許謀求確定意義,但也未必就能做到。它也許可以在現象學的層面上盡力捕捉經驗的直接性,而無須把意義强加於那一經驗,或者也可以——誠如某些紀實小説中所示——僅僅反映"外在於那裏"的物體的表面。另一方面,它也許可以——誠如王爾德的中間小説中所示——滋生出臨時的意義。其實這並不見得多麼令人困窘,任何後現代主義小説都可以在自己的外殼内將這些模式揉合,然後再把這一情景弄模糊——畢竟,折衷主義被廣泛地視爲後現代主義的一個重要特徵(確實,某些批評家,例如巴特勒,也看出了現象學過程在元小說中所起的作用，從而論證道，藝術家往往在現象學的層面上觀察並記錄創作過程。我認爲，這是不可否認的，但是這一過程往往對觀察自身的主體是有限的；同時也没有外部世界的介入）。

這些批評上的區別也許是有用的，但是小說當然不會以指涉或非指涉的方式來顯示自身；只有讀者才將其歸類爲指涉的、表演的、元虛構的，等等，因此我們最終也不得不進入一個被後現代主義本身弄得十分可疑的角落，即解釋的角落。關於後現代主義的辯論之分曉，還得有一段漫長的時間才可見出。

（王 寧 譯）

參考書目

Allen（艾倫），Donald and George F. Butterick（巴特里克）. 1982. *The Postmoderns: The New American Poetry Revised*（《後現代：美國新詩·修訂本》）. New York: Grove Press.

Altieri（阿爾提埃里），Charles. 1973. "From Symbolist Thought to Immanence: The Ground of Postmodern American Poetics"（《從象徵主義思想到內在性：後現代美國詩歌的基礎》），*Boundary* 2, 1: 605-641.

Antin（安丁），David. 1972. "Modernism and Postmodernism: Approaching the Present in American Poetry"（《現代主義和後現代主義：美國詩歌現狀探究》），*Boundary* 2, 1: 98-133.

Barth（巴思），John. 1980. "The Literature of Replenishment: Postmodernist Fiction"（《補充的文學：後現代主義小說》），*Atlantic Monthly* 245, 1: 65-71.

Bell（貝爾），Daniel. 1976. *The Cultural Contradictions of Capitalism*（《資本主義的文化矛盾》）. New York: Basic Books.

Benamou, Michel and Charles Caramello, eds. 1977. *Performance in Postmodern*

Culture(《後現代文化的表演性》). Madison, Wisconsin: Coda Press.

Bradbury(布拉德伯里), Malcolm. 1983. "Modernisms/Postmodernisms"(《現代主義/後現代主義》), in Hassan and Hassan 1983: 311-327.

Brooke-Rose(布魯-羅斯), Christine. 1981. *A Rhetoric of the Unreal: Studies in Narrative and Structure, Especially the Fantastic*(《非真實的修辭學:敘事和結構研究,尤其是幻想作品》). Cambridge: Cambridge University Press.

Butler(巴特勒), Christopher. 1980. *After the Wake: An Essay on the Contemporary Avant-Garde*(《覺醒之後:當代先鋒派論》), Oxford: Oxford University Press.

Calinescu(卡利內斯庫), Matei. 1983. "From the One to the Many: Pluralism in Today's Thought"(《從單一走向衆多:當今思想中的多元主義》), in Hassan and Hassan 1983: 263-288.

Cunliffe, Marcus, ed. 1975. *American Literature Since 1900* (《1900年以來的美國文學》). London: Sphere Books.

Federman, Raymond. 1978. "Fiction Today or the Pursuit of Non-Knowledge" (《今日小說或非知識的尋求》), *Humanities in Society* 1, 2: 115-131.

Fiedler(費德勒), Leslie. 1965. "The New Mutants"(《新的變體》), *Partisan Review* 32: 505-525.

……. 1975. "Cross the Border—Close that Gap: Postmodernism"(《越過邊界——填平鴻溝:後現代主義》), in Cunliffe 1975: 344-366.

……. 1983. "The Death and Rebirths of the Novel: The View from '82'"《小說的死亡與再生:82年的觀點》in Hassan and Hassan 1983: 225-242.

Garvin, Harry R., ed. 1980. *Bucknell Review: Romanticism, Modernism, Postmodernism*(《巴克耐爾評論:浪漫主義、現代主義、後現代主義》). Lewisburg, Pa.: Bucknell University Press.

Graff(格拉夫), Gerald. 1979. *Literature Against Itself: Literary Ideas in Modern Society*(《對抗自身的文學:現代社會的文學觀念》). Chicago: University of Chicago Press.

Hassan(哈桑), Ihab. 1971. *The Dismemberment of Orpheus: Toward a PostmodernLiterature*(《奧爾甫斯的解體:走向後現代文學》). New York: Oxford University Press.

……. 1975. *Paracriticisms: Seven Speculations of the Times* (《超批評:對時代的七篇沉思錄》). Urbana: University of Illinois Press.

……. 1977. "Prometheus as Performer: Toward a Posthumanist Culture"(《作爲表演者的普羅米修斯:走向後現代主義文化》), *Georgia Review* 31: 830-850.

……. 1980a. *The Right Promethean Fire. Imagination, Science, and Cultural Change* (《恰到好處的普羅米修斯之火:想象、科學和文化變革》). Urbana: University of Illinois Press.

……. 1980b. "The Question of Postmodernism" (《後現代主義問題》), in Garvin 1980: 117-126.

……. 1983. "Ideas of Cultural Change" (《文化變革的觀念》), in Hassan and Hassan 1983: 15-39.

Hassan, Ihab and Sally Hassan, eds. 1983. *Innovation/Renovation: New Perspectives on the Humanities*(《革新/更新:人文科學研究的新視角》). Madison: University of Wisconsin Press.

Hoffmann(霍夫曼), Gerhard. 1982. "The Fantastic in Fiction: Its 'Reality' Status, its Historical Development and its Transformation in Postmodern Narration"(《小說的幻想性:其"真實"狀態、歷史發展以及其在後現代叙事中的變形》), *REAL*(*Yearbook of Research in English and American Literature*) 1: 267-364.

Hoffmann(霍夫曼), Gerhard, Alfred Hornung and Rüdiger Kunow. 1977. " 'Modern', 'Postmodern' and 'Contemporary' as Criteria for the Analysis of 20th Century Literature"(《作爲分析二十世紀文學之準則的"現代"、"後現代"和"當代"》), *Amerikastudien* 22: 19-46.

Holland, Norman N. 1983. "Postmodern Psychoanalysis"(《後現代精神分析學》), in Hassan and Hassan 1983: 291-309.

Holquist(霍爾求斯特), Michael. 1971. "Whodunit and Other Questions: Metaphysical Detective Stories in Post-War Fiction"(《偵探小說及其他問題:戰後小說中的玄秘偵探故事》), *New Literary History* 3: 135-156.

Howe(豪), Irving. 1959. "Mass Society and Post-Modern Fiction"(《大衆社會和後現代小說》), *Partisan Review* 26: 420-436.

Kermode(克默德),Frank. 1968. *Continuities*(《連續性》). London:Routledge and Kegan Paul.

Klinkowitz(克林科維兹), Jerome. 1975. *Literary Disruptions: The Making of a Post-Contemporary American Fiction*(《文學的分裂:後當代美國小說的形成》). Urbana:University of Illinois Press.

Köhler(科勒), Michael. 1977. "'Postmodernismus': Ein begriffsgeschichtlicher Überblick"(《"後現代主義":一種歷史觀念的概括》), *Amerikastudien*22:8-18.

Levin,Harry. 1960."What Was Modernism"(《什麼是現代主義》),in Levin 1966:271-295.

……. 1966. *Refractions:Essays in Comparative Literature*(《比較文學論集》). New York:Oxford University Press.

Le Vot(勒沃),André. 1976. "Disjunctive and Conjunctive Modes in Contemporary American Fiction"(《當代美國小說中的分離和連接模式》),*Forum* 14,1:44:55.

Lodge(洛奇),David,1977. *The Modes of Modern Writing: Metaphor, Metonymy, and the Typology of Modern Literature*(《現代寫作模式:隱喻、轉喻及現代文學的類型學》). London: Arnold.

Lyotard(利奧塔德), Jean-François. 1979. *La Condition postmoderne: Rapport sur le savoir*(《後現代狀況:關於知識的報告》):Paris:Minuit.

……. 1983."Answering the Question:What is Postmodernism?"(《回答這個問題:什麼是後現代主義?》)in Hassan and Hassan 1983:329-341.

Martin(馬丁),Wallace. 1980."Postmodernism:Ultima Thule or Seim Anew?"(《後現代主義:終極還是再生》),in Garvin 1980:142-154.

Mazzaro(馬扎羅),Jerome. 1980. *Postmodern American Poetry*(《後現代美國詩歌》). Urbana:University Of Illinois Press.

Mellard(麥拉德),James M. 1980. *The Exploded Form:The Modernist Novel in America*(《分解的形式:美國的現代主義小說》). Urbana:Univeristy of Illinois Press.

Morrissette(莫里塞特),Bruce. 1975. "Post-Modern Generative Fiction"(《後現代生成小說》),*Critical Inquiry* 2:253-262.

O'Connor(奥康納),William Van. 1963. *The New University Wits and the End of Modernism* (《新大學才子與現代主義的終結》). Carbondale: Southern Illinois University Press.

Palmer(帕爾馬), Richard E. 1977. "Towards a Postmodern Hermeneutics of Performance" (《走向一種後現代表演闡釋學》), in Benamou and Caramello1977:19-32.

Pearce(皮爾斯),Richard. 1974. "Enter the Frame"(《進入框架之中》),*Tri Quarterly*30:71-82.

Peper(派普),Jürgen. 1977. "Postmodernismus:Unitary Sensibility"(《後現代主義:一元感覺》),*Amerikastudien* 22:65-89.

Polrier(波爾里埃爾),Richard. 1971. *The Performing Self:Compositions and Decompositions in the Language of Contemporary Life*(《表演自我:當代生活語言中的構成與分解》). London:Oxford University Press.

Russell(羅塞爾), Charles. 1974 "The Vault of Language: Self-Reflexive Artifice in Contemporary American Fiction"(《語言的穹窿:當代美國小說中的自反技巧》),*Modern Fiction Studies* 20:349-359.

Sontag(桑塔格),Susan. 1966. *Against Interpretation and Other Essays*(《反解釋及其他論文》). New York:Delta.

Spanos(斯邦諾斯),William V. 1972. "The Detective and the Boundary:Some Notes on the Postmodern Literary Imagination"(《探測與分界:後現代文學想象札記》),*Boundary* 2,1:147-168.

……. 1977. "Breaking the Circle"(《突破圈子》),*Boundary* 2,5:421-457.

Stevick(斯特維克),Philip. 1981. *Alternative Pleasures:Postrealist Fiction and the Tradition*(《選擇的愉悦:後現實主義小說與傳統》). Urbana:University of Illinois Press.

Sukenick(蘇克尼克)(著),Ronald. 1977. "Fiction in the Seventies:Ten Digressions on Ten Digressions"(《七十年代的小說:十篇離題的文章論十篇離題的作品》),*Studies in American Fiction* 5,1:99-109.

Wasson(沃森),Richard. 1969. "Notes on a New Sensibility"(《論一種新感覺》),*Parisan Review* 36:460-477.

……. 1974. "From Priest to Prometheus:Culture and Criticism in the

Post-Modern Period"(《從傳教士到普羅米修斯:後現代時期的文化與批評》),*Journal of Modern Literature* 3:1188-1202.

Wilde(王爾德),Alan. 1981. *Horizons of Assent: Modernism, Postmodernism, and the Ironic Imagination*(《一致贊成的視野:現代主義、後現代主義與反諷想象》). Baltimore: Johns Hopkins University Press.

……. 1982. "Strange Displacements of the Ordinary: Apple, Elkin, Barthelme, and the Problem of the Excluded Middle"(《對普通事物的神奇的替代:艾波爾、艾爾金、巴塞爾姆及排中問題》),*Boundary* 2,10:177-201.

現代主義文學向後現代主義文學的主旨嬗變

布賴恩·麥克黑爾*

致雷蒙德·費德曼和羅·蘇克尼克

我認為這些想法並不是虛無縹渺的……；相反，我們都發現我們雖在不同的都市，但卻在同一時間、相同的交通燈下駐足。綠燈一亮，我們都穿過街道。

——摘自史蒂夫·卡茲(《勒克萊爾和麥克卡佛內》1983:227)

一　元理論初探

首先，我就攤出我的理論之牌。我認爲，文學史裏的所有定義、分類或分界都是策略性的。也就是說，所有這些定義、分類或分界的制訂都是有的放矢、指此道彼——其實講的不過是一些別的有準備的範疇或文學史模式、一些文學史裏目前接受的能感覺得到的矛盾或缺陷以及對範圍或優越性的展望。事實上，這種文學分期的觀點是完全正統的。它至少可以追溯到艾·奧·洛弗喬伊的經典性論文《論浪漫主義的區別》(1948)(欲讀目前的重叙，參閱蟻布思1977年的文章。它被概括在佛克馬寫給本卷的導言裏)。當然，並不是所有的文學史家都同樣地願意或能夠認清他們的定義和範疇的

* 布賴恩·麥克黑爾是以色列特拉維夫大學比較文學系教授。

策略性質。

我進一步認爲,好的定義或出色的定義之標準並不在於它多麼接近“那兒”的客觀事實,而在於它的生成性。[①]出色的定義給人以新的見識,新的聯想,不同程度或種類的連貫性。最後,如繼續研究它,將會得到更多的話語、新的理解、對模式的批評和完善,以及相反的命題和爭論。最完美的定義應是像這樣極富生成性,又能清楚地意識到自身的策略性質;同時,這種意識還應當是自覺的而並非不自覺的。

換言之,我們在通過定義和描述來建構我們所描述的客體。我們應該力圖建構有意思的客體。我們絶不應該忘記,我們是在建構,而非發現。順便說,這並不意味着我不贊成我們學科的科學探索。不管怎麼說,我是在“文學科學”系任教,用希伯來語說即“torat ha-sifrut”。我同意這一名稱所暗含的意義。我只是要求我們的科學(文學科學)應基於當今的理論科學,而不是以牛頓時代的理論爲準繩。在當代物理學中,把光當作波有時具有策略上的優越性。可在其它時代,它卻被看作粒子。那麼,有人就會提出這樣的問題:“在哪些方面,光表現得像波?在哪些方面,光又表現得像粒子?”“在什麼情況下,把光當作波更有利?在什麼情況下,把它當作粒子更有利?”人們提出諸如此類的問題是絶對有意義的。但如果有人問:“光到底是什麼?是波還是粒子呢?”這樣的問題就没有任何意

① 在討論這篇文章時,瓊·加拉德評論説,我的生成標準仍屬於現代主義的概念。事實上,我對現代主義和後現代主義所做的理論區分來源於現代主義的理論原則,而不是來自後現代主義的。當然,此話也針對了利奥塔德的觀點,即後現代主義是一種泛文化現象,一種“狀况”。對於加拉德的異議,我缺乏强有力的反駁。我只是聲明我的觀點與利奥塔德的後現代主義觀點不同。或者我這樣答覆,我們爲什麼不能用現代主義理論來描述後現代主義。可是,上述兩點似乎都不令人滿意。或許,我最好還是來談談心理偏愛(儘管我們不願承認,但心理偏愛卻在“文學科學”實踐中起到極大作用,參閲查爾:1975);就我個人而言,我偏愛生成勝於拘謹(或隨便什麼相反的範疇)。

義了。以此類推,浪漫主義是十八世紀末和十九世紀初美學中(約瑟夫·沃頓所稱的浪漫主義)的原始主義和自然主義。有時,這種看法是有益的,但在其他時代,浪漫主義又被認爲是反自然主義或自我意識的流派(德國浪漫主義)。同樣,要是問"浪漫主義到底是什麼?"這樣的問題也是毫無意義的。

後現代主義的情形也是如此。根據我們使用這一術語的策略目的,我們命名了許多浪漫主義;同樣,後現代主義也有許多不同的命名。在寫給本書的文章裏,漢斯·伯頓斯嘗試着把後現代主義加以分類。鑑於洛弗喬伊的標題,他的論文題目也可定爲《論諸種後現代主義的區別》。這篇論文肯定會彙集所有最富生成性的後現代主義定義。每個定義都明確地說明其策略目的性,都回答了"關於什麼"的問題。若是這一後現代主義的定義彙集是完整和實事求是的話,那麼它應包括像弗蘭克·克默德的(1968)那類定義。克默德認爲,後現代主義根本就不存在。也會有我下面將要提出的定義——不是後現代主義的正宗定義,而僅僅是衆多定義中的一個。所有這些定義都是根據不同的文學史策略而定的。

二 主 旨

我對有關文學史領域裏範疇所說的話也可應用於描寫詩學裏的跨歷史範疇。這些範疇也是策略性的,涉及的是此事,而論述的卻是另外一件事。主旨的概念便是一例,我打算在下面敘述後現代主義作品時,使用這一概念。對這一概念最具權威性的解釋毫無疑問是羅曼·雅克布森1935年用捷克語作的演講。他基本上概括了他的俄國形式主義同事魯力·廷佳諾夫的卓見。我把大家所熟悉的英語譯文引用如下(引自馬鐵耶卡和玻摩斯卡:1971):

主旨可以定義爲一件藝術品的焦點部分:它制約、決定並改變其餘

> 部分。它起着保證結構完整性的作用。在評價詩歌形式時，值得注意的問題是系統裏不同成分相互關係的轉換，而不是某些因素的消失和另一些因素的出現。換言之，應注意主流嬗變（馬鐵耶卡和玻摩斯卡1971：105，108）。

顯然，這是一個複合定義。在演講裏，雅克布森把兩個不同的語境重迭在一起了。一個是討論個別文本結構的語境，另一個是討論文學體系結構及其超時間變化的語境。主旨的概念雖然和這兩種語境都有關係，但在每一種中，它們又有着細微的差別，對不同成分的針對性不一樣，它們的概括程度也不一。在某種意義上說，有兩個主旨，一是針對作品，一是針對體系。更確切地說，還不止兩個，因爲在他那篇簡潔而又獨具特徵且內容充實的演講裏，雅克布森把這一概念也運用於一般的詩歌分析（在此，韻律、音步和語調在不同的歷史時期都起着主導作用）、一般的語言藝術分析（在此，審美作用起着跨歷史的主導作用）和文化史分析（繪畫是文藝復興時期佔主導地位的藝術形式，音樂是浪漫主義時期的主要藝術形式，等等）。有時，雅克布森的批評者們抱怨說，他的主流並不是一個單獨的、統一的概念，而是各種概念的混合。這我同意，可是，在我看來，這並非過錯。相反，這倒是優點。雅克布森的演講裏如有不足之處的話，那就是他没能清楚地指出不只一個主旨。相反，主旨是一個“漂浮的”概念，適用於不同範圍的現象和不同層次的分析。根據我們所要回答的問題，面對同一篇文本，我們能辨別出截然不同的主旨。如從其同時性出發孤立地看待文本，我們也許會找出一個主旨。如考察它在文學體系演變中的地位，我們也許會發現另一個迥然相異的主旨。如果我們把它作爲詩歌史裏的一個例子而加以分析，就會發現第三個不同的主旨。如果作爲一般的語言藝術，還可能有第四個主旨，諸如此類，不一而足。總之，主旨是一個策略性範疇。如果雅克布森早用這麼多話進行解釋的話，人們就可避免許多誤解了。

由於手頭這一問題(即後現代主義的定義)涉及到文學史的分期問題,所以,作爲文學演變範疇的主流,它現在對我們具有特別的意義。下面是雅克布森在1935年的演講裏,對此所作的進一步闡釋:

> 在一般詩歌標準的特定複雜性範圍内,特別是在適用於某一詩歌流派的一套詩歌標準裏,一些原先是次要的成分變成了基本的和主要的成分。另一方面,本來是主要的因素卻變成了可有可無的次要因素……一篇詩歌作品是一個結構體系,一套有層次的、有規則地排列的藝術手法。詩歌的發展就是這一層次的改變……文學史的形象在大大地改變。這一形象比以前的文學研究不連貫性(membra disjecta)要豐富得多,同時也更加統一,更具綜合性和條理性。(馬鐵耶卡和玻摩斯卡1971:108)

更加一體化嗎?無疑,文學史形象的統一性和我剛剛講過的主旨的多樣性相牴牾。然而,事實上,卻是不相悖的。對向文本提出的問題,我們從特定的角度入手,就會得出一些因素的特定層次結構。這些因素都受主旨制約。然而,一旦我們改變了視角,改變了問題,我們便會得出不同的主旨和不同的結構。如果我們就某些二十世紀的典範文本發問:"在現代主義創作體系向後現代主義創作體系轉變的過程中發生了哪些變化呢?"我們會得到一個統一的答案,或者,如雅克布森所説,綜合的和整一的答案。但這並不妨礙我們提出其它問題,而且得出的答案仍是綜合的和整一的——不同的統一性,可以這麼説,是可以並存的。

通過對雅克布森歷史詩學概念效用的闡述,我們來看看主旨是如何在有組織地、統一地描述最近的現代主義文學體系中起作用的。

根據佛克馬的説法(1982),時期代碼是"第二模型體系"(用洛特曼的意義),能夠壓倒語言代碼的規則。時期代碼的標誌在四個不同的分析層次上清晰可辨：(1)大結構組織原則層次；(2)小結構層次(句子層次)；(3)主題和名稱層次；(4)涵義層次(佛克馬1982：68—69)。佛克馬在這四個層次上描述了現代主義時期代碼的標誌。他的例子出自紀德的《製造僞幣的人》和下列作家的文本。這些作家包括喬伊斯、伍爾芙、曼、普魯斯特、穆齊爾和瓦萊里·拉爾博。由於策略上的緣故，這些原因以後會清楚的，我用威廉·福克納《押沙龍，押沙龍！》裏的例子替換了其他作品。因爲它也是一部典型的現代主義文本。(參閱佛克馬1982：69—72)

從大結構層次來看，依佛克馬的看法，現代主義小說是以叙述者或抒情物視角的暫時性和虛假性爲其特徵。《押沙龍，押沙龍！》這部作品就是一個典型的例子。小說中，昆丁和謝雷維是靠不可信的來源(有偏見的，或是小道的)得知蘇特潘的故事的。這些來源顯然來自羅沙·克爾德菲爾德小姐，或是經過了許多中介。實際上，這種傳遞方式已受到某種程度的竄改了。視角的暫時性也表現在小結構層次上。在《押沙龍，押沙龍！》裏，句子層次的暫時性是以思考性或假設性副詞(可能、大概、或許)和表示條件的助動詞(可以、必須)形式表現出來的。這使文本中的某些章節令人困惑，大大削弱了叙述的權威性。

佛克馬認爲理智、理智的獨立和理智的分離是典型的現代主義主題。他認爲，現代主義的語義世界是圍繞着分離、意識和觀察這些術語編織的。《押沙龍，押沙龍！》的主題就是分離。在書中，那位被動的聽者和旁觀者昆丁，直到小說的結尾，都成功地同他所聽到的和所經歷的一切保持着理智和感情上的距離。有意義的是，他的南方悲劇史的重建竟在哈佛進行。哈佛在地理上和南方遠隔萬水千山，而且他還和一個局外人，加拿大的謝雷維合作。福克納在《押沙龍，押沙龍！》一書中的語義世界集中在所有表現理智活動的最基本的動詞上：思考、知道等。

佛克馬告訴我們，詞語的涵義特徵貫穿在語言的日常使用中，是由時期代碼通過詞語搭配重新組合而成的。在現代主義的時期代碼中，天天發生的瑣事或細節和涉及意識和觀察的極有價值的詞語阻礙着熟悉的涵義分類。這種涵義是重要和非重要的或瑣碎的。雖然佛克馬在他所引用的伍爾芙和紀德的作品中，有很明顯的現代主義時期代碼的標誌，但這一標誌卻偏偏在《押沙龍，押沙龍！》裏得不到任何確證。

我們能對現代主義時期代碼的分析說些什麼呢？首先，正如分析所示，它只不過是一個由不同成分組成的目錄，是片斷的收集。雅克布森說，在主流概念出現之前，文學史研究是由這種片斷收集構成的。我們所要考慮的是，表面上蕪雜的標誌擁有什麼共同的特徵，什麼聯係原則把它們連結在一起——總之，什麼核心力量保證了時期代碼的整一性。佛克馬的分析是一個尋點謎(follow-the-dots puzzle)，各點都各就各位而且恰當地編了號，但連結它們的線仍有待於畫出，這條綫就是主流。

三 兩個論點

依我看，佛克馬目錄中各項的共同之處是它們的認識論成分。大結構和句子層次的角度之暫時性、理智的主題以及鑑於瑣事在意識中的作用而對它們的重新估價，所有這些現代主義特徵都使我們的注意力集中到認識論問題上①。這使我得出了我的兩個論點中的第一個：

論點1：現代主義是以認識論爲主旨的。即現代主義作品計劃提出如

① 在後來出版的著作裏，佛克馬和厄路德·蟻布思聯袂填補了1982年文章裏的空白，詳細說明了認識論裏現代主義的主旨(佛克馬和蟻布思1984)。我把這視爲對我觀點的重要的、獨立的確證。它之所以是獨立的，是因爲在此之前我不知道佛克馬和蟻布思的專著(由於我不懂荷蘭語，即使我知道這樣一本書，我也不能閱讀)。

> 下問題：從作品中獲知什麼？如何獲知？誰知道它？他們如何知道它，確切程度如何？認識是如何從一個人傳到另一個人的？可信性如何？認識從一個人傳給另一人時，認識的對象是如何改變的？什麼是認識的極限？等等這類問題。

我認爲，福克納的《押沙龍，押沙龍！》無疑是想提出認識論問題。其邏輯性同偵探小説裏的如出一轍，它是認識論一類中的絶妙例子。像許多經典的現代主義文本裏的人物，如亨利·詹姆斯和約瑟夫·康拉德作品裏的人物一樣，福克納的主人公也通過依賴性程度不等的證人的證據來重新製造和解決一樁"罪行"——唯獨福克納能把打在罪行上的引號去掉，因爲小説裏確有謀殺的懸案需要解決。《押沙龍，押沙龍！》把像認識的可理解性和流通性、不同人對"同一"認識的不同建構、"不可知"問題或認識的極限這類認識論主題加以突出。而且它突出這些主題是通過典型的現代主義（認識論的）手法：觀點的多樣化和並列，通過一個"意識中心"（昆丁）對現象進行集中，内心獨白的各種高妙運用（特别是羅莎的例子）等。最後，《押沙龍，押沙龍！》以典型的現代主義方式把小説人物的認識論困境移到讀者頭上了。"受阻形式"的策略（混亂的年表、隱瞞的或間接提供的信息、困難的"思想方式"等）刺激着讀者，使他們身臨折磨昆丁和謝雷維的那些問題之境：認識的可理解性、可信性和極限。（參看基内，1978）

因此，福克納在《押沙龍，押沙龍！》中，把以認識論爲主旨的詩學，換言之，現代主義詩學付諸了實踐。也許要除去一章，因爲在那一章裏，現代主義詩學有失敗的危險，或者更有甚者，事實上確實失敗了。在第八章中，昆丁和謝雷維對蘇特潘謀殺案的認識已到了山窮水盡的地步。然而，他們没有停止，而是超越重建，進入純粹的思辨。叙述行爲的標誌消失了，所有的權威性和可信性問題也隨之消失。文本從各種人物叙述的模倣轉到不可調解的混同，從人物的

“說話”轉到作者向我們直接“展示”蘇特潘、亨利和馮之間發生的事。謀殺案之謎是“解決”了，然而，並不是通過斟酌證據、作出結論的認識論程序，而是通過事件可能發生，文本說事件必定會發生這樣的想象性設計。在品欽的《第49個人的呼喊》(1966)裏，面對着認識的絕對極限，俄迪柏·馬絲痛苦地叫喊：“我能設計一個世界嗎？”而昆丁和謝雷維則顯然毫無焦慮地設計了一個世界。他們置獲得我們世界可靠性認識的棘手問題於不顧，即席創造了一個可能的世界，他們在虛構(參看瑞蒙-柯南，1978)。

總之，《押沙龍，押沙龍！》的第八章戲劇性地表現了從認識問題向存在模式問題的主旨轉變——從認識論主旨向本體論主旨的轉變[①]。在這一點上，福克納的小說觸及了，也許越過了現代主義作品和後現代主義作品之間的界綫。

讓我從這一結論推知我的第二個命題：

> 論點2：後現代主義作品是以本體論爲主旨，即後現代主義作品計劃提出下列問題：世界是什麼？世界有多少類型？如何組成？不同點在哪裏？當不同的世界相遇時，會發生什麼？或什麼時候世界間的界綫遭受侵犯？

---

① 我最好一開始就把我所運用的“本體論”概念闡述清楚，這樣或許可以消除誤會。文學批評裏的“本體論”來源於哲學，特別是海德格爾的哲學。它試圖“置”世界於穩定的或確定的存在秩序之中。在評論後現代主義作品的文章裏，當談到所謂後現代主義企圖“削弱”本體論基礎時，本體論便有代表性地出現了。參閱漢斯·伯頓斯在本書裏的文章。我希望我的本體論概念與上述用法無關。我的本體論概念(我想下面的析例會清楚地說明)來源於它在詩學中的用法，特別是那些運用形式邏輯(“可能的世界”)概念來描述虛構世界的批評家，如羅曼·英伽登(1931，1937；參閱發爾克，1981)，托馬斯·培威爾(培威爾，1975，1979，1980，1981a，1981b，1982，1983；參閱艾科1979)。我來引用培威爾作爲可行的定義。他認爲本體論是“對某個宇宙的理論描述”(1981b：234)。據我看，這裏的關鍵詞是“某個”。這就是說，它可以是對任何一個宇宙，或許多宇宙的描述。換言之，談論本體論並不一定要以“我們的”宇宙爲基礎；也可以描述其它宇宙，包括“可能的”和虛構的宇宙。再換言之，當後現代主義批評家談及削弱本體論基礎時，他們的確切意思是指本宇宙和某個宇宙的區別。

文本的存在方式是什麼?它所設計的世界的存在方式又是什麼呢?被設計的世界是如何建構的?等等。

《押沙龍,押沙龍!》指出,由現代主義作品到後現代主義作品的主旨轉變是由某種內在邏輯或內在動力主宰着的。它似乎指出,難解決的認識論不確定性,在某一點上,變成了本體論的多元性或不穩定性。認識論問題被遠遠推在一旁,並被"推翻"而成了本體論問題。同樣,把本體論問題遠遠地推向一旁,它也會被推翻而變成認識論問題的。這一過程不是綫形的、單向的,而是循環的、可逆的。事實上,西歐文學史裏曾發生過一次由本體論主旨向認識論主旨的逆向轉變,即十七世紀末,傳統文學史上稱之爲"小説崛起"的時期。標誌着那次轉變的巨著無疑是《堂·吉訶德》。①

---

① 在討論這篇文章時,哲學家威勒姆·凡·瑞禁認爲,緊接着認識論問題之後不能不提本體論問題,反之亦然。我完全同意。正如現代主義文本提出的認識論問題很快引出了本體論問題一樣,後現代主義文本提出的本體論問題也很快引出了認識論問題。然後,我還是恪守我的主旨概念。事實上,主旨決定了提出問題的順序:本體論主旨迫使我們注意本體論問題,反之亦然。我認爲,凡·瑞禁不得不用暫時性的語言來描述這兩個密不可分的問題是很有意義的。"緊接着"提出了一類問題,可另一類問題又出現了。當然,這是所有話語均具有的暫時性和直綫性所帶來的不可避免的後果。甚至哲學家,儘管他深知這兩類問題同時(姑且這麼説吧)存在,他也不得不按順序把它們提出來。因爲話語的性質(甚至哲學話語)不允許我們同時提出兩個問題。在這方面,其他方面也是如此,文學話語拔高了並强調了非文學語言描述的現象。即它使過程緩慢下來,擴大了提第一個問題和下一個問題之間的間隔,甚至在某種意義上,第一個問題和第二個問題密不可分時,也是如此。

順便在此提一下,我並不想讓我的兩個論點顯得"獨特"。恰恰相反,我想讓它們捕捉普遍的直覺。據我所知,這些直覺仍未得到清晰的、系統的闡述。我認爲,對現代主義作品中存在認識論主旨這一點,大家的意見大體上一致。我已提過佛克馬和蟻布思於1984年寫的著作(參看第58頁注釋),爲了進一步確證,我還想再加上克利醒斯基於1981年寫的著作。也有人一致認爲,這個主旨已經改變,作爲注意的焦點,認識論已經(或正在)被替代。下面是羅納德·蘇克尼克最近會見拉瑞·麥卡佛雷(1981年2月)的一段話。它似乎中肯貼切:

四 析例五則

在我引用的篇首引語裏，史蒂夫·卡兹把嬗變表述得既貼切又簡潔。文學史邏輯把各城市的作家——歐洲的、拉丁美洲的、還有北美洲的——帶到了一個十字路口。綠燈一亮，他們面臨着雙重選擇：要麼停在這邊，繼續着以認識論爲主旨的現代主義詩學（許多人是如此）；要麽走到以本體論爲主旨的後現代主義詩學一邊。雖然街道各異，但“穿過街道”卻是相同的。

在《押沙龍，押沙龍！》第八章中，福克納“穿過街道”。然而，這是他作品中孤立的例子。他没有呆在後現代主義街道的這一邊，而是迅速退回，重操現代主義舊業。因此，他不能很好地代表二戰以來西方文壇所發生的變化。主流嬗變以最具戲劇性的形式出現在一些作家的作品中。這些作家經歷了現代主義詩學向後現代主義詩學轉變的整個過程，寫下了標誌轉變各階段的一系列小說。在這

麥卡佛雷：對後現代主義小說定義的特徵之一（似乎是）强調認識、認識論、創作形式，而不是自我指向小說，即二十世紀五十年代的那些美國小說。

蘇克尼克：是的。這已爲人熟知，變得不以爲然了。我們不必在這上面枉費精力。我們現在也覺得是這樣。還是讓我們隨便探討另一些問題吧。

麥卡佛雷：當你說“我們現在也覺得是這樣”時，你是不是想講，今天的作家不應該再來涉及認識論問題，就像你這一代作家認爲深層心理學，至少是暫時的，不必深究一樣呢？

蘇克尼克：並不完全是。就像小說不斷地探討自我心理的主題一樣，當代小說仍然探討這一主題。但不必完全集中在這上面（勒克萊爾和麥卡佛雷1983：283）。

用類似的術語論述過認識論的主旨轉變者，還有王爾德1981年和希金斯1984年的著述。在他們的著作中，“後認知”用以描述當代革新藝術。這一術語同“後認識論”十分相近。然而，希金斯的術語並未展示繼認識論主旨之後的情形。他的“後認知”一詞畢竟只說明了新藝術不是什麽，並没有說明新藝術是什麽。和我一起從本體論方面來定義後現代主義的人還有哈琴（1980）、王爾德（1981）和布魯克-羅思（1981）。參閱我對王爾德和布魯克-羅思的評論（麥克黑爾，1982）。

類作家中,我選了一些較爲熟悉的作家:塞繆爾·貝克特、阿蘭·羅伯-格利耶、卡羅斯·富恩特斯、弗拉基米爾·納博科夫和羅伯特·庫弗(把托馬斯·品欽包括進去也很容易,但我已在别的地方討論過他了。參看麥克黑爾1979)。

貝克特:五十年代初期,塞繆爾·貝克特寫下了三部曲《馬洛伊》(1950/1955)《馬洛納之死》(1951/1956)和《無名的人》(1952/1959)。這標誌着他完成了現代主義詩學向後現代主義詩學的轉變。《馬洛伊》呈現了兩種不同的、相互對比的思想——馬洛伊和莫蘭的思想,把它們暴露於(顯然)同一客觀世界,這樣以便我們評價其不同點。這是現代透視的最低結構,代表這一結構的最有權威性的章節是喬伊斯的《尤利西斯》中"諾西卡"一章。貝克特進一步使這種結構簡化和風格化了,使它由最低結構變成最低綱領派的結構。但是,如果《馬洛伊》奉行的仍是(風格化的)現代主義詩學,那麽它也不是純粹的或平淡的現代主義。貝克特的創作結構中有些困難:内在矛盾的早期表現、各種違反排中律的迹象。特别是莫蘭既像又不像馬洛伊——身份的模糊性有助於動摇所設計的世界。因此,本體論結構得到了突出。在此,我們可以説,現代主義詩學開始出血、泄漏了。但這不是致命的。因爲通過引入"不可靠叙説者"的模式,仍有(絲許)可能重新解決這些内在的矛盾,因而能穩定所設計的世界,重新確保以認識論爲主旨的文本性質。

然而,這一得來不易的穩定性卻被三部曲的第二部《馬洛納之死》的開頭幾頁打破了。馬洛納通過聲稱自己是《馬洛伊》一書的作者,逆動地改變了馬洛伊和莫蘭的世界的本體論性質。這樣一來,他就可以把這種性質置於括號内,或者更好的是畫上杠杠、删掉(參閲德里達1967:31)。正如在文本裏他設計世界的其它行爲一樣,馬洛納聲稱是《馬洛伊》的作者這一舉動起到了突出設計世界和虚構這兩個行爲的作用。馬洛納講的馬克曼的故事(或薩波斯卡特的——名字的改換本身標誌着馬洛納的作者的自由觀)構成了第二個培植的本體論層次。這一層次是這樣一個世界：它不但從屬於而且在本體論上"弱"於馬洛納自己所生活的世界。當然，用認識論的術語來講，這個培植的世界仍可還原爲馬洛納意識的反映或延伸——哪怕直到結尾也是如此。因爲在這個文本的結尾，第二個世界"接管"了：我們從馬洛納的世界"降到"馬克曼的世界，但還沒等到再升到馬洛納的世界，文本就中斷了，而此時我們仍停留在第二個世界的層次上。至少是小說的題目使我們把這種現象解釋爲作者(馬洛納)的死亡所致。然而，這一結尾表現了很大的模糊性。它讓我們仍在考慮哪一個世界"更真實"：馬洛納生於其中並且(可能)死於其中的世界，還是由他設計的文本結束時的世界。換句話說，小說結尾是模棱兩可的，可以說是以認識論爲主旨，也可以說是以本體論爲主旨。看來，文本既提出了認識論問題，也提出了本體論問題。哪個問題佔上風則全取決於我們如何看待這個文本。在這一點上，《馬洛納之死》使人想起格式塔心理學家的形象/背景悖論的理論：從一側面看，畫面呈示了一只高脚杯；而從另一側面看，畫面上卻是兩張臉。同理，從一面看，《馬洛納之死》好像是集中於認識論問題。可從另一面看，它又好像集中於本體論問題。我想把這類文本稱爲徘徊性文本，高脚杯/面孔文本，或倣效艾倫·王爾德的"後期現代主義"(王爾德1981)把它叫作"極限現代主義"(我並不是說我的標籤比王爾德的高一籌。在優雅方面，它顯然無出其右。但它極力使極限概念和在邊緣上顫動的概念具體化，這正是我所希望强調的)。

《無名的人》重演了《馬洛納之死》開頭的把戲。那位沒被命名和無法命名的敍述者聲稱是馬洛納世界和馬洛伊世界的作者，還有所有貝克特早期小說裏世界的作者。像馬洛納一樣，無名人設計世界，但在本體論的即席創作上，他卻顯示了更大的自由。顯然，他對他的人物(巴西爾/馬胡德、沃姆)和他們的世界隨心所欲地構造、修正、分解、刪除以及重建。更有甚者，他還把世界套世界的結構加以擴展，使它“向上”也“向下”(像馬洛納)。也就是説無名人不但想象人物，而且還把自己想象成別的人物。誰呢？首先，他僅能想象毫無差異的“他們”。他們是各種聲音的合唱。他就把由合唱組成的話語傳達給我們。這樣，對我們來説，他是存在的。然後，他推測他們肯定由在本體論意義上比他們優越的人來決定，這些人他稱爲主人。但主人肯定也是由更優越的人，即某個“不朽的第三者”來決定……

事實上，貝克特的《無名的人》是一部奇異的模倣滑稽作品。它諷刺了聖·安瑟爾姆所謂上帝存在的本體論觀點。安瑟爾姆説，上帝在人們思想裏是至高無上的。如果至高無上的上帝只存在於思想裏，那麽人們仍會想到，在思想之外的現實裏，也存在着更偉大的東西。因此，根據三段論，上帝的存在不僅是在思想裏而且還要在現實中。無名人嘲諷了那種用自己的本體論靴襻把自己提起來的驚人技藝。不管人物想象多“高”，不管他設計了多少重作者，他永遠逃不出自己想象的如來佛之掌，來到他的創造者的世界。無名人頭頂上有一塊絶對的本體論“天花板”。你一接近它，它就往後移。最終的創造者——無名人永遠趕不上的上帝無疑是貝克特本人。不斷後移的天花板是一個應予保護的屏障。這一屏障設置在無名人的虛構世界和塞繆爾·貝克特及其讀者生活的真實世界之間。總之，《無名的人》突出了虛構世界和真實世界之間的劇烈的本體論斷裂。它這樣做以便模倣我們的存在方式與我們的希望之中神的存在方式的斷裂。

羅伯-格利耶：顯然，我一直在描述的現代主義詩學同後現代主義詩學間的分界綫與近來法國批評界界定的新小説和新新小説間的分界綫相當一致。至於其一致的程度如何，我可以很方便地以阿蘭·羅伯-格利耶爲例説明這一點。在某種意義上，他是新小説派作家的範例。他的《嫉妒》(1957)是“經典的”新小説，像貝克特的《馬洛伊》一樣，也是風格化的現代主義小説。他極其嚴格地執行了極限觀點的現代主義成規。但有一點是例外，即作爲小說世界焦點的人物被抹去了，而留下一個應由意識中心充於其間的裂口。然而，這一裂口馬上就被填補了。讀者根據文本提供的證據，重建了消失了的嫉妒心很強的丈夫形象。他鬼迷心竅地對妻子和她想象中的情人進行監視。裂口就這樣被讀者“填補”了。小說成了介紹現代主義認識論的範例，也成了愛看猥褻場面的人的範例。他們的狹窄視野（正如標題嫉妒所示）正好可以充當極限觀點本身的客觀對應物。最有權威性的片斷也許是普魯斯特的《索多梅和戈莫勒》的開頭部分。這裏描寫了馬賽爾偷看夏洛和朱平搞同性戀的情景。然而，起認識論作用的觀淫癖也反覆出現於亨利·詹姆斯的小說中，特別是在《聖泉》(1901)中。

《嫉妒》乍一看使人感到奇怪和深不可測，但它並不抵制認識論方面的復原。至少從認識論這方面看是如此。因爲從其他方面來看，它確實有所抵制，即各種循環結構的運用（最有名的是黑人的歌）。不管出現在哪兒，這種表現手法都擾亂了井然有序的本體論層次（世界裏的世界）。實際上，它使本體論結構短路了，從而突出了這一結構。換句話說，像《馬洛伊》中的內在矛盾一樣，《嫉妒》中的循環覆歸形成了現代主義詩學的溢血。但又如《馬洛伊》一樣，並不是致命的。

在羅伯-格利耶的下一部小說《在迷宮裏》，抵制復原的成分更強。如果我們願意把文本世界的不穩定性和不一致性歸結爲文本的主人公，即垂死士兵的意識，那麼文本就具有可復原性了。許多批評家一直願意這樣做，最近這樣做的批評家有克里斯廷·布魯克-羅思(1981)。但這是一項代價“昂貴”的閱讀。因爲首先要排除許多困難。其次，要消除文本本身不讓你這樣閱讀的阻力，特別是要消除來自我們稱之爲“克蘭瓶”結構的阻力。克蘭瓶是一個立體形象，其內部和外部在表面上難以區分。同樣，在《在迷宮裏》，內部和外部也難以區分。它的次要或孕育中的描寫（即對《萊辛費爾的失敗》的刻畫）成了"外部世界"，它的世界又回到了次要描寫（世界裏的世界），這樣，次要世界就有了根基。這一結構的本體論焦點同快死的士兵主題的認識論焦點相競爭，但哪個佔主導地位？換句話說，我想，就像《馬洛納之死》一樣，《在迷宮裏》也是一部極限現代主義文本。

克蘭瓶悖論充斥了《幽會之屋》(1965)，使得小說裏所設計的世界完全失去了穩定性。在這裏，意識中心無法辨認。我們不能通過意識來再現它本層次的似是而非的變化和其它矛盾之處。簡言之，典型的新新小說展現了"寫作實踐"，或者說，它展示了以本體論爲主旨，着意使本體論問題戲劇化的典型的後現代主義文本。

從羅伯-格利耶對空間的處理，可以很好地辨別出由《嫉妒》到《幽會之屋》的主旨嬗變。《嫉妒》由於過分精確而聲名狼藉。它對非洲平房裏的和附近的物體在空間描述上過於拘泥細節（如對香蕉樹的計算）。這種精確性顯然跟文本的認識論主題有關。一方面，它可以給消失的意識中心定位；另一方面，它則可以使我們推測丈夫心理側面的某些方面。在《在迷宮裏》，讀者對小說的忍無可忍和士兵對單一、重復的城市的忍無可忍是並行不悖的。像卡夫卡《審判》裏的法庭，或像博爾赫斯《巴伯爾圖書館》裏的無限重復的六角走廊一樣（這也許是羅伯-格利耶的原型），這裏的城市空間是系數的，或者是系列的（取它在"系列音樂"裏的意思）。最後，《幽會之屋》裏的"東方港口"（香港、新加坡、或任何假設的港口）的空間簡直不可能存在，它無視了我們井然有序地重建的企圖。這裏，所設計的空間充滿着矛盾。不僅城市的外部空間如此，建築物的內部空間也是如此。例如，分租房屋的愛德華·馬內瑞公寓。通過公寓，歐亞混血兒吉姆探索着一條不可能達到的自相矛盾的旅程。

富恩特斯：在一些所謂的拉丁美洲"隆隆派"作家中，也可以找到我所探索的形式。我以墨西哥小說家卡羅斯·富恩特斯的一生爲例。他的作品從《阿爾特米奧·克魯斯之死》(1962)，通過《神聖的地區》(1967)到《懷鄉的恐懼》(1975),代表了現代主義内心獨白小説的各種類型。這些小説集中地表現了一張獨特的網,每個人都可以用它來網絡外部世界,或通過它來同化外部世界。每部小説都運用了和内心獨白相關的不同場景來描述,這是一種不同類型的扭曲的思想網。在《阿爾特米奥·克魯斯之死》裏,用的是臨終獨白情景。《馬洛納之死》恰巧也是如此。這一場景也許可以通過布魯克的《維吉爾之死》、海明威的《乞力馬扎羅的雪》,最後追溯到托爾斯泰的《伊凡·伊利奇》。在《阿爾特米奥·克魯斯》中,由於現代主義(後來是後現代主義)自我多樣性的主題的出現,臨終場景變得複雜化或惡化了。又由於臨終獨白變成了三個不連貫的獨白,它們又使用了不同的人稱,這樣臨終場景便被戲劇化了。這種手法的範例也許是多斯·帕索斯的《美國》三部曲(1930—1936)。在三部曲的幾個地方,"同樣"的經歷既歸因於第三人稱虛構的人物,也歸因於自傳人物。自傳人物有時是第三人稱主語,有時又以第二人稱自稱。

《神聖的地區》中的内心獨白屬於白痴的獨白一類。獨白者逐漸變成或漸漸地被人發現是精神錯亂者。這類内心獨白至少可以追溯到埃德加·愛倫·坡(例如,《講故事的心》和《黑貓》),特别是通過福克納對新哥特式瘋狂的獨白者的描寫,(例如,《我彌留之際》中的達爾和《喧嘩與騷動》中的昆丁·康普生,還有弗吉尼亞·伍爾芙《達洛維夫人》中的塞普提姆斯·沃倫·史密斯)使這類獨白在現代主義詩學中佔有很重要的地位。富恩特斯運用了典型的認識論主題和現實與幻覺交織的主題,把這類獨白複雜化了。獨白者充分表現了他的顛癡,因爲他迷戀着電影明星的母親,並且不理解她的"真正"自我與在公衆前和電影裏"形象"的差異(或缺乏差異)。

《換皮》(1967)是富恩特斯的極限現代主義文本。在這部作品中,他採用了幻想的本體論結構。他曾在"純"幻想小説《奥拉》中應用過這一技巧。這類幻想作品(從廣義上講,不是托多羅夫的狹義,1970)包含了兩個世界的衝突。在這兩個世界裏,基本的物質標準互不相容。物質世界間最基本的標準互不相容地衝突。照品欽的《第49個人的呼喚》一書中的人物看來,奇迹是“另一世界闖入這個世界”,也的確由於這一說法所具有的奇迹性而形成了幻想作品的本體論結構。《換皮》中確實發生了這樣的奇迹:交感巫術和死人的復活。但富恩特斯通過在瘋獨白者的話語裏虛構幻想故事,謹慎地留下了漏洞。從小說結尾的幾頁中,我們得知文本是由一個名叫弗瑞狄·蘭姆貝的人寫的,他是精神病院的一個病人。正如德國表現主義電影《加利卡里博士的櫃子》應用了同樣的手法一樣(事實上,《換皮》曾提到過這部影片),在最後的可能時刻,幻想又還原了,並且轉變成了主觀的錯覺。“另一個世界闖入這個世界”的本體論結構猝然變成了認識論結構——離奇古怪的認識論結構(按托多羅夫的意思講)。就像羅伯-格利耶的《在迷宮裏》一樣,我還是擔心這樣的還原是否太“昂貴”了,保留幻想成分和他們的本體論主旨是否有點突然。

富恩特斯繼續採用並綜合了邊緣或亞文學本體論體裁。這種採用和綜合在《懷鄉的恐懼》一書中達到了頂峰。這部小說連同品欽的《萬有引力之虹》是後現代主義的典範文本。它們簡直是後現代主義主題和技巧的集萃。在這本書中,富恩特斯再次應用了荒誕的常規手法,還有科幻小說和歷史小說中的一些常用手法。我們也許可以這樣說,科幻小說和後現代主義的關係,就像偵探小說和現代主義的關係一樣。科幻小說是地道的本體論體裁(而偵探小說則是地道的認識論體裁),所以,它成了後現代主義作家的素材和模式之源(包括威廉姆·巴勒斯、庫爾特·馮尼戈特、伊塔羅·卡爾維諾、品欽,甚至貝克特和納博科夫)。對比之下,歷史小說同後現代主義的關係則並不那麼明顯,但仍需作一解釋。

所有的歷史小說,包括最傳統的,都有一些破壞本體論界綫的因素。例如,歷史小說經常宣稱小說中的人物同歷史上真正的人物之間要有“超現實的一致性”(見艾科1979),例如拿破侖或理查德·

尼克松。傳統的歷史小說極力想壓制這些破壞因素,想把本體論"裂口"隱藏在小說事件和真實世界的事實之間。歷史小說則通過明智地避免小說中的歷史人物同人們所熟悉的真實人物的事實之間的衝突,並通過使制約小說的背景標準符合已接受的真實世界的標準,而實現了這一點。《懷鄉的恐懼》則相反,它完全違反了這些規則,從而突出了本體論裂口。在這裏,作者故意使熟悉的事實矛盾百出——哥倫布發現新大陸遲了整整一世紀,西班牙菲力普二世同英國伊麗莎白結爲姻緣,等等。小說裏的世界由一些荒誕的標準支配着。這樣,富恩特斯便使歷史小說成了提出本體論問題的媒介。其它後現代主義歷史小說家也是如此,如品欽、古恩特·哥拉斯、羅伯特·庫弗、伊舍梅爾·里德和賽爾曼·拉什迪。

辨別富恩特斯作品中主旨改變的方法在於,他以不同的方式處理了出現在現代主義小說《神聖的地區》和《懷鄉的恐懼》中的同一個主題。這一主題是"跨歷史聚會"——來自明顯毫無聯係的各個歷史時期的人物都被帶到了同一時間和同一地點。用巴赫金的話說,這顯然是一個狂歡的主題。它同典型的現代主義聚會主題有關,這種聚會使小說中所有的角色都在一個地方相聚或重新相聚。例如,《重新追回時光》裏哥蒙提聚會,《達洛維夫人》裏的克拉麗莎聚會,甚至《太陽照様升起》裏旁博羅納的狂歡節。在《神聖的地區》中,跨歷史聚會是以認識論爲目的的。它影響着幻覺和現實交織的主題。叙述者兼主人公歸萊魔在他朋友的意大利別墅裏碰上了這一聚會。不料,他發現事情和他們看上去的根本不是一回事。聚會只不過是他母親拍的電影裏的一個場景。各個不同歷史時期的人物不過是穿着不同時期服裝的演員。在《懷鄉的恐懼》中,聚會卻是真的,街道上到處都是過去歷史時期的人物,巴黎成了巨大的跨歷史狂歡聚會。這種跨歷史聚會,簡言之,是以科幻小說情景爲模式的,即"時間戰"情景(參看弗里兹·利伯的《大好時光》,1958;或菲力浦·喬塞發表的《走向你們那支離破碎的尸體》,1971等)。這裏,我們的世界和一個允許時間旅行的世界相遇是以本體論爲目的的。

在《懷鄉的恐懼》裏，跨歷史狂歡中心還有一個本體論主題，包含有一種異於典型的歷史小說的“跨世界同一性”。許多人物聚集在一起玩紙牌。他們是皮埃爾·莫納德、勃文狄、奧麗微拉、索菲亞和埃斯特班表姐妹以及秋巴·伏內加斯。這些人物自然是從別的南美“爆炸”小說家的文本裏“提取”的。他們分別出自博爾赫斯的《皮埃爾·莫納德〈堂·吉訶德〉的作者》，加西亞·馬爾克斯的《百年孤獨》，考塔察的《瑞爾烏拉》，卡彭提埃的《消逝的腳步》和卡雷拉·因芬特的《十分悲傷的老虎》。在這裏，換句話說，我們碰到了互文界線受侵犯的問題和不同小說裏人物間的跨世界同一性問題。各種不同的人物在紙牌桌旁摩肩接踵、相互往來，創造了一個難解的本體論之“結”，似乎整個拉美後現代主義文本間的空間都被選入了《懷鄉的恐懼》所虛構的世界。這樣一張紙牌桌能佔據多大的空間呢？它所佔據的只不過是把匯票集中在一起的那類空間，即米歇爾·富科(1966)稱之爲“異體”(heterotopia)的空間。

納博科夫：弗拉基米爾·納博科夫在寫作生涯中期也經歷了從現代主義向後現代主義的轉變，特別表現在《洛麗塔》(1955)、《蒼白的火》(1962)和《艾達》(1969)系列裏。《洛麗塔》裏的哈姆貝爾特·哈姆貝爾特毫無疑問是屬於傳統的幾乎不可信的現代主義敘述者，可以和福特·馬克多斯·福特的《好士兵》中的多維爾、《喧嘩與騷動》中的傑生·康普生一綫貫之。這些人物的始祖可以說是陀斯妥耶夫斯基筆下的地下室裏的人(參看塔迷爾-蓋茲，1979)。在《蒼白的火》裏，這種熟悉的敘述者的不可信性已經推向了極致。在這裏，我們可以肯定主人公是根本不可信的，但我們還是不能決定(但在哈姆貝爾特·哈姆貝爾特身上，我們是能決定的)在哪些方面他不可信，或他的不可信到了什麽程度。即使把不重要的看法排除在外，對《蒼白的火》也有不少於四種明晰的假設(參看拉賓諾韋

茲,1977):

> (1)金波特(或波特金,或不管他是什麼名字)一直在講真話並只講真話。約翰·沙德的詩《蒼白的火》確實是金波特本人的傳記,只不過是一部間接的、掩飾得很好的傳記。金波特就是尊敬的查爾斯·贊姆拉被流放的國王。
>
> (2)金波特確實是被放逐的贊姆拉國王,他的故事中有關贊姆拉的部分是真實的,但是他錯誤地相信沙德的詩不管怎樣都反映了他自己生活中的事件。
>
> (3)金波特確實是俄國流亡者,學名叫波特金。贊姆拉國王的全部歷險,也許贊姆拉本身,全部都是波特金的幻覺。根據這一假設,不言而喻,沙德的詩肯定同贊姆拉國的故事毫無關係。
>
> (4)一切——贊姆拉王國及其國王、約翰·沙德和他的詩——所有這一切既不是沙德也不是金波特或波特金杜撰出來的什麼人。那麼,是誰呢?在某種意義上當然是弗拉基米爾·納博科夫。但是,我們是否可以在傳記性的納博科夫和《蒼白的火》的實體之間重建某個中介人物呢?或者有沒有充足的理由這樣做?

換言之,《蒼白的火》是一部絕對的認識論不確定性文本:我們知道在發生一些事,但我們不知道是些什麼事,就像鮑勃·狄蘭說的瓊斯先生一樣。這麼大的認識論困惑不可避免地導致了本體論後果。尤其是贊姆拉王國的忽隱忽現取決於我們所選擇的假設(根據假設(1)和(2),王國就存在,而根據(3)和(4),王國就不存在)。所以,我們不僅徘徊於這些假設之間,而且也徘徊於認識論和本體論的焦點之間。這使得《蒼白的火》成了極限現代主義文本,或許是典型的極限現代主義小說。

在《艾達》裏仍然可以看到認識論成分:現代主義的記憶主題、凡和艾達的聯合敘述手法和喜劇性地描述對同樣客觀"事實"所持的觀點之懸殊等。然而,很清楚,這些成分已不再是文本的主旨了。

主旨是引人注目的虚構世界的構造。這種構造奇異、熟悉卻又使人陌生。記憶和觀點已完全被背景取代。《艾達》的世界可以被看作是兩個本體論結構的集中，一個基於科學幻想小説，另一個是從用虚構手法寫的真人真事小説的成規裏推導出來的。一方面，《艾達》的反土地(Antiterra)裏，替代和附加的空間、曲解的地名、混亂的年代把像狄克的《高城堡裏的人》(1962)這類科幻小説裏的平行世界具體化了。如果在歷史花園的叉路口，我們選擇的不是創造我們的世界之路，這也許就是我們的世界。要是選擇的話，納博科夫的反土地可以被看作是真人真事小説的本體論變體，在此，納博科夫的多民族、多語種的複雜自傳實際上被注入了虚構的世界。這樣，在一個單一的地理空間，《艾達》的埃斯特提蘭(Estotiland)[①]便把納博科夫的三個"國家"——俄國、法國和美國統統裝了進去。一個單一的現時把他一生中的三個高峰時期——革命前的兒童時期、二十世紀二十年代的青春期以及戰後的全盛時期全部統攝了進去。不管我們從哪個方面看，《艾達》都是一部純本體論即席創作，它要比《押沙龍，押沙龍!》裏昆丁和謝羅維所做的努力徹底得多。

庫弗：羅伯特·庫弗的寫作生涯也經歷了大家熟知的主旨嬗變。在處女作《布魯諾主義者的起源》裏，庫弗絶對正統地，似乎有點機械地施展了現代主義的全部技能——多重焦點、並列觀點、內心獨白等。就像經典現代主義文本一樣，這些技巧起到了表達認識論主題的作用。不過，庫弗文本中的認識論主題的表達尤爲清楚。庫弗所闡述的主題基本上同伯格和洛克曼合著的《現實的社會結構》一書的主題一樣。這本書的副標題是《論知識社會學》。有趣的是，這兩本書是在同一年問世的(真是謠傳嗎?)。從各種神秘主義者、偏執狂患者和怪人的唯我世界觀出發，《布魯諾主義者》詳細地描述了伯格和洛克曼稱之爲新"意義亞宇宙"的鞏固過程，即一個

① 作者虚構的一個國名。——譯注

脫離了組織的宗教派別。這一過程是從泰格·米勒的規範觀點來評價的。泰格·米勒是記者、多元論者和相對論者,也是“最高現實”的代言人。用伯格和洛克曼的話講,“最高現實”就是受正常社會影響的共同世界。在小說結尾處,泰格認爲“空虛不是來自內部和前方,而是來自兩者間直接的活的距離。”換言之,不是來自布魯諾主義者崇拜的自制的、統一的“神秘飛地”(伯格和洛克曼語),而是來自此地此時我們和別人一起度過日常生活的最高現實。

正如納博科夫在《蒼白的火》中把《洛麗塔》裏的不可信敘述者慣例推到了極限一樣,庫弗也把《布魯諾主義者的起源》裏的認識論主題推到了極限,並且在下一部小說《宇宙壘球協會有限公司支持者 J. 亨利·沃》(1968)中,超越了這一極限。《布魯諾主義者》緊扣伯格和洛克曼認識論的或然性中心,即最高現實和意義次整體間的張力。《亨利·沃》則剛剛涉及這一中心的邊緣,焦點集中在暫時(或者,這裏可用永久)脫離最高現實的策略上。這一問題斯坦利·科恩和勞麗·泰勒在他們合著的《逃避嘗試:抵制日常生活的理論和實踐》給予了探討。他們都是緊步伯格和洛克曼後塵的社會學家。事實上,科恩和泰勒引用了庫弗的 J. 亨利·沃作爲永久逃避的例子。他逃避了最高現實,進入了他們稱之爲“活動飛地”的地方。這塊活動飛地就是沃設計並獨自沉溺其中的桌面棒球賽。沃就是小說的意識中心,可以說,我們從他的內心看到了他日漸陷入遊戲的唯我世界,日漸疏遠日常的“真實生活”。這樣,我們就覺得他和富恩特斯的《神聖的地區》裏的瘋狂獨白者典型歸勒墨非常接近。然而,在沃就要發瘋時,文本本身瘋狂了,或表面上如此:沃的結構意識標誌消失了,沃本人也從文本裏匿迹,他的棒球遊戲的世界中的世界也獲得了獨立的現實,事實上成了它自己的獨立的世界。在這驚人的最後一章裏,《J. 亨利·沃》重現了福克納在《押沙龍,押沙龍!》第八章中,或貝克特在《馬洛納之死》的結尾處的突破。作爲純粹的本體論即興作品,《J. 亨利·沃》跨過了以認識論爲主旨的現代主義詩學,走向了以本體論爲主旨的後現代主義詩學。

在後來的作品中,庫弗發展並鞏固了他的後現代主義詩學實踐。例如,他的作品集《符點曲與旋律》(1969)等於是本體論主題和技巧的微型選集。應當承認,選集裏的幾個文本寫於《J. 亨利·沃》之前,然而,有意義的是,這些文本直到《J. 亨利·沃》戲劇性地達到突破並轉爲後現代主義之後才集爲一書。《符點曲與旋律》中有許多文本是對神話和聖經本體論的修正式和模倣諷刺式改編(如《門》,《神奇的撥火棒》,《豪華的房子》,《兄弟》和《傑的婚禮》)。其他後現代主義作家也應用了這一技巧,如唐納德·巴塞爾姆和安哥拉·卡特(《血屋》1979)。選集裏也有幾部自相矛盾或自相抵消的作品(例如《神奇的撥火棒》,《電梯》,《昆比和奧拉,史維德和卡爾》和《臨時護嬰人》)和消除的世界。在揭示小說文本的本體論結構過程中,這些消除的世界實現了貝克特三部曲和博爾赫斯《叉路園》裏固有的可能性。①庫弗的《公衆的憤怒》(1977)同富恩特斯的《神聖的地區》非常相似,他們都爲了本體論目的,運(濫)用了歷史小說的慣例。像富恩特斯一樣,庫弗有計劃地同衆所周知的歷史事實相矛盾。(例如,副總統理查德·尼克松在埃絲兒·羅森伯格極刑前試圖引誘她),並把歷史人物移植到荒誕的世界裏。這種標準的誤置由於理查德·尼克松,這位神話中的山姆大叔的作惡而被戲劇化了。泰姆斯廣場上熱鬧非凡的公開行刑把小說推向了高潮。像《神

① 參閱英伽登的著述。他敘說了含混語句造成的事物的本體論"乳色"——一種甚至可能擴展到整個小說領域的本體論波動品質:

含混有可能以某種一致性貫串於許多句子之中。因而,這種乳色便籠罩着某範圍裏的所有事物,以致,不妨說,兩個不同的世界在爭奪霸權,結果沒有一個能得到。(英伽登1931:254)

然而,英伽登認爲,這種本體論結構屬於文本的背景或閾下層次,它們從來得不到突出,也不能作爲興趣中心而起到審美作用。他沒能考慮到下列文本:庫弗的《魔棒》或《臨時護嬰人》,或費德曼和蘇克尼克那類超小說家的作品。這些作品確實從美學高度運用了文本的本體論結構。總之,他未能預言或想象後現代主義的前景。

聖的地區》中的玩紙牌一樣，這裏也構成了本體論之結。不過，這裏的規模更大一些。不同的人物和不可相容的本體論人物——在這裏，本體論狀況不同和不相容的人物——真實世界的歷史人物、共同的商標(如貝蒂·克洛克)和國家的象徵(如山姆大叔)，純粹的虛構人物——被聚集在一個不可能的、奇異的地方。庫弗把這種地方叫作"西方世界的儀式中心"。

五 結語：目的何在？

一言以蔽之，後現代主義作品，按我的定義，是以本體論爲主旨或受其支配的當代作品。或者(仍是一回事)是以本體論爲主旨的詩學在當代的實踐。這一定義，正如我開始時提過的，是一個策略性定義，"僅僅"起到工具的作用。它不過是(毫無疑問)後現代主義諸定義之一。根據我的生成性標準，這個定義不錯。我希望前面討論的例子已闡明了這一類。無論如何，作爲一個策略性的定義，它應該是自覺的，能回答"目的何在"的問題。換言之，下此定義的目的應說明清楚。盡我所能，我試將我定義的目的分述如下：

(1)直覺地抓住現代主義詩學與某些當代作品(雖然決非全部)間的顯著的非連續性。當然，這並不是人們對當代作品唯一能直覺到的東西。例如，我的直覺就跟弗蘭克·克默德的直覺截然相反。無疑，他的直覺我們都曾部分地有過。他認爲現代主義和當代作品有着連續性。他還堅持認爲，我們應該把當代作品稱作"新現代主義"(克默德1968:24)。克默德傾向於隱沒現代主義和後現代主義間的界綫，恰恰因爲他想使標誌現代主義伊始的早期界綫判然清晰。相反，我的定義則旨在使現代主義/後現代主義界綫分明。不過，這是以犧牲早期界綫爲代價的。看來，這是必須付出的代價。

(2)系統地提出一個令人滿意的共同特徵或聯係原則，以便最大限度地概括當代作品的技巧、主題和慣用語。這要比提出一個可能更徹底但更複雜的分類優越。佛克馬的現代主義時期代碼就是這種分類的一個例子。

(3)最廣泛地涉及各種當代運動:先鋒派、民族"派"和個人派。但是,有時也不得不排除一些通常被列爲後現代主義的作家。這樣,根據我的定義,似乎應該排除納沙里·薩洛特、威廉·加迪斯、馬紐哀·普韋格、約翰·霍克斯(《食人者》是例外,1949;也許還有《維吉尼》1982)和威廉.H.加斯(除《威利·馬斯特的孤獨妻子》外,1968)。所有這些作家都被視爲後現代主義作家。

六 附言:謬誤種種

最後,我想借此機會提前消除一些我的文章可能引起的種種謬誤。

(1)據我理解,後現代主義並不包括所有的富有革新精神的或先鋒派作品。它對這一領域的涵蓋並非詳盡無遺。"後現代主義"不同於"革新派"或"先鋒派"。繼續把現代主義(或極限現代主義)詩學付諸當代實踐,仍可算作革新派或先鋒派。我上面提到的作家,如薩洛特、加迪斯、普韋格、霍克斯、加斯就屬於這種情況。他們雖然不是後現代主義作家,但仍然是革新者和先鋒派作家。

(2)現代主義詩學向後現代主義詩學的過渡並非不可逆轉,並非一扇單向轉動的門,並非只在一個作家的創作生涯中實現(我希望福克納的例子已把這一點闡述清楚了)。從後現代主義"撤退"到現代主義,或在這兩者間徘徊都是有可能的。例如,卡羅斯·富恩特斯看來就是從《神聖的地區》的後現代主義撤退到《罪惡的咖啡館》(1978)的認識論驚險小說上的。同樣,瓦爾特·阿比什的《德國人怎樣》(1980)也體現了他從早斯的後現代主義詩學裏隱退(他早期的小說有《了解非洲入門》(1974),《心心相印》(1975)和《絶好的未來》(1977))。

(3)就我而言,我認爲區分後現代主義和現代主義文本與各自美學價值的高低没有關係(此時,我一定要强調這點嗎?是的,也許有必要)。

我用“後現代主義”這一標籤不是無意的讚賞(同樣也不是無意的譴責!)。後現代主義文本並不僅僅因爲它是後現代主義的,因而其美學價值就一定高於(或低於)現代主義文本。根據美學標準,我們可以自由地置庫弗的極限現代主義文本《J.亨利·沃》於他的後現代主義文本《公衆的憤怒》之上——或者,反之當然亦然。

(趙白生 譯)

參考書目

Berger, Peter L. and Thomas Luckmann. 1966. *The Social Construction of Reality: A Treatise in the Sociology of Knowledge*(《現實的社會建構:論知識社會學》). Garden City, N. Y.: Doubleday.

Bronzwaer, W. J. M., D. W. Fokkema and Elrud Ibsch. 1977. *Tekstboek algemene literatuurwetenschap*(《總體文學教程》). Baarn: Ambo.

Brooke-Rose(布魯克-羅思), Christine. 1982. *A Rhetoric of the Unreal: Studies in Narrative and Structure, Especially of the Fantastic*(《非真實修辭學:敘事和結構研究,尤其是幻想作品》). Cambridge and London: Cambridge University Press.

Cohen, Stanley and Laurie Taylor. 1976. *Escape Attempts: The Theory and Practice of Resistance to Everyday Life*(《逃避嘗試:抵制日常生活的理論與實踐》). Harmondsworth: Penguin, 1978.

Derrida(德里達), Jacques. 1967. *De la grammatologie*(《論文字學》). Paris: Minuit.

Eco(艾科), Umberto. 1969. "*Lector in Fabula*: Pragmatic Strategy in a Metanarrative Text"(《寓言中的講述者:元敘述文本中的語用學策略》), in *The Role of the Reader: Explorations in the Semiotics of Texts*: 200-266. Bloomington and London: Indiana University Press.

Falk(發爾克), Eugène H. 1981. *The Poetics of Roman Ingarden*(《羅曼·茵加登的詩學》). Chapel Hill: University of North Carolina Press.

Fokkema(佛克馬), D. W. 1982. "A Semiotic Definition of Aesthetic Experience and the Period Code of Modernism"(《審美經驗的符號學界定與現代主義的時期劃分代碼》). *Poetics Today* 3, 1: 61-79.

Fokkema(佛克馬), Douwe and Elrud Ibsch(蟻布思). 1984. *Het Modernisme in de Europese letterkunde*(《歐洲文學中的現代主義》). Amsterdam: Arbeiderspers.

Foucault(富科), Michel. 1966. *Les Mots et les choses* (《語詞與事物》). Paris: Gallimard.

Higgins, Dick. 1984. *Horizons: The Poetics and Theory of the Intermedia*(《視野:中介的詩學與理論》). Carbondale and Edwardsville: Southern Illinois University Press.

Hutcheon(哈琴), Linda. 1980. *Narcissistic Narrative: The Metafictional Paradox*(《自戀的敍述:元小說的悖論》). London: Methuen, 1984.

Ibsch(蟻布思), Elrud. 1977. "Periodiseren: de historische ordening van literaire teksten"(《循環:文學文本的歷史秩序》), in Bronzwaer *et al.* 1977: 284-297.

Ingarden(英伽登), Roman. 1931. *The Literary Work of Art*(《文學藝術作品》). Evanston: Northwestern University Press, 1973.

……. 1937. *The Cognition of the Literary Work of Art*(《對文學藝術作品的認識》). Evanston: Northwestern University Press, 1973.

Jakobson, Roman. 1971. "The Dominant"(《主導因素》), in Matejka and Pomorska 1971: 105-110.

Kermode(克默德), Frank. 1968. *Continuities* (《連續性》). London: Routledge and Kegan Paul.

Kinney(基內), Arthur F. 1978. *Faulkner' s Narrative Poetics: Style as Vision* (《福克納的敍事詩學:幻想的風格》). Amherst: University of Massachusetts Press.

Krysinski, Wladimir. 1981. *Carrefour de signes: Essais sur le roman moderne* (《符號的會合:論現代小說》). The Hague: Mouton.

LeClair(勒克萊爾), Tom and Larry McCaffery(麥克佛雷). 1983. *Anything Can Happen: Interviews with American Novelists* (《任何事情都可能發生:

美國小說家專訪》). Urbana, Chicago, London: University of Illinois Press.

Lovejoy(洛弗喬伊), Arthur O. 1948. "On the Discrimination of Romanticisms"(《論各種浪漫主義的區別》), in *Essays in the History of Ideas*. Baltimore: Johns Hopkins University Press.

Lyotard, Jean-François. 1979. *La Condition postmoderne: Rapport sur le savoir* (《後現代狀況:關於知識的報告》). Paris: Minuit.

Matejka(馬鐵耶夫), Ladislav and Krystyna Pomorska(麥克佛雷). 1971. *Readings in Russian Poetics: Formalist and Structuralist Views*(《俄國詩學選讀:形式主義和結構主義的觀點》). Cambridge, Mass. and London: MIT Press.

McHale(麥克黑爾), Brian. 1979. "Modernist Reading, Post-Modern Text: The Case of *Gravity's Rainbow*"(《現代主義的閱讀,後現代文本:〈萬有引力之虹〉的情狀》), *Poetics Today* 1, 1-2: 85-110.

……. 1982. "Writing about Postmodern Writing"(《描述後現代文學》), *Poetics Today* 3, 3:211-227.

Pavel(培威爾), Thomas. 1975. "'Possible Worlds' in Literary Semantics" (《文學語義學中的"可能的世界"》), *Journal of Aesthetics and Art Criticism* 34: 165-176.

……. 1979. "Fiction and the Causal Theory of Names"(《虛構和命名的因果論》), *Poetics* 8, 1-2: 179-191.

……. 1980. "Narrative Domains" (《敘事的領域》), *Poetics Today* 1, 4: 105-114.

……. 1981a. "Ontological Issues in Poetics: Speech Acts and Fictional Worlds"(《詩學中的本體論問題:言語行爲與虛構世界》), *Journal of Aesthetics and Art Criticism* 40: 167-178.

……. 1981b. "Tragedy and the Sacred: Notes Towards a Semantic Characterization of a Fictional Genre"(《悲劇與神聖:一種小說文體的語義學特徵札記》), *Poetics* 10, 2-3: 231-242.

……. 1982. "Fiction and the Ontological Landscape" (《虛構與本體論視界》), *Studies in Twentieth Century Literature* 6, 1-2: 149-163.

……. 1983. "The Borders of Fiction"(《小說的邊界》), *Poetics Today* 4, 1: 83-88.

Rabinowitz(拉賓諾韋玆), Peter. 1977. "Truth in Fiction: A Reexamination of Audiences"(《虛構中的真實:觀衆的重新審視》), *Critical Inquiry* 4: 121-141.

Rimmon-Kenan(瑞蒙-柯南), Shlomith. 1978. "From Reproduction to Production: The Status of Narration in *Absalom, Absalom!*"(《從複製到生產:〈押沙龍,押沙龍!〉的敘事情狀》), *Degrés* 16: f-f19.

Tamir- Ghez(塔米爾-蓋玆), Nomi. 1979. "The Art of Persuasion in Nabokov's *Lolita*"(《納博科夫的〈洛利塔〉中的說服藝術》), *Poetics Today* 1, 1-2:65-83.

Todorov(托多羅夫), Tzvetan. 1970. *Introduction a la littérature fantastique* (《虛構文學導論》). Paris: Seuil.

Tsur(查爾), Reuven. 1975. "Two Critical Attitudes: Quest for Certitude and Negative Capability"(《兩種批判態度:尋求確定性和否定能力》), *College English* 36: 776-788.

Wilde(王爾德), Alan. 1981. *Horizons of Assent: Modernism, Postmodernism, and the Ironic Imagination* (《一致的視野:現代主義、後現代主義與反諷想象》). Baltimore and London: Johns Hopkins University Press.

後現代主義文本的語義結構和句法結構

杜威·佛克馬*

儘管後現代主義世界現已通過各種不同的藝術媒介反映了出來,但在本文中我還是要集中分析一下後現代主義文學。我把後現代主義看作是文學潮流的一個名稱,它具有一定的歷史、地理學和社會學界限。

在對四部論述後現代主義文學的著作(布魯克-羅斯,1981;巴特勒,1980;傑佛遜,1980;王爾德,1981)作出評論時,布賴恩·麥克黑爾提出了這樣的疑問,即關於後現代主義這個概念是否存在一致的觀點:"'後現代?'顯然,在是否應該使用這個術語方面,意見就頗不一致,更不必說在什麼情況下、什麼時候使用了。同樣明顯的是,這四部新著或多或少地關注着同類現象,說得更中肯一些,它們關注這些現象的方式基本上如出一轍。其他差別尚且不論,這幾本書都是論及描寫詩學的,是一種新的作品,我稱之爲後現代作品"(麥克黑爾,1982:212)。事實上,關於後現代主義,麥克黑爾採取了相對一致的觀點,我倒是認爲這種一致的觀點是存在的,這種觀點已經注意到,文學中的後現代主義從二十世紀五十年代中期一直延伸到了八十年代(在詹姆斯·喬伊斯的《芬內根的守靈》中早有體現),它起源於美國,然後波及許多歐洲國家(如果說它不是孤立地產生在那裏的話),而且從社會學的角度來看,它只限於對複雜的文本感興趣的學院派讀者(儘管後現代主義作家們試圖擺脫

---

* 杜威·佛克馬是荷蘭烏得勒支大學比較文學系主任,兼歷史與文化研究所所長。

所謂的"高雅"文學)。

我想論證,在歐洲範圍内,後現代主義手法在意大利當代文學(伊塔洛·卡爾維諾)、德國和奧地利文學(皮特·漢特克、波索·斯特勞斯、托馬斯·伯恩哈特、皮特·羅塞)以及荷蘭和佛蘭芒語文學(威萊姆·弗萊德里克·赫曼斯、傑里特·科羅爾、萊昂·德溫特、雨果·克勞斯?艾沃·米切爾斯?)中得到了運用。一般認爲,新小說可以歸入後現代主義的保護傘之下,而且關於卡爾維諾也提不出什麽疑問(參見古圖里爾與杜蘭德,1982:6—7,13)。但是,把德國、荷蘭,甚至其他語種的近期文學也包括進來卻是十分新鮮的。在對後現代主義的描述中,伊哈布·哈桑(1975:83)提醒人們注意托馬斯·伯恩哈特;安德烈·勒沃(1976:46)則提到了皮特·漢特克的名字。傑拉德·霍夫曼在列舉後現代主義作家時也提到了漢特克,他所列舉的其他人中還有巴思、巴塞爾姆、霍克斯、品欽、庫弗、羅伯-格利耶和博爾赫斯(霍夫曼,1982:315),傑魯姆·科林克韋茨和詹姆斯·諾爾頓則更爲直截了當,他們乾脆寫了一本《論皮特·漢特克與後現代主義的轉化》(1983)。

後現代主義世界觀是長期的世俗化和非人化過程的産物。文藝復興時期確立了以人爲宇宙中心的條件,而到了十九世紀和二十世紀,在科學的影響下,從生物學到宇宙論,人是宇宙的中心這一觀念愈來愈難以自圓其説,以致終於站不住脚,甚至變得荒唐可笑了。斯梯芬·溫伯格在最近出版的一本論述宇宙之起源的書中爭辯説,"人生"是"一系列追溯到最初三分鐘的那些事件的多少帶有滑稽成份的結果"(溫伯格,1977:44)。諸如溫伯格這樣的一些物理學家告訴我們:毫無疑問,我們的世界面臨着"由無盡的嚴寒或難以忍受的炙熱所造成的熄滅"(出處同上),他還説,從現在起到以後的數十億年間,世界的毁滅將是無法改變的,這種認識由於下述推測而加深了,即人類將在不遠的將來毁滅自己。人們勢必得出這樣的結論:人類充其量只是自然一時衝動的結果,而決不是宇宙的中心。

十九世紀文學中的現實主義是以唯物主義決定論和維多利亞時期道德論之不可動搖的等級制度爲基礎的。象徵主義者要求表象世界與真理和美的超自然領域進行交流，他們對於更高級的世界之存在的說法是無可置疑的。現代主義者也承認，他們對現實主義的唯物主義決定論和傳統道德，以及象徵主義一成不變的審美等級制度持懷疑態度。相反，他們試圖將假設的秩序和暫定的意義强加給他們個人的經驗世界，在這一嘗試中他們提出了理智的推斷。最後，後現代主義世界觀似乎是以這樣一種信念爲特徵的：建造世界模式所進行的任何嘗試，無論認識論上的懷疑證明它是何等的合格，都是毫無意義的。後現代主義者似乎相信，要在生活中建立某種等級秩序，某種次序系統，是既不可能的，也是毫無用處的。如果他們承認一個世界模式，那將是以最大熵爲基礎的模式(參見哈桑，1975：55；勒沃，1976：53)，也就是以所有構成成份的同等或然率和同等合法性爲基礎的模式。

現代主義者在秘密地建造世界模式方面所作的努力，在第二次世界大戰的威脅面前證明是不起作用的；他們的聲音淹沒在武器的撞擊聲中。戰爭結束以後，現代主義被廣大的讀者重新發現。現代主義作品大量出版，受到人們的推崇，並在中學和大學裏作爲教材來教授。然而在此同時，新一代作家卻求諸新的題材和新的方法。他們希望將自己同現代主義作家們區別開來，除去這些原因外，社會和政治背景也可能有利於他們進行革新的冒險。後現代主義者由於感覺到在數量上被人超過了，於是便將自己視爲現狀、習俗、步驟和妥協的俘虜。他們常常通過否定自己賴以生存的社會和文化網的正統性來與這種狀況抗爭，他們把這張網看作是某種偶然發展起來的產物。因此，他們對爲現狀提供正統性的概念持懷疑態度。他們否認以正義和理性的形而上學概念、以對好與壞的陳腐的劃分或以簡單的因果邏輯關係爲基礎的正統性。他們與塞繆爾一樣(參見佛克馬與蟻布思,1984:217),但卻比後者更明顯地參與了尼采對於因果、相對以及秩序這些意念的批評,正如尼采在《在善與惡的彼岸》(1886)中所言:

> 在"自在"中没有"因果聯係",没有"必然性",没有"心理學上的不自由",在這裏"對原因的影響"没有發生,而且也没有"法則"的統治。原因、先後、彼此、相對、强制、數量、法則、自由、根據和目的都是我們主觀臆造出來的(尼采,1960:Ⅱ,585)。

後現代主義世界觀不僅包括這樣的信念,即人類及其世界產生於某種偶然的發展之中。假如後現代主義者真正相信所有的事物都同樣合理的話,那麽,要解釋清楚他們渴望寫作,甚至寫作浩繁的大部頭作品的動力就並非易事了。然而,如同他們的諸多先驅者一樣,後現代主義者似乎也是以這種思想爲動機的,即認爲他們之前的幾輩人竟然没有將現實的某些方面表現出來(參見雅克布森,1921)。當然,他們也拒絶接受現實主義和象徵主義的信念,尤其反對現代主義者對建立假設的但卻是連貫的世界模式所作的努力。他們公開批評並嘲弄現代主義的等級秩序。誠然,後現代主義世界觀是基於無等級秩序的原則之上的,但也是建立在與現代主義的論戰基礎之上的(這是我的大前提,儘管没有多少獨創性,但我畢竟比他人更强調論戰的一面)。

如果我們想檢驗一下後現代主義世界觀的這個特徵,我們就必須把它轉化爲從屬於文本及其在文學交流情景中運用的術語。對於後現代主義文本的發送者來説,無等級秩序的原則意味着在創作這個文本的過程中,拒絶對語言或其他元素作有意識的選擇,而對於準備按照後現代主義的方式來閲讀文本的接受者來説,無等級秩序的原則則意味着避免形成一種首尾一致的解釋。戴維·洛奇重複了蘇珊·桑塔格的觀點,他寫道,後現代主義文本可能抵制閱讀,“因爲它不想落入某種易於辨認的模式或節奏,於是便在閱讀程序上效法了世界對於解釋的抵制”(洛奇,1977:224);還可以參看洛奇(1977:237)與哈桑(1975:58)的另一些著作。避免作出解釋恰好是幾位後現代主義作家要求自己的讀者去做的。羅伯-格利耶在《在迷宮裏》(1959)的前言中警告讀者不要作出這樣一種解釋,即要求超越嚴格意義上的人身正統性的解釋:“讀者只須觀察作品所描寫的各種事物、動作、言語和結局,毋須尋找超出或少於他原有的生活和死亡中的意義。”(羅伯-格利耶,1959:5)同樣,巴塞爾姆的《雪白》中的一個人物也警告讀者不要“以物讀物……不要管那些物。它表達什麽意思就是什麽意思”(巴塞爾姆,1967:107)。上述兩段引文都談到了隱含的讀者。當然,真正的讀者不一定會注意這些忠告。原則上說來,真正的讀者可任意使用任何手段來譯解文本,學者也可以這樣。

如上所述,在文本的創作過程中,後現代主義作家顯然避開了有意識的選擇語言的或其他的要素。但是,這裏尚需要一個限定條件。正如自動寫作(écriture automatique)所產生的作品通常需進行加工以便顯示這種寫作的完美一樣(參見里法泰爾,1974:42),後現代主義作家盡可以隨心所欲地創作表面上基於無選擇的文本。我們應當提醒自己,後現代主義者是擅長於爭論的:他們希望創造出不同於現代主義文本的文本。這裏的主要問題是,文本分析究竟在何等程度上可以根據經驗來確證(或駁倒)後現代主義作家在寫作時受到無選擇、或接近無選擇原則的指導,說得更準確一些,就是受到下述原則的指導:後現代主義的文本必須具有不同於現代主義之有意造成的精緻結構之外表的原則。

在討論後現代主義時,有幾位作者已把無選擇或接近無選擇的觀念進一步具體化了。洛奇就注意到了無選擇原則的這幾種現象:矛盾、排列、間斷、任意、過度和短路(洛奇,1977:229—245)。伊哈布·哈桑(1980b:123)則列舉了一長串現代主義與後現代主義之間的對立範疇，其中有幾個在經驗的探討中是可以起作用的，尤其是二元差別：目的/消遣、設計/機遇、間距/參與、形合連結/意合連結、選擇/結合、確定性/不確定性。哈桑在最近的一次報告中又提到了後現代主義的下述特點：不確定性、片斷性、非聖化、忘我/無深度、不登大雅之堂、混雜、狂歡、功能/參與、構成主義以及內在性(哈桑，1984)。這些爲概念化所做的嘗試對於經驗研究都是必要的前奏曲，但是按照目前的方式，它們並非全部屬於同一層次的資料。這些術語當中，有些主要是指後現代主義的世界觀(無深度、狂歡、消遣)，另一些則實際上指語義學的層次(不確定性、機遇)，還有一些指句法學和構成層次(不確定性、間斷、矛盾、過度、形合連結)，也有些是指語用學的層次(功能、參與、消遣)。鑑於有關世界觀和語用學的問題將在別處討論，我這裏只想集中論述後現代主義代碼的語義和句法的各個方面，着重從一個發送者的觀點來論述。我將重新排列洛奇、哈桑等人提出的各種顯著的特點，只有這樣排列我們才能將它們與語義和(文本)句法(包括敘事學的)分析所提供的經驗符號學的事實聯係起來。

文學潮流——如後現代主義——的代碼，只是規定文本創作的若干代碼中的一個。作家所依賴的其他代碼是語言代碼(英語、法語等)、預先安排讀者閱讀文本，彷彿文本內部有高度的緊湊性似的文學代碼、引導讀者去激活某些與所選文類有關的期待性文類代碼。作者的個人習語在其經常出現的特點基礎上是可以辨別出來的，因此亦可算作一個代碼。每一個後來的代碼都進一步限制了基於較普遍的代碼的原本可行的選擇。在文學交流中，每一個後來的代碼都對其他代碼構成挑戰和危害，因爲它創造出一些新的選擇並爲之辯護，而這些選擇則在更普遍的代碼之下受到禁止。如果我們暫時將主要興趣放在英語語言中的後現代主義敘事散文上，那麼，後現代主義代碼就會在標準英語的語義學和句法學的制約下限制，但同時又會在某種程度上擴大這些選擇，因而它就會進一步限制並延伸文學內聚性中的流行觀念，它還會從相關的文類代碼（即敍述代碼）的規則中進行選擇，説不定還會加上兩條規則。後現代主義作家們五花八門的個人習語最後將對後現代主義的社會習語部分地加以確證，同時部分地提出挑戰。

假如這個觀點可以被人們接受的話，後現代主義的代碼便可描述爲一個優先選擇的系統，一部分比較爲一般的代碼具體些，一部分則忽視了它們的規則。要全面徹底地描述後現代主義的代碼，一方面要以優先的語義構成部分的對比分析和後現代主義文本優先的（文本）句法結構爲基礎，另一方面還要以語義構成部分和標準英語的（文本）句法結構爲基礎。

然而，爲了文學史的目的，將後現代主義和現代主義加以對比是很有意義的，因此我建議把後現代主義和現代主義之間的語義構成部分以及兩者之間的（文本）句法慣例區別開來。首先，我將探討在後現代主義研究中出現的後現代主義語義學特徵，然後再討論後現代主義（文本）句法學的明顯特點。這不是個面面俱到的評述；我肯定會忽視幾部極有價值的著作，那也無妨，讀者正好可以從事對“後現代主義”的“填補空白”的活動。

討論文學文本的語義學，不能不把孤立的詞彙單位的語義價值與更大的單位，如片語、段落、詩節、章回甚或文本的語義解釋區別開來。隱喻、反諷、戲擬都取決於文本和語用學語境，因此屬於第二個範疇。我將首先進行個別詞彙單位的語義學探討。

我從洛奇、哈桑、斯特維克等人那裏得到了暗示，因此不揣冒昧提出以下假設：後現代主義文本中非常明顯地運用了若干特殊的詞彙單位，與現代主義文本相比可能更爲頻繁。這種相對的頻率可以通過數據方式輕易地建立起來。關於那些典型的後現代主義文本中重點但不頻繁地使用的詞彙單位，我倒認爲它們屬於後現代主義作品中渲染過多的語義場（語義場包括語義上相互關聯的詞彙單位——參看萊昂斯，1977：Ⅰ，268，326——即至少具有一個共同的語義特徵的詞彙單位)。特殊語義場在後現代主義和現代主義作品中的分布在很大程度上取決於對它們如何解釋;因此,從經驗上研究特殊語義場的存在及其意義便顯得更爲複雜了,儘管並非全然不可能。在下述關於後現代主義文本之語義選擇的評述中,沒有提到第一手的文本。我提出的幾點建議尚需進一步發揮。我之所以要在這裏提出,僅僅希望解釋清楚一個有用的步驟。詳細的論述尚待以後進行。

一 突出的或許常用的詞彙單位(與現代主義文本相比)

我的假設是,如"鏡子"、"迷宮"、"地圖"、"旅行"(無目的地)、"百科全書"、"做廣告"、"電視"、"攝影"、"報紙"(或者許多其他語言中的對應詞)等一類的詞彙,在下述作家的作品中得到使用,而且相對來說出現的頻率很高。這些作家是:博爾赫斯、加西亞·馬爾克斯、柯爾塔察、羅伯-格利耶、布特、卡爾維諾、漢特克、羅塞、斯特勞斯、德溫特以及其他後現代主義作家。鑑於到目前爲止尚無人從資料上進行研究,這只是個嘗試。

二 突出的語義場(與現代主義文本相比)

1. 同化。所有具備這個語義特徵〔⁺泛〕的詞彙都被認爲是屬於同化這個語義場的,我將其理解爲各種差別的消失,或者"各種形式的熔化,各個領域的混淆"(哈桑,1975:58);斯特維克(1981:138)曾講到過後現代主義作品中的"同化能量"。這個觀念是與不確定性相關聯的(哈桑,1975:58;1980b:123;坡洛弗,1981)。此外,同化還體現了陰陽合體生物(哈桑,1975:57;1980b:123)或者雌雄合體(洛奇,1977:229)這個語義場。屬於這個語義場的詞彙單位是：

"迷宮"(阿拉兹拉基,1968,1977;布魯克-羅斯,1981:372)

"没有目的地的旅行"

"百科全書"

2. 加倍與排列。數學方法如排列(洛奇,1977:230—231)、加倍、乘法、列舉,用更地道的語言術語來説,即所有具備這個語義特徵〔+多〕的詞彙,都被認爲屬於這個語義場。詞彙單位通常屬於一個以上的語義場,而且後現代主義者偏愛的某些術語也可以歸類於一個以上的在後現代主義語義世界中突出的語義場。屬於這個語義場的詞彙單位是:

"鏡子"(阿拉兹拉基,1968,1977)

"迷宮"(阿拉兹拉基,1968,1977;布魯克-羅斯,1981:372)

"没有目的地的旅行"

"百科全書"

"做廣告"(斯特維克,1981:123)

"報紙"

"財産目錄"

"偏執狂"(勒沃,1976:52)

3. 感覺。感覺的語義場包括描述或暗示感官功能的所有詞彙單位。它體現了具體性這一語義場,包括關於發現物的觀念(哈桑,1975:55)。對可觀察到的細節(洛奇,1977:239)或表面的强調(斯特維克,1973:211;1981:140)與馬扎羅的觀點不謀而合;馬扎羅也認爲,"儘管後現代主義表面上神秘得很,但實則卻是世俗的和社會的,這是無法改變的"(馬扎羅,1980:Viii)。也可看看霍夫曼對後現代主義小説中人物的考察:人物"可以還原到……没有本質的單純的感覺"(霍夫曼,1982:337)。後現代主義文本中突出的詞彙單位是下列指代感覺的詞:

"聽見"
"傾聽"
"嗅味" (勒沃,1976:53)
"看見"
"閱讀"
"鏡子"
"旅行"
"電視"(斯特維克,1981:123,131)

4. **運動**。這個語義場包括所有代表動作或運動,不管是體力的還是腦力活動的詞彙單位。它體現了**消遣**(斯特維克,1973:215;哈桑,1975:58;1980b:124)和**色情描寫**(哈桑,1975:54,57;莫里塞特,1975:260)的語義場:

"迷宮"(阿拉兹拉基,1968,1977;布魯克-羅斯,1981:372)
"旅行"
"電視"
"談話" (斯特維克,1981:123,131)
"暴力"

5. **機械化**。這個語義場包括所有描寫工業化、機械化、自動化了的世界各個方面的詞彙。它體現了**科幻小說**(哈桑,1975:54—55;艾伯特,1980)這個語義場:

"旅行"
"做廣告"
"電視" (斯特維克,1981:123)
"攝影"
"計算機"

處在後現代主義的語義世界之中心的語義場,主要是用來對抗現代主義文本的語義結構。**同化**的語義場與現代主義對差異和限定條件的傾向是完全對立的,與對差異的認識和對分離的嘗試也是對立的。**加倍和排列**被認爲是機械的幾何手法,如今卻同其他更爲合格的結構和以限制性差別爲基礎的個別性觀念形成了對立。感覺和運動是對各種印象的理智的處理和現代主義者的分離嘗試的論辯性答覆。最後，機械化則要求個人意識屈從於技術，或者如哈桑所說，成爲"意識的技術性延伸"(哈桑，1980b：124；再參見哈桑，1975：55)。

誠如我前面所說，對典型的後現代主義文本的詞彙和語義場的粗略描繪有待於進一步發展和檢驗。我之所以提出上述簡短論述，旨在誘發對下述問題進行評論，即我所選用的步驟是否確實能加固我們事業的經驗基礎。

在研究後現代主義的句法學時，我們必須將句子的句法和更大語言單位的句法(文本句法或者構成，包括論說性、敘述性和描寫性結構)區分開來。後現代主義對於等級模式的懷疑影響了後現代主義文本的句法。後現代主義者對現代主義者之假定結構的厭惡，業已轉化成對各不相同的句法單位之同等或然率和同等正統性的偏好。推而論之，如哈桑(1980b：123)所言，這導致了對意合連結的偏好，而不是對形合連結(這肯定是現代主義者所偏好的)的偏好，既是在句子結構(微觀結構)的層次上，又是在更大結構(宏觀結構)的層次上的偏好。哈桑還注意到，"後現代主義轉向了公開的、玩笑的、祈願的、分離的、移位的、或不確定的形式"(哈桑，1980b：125)，而且這種傾向可能與以下的假設發生衝突，即後現代主義者是否真的有任何偏好。或許後現代主義者總想運用意合連結和形合連結的結構。然而，就在他們訴諸於形合連結的情況下，他們關於現代主義者的論戰態度業已被人們感受到了(參見厄爾路德·蟻布思在本書中的文章)。這一點可在下面的討論中得到進一步論證。後現代主義者用通常溫和和反諷的形式來表達他們的懷疑觀點：紀德將自由行動(acte gratuit)這個觀點視爲社會和心理宿命論的解毒藥，但並沒有對毫無動機的行動表示全力的支持；在《斯萬之家》中，普魯斯特詳細地列舉了弗朗索瓦爲堅持用自己的菜單而提出的申辯理由,這種列舉具有反諷的效果;在《青年藝術家的肖像》和《尤利西斯》中,喬伊斯也訴諸於反諷手法以便平息任何魯莽的解釋(佛克馬和蟻布思,1984:124;72—73)。但是,後現代主義者又向前邁進了頗有意義的一步:他們對解釋的論述——無論是對心理活動、情節的解釋,還是什麼別的解釋——往往取決於戲謔(參見布魯克-羅斯,1981:364—373;霍夫曼,1982:314)。我所說的差別是通過反諷而進行的分離式批評與通過戲謔而進行的全面顛覆之間的差別。儘管後現代主義者也訴諸於反諷手法——不過也許是一種不同的反諷(王爾德,1981)——但戲謔法在現代主義文本中卻是很少見的。

我將把後現代主義中各種典型的句法規則盡量系統地加以描述。

三 句子結構

現代主義保持了有機連接的句子的規範性。與現代主義截然不同的是,在後現代主義的文本中,由於句法的不規範,語義的不一致,印刷上的有意安排,或者由於這三種方法的結合使用,句子是可以打斷的。雖然這三種支離破碎的形式——哈桑(1980b:125)曾講到過"支離破碎的話語"——都出現在後現代作品中,但它們的出現頻率並不高。如果具體的詩歌也包括進後現代主義文本,那麼不完整的句子結構就會得到更爲廣泛的體現。無論如何,後現代主義允許這些支離破碎的形式存在;而在現代主義那裏,這些形式則是很罕見的,甚至是根本不存在的(依然取決於主體的局限)。另外,我認爲,後現代主義者之所以偏好這樣的句子結構,因爲這些句子效法了數學方法,如加倍、排列和列舉。它們在文學句法學中畢竟起了很大的作用,我們將在(四)中進行論述。

手法	作家與文本	提出者
句法不規範	巴塞爾姆,《雪白》(1967)	(古圖里爾和杜蘭德,1982:73)
—句子常常不完整;其他詞彙須由讀者補充出來	巴思,《迷失在遊樂園裏》(1968)	
語義不一致	貝克特,《無名的人》(1965)	(洛奇,1977:229)
	巴塞爾姆,《回來吧,卡利加利醫生》(1964)	(古圖里爾和杜蘭德,1982:22)
印刷上的有意安排	費德曼,《二個或没有》(1971)	(洛奇,1977:232)

四　文本結構

由於拋棄等級模式的結果,片斷性規則已經支配了句子和論説性、敘述性和描寫性結構之間的關係。哈桑在1975年使用了"斷片"這個術語,但並不是指文本句法(哈桑,1975:54),近來他更加相信,這個概念是非常有用的(哈桑,1983:27;哈桑,1984),原因是利奧塔德一直强調"規則的駁雜性"(hétérogéneité des règles)和希望達到觀點一致的不可能性(利奧塔德,1979:106)。人們用了各種不同的術語來描述無選擇或者接近無選擇的現象。洛奇(1977:231—234)喜歡説"間斷"、"任意"和"過度"之類的詞。科林克維兹(1973:433)則提到了"任意的事物"。"熵"這樣的術語(哈桑,1975:55;扎瓦扎德,1976:16)與"碰運氣的結構"(哈桑,1975:58)、矛盾心理(斯特維克,1981:133)與不確定性(哈桑,1980b:123;坡洛弗,1981)也都提了出來。這些術語是如何同文本句法學和敘事學中的概念發生聯係的呢?後現代主義關於無選擇或碰運氣選擇的理想通常轉換成對於結合規則的應用,這些規則效法了數學方法:加倍、乘法、列舉、排列。布魯斯·莫里塞特(1975:260)把最後一項稱爲“拓撲學處理法,如反向”。推測下去,這些數學方法的應用便被認爲具有很大的任意性,即不以人的意志爲轉移。這些數學概念應該與文本中的句法(包括敘述)次序的某些表現形式相聯係。下面的論述雖然簡要了些,但卻是針對上面提到的概念的進一步操作。除了那些較具體的數學方法外,我把作爲否認連接性存在之手法的“間斷”挑選出來,把作爲給予過多的連接性以致造成混亂手法的“累贅”挑選出來。這兩種手法彼此關聯(參見勒沃,1976:55),因爲它們都對現代主義文本中標準的連接性概念提出了挑戰。

手法	作家與文本	提出者
間斷	霍克斯,《死亡、睡眠和遊人》(1974)	(勒沃,1976:47—48)
	布羅提根,《在西瓜糖水中》(1968)	(洛奇,1977:231 — 235)
	巴塞爾姆,《城市生活》(1971)	
	馮尼戈特,《冠軍的早餐》(1973)	
	蘇克尼科,《98.6》(1975)	
	米切爾斯,《如果我能我就救他們了》(1975)	
累贅		
	羅伯-格利耶,《觀察者》(1955)	(洛奇,1977:235—239)
	品欽,《V》(1963)	
	品欽,《萬有引力之虹》(1973)	
	巴塞爾姆,《悲傷》(1972)	
	布羅提根,《在美國捕鱒》(1970)	
	巴塞爾姆,《城市生活》(1971)	(“無意展開的贅語”,勒沃,1976:50)

加倍(含重復)		
文本的加倍(對早期文本的參照;手稿的涂改法)	巴塞爾姆,《雪白》(1967)	
	邦德,《李爾》(1971)	
	巴思,《吐火女怪》(1972)	
	漢特克,《短信話長別》(1972)	
	布特,《每秒6810000升水》(1965)	(熱内特,1982:62—64)
	德溫特,《青年丢勒的墮落》(1978)	
	卡爾維諾	(巴瑞里,1974:252-267,莫里塞特引,1975:255)
一個文本中兩個故事相互交叉(不同於現代主義和現實主義中的無限循環)	科塔爾察,《一切火都是火》(1960)	
	庫弗,《照看嬰孩者》(1969)	(勒沃,1976:46;洛奇,1977:230)
	佛勒斯,《法國中尉的情婦》(1969)	
	布特,《飛去來器》(1978)	
	努特布姆,《影子與實體之歌》(1981)	
情節的加倍	博爾赫斯,《交叉路口的花園》(1941)	
	富恩特斯,《輝光》(1962)	
	奧利爾,《上演》(1959)	(理卡多,1978:45—46)
	羅塞,《埃德加·愛倫在哪裹?》(1979)	
舊詞的加倍	巴塞爾姆,《雪白》(1967)	
	漢特克,《内部世界的外部世界的内部世界》(1969)	

“無意義循環”	斯特勞斯,《饋贈》(1977)	
“發現詩”	别奈克,《發現詩》(1969)	
寫作活動的加倍(自我反映性)	布特,《時間的利用》(1957) 巴斯,《迷失在遊樂園裏》(1968)	(哈琴,1980:52)
	卡爾維諾,《如果一個冬天的夜晚,一個旅行者……》(1979)	
增殖		(參見勒沃 1976:45)
—符號系統的乘法;語言與其他符號的混合	巴思,《迷失在遊樂園裏》(1968) 巴塞爾姆,《城市生活》(1971) 卡爾維諾,《交叉地點的城堡》(1973) 布林克曼,《向西》I 、II (1974) 沃爾夫,《危險的大平原》(1976)	
—結尾的增殖	奥布利恩,《兩鳥遊動處》(1939) 佛勒斯,《法國中尉的情婦》(1969) 馬拉默德,《佃户》(1971)	(洛奇,1977:227)
—開始的增殖	奥布利恩,《兩鳥遊動處》(1939)	
—無結局的情節的增殖(迷宮情節)	羅伯-格利耶,《在迷宮裏》(1959) 品欽,《第四十九個人的呼喊》(1966) 荷曼斯,《奥戴坡·戴	(洛奇,1977:226)

	坡福音書》(1973)	
列舉(或存貨清單)	巴塞爾姆,《城市生活》(1971)	(勒沃,1976:49)
	艾爾金,《迪克吉布遜演出》(1971)	(斯特維克,1981:138)
	漢特克,《短信話長別》(1972)	
	羅塞,《埃德加·愛倫在哪裏?》(1979)	
	德溫特,《青年丟勒的墮落》(1978)	
排比		
—文本各部分的互換性	費德曼,《或取或捨》(1976)	
—文本與社會語境的排比(事實與虛構無區別)	納博波夫《蒼白的火》(1962)	(洛奇,1977:240)
	馮尼戈特,《五號屠場》(1969)	(斯柯爾斯,1979:203—204)(也見霍夫曼,1982:313—314)
—語義單位的排比(如主題和思想的排比,導致同樣合理的主觀主義和客觀主義產生,從外界退回並與之統一)	博爾赫斯,《特龍,烏克巴,第三個圓圈》(1941)	
	巴塞爾姆,《城市生活》(1971)	(“在巴塞爾姆那裏,背景和前景一概成爲無意義的術語J,”斯特維克,1981:129)
(或者:可能與否,有關與否,真與假,現實與	博爾赫斯,《皮爾·莫納》(1941)	
	羅伯-格利耶,《在迷宮裏》(1959)	(“作爲逼真的畫的現實”,布魯克-羅斯,

戲謔,比喻 1981:298)。
與原意的排 (也見霍夫曼,1982:282)
比)

這最後一個方法,即排比,對早期的一些程式很可能破壞性最大,它足以推翻後現代主義體系中仍可能出現的等級秩序。這個方法也解釋了後現代主義代碼中的一些悖論。伊哈布·哈桑曾寫道,“走到極限的抽象性回來時便成了新的具體性……其範圍是從概念藝術(抽象藝術)到環境藝術(具體藝術)”(哈桑,1975:55)。在理查德·帕爾馬的一篇論文中也可以發現類似的悖論;帕爾馬力圖把主觀主義和客觀主義、“靈魂和宇宙”、“自我和世界”加以調和。他的語言具有本體論所揭示出來的潛力,“在這種揭示中事物通過詞語的作用而有了生命”;他認爲海德格爾把語言視爲“生命的房屋”是有其道理的,因而引用了他的話,但卻拋棄了將自我表現爲通向權力的意志那種主觀性。在文章結尾時,帕爾馬替解釋者要求“薩滿教闖釋權”(帕爾馬,1977:28－31),恰好與他早期的論點相矛盾了。

後現代主義文本中的排比法是容易使人誤入歧途的,而且已經使帕爾馬誤人了建立薩滿教神秘主義等級秩序的歧途。然而,就是這同一種方法也足以將他的等級秩序顛倒過來。後現代主義是個極其複雜的代碼,正是因爲使用了排比法,它才有了更新自我的巨大潛力。

(黃桂友 譯)

參考書目

Alazraki(阿拉兹拉基), Jaime. 1968. *La prosa narrativa de Jorge Luis Borges*:

temas, estilo(《路易斯·博爾赫斯的散文叙事:主題和風格》). Madrid: Gredos.

……. 1977. *Versiones, inversiones, reversiones: elespejo como modelo estructural del relato en los cuentos de Borges*(《翻譯,轉化,還原:博爾赫斯小說叙事結構的鏡子模式》). Madrid: Gredos.

Barilli(巴瑞里), Renato. 1974. *Tra presenza e assenza*(《超越顯在與未在》). Milano: Bompiani.

Barthelme(巴基爾姆), Donald. 1967. *Snow White* (《雪白》). New York: Atheneum, 1982.

Benamou, Michel and Charles Caramello, eds. 1977. *Performance in Postmodern Culture* (《後現代文化中的表演性》). Madison, Wisconsin: Coda Press.

Bradbury, Malcolm, ed. 1977. *The Novel Today: Contemporary Writers on Modern Fiction*(《今日小說:當代作家論現代小說》). Glasgow: Fontana.

Brooke-Rose(布魯克-羅斯), Christine. 1981. *A Rhetoric of the Unreal: Studies in Narrative and Structure, Especially of the Fantastic*(《非真實修辭學:叙事與結構研究,尤其是幻想作品》). Cambridge: Cambridge University Press.

Butler(巴特勒), Christopher. 1980. *After the Wake: An Essay on the Contemporary AvantGarde*(《覺醒之後:論當代先鋒派》). Oxford: Oxford University Press.

Caws, Mary Ann, ed. 1974. *Le Manifeste et le caché: le siècle éclaté, l* (《明顯與隱匿:爆炸的時代》). Paris: Minard.

Couturier(古圖里爾), Maurice and Régis Durand(杜蘭德). 1982. *Donald Barthelme*(《唐納德·巴塞爾姆》). London and New York: Methuen.

Ebert, Teresa L. 1980. "The Convergence of Postmodern Innovative Fiction and Science Fiction"(《後現代革新小說與科幻小說的交匯》), *Poetics Today* 1, 4:91-104.

Fokkema, Douwe W. 1984. *Literary History, Modernism, and Postmodernism* (《文學史,現代主義和後現代主義》). Amsterdam: Benjamins.

Fokkema(佛克馬), Douwe and Elrud Ibsch(蟻布思). 1984. *Het Mod-*

ernisme in de Europese letterkunde(《歐洲文學中的現代主義》). Amsterdam：Arbeiderspers.

Garvin, Harry R., ed. 1980. *Bucknell Review*：*Romanticism*, *Modernism*, *Postmodernism* (《巴克奈爾評論：浪漫主義，現代主義，後現代主義》). Lewisburg, Pa.：Bucknell University Press.

Genette(熱内特), Gérard. 1982. *Palimpsestes*：*La littérature au second degré* (《隱迹紙本：第二等級的文學》). Paris：Seuil.

Hassan(哈桑), Ihab. 1975. *Paracriticisms*：*Seven Speculations of the Times* (《超批評：對時代的七篇沉思錄》). Urbana：University of Illinois Press.

……. 1980b. "The Question of Postmodernism" (《後現代主義問題》), in Garvin 1980：117-126.

……. 1983. "Ideas of Cultural Change"(《文化變革的觀念》), in Hassan and Hassan 1983：15-39.

……. 1984. "What is Postmodernism? New Trends in Western Culture"(《什麽是後現代主義？西方文化中的新潮流》), Lecture, University of Utrecht, May 16, 1984.

Hassan, Ihab and Sally Hassan, eds. 1983. *Innovation/Renovation*：*New Perspectives on the Humanities* (《革新/更新：人文科學研究的新視角》). Madison：University of Wisconsin Press.

Hoffmann (霍夫曼), Gerhard. 1982. " The Fantastic in Fiction：Its 'Reality' Status, its Historical Development and its Transformation in Postmodern Narration"(《虛構中的幻想：其真實狀態、歷史發展以及其在後現代叙事中的轉變》), *REAL* (*Yearbook of Research in English and American Literature*) 1：267-364.

Hutcheon(哈琴), Linda. 1980. *Narcissistic Narrative*：*The Metafictional Paradox*(《自戀的叙述：元小説的悖論》). New York and London：Methuen, 1984.

Jakobson, Roman. 1921. "Über den Realismus in der Kunst"(《藝術中的超現實主義》), in Striedter 1969：373-391.

Jefferson(傑佛遜), Ann. 1980. *The Nouveau Roman and the Poetics of Fiction*

(《新小說和小說詩學》). Cambridge: Cambridge University Press.

Klinkowitz(科林克韋茨), Jerome(諾爾頓). 1973. "Literary Disruptions: Or, What's Become of American Fiction"(《文學的斷裂:或美國小說的狀況》), *Partisan Review* 40:433-444.

Klinkowitz(克林科韋茲), Jerome and James Knowlton(諾爾頓). 1983. *Peter Handke and the Postmodernist Transformation* (《彼德·漢特克和後現代主義的轉變》). Columbia: University of Missouri Press.

Le Vot(勒沃), André. 1976. "Disjunctive and Conjunctive Modes in Contemporary American Fiction"(《當代美國小說中的分離和連接模式》), *Forum* 14,1:44-55.

Lodge(洛奇), David. 1977. *The Modes of Modern Writing: Metaphor, Metonymy, and the Typology of Modern Literature*(《現代寫作的模式:隱喻, 轉喻及現代文學的類型》). London: Arnold.

Lyons(萊昂斯), John. 1977. *Semantics*(《語義學》), 2 vols. Cambridge: Cambridge University Press.

Lyotard(利奧塔德), Jean-François. 1979. *La Condition postmoderne: Rapport sur le savoir*(《後現代狀況:關於知識的報告》). Paris: Minuit.

Mazzaro(馬扎羅), Jerome. 1980. *Postmodern American Poetry*(《後現代美國詩歌》). Urbana: University of Illinois Press.

McHale(麥克黑爾), Brian. 1982. "Writing about Postmodern Writing"(《關於後現代寫作的描述》), *Poetics Today* 3,3:211-227.

Morrissette(莫里塞特), Bruce. 1975. "Post-Modern Generative Fiction" (《後現代生成小說》), *Critical Inquiry* 2:253-262.

Nietzsche(尼采), Friedrich. 1960. *Werke in drei Bänden*(《三卷本尼采文集》), ed. Karl Schlechta. 2nd ed. München: Hanser.

Palmer(帕爾馬), Richard E. 1977. "Towards a Postmodern Hermeneutics of Performance"(《走向後現代表演闡釋學》), in Benamou and Caramello 1977: 19-32.

Perloff(坡洛弗), Marjorie. 1981. *The Poetics of Indeterminacy*(《不確定性詩學》). Princeton: Princeton University Press.

Ricardou(理卡多), Jean. 1978. *Le Nouveau Roman*(《新小說》). Paris:

Seuil.

Riffaterre(里法泰爾), Michael. 1974. "Semantic Incompatibilities in Automatic Writing (André Breton's *Poisson soluble*)"(《自動寫作中的語義學矛盾》), in Caws 1974: 41-62.

Robbe-Grillet(羅伯-格利耶), Alain. 1959. *Dans le Labyrinthe*(《在迷宮裏》); *Dans les couloirs du métropolitain*(《都市走廊》); *La chambre secrète*(《幽會的房子》). Suivi de *Vertige fixé* par Gérard Genette. Paris: Minuit, 1964.

Scholes(斯柯爾斯), Robert. 1979. *Fabulation and Metafiction*(《荒誕與元虛構》). Urbana: University of Illinois Press, 1980.

Stevick(斯特維克), Philip. 1973. "Sheherezade runs out of plots, goes on talking; the King, puzzled, listens: An Essay on New Fiction"(《論新小說》), reprinted in Bradbury 1977: 186-217.

……. 1981. *Alternative Pleasures: Postrealist Fiction and the Tradition*(《交替的快感:後現實主義小說與傳統》). Urbana: University of Illinois Press.

Striedter, Jurij. 1969. *Texte der Russischen Formalisten*, I, *Texte zur allgemeinen Literaturtheorie und zur Theorie der Prosa*(《俄國形式主義文本》). München: Fink.

Weinberg(溫伯格), Steven. 1977. *The First Three Minutes: A Modern View of the Origin of the Universe*(《最初的三分鐘:宇宙起源之現代觀》). Toronto: Bantam Books.

Wilde(王爾德), Alan. 1981. *Horizons of Assent: Modernism, Postmodernism, and the Ironic Imagination*(《一致的視野:現代主義,後現代主義和反諷想象》). Baltimore and London: Johns Hopkins University Press.

Zavarzadeh, Mas'ud. 1976. *The Mythopoeic Reality: The Postwar American Nonfiction Novel* (《神話時代的真實:戰後美國紀實小說》). Urbana: University of Illinois Press.

後現代主義在英國小說中的存在

——文體與個性面面觀

理查德·托德*

1963年,美國批評家威廉·範·奧康納出版了一部資料翔實的專著,對那些他正確地認爲是二十世紀五十年代英國小說和詩歌中出現的一種具有深遠意義的傾向的現象,作了詳細的敍述(奧康納1963)。這部專著取名爲《新大學才子》。這一書名對莎士比亞的同代人——那些在伊麗莎白女王時代初的文學戲劇界裏叱咤風雲的牛津大學和劍橋大學的才子——作了隱隱約約的暗示,但是這種暗示還不及該書的副標題《現代主義的終結》更說明問題。在1963年的英國讀者們看來,這一定是一種具有決定性的評價。但是,那些在那時已經被奧康納以及其他批評家認識到是屬於五十年代英國的新的美學原則的現象,已經有了一個描述性的用語——運動派。布萊克·莫里森最近(1980)從更爲歷史的視角,對其進行了探索。這一用語1954年出現在《觀察家》雜誌上。當時,大家一致同意並且此後也仍然同意:這一用語描述的是一種確實堅決地反現代主義的美學原則。當時,英國的文學新聞機構是否已經斷定,已到了作出改變來有爭議地適應戰後時期——適應已出現的福利國家的氣氛——的時候了;或者諸如約翰·韋恩、金斯利·艾米斯、菲利普·拉金這類作家,以及隨着時間的推移而湧現出來的其他幾位作家是否真的(如果是的話,那麼在何種程度上)認爲,兩者

* 理查德·托德是荷蘭阿姆斯特丹自由大學英文系教授。

之間的這種密切關係已經清晰可見，或者他們是否是在推波助瀾，操縱它的出現，或者他們是否對這種密切關係感到張惶失措；這些都仍然是有待於通過一定的爭論來弄清楚的問題。事實仍然是，到1963年，人們越來越牢固地把運動派的出現與現代主義的衰微聯係在一起。運動派在藝術上的代言人，即所謂的"憤怒的青年"，開始嶄露頭角，並且對英國文學，特別是對小說（我在本文中所關注的方面）自從戰後就開始的發展方向，作了與衆不同的描述。

根據這一描述，當時受到挑戰的，是構成本世紀頭三、四十年間的英國現代主義特徵的上層或中上層社會所信奉的世界主義。挑戰者是一代背景較爲一般的新人；儘管他們確實畢業於牛津大學或劍橋大學，但他們從大學時代起就將此作爲他們的"職業"方向，而不是"業餘愛好"（其中，絕大多數人是大學教師或圖書館管理員）。人們認爲，他們遠不如他們的現代主義前輩那樣具有國際頭腦，他們的選題範圍要狹窄得多，而他們的論述所涉及的面也非常有限。這種情況，似乎與英國當時因爲漸漸地然而又無可挽回地不再作爲一個有屬地的殖民主義强國而經歷着的收縮狀況相適應，也與運動派的許多作家所同情的、（五十年代在野的）英國工黨中一個相當重要的階層的態度相適應。

這一切都已廣爲人知，當然，如我所勾勒的這幅畫卷，簡單化得未免太過份了，這是人們現在會普遍承認的。但是，我所真正關注的卻是，這些用來描繪和論述現代主義的終結的特殊用語，爲什麼會如此迅速地成爲人們公認的文學史上這樣具有說服力的部分。我試圖把這一問題與我認爲是英國關於後現代主義的論戰的那些事情在後來的發展加以聯係，其辦法是，我建議，把這一問題看成是那場論戰所固有的組成部分。即使許多評論英國小說的評論家也許承認，這種斷言——現代主義在第二次世界大戰即將爆發的那幾年裏就已氣息奄奄，從而在戰後的幾年裏就爲一種狹隘、內向的地方觀念所取代——是言過其實的，但它卻仍然是一件事實：今天圍繞英國小說所展開的討論，受到了人們的一種普遍信念的強烈影響；這種信念認爲，我們正在論述的是一種日趨衰落——一種反映了被人們普遍認爲是代表了自1945年以來國家命運的方向的種種現象的衰落——的文學。

諾貝爾文學獎或許並不一定是表明一定國家的文學狀況的最敏感的晴雨表。但是，1983年發生的一些事件（因把諾貝爾文學獎授予威廉·戈爾丁一事而引起的爭論），似乎進一步證實了一種長期流傳的離奇說法；按照這種說法，像威廉·範·奧康納的那種紀實小說就具有了一定的、名副其實的影響。據我所知，奧康納不用"後現代主義"這個詞語，也不用它的任何派生詞語，但是漢斯·伯頓斯在本文集的另一篇文章裏卻正確地指出，奧康納實際上正在提出這種現象的一種儘管陳舊卻令人信服的早期形式。不過，我想提出，奧康納爲描述現代主義在英國的終結而使用的策略，本身就具有一定的重要性。他挑選那些已經被英國文學新聞機構認定是描寫五十年代的值得注意的作品；他在把這一點標明爲英國戰後文學史的一個主要方面中發揮了作用。從奧康納的這些所作所爲來看，他正在協助從事一項與那種我所認爲的後現代主義事業顯然水火不相容的活動，但它又是這樣一項活動：它以迷人的自相矛盾的方式，不僅預示了後現代主義在英國文學批評話語裏的出現，而且或許還在實際上爲後現代主義文學的肇始鋪平了道路。

因爲，我即將提出的關於後現代主義在英國小說中的存在的看法，是以後現代主義小說與六十年代起逐漸和它同步發展的文學批評話語的複雜的相互影響爲前提的。我們在那個時期，可以看到一種正在出現的文學批評性認可。這種認可認爲，像奧康納的那種敍述，儘管樣式很好，而且與弗雷德里克·R.卡爾（1963）或魯賓·拉賓諾維茲（1967）這類批評家所鼓吹的、被稱爲在英國文學收縮期"風行一時的似是而非的看法"（見布拉德伯里和帕爾馬1979：9）裏的種種更有爭議的見解相比，它在設想方面要圓熟得多，但卻畢竟不足以涵蓋它所涉及的整個時期。人們現在一致認爲，對五十年代的一種過於乾脆地堅持運動中心說的描述，將很難公正地對待格林、戈爾丁和勞倫斯·德雷爾等作家的整個生涯，更不待說難以公正地對待馬爾科姆·洛里了，它也將很難對亨利·格林保持沉默的原因作出解釋（這種敘述所帶來的必然結果是，比方說，金斯利·艾米斯在五十年代後的經歷，就會顯得比約翰·布雷恩的重要得多）。我們注意到，六十年代以來的小說家們正在越來越作好準備——但是還不是完全從文學批評方面——向涉及五十年代收縮時期的那種"風行一時的似是而非的看法"發起挑戰；與此同時，我們或許也注意到了，這些小說家正在進行各種各樣的嘗試，以圖正視那種開始被——明確程度極不相同地——認爲是構成運動派的美學原則之基礎的、嚴肅的焦慮不安。我們乍一看或許會認爲，小說家比批評家更樂意對這種焦慮不安作出反應，儘管我想對一位英國當代最重要的小說家不得不親自就這一問題發表的看法作一簡要的考慮，從而證明這種斷言是正確的。伊麗斯·默多克一再強調，她在從理論上論述小說的時候，並不認爲自己是一位批評家，她的目的相反是論述那種她認爲是介乎於文學與哲學之間的綜合性問題（默多克1959a：247）。

請允許我介紹一下那種必不可少的簡要考慮；並且讓我藉此認爲，對六十年代以來的英國小說所作的批評，已經緩慢地然而又不明確地朝着重申英國小說在戰後的處境的方向發展。對英國小說的批評的這種發展所採用的方式是，向運動派所認爲的這種設想——能取代現代主義的唯一辦法是傷感地復歸到樸素的社會現實主義——發起挑戰，並且含蓄地向那種認爲運動派在五十年代佔據主要地位的文學批評的正統觀念發起挑戰。我們甚至可以這麽說：現在可以把對運動派的認同和對它的發展所作的推動看成是一種批評的"一元論"活動，是一種爲了迎合某種風行一時的思潮而把一個複雜的總體分解爲單一的陳述的活動；我們甚至還可以這麼認爲:這種認同和推動恰恰因此而沒有帶有那種我和其他許多評論家認爲是後現代主義批評話語的本質的多元論色彩。當然,談到多元論,本身就包含了另一種觀念形態;但是,文學史的編纂工作與一切學科形式一樣,只是有時才受制於作出這種還原性陳述的需要。運動派的樸素社會現實主義美學可以等同於一種起潛在地削弱唯我論作用的形式——即爲了使小說能夠在一個越來越需要用多元論來領悟的世界裏得到健康的發展而削弱唯我論,這一點人們只能逐步地有所認識;而我認爲,默多克是最早理解這一點的人之一,而且她至今仍是支持這一觀點的最重要的、闡述最清楚的辯護者之一。

伊麗斯·默多克的生涯實際上提供了一個反映我一直在概括的那個過程的迷人的範例。她最早期的小說題材,使五十年代的許多人將其與運動派的其他作家的題材相聯係,但現在,從八十年代的高度來看,這些小說的國際性的和存在主義的基礎和味道——在某些方面,比她此後選擇嘗試的任何題材的基礎和味道更爲深厚、濃鬱——竟然如此普遍地爲人們所忽視,這似乎令人吃驚。在五十年代後期,她的作品所選擇的方向,顯然正在給她——正如她後來確實承認的那樣——提供她所關心的事業;而她的一些最具有挑戰性的理論著作,也是在這一時期寫就的。她好像已經發現,那些構成運動派的美學原則之基礎的哲學觀點,引起了嚴重的混亂。正如她所論證的那樣,這證明了福利國家的創立,在允許當代作家承認"一種十分膚淺的、毫無價值的人的個性觀念"(默多克1961:23)方面,起了至關重要的作用。默多克認爲,當代作家除了會分別使用"真實"或"幻想"等分解性概念外,沒有能力去構想"真理"或沒有能力去"想象",因此,她逐漸提出一條著名的界綫(公正地說,一條她現在並不十分滿意的界線),用來區分"晶體"(crystalline)小說和"新聞體"(journalistic)小說,用來區分:

一種描寫人的生活環境的、没有那種十九世紀意義上的"人物"的、半寓言性的小玩意;或者……一種從十九世紀小說衍變而來的、衰微的、形式不固定的、半紀實性的大部頭作品,裏面有傳統的蒼白人物,講述的是某個靠從經驗中擇取的事實來提味的、情節簡單的故事。(默多克1961:27)

實際上(不僅英國的,而且其他福利國家的自由民主社會裏的),所有當代作家,都没有能力運用想象力來面對"一種經過更新了的……人們難以理解的觀念",没有能力設想"真正看不透的人"(默多克1961:30),没有能力設想我們自己以外的那些人的"不同之處";當代作家的這種無能,反映了一種無法迴避的、唯我論者的激烈競爭。在另外一些場合,默多克把這些和道德有關的藝術問題與作出道德判斷相聯係,她論證說,它們兩者都以愛情作爲其共同的本質;"自身以外的事物也是真實的這一點,是最難認識的"(默多克1959b:51),然後,她卻把"凡是偶然的、茫無頭緒的、漫無邊際的、異常特殊的以及永遠解釋不完的事物"(默多克1959a:260)的存在,都看成是藝術最需要的東西。正如理查德·沃森(1969)等人所認爲的那樣,這裏確實可能蘊含有對現代主義的批判。但是,爲正視這些問題所作出的種種努力,都立即觸及到藝術形式這個更深一層的問題。默多克把形式描述爲"對愛情的最大安慰,但是……也是對它的最大誘惑"(默多克1959b:55),但是她又承認,"藝術必得有形式,而生活卻勿需如此"(默多克1959a:271)。

我提出這種不全面的述評,目的不在於聲稱,六十年代以來的英國小說已經以某種方式"解決了"這些問題。但是,看來,默多克在撰寫那部理論著作的時候,好像確實準確地把握了當今時代的脈搏。我認爲,我的述評爲一種越來越清楚的認識提供了專門的術語:在六十年代初以來的英國小說話語與批評話語之間日益增强的相互影響的推動下,人們越來越認識到,當代小說注定要在一個受到默多克關於必然和偶然的概念的激勵而奮發的領域裏發揮其作用,但是它也可能在此同時利用這個領域的局限性。我相信,這種情況會使我們認識到,當代小說——至少是英國當代小說——可以根據其已經穩步形成了許多範圍很廣的、用來正視那些由於個性的强制而引起的問題的策略,來加以想象,因爲樸素社會現實主義模式開始越來越與唯我論者的樊籬相等同,並且開始不斷地證明,它作爲一種用小說來表達當代現實的手段,已經不那麼令人滿意了。這一點在多大程度上是六十年代以來的實踐者和理論家的自覺認識就很難說了,但是當我們用今天的眼光進行回顧的時候,那種可能會被人們認爲是越來越協調一致的整體性——即小說話語與批評話語之間正在發展着的協同性——或許會給我們留下深刻的印象。

我相信,用這種觀點去研究英國六十年代以來的小說,有可能達到某些有益的目標。我相信,它將幫助我們把後現代主義理解爲一種在涉及範圍廣泛的作品裏的存在;這個範圍比人們在把英國當代小說看成一個整體時所普遍承認的範圍廣泛得多。我並不認爲,有關英國後現代主義的種種定義,只有完全到那種被批評話語堅持要劃歸英國當代小說創作範圍内的、反文化的、先鋒實驗作品中去尋找,才能有效地找到。這種活動(因爲是現代主義的一個分支)是不是現代主義的繼續,或者它是不是代表了與現代主義的真正決裂,都不可能是本文關注的問題。但是,儘管 B.S. 約翰遜、艾倫·彭斯和克里斯廷·布魯克一羅斯這類作家所取得的成就,被正確地認爲是傑出的、意義深遠的,但很少有人打算聲稱,這些作家的作品對英國當代文學所反映的時代精神是至關重要的。相反,我們倒可以在戴維·洛奇和馬爾科姆·布拉德伯里這類批評家中間,注意到一種表達得越來越清楚有力的認識:那些經常被認爲代表了英國當代小說“主流”的作品,因爲不恰當的定義而蒙受損失,這些定義經過那種在多半仍然喜歡使用高度還原性的批評術語的文學新聞機構裏佔優勢的、平淡乏味的現實主義標準的層層分解，變成了一種最起碼的共同特性。有必要在國際範圍裏採納本論文的觀點，甚至有必要把這種觀點說成是一種帶有論戰味道的觀點；這樣就有可能表明，堅持並傳播那種我認爲是宣揚了英國小說的主流缺乏冒險精神的荒謬觀點所達到的程度。被冠之以"主流"的小說和我所主張的(與文學新聞機構相對立的)批評話語這兩者，都正在緩慢而確鑿無疑地逐步說明這種堅持和傳播所達到的程度。我確信，它們的這種做法，將從那種將其看成是在真正的後現代主義大業裏所採取的共同行動的考慮中獲得巨大的好處。我並不認爲，英國的批評話語已經開始自覺地採用像伊阿布·哈桑等批評家在七十年代中期所使用的那些後現代主義手法；其實，我倒試圖爲馬爾科姆·布拉德伯里主張要謹慎的調子提供依據："在一個改變形式的時代，我們有一種情境理論，這種理論在許多方面和實踐相矛盾；'後現代主義'以某些方式變成了批評家手裏的一個術語，它從來也沒有完全成爲一場藝術運動(見布拉德伯里1983:326)。"這一調子表明了英國最近的文學批評的特點，但是，與此同時，這種批評又準備向閱讀當代小說時缺乏歷險精神的方法發起挑戰。譬如，戴維·洛奇已經說明，像費伊·韋爾登這位成功的、受人尊敬的小說家，是怎樣被幾乎千篇一律地用女權主義的詞語介紹給讀者的。儘管這種做法就其本身而言是正確的，但卻突出地表明了英國批評界一味喜歡運用單一的主題研究法，並且使韋爾登對敘事和技巧的處理大大地黯然失色了，而這樣的處理恰恰可以把她與更經常地受到從後現代主義角度討論的(國際性的)作家相聯係(洛奇1984a:90—92)。這也同樣適用於安吉拉·卡特，儘管要以相當不同的方式來表述。結果，那種被馬爾科姆·布拉德伯里稱之爲現階段出現的"文體增殖和文類轉化"現象，可能太容易爲人們所忽略(布拉德伯里1983:326)了。

我想在本文餘下的篇幅裏，提出並詳細說明一種完全嘗試性的模式;它體現了與這種"文體風格的增殖和文類的轉化"相對抗的意圖,它產生於那種準備承認它是今天英國小說之特徵的批評話語中。這種模式將幫助我們認識到,即使在表面上看來,我們面臨着一種顯然和美國、法國、德國、意大利或南美洲完全不同的情況,也確實有堅實的根據來談論後現代主義在英國小說裏的存在。自從六十年代以來,那些被當代批評——儘管爲時尚早也仍然——視爲"典範的"、屬於十分廣泛的範圍裏的英國小說家,似乎產生了一種認識;毫無疑問,這種認識的產生,部分是受到了像默多克所懷有的那些疑慮以及由此而引發的那場論戰的推動,部分也受到了當代對叙事和小說的性質的理論興趣的推動;這種認識認爲,小說可以在兩種直面唯我論者的樊籬的方法之間左右逢源。把這兩種方法放在一起來看,我們可以將其視爲代表了對在當代批評論爭中突現出來的問題的可能反應之範圍内相反的兩端。實際上,這個反應範圍,作爲一個整體,將提供一系列替代簡單摹倣的現實主義方法——具有種類繁多的、突出的形式和風格的手段的替代。在上述反應範圍的一端,我們可以發現,似乎人們正在根據唯我論自己的主張,以華麗而非簡單的現實主義方式,"正視"唯我論。其結果是,至少在像穆麗爾·斯帕克、安東尼·伯吉斯、瑪格麗特·德拉勃爾還有費伊·韋爾登這些在其他方面大相逕庭的作家的某些作品裏,我們可能會看到各種各樣的元虛構,或在現實主義叙述内對元虛構或互文(intertextual)手法的運用。我將給反應範圍這一端的這個範疇裏的作品命名爲"自我指涉"(selfreferent),我將論證,其中的一個重要方面是,它們都程度不同地具有我所稱之爲的"高雅風格"(high style)(因爲找不到更好的術語)的東西。在那個反應範圍的另一端,我們可能會看到唯我論受到了挑戰,人們在形式和主題兩方面都試圖避免自我的强制。我們在這一端可能會發現,我們可以說,被歷史意識和/或地形意識牢牢地記下的小說;這種記載的性質蘊含着一種對簡單的現實主義的背離。我應該把威廉·戈爾丁、伊麗斯·默多克、約翰·福勒斯、安格斯·威爾遜——還有安吉拉·卡特——的許多作品包括在這一端里。我將給這一範圍內這一端的這個範疇裏的作品命名爲“他指”(other-referent),我將論證,這些作品裏常常有涉及範圍廣泛的例子來說明滑稽模擬和拼湊這些後現代主義的方法。我還要指出,我們承認,即使在範圍的這一端,個性的種種限制也是避免不了的。

在對這一模式的更加仔細的考慮之前,我先扼要地說明其思想基礎。那些在評述時對當代英國小說狀況感到失望的批評家一再提出的一個理由是,他們認爲,作家面對那個已經按照傳統把各種可能的創作題材都挖掘殆盡的過去,找不到可供創作的題材(伯罕齊1979:224ff)。今大的英國小說家能寫什麼呢?“寫什麼”這個問題本身,就預設了以一種主要是現實主義的方法來研究小說創作。人們普遍認爲,現代主義和後現代主義雙方都以各自不同的方式向現實主義的假設發起挑戰,因此,這一預設需要經過仔細的審視。不過,我們可以這麽説,小説家對於“寫什麼”這一問題,採取了一系列態度,這些均反映出他們所認爲的或然性之程度。那些認爲“寫什麼”對他們來説不成問題的作家,那些繼續創作簡單的現實主義(作品)的作家,在今天的批評氣候,要成爲“典範”的可能性是微乎其微的。英國八十年代以來的第一批小説裏,多數大概仍或多或少是簡單的現實主義作品(當我們考慮運動派在何種程度上可能已經——如其中的一些實踐者在當時聲稱的那樣——成爲一種文學新聞創作時,考慮到這一點是有益的),這些小説在其作者幾乎或完全未意識到“寫什麼”會成爲一個問題的情況下,意外地碰上了這個問題。但是,這一反應不應該和那些已經選擇了要寫的“什麼”而且運用若干形式、文體和(所佔的分量可能越來越大)引用其它作品内容的手段成功地使它與它意欲反映的現實保持距離的作家的反應混爲一談。

能對我正在概括的這種過程作出説明的一個最好例子,是由五十年代以來英國那個最有名的"校園小說"範例——金斯利·艾米斯的小說《幸運的吉姆》(1954)——以來的"校園小說"的發展史提供的。校園小說作爲一個文學流派,正合乎馬爾科姆·布拉德伯里和戴維·洛奇的口味,實際上,他們各自在自己的小說裏描寫了一位"大學生的發展"。在布拉德伯里那裏,小說的發展經歷了這樣的過程:開始,作品涉及的範圍很窄而且晦澀難懂(《吃人是犯罪》,1957);然後,他發覺可以與大西洋彼岸進行交流,從而拓寬了作品所涉及的文化疆域(《向西行》,1965);然後,又經歷了七十年代初期的那場革命(《歷史的人》,1975);最後,他的作品具有了一種更爲全球性的眼光(《交流的速度》,1983)。洛奇的發展過程與布拉德伯里的驚人地相似:剛剛畢業後的作品晦澀難懂(《大英博物館正在倒塌》,1965);然後,在與大西洋彼岸進行交流以後,他創作出了具有比布拉德伯里控制得更爲嚴格的結構的作品(《正在改變的地位》,1975);最後,他把整個世界當成一所世界大學,在那所大學裏,美國的快車票代替了圖書館借書證,成爲學者獲得國際承認的保證(《微小的世界》,1984)。如我所閃電般地概述的這種"敘述",可以用來在一個地地道道的現實主義層面上描寫那位成功的大學生在本世紀下半葉的發展。但是,這並不等於說,關於這兩種敘述,一切能說的和一切該說的,都已經說了。他們兩人各自的敘述方法都變得更加複雜,而且都背離了最早期作品裏的那種簡單得恰到好處的現實主義(儘管洛奇在《大英博物館正在倒塌》一書裏,已經在利用滑稽模擬手法了)。在大西洋彼岸的小說裏,十分明顯地利用了一種最基本的神話手法;或許,布拉德伯里在小說《向西行》的近似流浪漢小說結尾的那個部分裏,利用得更加明顯。在《正在改變的地位》中,洛奇在作出一個相當含糊的結局時,運用了一些複雜的專門手法;到我們接觸到《歷史的人》時,呈現在我們面前的則是那種確鑿無疑的後現代主義手法:就像我在別的文章裏已經論證過的那樣(托德1981),小說家作爲"不情願的指揮"插入到敘事中,並且徒勞地試圖反對小說的結局;在那個結局裏,一個"明顯富有同情心的"人物,變成了——就像布拉德伯里本人所說的那樣——"對讀者的一種欺騙"(布拉德伯里和帕爾馬1979:207)。在最近的小說裏,外部世界也以更加滑稽的方式發揮着作用:在小說《交流的速度》裏提到了《歷史的人》,也提到了集衆家之大成的小說家、《向西方轉變》的作者布洛奇;在《微小的世界》結尾部分的一次聚會上,人們偶然聽到了一次談話的片斷;在這個片斷裏,一個人正在對另一個人說:"如果東歐能歸我所有……世界的其餘部分就可以歸你。""好吧(這就是回答),不過,我敢說,人們還是會使我們攙合到一起來的(洛奇1984b:332)。"這就更不用說在《交流的速度》裏的那些拼湊手法了;憑藉這些手法,英語作爲第二語言來使用的現象,由於其作爲二十世紀後期世界的一種神話之潛能而得到了利用;在這樣的世界裏,英語的這些變種,主宰了被說話者當作母語來使用的英語;意識形態方面和形式方面的問題都根據各自的情況被微妙地提了出來。

受本文範圍所限,使我只好順着那個已經提出的系列進行非常簡要的探討,因爲它對過於簡單地依賴摹倣性現實主義而產生的唯我論問題以小說的形式作出了反應。我將首先從我稱之爲"自我指涉"的這一端開始,然後必然是有選擇地向"他指"那一端發展。我必須着重指出,我並不是在自吹,我提出的模式,能對六十年代以來的所有——或甚至大部分——英國小說作出說明,但是我確實相信,它將會告訴我們有關當代批評對那些小說所作的評論的大量情況。

儘管穆麗爾·斯帕克在五十年代就開始發表小說,但是她的第一部小說《橡皮奶頭》(1957)卻很難說是"現實主義的"。或許,值得指出的是,這部作品是在格雷厄姆·格林的竭力勸說和鼓勵下寫出來的,並且受到了最近剛完成一部主要描寫偏執狂的小說《吉爾伯特·平福爾特的磨難》(1957)的作者伊夫林·沃的贊賞。《橡皮奶頭》

顯然具有元小說的性質。女主人公在表明她是小說家的想象力的產兒的越來越多的迹象(包括顯然是起映襯她的思想之作用的、隔壁房間裏的打字機打字的聲音)面前,竭力維護其獨立身份。穆麗爾·斯帕克後來的作品——除一、兩部例外——已經進一步證實了她確實對元小說有着興趣;它們越來越牢固地然而卻又或然地把她的這種愛好比作小說家和上帝的類同,並且在六十年代後期及七十年代初期,在風格上以幾乎使人着迷的方式,緊縮了那個顯然以"純粹"爲特徵的階段(克默德1970)。因而,《司機的座位》(1970)叙述的是一位從一個未提及名字的北方城市到一個未提及名字的南方城市去旅行的年輕婦女萊絲的故事;當故事講到——即使不是在更加使人不舒服的細節描寫裏,顯然也是作者在極爲感情用事的提綱裏事先計劃好的——萊絲與死神的幽會時,小說不加評論地記述了女主人公的無法理解的、古怪的、令人困窘的所作所爲。與此相類似的、叙述者與人物之間的惡意的默契,在小說《別去打攪》(1971)裏也可以看到;這部作品憑藉"提前叙述未來事件"的手法,甚至更加堅定地向前展開,以誇張的感情詳細講述了那些一直發展到——讀者從一開始就被告知的——以謀殺而告終的事件,並且借助恐嚇,傲慢地把那些與這一結局無關的人排除在外(他們"不進入故事")。《接管》(1976)、《領土權》(1979)和《有意閒逛》(1981)這類更新的作品,繼續就人物與始終處於全知地位的小說家的這種默契進行了發掘和探索。

斯帕克對自己突出的風格始終瞭如指掌,這在她的同代人裏恐怕只有安東尼·伯吉斯可與其相比,儘管她的風格無疑對貝麗爾·貝恩布里奇這位年輕作家——或許還對費伊·韋爾登——產生了影響。斯帕克和伯吉斯都養成了這樣一種習慣:允許筆下的衆多人物帶來的文學魂實的要旨、大意涌進自己的散文叙事中。因而,在斯帕克的小說《克魯的女修道院院長》(1974)裏,那位修道院長引用了安德魯·馬維爾、亨利·金和尼科洛·馬基雅維里等人的名言;敘述最後以一段內心獨白結束,而這段獨白同時又是從托馬斯·特拉亨的作品裏挑選出來的精彩段落。同樣,在直到今年早些時候剛完成的《恩德比》三部曲[恩德比已經在現在(1984)以滑稽的後現代主義方式復活了]的最後一部的故事裏,伯吉斯在恩德比的話裏,也在他自己的敘述裏,塞滿了常常是語義雙關地提到並引用的傑拉爾德·曼利·霍普金斯作品裏的段落。結果證明,這種做法,對在一部名爲《鐘錶作證》(1974)的提供了一條理解其性質綫索的作品裏高度複雜地、含沙射影地頻頻引用其他作品的內容,是有作用的。衆所周知,伯吉斯爲兩件事所激怒,並且被攪得心煩意亂:一件是,被判有罪的暴徒聲稱,他們受到了斯坦利·庫布里克改編的電影腳本《一只橘黃色的鐘》的影響,另一件是,那部電影受到許多惡意的宣傳。在小說《鐘錶作證》裏,詩人恩德比通過提醒滿天飛的愛德·舍姆威恩[一個在《比爾德的羅馬婦女》(1977)裏重新露面的加利福尼亞電影制片商]注意有一首霍普金斯寫的詩《德意志的毀滅》(1875)——一首悼念五個被淹死的芳濟會修女的輓歌,無意中給他提供了一部聳人聽聞的暴力電影情節。恩德比在不知道舍姆威恩計劃的情況下,同意寫這部劇本;後來,劇本被改得面目全非。由於伯吉斯運用他所慣用的、在主題方面進行顛倒黑白的滑稽手法,恩德比不但受到出版界的嚴厲批評,還同樣受到了公衆的嚴厲批評。

伯吉斯是一位極其多產的、形式繁多的小說家;此外,他運用語言的精湛技巧,使我們想起他對喬伊斯的濃厚興趣。但是,儘管伯吉斯在一些小說裏經常運用多種語言,似乎是在抽象地暗指喬伊斯式的雙關語,但是在他的其他小說裏,這種暗示卻顯然是主旨性和整體性的。《中頻》(1971)提供了說明這種暗示的許多有趣的例子,尤其是由於克萊德已經證明(1983:76—82),這種暗示滑稽地與列維-斯特勞斯引證的一個北美印第安人神話有關。例如,我們在《中頻》裏可以發現一個用滑稽模擬筆法來處理作者的賣弄語言之喜好的例子。有一回,敍述人邁爾斯·費伯因爲把重合形式的剪刀一詞用作複數而受到他姐姐凱瑟琳的保護人埃米特小姐的責備。邁爾斯立即自動地——以地地道道的伯吉斯的方式——拿它與可以想起來的、英語裏的其它重合形式("褲子"、"睾丸")作比較。後來,當埃米特小姐手拿"一把剪子"作武器,去刺想要强姦凱瑟琳的惡棍、那個長得與邁爾斯十分相像的劉的時候,邁爾斯興致勃勃地觀看着:

> 埃米特小姐在他的(褲子的)大腿叉那裏咔嗒咔嗒地剪着,一邊朝那兒一連串用了三個重合形式詞:剪子、褲子、睾丸……她像裁縫一般熟練而快速地在他的左褲腿上剪着。他因爲褲子被剪壞而痛得嚎叫,發瘋似地把褲腿當成了褲腿裏面的、他腿上的肉。這時,埃米特小姐把這個武器變成了真正的單數。兩片剪子片咔嚓一聲合攏不響了;她用手握着合二爲一的尖利的剪子中端或樞軸,在握緊的拳頭後面隱隱約約露出一雙藏在手指縫後面的、驚恐的眼睛。她朝劉伸過來抵擋的一切東西不停地戳啊戳着(伯吉斯1971:142)。

這裏表達的意思與其表達方式有關:作者以這種方式,首先暗示了對語言的賣弄;然後,當這種對語言的賣弄變得與埃米特小姐認爲是必不可少的行動無關的時候,作者又以這種方式,突出地强調了這是在賣弄。成爲更加有效的武器的,是那種單一的形式,而不是重合形式,也不是複數形式。賣弄學問與講求實際兩者之間的無法兩全的狀況,是在敍述過程中由文體上的自我嘲弄性模擬方法所規定的。

考慮到那些我一直在敏捷地注意着的自指種類,强調下面這一點是值得的:斯帕克和伯吉斯兩人的小說裏所描述的景色,有時非常緊密地反映了作者各自的生活環境;兩位小說家把最近作品裏的許多場景定在意大利。既然能夠證明這種獨特的自我指涉寫法是沒有移居國外的作家——例如瑪格麗特·德拉勃爾——所特有的，那麼要想表現出對簡單的現實主義的背離或許就愈加困難。確實，我不想聲稱，德拉勃爾早期的小說竟然確實正視了這個問題。然而，當我們拿這部其主題興趣在姐妹關係方面的早期作品，與一部像A.S.拜阿特的《花招》(1967)——討論的是牛津大學的一位學監與一位暢銷小說家之間的競爭，其最後結果，是學監的自殺——那樣的小說作比較時，我們就會看到，甚至就在這部早期作品裏，也確實出現了引用其他作品的內容這一有趣的問題。當我們知道在"現實生活裏"，A.S.拜阿特和瑪格麗格·德拉勃爾是姐妹倆的時候，或許就有可能把拜阿特的小說看成是對德拉勃爾的挑戰，要她把她的親身感受表達得比早期作品裏所表達的更加精細，實際上，是要求作品在寫法上少一點樸素的現實主義。當然，後期的德拉勃爾已經背離了早期的風格，她在創作手法上變得更加雄心勃勃；她的這種發展已經具有了某種自我指涉風格的重要特徵。她因爲未能在小說裏瞭解男人而受到批評。這試圖表明，在下面這段從小說《黄金國度》(1975)裏選出的段落裏，有一種清楚的認識：文學批評指責德拉勃爾顯然没有能力構想——用默多克的話來說——"不是自身"的人物。其結果可能是，在小說話語和批評話語之間出現了一種饒有趣味的後現代主義的相互影響，叙事者則裝出那種洛奇(1984a:105)所認爲的、和許多現代主義小說中的叙事者所處於的非專業作者地位在特徵上判然有别的、**無所不知**的樣子——這是"叙事"在後現代主義中的一種復興：

> 但是，與此同時，我們必須對戴維·奥勒倫肖——奥勒倫肖家裏的第三個人——稍加考慮，而且我非常害怕這個最叫人看不透的人。我必須坦白地承認，我當時想過，要在這方面把他往深處領：真的，我從盯着手裏的淌着燭油的蠟燭上的小噴火口的珍妮特，一下就想到了凝視着小火山口的戴維。這一定是瞎聯係，不過，我喜歡這樣瞎聯係；對不起，我突然插進這麼一句或許毫無必要的解釋，把事情搞亂了。實際情況是，我們

> 打算要戴維在這一敘述裏發揮大得多的作用,但是我越考慮越覺得他不可理解,我簡直不好意思像原來打算的那樣來詳細描述我在他身上看到了些什麼(德拉勃爾1975:183—184)。

我一直在努力考慮那些我始終稱之爲:"自我指涉的"作品,以便在這些作品的小範圍裏闡明某種或許會允許我們將其看成與後現代主義事業有關的、類似於小說話語和批評話語之間相互影響的東西。我一直認爲,這樣的作品,有助於密切反映作者所處的環境,甚至有助於誇耀這種密切的關係,但是對這樣的作品,存在着一種兒戲的態度,這種態度使我們不能按照簡單的現實主義來對它們進行考慮。在這類作品裏,小說家所特有的、把在對以前的作品的反應中產生的特殊問題具體化的習慣,提供了許多局部的、個別的、可以用來說明小說話語和批評(在這個詞的盡可能最不嚴格的意義上的)話語之間相互影響的例子,使讀者强烈地意識到作爲小說家的敘述者的存在。有一種觀點認爲,小說家可以以任何方式在其中"隱而不露",但這樣的作品是没有的。現在,我想再舉幾個例子來證明,在那些我稱之爲"他指的"作品裏,也存在着一種類似的小說話語和批評話語的相互影響,以便說明"他指"作品與"自指"作品在程度上而不是在性質上有着許多不同。人們將會看到:小說與文學批評的相互影響,已經開始關心帶有普遍性的而不是局部的或個別的問題;這樣的小說裏的景致,對於反映其作者所處的環境毫無幫助(或者,如果在有些作品裏確有幫助的話,通常也一定要有意保持一段距離);小說家在場的情況,遠不如在"自指"作品——我即將關注的那些作品的特點,或者是作者隱而不露,或者是完全推翻了介入的敘述者這一概念——裏那麼普遍。從許多方面來看,威廉·戈爾丁和約翰·福勒斯是兩位大相逕庭的小說家,但他們各自都創作了一部以各自視爲自己家鄉的地方爲背景的小說,但是各自又都從歷史的角度與其保持一定的距離。戈爾丁的《塔尖》(1964)的背景是中世紀的索爾兹伯里;福勒斯的《法蘭西中尉的情婦》(1969)——或許是英國最接近於“典型的”後現代主義小說的作品——的背景,則是1867年的萊姆·里傑斯。

把這樣的作品放在構成過去二十五年間英國小說特徵的、各種歷史小說的復興這一語境下來考慮,可能是有益的。這類作品大多涉及殖民地或帝國的過去,故事發生的時間是上世紀各個不同的歷史時期,地點通常在愛爾蘭或印度。這類小說的思想內容和逃脫唯我論的樊籬之企圖的關係,是一個吸引人的、而我目前又不可能去探究的問題。但是,決不是這類小說裏的所有作品都是歷史現實主義的。在此值得一提的例子裏,與我們當前所關心的問題最不相干的,也許是保爾·斯各特後期的作品。他的《主權四重奏》(1966—1975)和《繼續逗留》(1977)在口氣上作了維妙維肖的精確記錄,是兩部紀實作品;但是就這兩部作品在運用時間上的反諷手法而言,它們所表現的幾乎是一種現代主義的感受。如果恰如批評家經常論證的那樣,斯各特在小說的主題方面從 E. M. 福斯特那裏獲益頗多,他對主題的處理就肯定會使人想起約瑟夫·康拉德和福特·梅道克斯·福特。我們或許會仔細考慮一種非常不同的成就——J. G. 法雷爾後期的成就。《麻煩》(1970)、《包圍克里希奈普》(1973)和《新加坡流感》(1978)這類小說,受到了仔細的研究,但是由於它們巧妙而富有喜劇性地運用了諸如哥特式小說和電影手法這類突出的文體規則,因此沒有受到刻板的探究。其結果是產生了一種歷史現實主義,這種歷史現實主義不是像斯各特的歷史現實主義那樣,攙雜着大膽運用反諷性的時間轉移,而是攙雜着一種更加引起爭議的、把荒誕不經的事物和不可理解的事物結合在一起的後現代主義手法。至於更近一點的、或許和我們當前的目的更加有關的例子,則可以舉一個在英國生活了多年的、較爲年輕的印度作家的作品。賽爾曼·拉什迪的《午夜的孩子們》(1981)和《恥辱》(1983),爲我們提供了兩部更具實驗性的歷史小說。這兩部小說的魅力大多來源於他的世界文學素養,其中包括他老練地把拉丁美洲的魔幻現實主義和英語語言環境的結合。像拉什迪這種其母語並非英語的小說家,正在證明一種日益復興的技巧和思想的力量;這種力量,只要具有引發多元論討論之潛力,實際上就已經在過去幾年間一直、甚至更堅定地將後現代主義問題推到英國這幅畫卷的中心了。

我們再來看看非帝國主義、非殖民主義性質的歷史小說。我們可以看到各種各樣突出的風格特徵。這些特徵在一定程度上互相摻雜,所以,把它們各自區分開來的嘗試,可能會導致相當大的主觀武斷性。威廉·戈爾丁一直堅持不在作品裏露面,因此,當今年早些時候,他出版了一部真實地記錄了自己由於其作品受到批評性解釋——這解釋,隨着批評家在句子中間把小說家槍斃而在一種不確定的狀態中"終止"——而惱怒的小說《紙人》(1984)時,許多讀者都大爲吃驚。但是,戈爾丁的這種不露面的做法,慣於從甚至常常很難認爲是滑稽模擬或拼湊的語言風格中汲取力量。因而,我們或許最好把我們在小說《塔尖》裏所看到的,看成是一種運用語言的獨特技巧;這種技巧,在使作爲小說背景的生活環境與它在任何意義上的歷史小說身份保持距離方面,發揮了必要的作用。如同在伊麗斯·默多克的小說《雙角獸》(1962)裏一樣,呈現在我們面前的是羅伯特·斯各爾斯所說的"荒誕之作"(fabulation)(斯各爾斯1979)。在戈爾丁的其它作品裏,我們或許真的可以發現某種近乎拼湊的那種更易認識的特點,例如在以十九世紀初通往澳大利亞的"航綫上的"一艘經過改裝的"船"上爲背景的小說《出航儀式》(1980)裏,我們就可以發現這種特徵。可是,即使在《出航儀式》裏,文體上的拼湊也是完美無缺的,這裏的作品形式——愛德蒙·塔爾鮑特的航海日記,其中還夾雜着塔爾鮑特發現的、被判有罪的羅伯特·詹姆斯·科利的附有信件的日記——(像在小說《塔尖》裏一樣)也不能被看成是裏面具有——比方說——約翰·巴思作品中的那類文學拼湊物。戈爾丁在敘述時頻繁地要求"讀者參與"(其本身就是一個有爭議的後現代主義設想)。這種做法經常採用這樣的形式:把一部小說裏的一段主要情節略去,因爲根據小說的意識中心來看,它太駭人聽聞、太刺激人而不能在小說裏寫出來;在戈爾丁的早期作品裏,這方面的例子有《蠅王》(1954)裏那個長有紫紅色胎記的男孩的令人困惑的失踪,有《繼承人》(1955)裏的那段(假想的)同類相食的情節的莫明其妙的中斷。這一特點似乎不屬於形式上的拼湊。然而,在福勒斯的小說《法蘭西中尉的情婦》——它太有名了,因此不必在本文裏用很多篇幅來論述——裏,不僅在風格上而且在形式上也運用了拼湊手法。儘管這部作品開始讀起來像一部維多麗亞女王時代的三部曲,但這種狀況很快就被作者和敘述者的介入打破了。兩者的介入最終導致了那個著名的模棱兩可的結局;在前面(第44章)就通過一個可能的結果爲這一結局埋下了伏筆。另外,還有一些問題與作家提供的歷史訛傳的確切情況有關。

"他指"小說很可能被誤認爲是恪守傳統主義的。六十年代對"他指"小說與傳統主義之間的關係越來越感到焦慮不安——一種在具有運動派美學特徵的簡單現實主義之後出現的焦慮不安。福勒斯的小說或許可以在這樣一種語境下加以理解。在安格斯·威爾遜的後期作品裏,在風格上運用——與拼湊相反的——滑稽模擬法,構成了一種與像世襲王朝(dynastic)小說這一傳統形式相悖的手法。像《決非兒戲》(1967)這部作品,就運用了滑稽模擬手法,破壞了世襲王朝小說這一文學形式,它可以被看成是由於添上去的各種形式的拼湊而產生的滑稽模擬之作。羅伯特·伯頓對這一結果作了很好的描述:

> 安格斯·威爾遜創作了一部社會歷史內容極爲豐富的小說——一種他憑以前的能力就完全能寫出來的小說。但是,因爲他筆下的人物以

> 及作爲小說家的他本人運用模倣、自我嘲弄以及變形等手法的方式，因爲社會被視爲一座劇場，並因此而被視爲一個供形象和角色相互表現的場所，一塊供臺詞、表演、劇本和提示用武的地方，所以該作品不斷背離這種小說，並且不斷對其提出質問（伯頓1979：146）。

在小說《不可思議》(1973)裏，風格上的滑稽模擬，在某種程度上爲一種被稱爲"不分青紅皂白的文學滑稽模擬"（拜阿特1979：36）所取代，並且爲對作爲第二語言的英語的逼真模倣所補充。這一切都可以被認爲是威爾遜在風格上對他的那種高度認識的響應：他認識到，傳統的現實主義對現代主義以後的形式已不相適宜；爲避免個性所强加的限制而進行的嘗試，可能把社會歷史小說或者全球性(global)小說也包括在他可能運用的策略範圍内。這樣一種認識也可以用來説明——比方說——多麗絲·萊辛轉向科幻小說的原因，或者可以用來説明安吉拉·卡特採用荒誕/哥特式小說樣式的原因。但是，在其他作家那裏，這種保持距離的策略，以及爲了找到一種能夠通過風格的和主題的手段去破壞傳統的現實主義語言風格而進行的獨特嘗試，在促使當代小說話語具有强烈的多元意識的同時，也注意了它們自身的或然狀況。最後，在行將結束的時候，我將對一部既不完全合乎"自我指涉"範疇又不完全合乎"他指"範疇的作品作一簡要的考慮；從它在小說話語和批評話語這兩方面的易讀性來看，它的情況使我們把它稱之爲元小說。

伊麗斯·默多克的《黑王子》(1973)這部作品，對它自己的主要部分以及它自身的可信性表示懷疑，並且就其虛構性進行了推究。小說把故事發生的地點安排在人們一看便知是默多克所慣用的、她自己的居住地倫敦的場景裏；顯然，作品涉及的是默多克所慣用的典型人物和環境（"藝術家"和"聖徒"——形式的創造者和真理的默默無言的追求者——之間的比照；纏綿繾綣的風流韻事）；但是，作品以漂亮的手法把這一切都攪亂了。作者給整部小說套上了一種編纂的形式,因此,小說敍述的中心綫索,完全是在故事結束時一些被要求對之評論的參與者對自己的參與所作的否認中展開的。對待藝術家和聖徒的態度,與默多克的見識裏的通常看法完全相反;作品用第一人稱敍述法講述道:有點荒唐可笑的聖徒布拉德利·皮爾遜明明没有能力來寫自己的巨著,卻偏要擺出一副正在寫的樣子。皮爾遜與他的對手——藝術家阿諾德·巴芬——的女兒朱利安一見鍾情。有幾位讀者已經注意到,作品在這裏以有意模倣對默多克本人的惡意批評之方式,對多產作家阿諾德·巴芬的小說作了描述。只有在朱利安爲了開玩笑而把自己裝扮成哈姆雷特的時候,皮爾遜才得以順利完善他與朱利安的關係:但是,在此之前,我們卻聽到他向她表述了這麼一種看法(至少默多克也持有一點這樣的看法),莎士比亞之所以偉大,就在於一種在《哈姆雷特》中被自相矛盾地拋棄了的隱而不露的意識。這樣一來,《黑王子》就成了默多克的一項頗具危險的成就,其危險的程度與她要皮爾遜去論證哈姆雷特對莎士比亞的威脅一樣:奧維德的那個活剝馬西阿斯的皮的神話並没有在小說表面的敍述裏藏得很深;而且人們可以認爲,在皮爾遜死後執行了把他的故事編纂成篇這一任務的“編輯”,就是阿波羅。《黑王子》是一部炫示唯我論的作品:默多克作品的主題——我一直認爲,她作品的主題已經成爲英國當代批評話語里的一個有説服力的因素——裏永遠包含着對小說裏有可能出現的唯我論之危險的注意。

我已經對後現代主義可以被認爲是英國小說裏的一種實際存在的一些方式,作了過於簡單的、面面俱到的評述。我提供了一個把這種存在看成是對一種已經再三被覺察到的——根本躲不開的——威脅的能動反應之實例;這種威脅就是,在當前引起批評界注意的一大批英國小說家的作品,在對當代現實進行虛構性描寫時所面臨的唯我論樊籬的威脅。我一直試圖根據對素樸的或者摹倣的現實主義的複雜的、多方面的背離來描述這種反應的性質。這種反應可以被認爲是對一系列策略的發展提供了一種推動力;這些由同時代文學批評對敘事的興趣而進行的論述所鼓吹的策略,通過從自指到滑稽模擬等各種突出的風格手段,就對待個性的各種可能的態度進行了探索和利用。儘管我已經舉出了一、兩部按照相當普遍一致的標準可以被認爲是英國後現代主義小說的作品,但是,我認爲,與聲稱確實有"英國後現代主義小說"這一點相比,我的這種嘗試更具啓迪作用。但是,顯而易見的是,六十年代以來,英國的許多小說家和文學批評家一直在從事一項雙方越來越默契的——我認爲——越來越相互依存的活動。這項活動決不可被認爲是代表了一種要把後現代主義作爲一個已有定論的時代記載下來的願望:相反,從它對多元話語的追求來看,它反倒可以被認爲其本身即是後現代主義範例的一個組成部分。

(顧棟華　譯)

參考書目

Bergonzi(伯鞏齊),Bernard. 1979. *The Situation of the Novel* (《長篇小說的狀況》). Second edition. London:Macmillan.

Bradbury(布拉德伯里),Malcolm,ed. 1979. *The Novel Today: Contemporary Writers on Modern Fiction*(《今日小說:當代作家論現代小說》). Glasgow: Fontana/Collins.

-----. 1983. "Modernisms/Postmodernisms"(《現代主義/後現代主義》),in Hassan and Hassan 1983:311-327.

Bradbury(布拉德伯里),Malcolm and D. J. Palmer(帕爾馬),eds. 1979. *The Contemporary English Novel*(《當代英國小說》). London:Arnold.

Burden(伯頓),Robert. 1979. "The Novel Interrogates Itself: Parody as Self-con-sciousness in Contemporary English Fiction"(《質問自身的小說:作爲當代英國小說中的自我意識的滑稽模擬》), in Bradbury and

Palmer 1979:133-155.

Burgess(伯吉斯), Anthony. 1971. *MF*(《中頻》). Harmondsworth: Penguin, 1973.

Byatt(拜阿特), A. S. 1979. "People in Paper Houses: Attitudes to 'Realism' and 'Experiment' in English Postwar Fiction"(《馬戲裏的人:對戰後英國小說中的"現實主義"和"實驗"的態度》), in Bradbury and Palmer 1979:19-41.

Drabble(德拉勃爾), Margaret. 1975. *The Realms of Gold*(《黃金國度》). Harmondsworth: Penguin, 1977.

Hassan, Ihab and Sally Hassan, eds. 1983. *Innovation/Renovation: New Perspectives on the Humanities*(《革新/更新:人文科學研究的新視角》). Madison: University of Wisconsin Press.

Karl(卡爾), Frederick R. 1963. *A Reader's Guide to the Contemporary English Novel*(《當代英國小說閱讀指南》). Revised edition. London: Thames and Hudson.

Kermode(克默德), Frank. 1970. "Sheerer Spark"(《更真實的斯帕克》), *The Listener*, 24 September: 425-427.

-----. 1983. *Essays on Fiction* 1971-1982 (《論1971—1982年的小說》). London: Routledge and Kegan Paul.

Lodge(洛奇), David. 1984a. "Mimesis and Diegesis in Modern Fiction"(《現代小說中的模仿和敘述》), in Mortimer 1984:89-108.

-----. 1984b. *Small World: An Academic Romance*(《微小的世界:一部學術浪漫史》). London: Secker and Warburg.

Morrison(莫里森), Blake. 1980. *The Movement: English Poetry and Fiction of the* 1950*s*(《運動派:1950年代的英國詩歌與小說》). London: Oxford University Press.

Mortimer, Amthony, ed. 1984. *Contemporary Approaches to Narrative*(《當代敘事探討》). Tübingen: Gunter Narr.

Murdoch(默多克), Iris. 1959a. "The Sublime and the Beautiful Revisited"(《重看崇高與美》), *Yale Review* 49:247-271.

-----. 1959b. "The Sublime and the Good"(《崇高與善》), *Chicago Review* 13:

42-55.

-----. 1961. "Against Dryness"(《反對枯燥》),in Bradbury 1977:23-31.

O'Connor,William Van. 1963. *The New University Wits and the End of Modernism*(《新大學才子與現代主義的終結》). Carbondale,Ill. :Southern Illinois University Press.

Rabinovitz(拉賓諾維兹),Rubin. 1967. *The Reaction Against Experiment in the English Novel*: 1950-1960(《1950—1960年英國小說中對實驗的反動》). New York:Columbia University Press.

Scholes,Robert. 1979. *Fabulation and Metafiction*(《荒誕與元虛構》). Urbana: University of Illinois Press.

Todd(托德), Richard. 1981. "The Novelist as Reluctant Impresario in Malcolm Bradbury's *The History Man*"(《馬爾科姆·布拉德伯里的〈歷史人物〉中充當不情願的導演角色的小說家》), *Dutch Quarterly Review* 11:162-182.

Wasson(沃森),Richard. 1969. "Notes on a New Sensibility"(《略論一種新感覺》),*Partisan Review* 36:460-477.

從預設到《改正》:作為後現代主義話語成分的反駁

厄路德·蟻布思*

如果不參照前面的現代主義階段,那麼我所要討論的後現代主義的認識論立場就不可能得到闡述。但我想以認識論辯論的那些著名結論,來集中討論奧地利的後現代主義變體,因爲這樣做也許可以在奧地利哲學傳統的優勢中窺見某些證明。

在本世紀頭一個二十年裏,認識論進入了一個新階段,這尤其反映在紀德、普魯斯特、喬伊斯、穆齊爾和托馬斯·曼這些現代主義作家的作品中。唯心主義和實證主義均爲功能主義所取代:人們認爲考察研究應依賴於主體的位置,依賴於語境,並且依賴於理論框架。這一新方向是由早期的尼采開啓的,他在"對科學本身的有科學根據的懷疑"(雅普1983:165)之基礎上,既抵制唯心主義的偏見,同時也抵制"客觀"法則的實證主義概念。下面這段引文似乎就表明了一種近似卡爾·波普提出的預設方法的觀點,但實則取自尼采的《輕松愉快的科學》(1887):

> 信念在科學的王國裏是沒有公民權的,所以人們完全可以說:只有當這些信念決定將自己降低到某個預設之上,降到一種嘗試性基點和一種能自我調節的虛構之上時,才能獲准進入認識的王國,甚至獲得某種確定的價值。但是,這畢竟是有所限制的,即處於警察的監視之下,這個

* 厄路德·蟻布思是荷蘭阿姆斯特丹自由大學文學院院長,比較文學教授。

警察就是懷疑。更確切地説，這是否意味着，只有當信念不再是信念時，才可進人科學中呢？(尼采1960：Ⅱ，206)

尼采顯然强烈反對實證主義的因果概念："那麽，對我們來説，自然法則究竟是什麽呢？它本身無法爲我們所認識，只有在其效果中方可被感知。也就是説，在它與其他自然法則的關係——這些關係在整體上爲我們所知——只有我們添補的東西、時間、空間、替代關係和數量，才是真正爲我們所認識的。"(尼采1960：Ⅲ，318)

這樣一來，尼采便把教義轉而置於預設中了，並且將因果律還原爲一種認知的隱喻。這倒爲二十世紀風行的認識論懷疑奠定了基礎，這一點尤其體現在現代主義小説的行文結構中。

作爲研究恩斯特·馬赫的經驗批判主義的專家，奥地利作家兼科學家羅伯特·穆齊爾對傳統的認識論立場的破産做出了尤爲突出的貢獻。對烏爾利希——《没有個性的人》(1930—1943)中的主人公——來説，他選定了介於經驗主義者與唯心主義者之間的一個立場。前者講求精確，恪守事實根據，後者則構想整體，推究"他們那來自所謂永恒和偉大的真理的知識"(穆齊爾1978：Ⅰ，248)。一位悲觀主義者也許會懷疑經驗知識之價值，但他同時也會對唯心主義之結果的真理價值産生疑問："在世界末日，當人類的事業被衡量之時，人們從三篇關於蟻酸的論文着手，又能幹些什麽呢？就是三十篇又怎麽樣呢？另一方面，如果人們從不知道，到那時爲止，從蟻酸裏生發出的一切究竟變成了什麽，那麽，人們對世界末日又有何了解呢？"(同上)烏爾利希相信，在過去，人們的認識論偏好總是左右摇擺，從一個極端擺向另一個極端。穆齊爾似乎更切近那位"蟻酸研究者"(Ameisensäureforscher)，但是他也認識到，偏好反面觀點是十分時髦的。他的經驗是，立場的轉變並非總是導致體現爲一種精神運動的更大的完美性，倒是走向完美的途徑往往由於那些過早放棄的嘗試而夭折："……最初對精確性的構想並未促使人們嘗試着去實現它，人們總是將其留給工程師和學者的實際運用，自己重新轉向更有價值的、更寬泛的精神狀態”(穆齊爾1978：I，249)。

顯然，在這些引文中表現出的認識論懷疑主義就是穆齊爾小說的核心主題。烏爾利希把這一特徵具體化了；幾乎所有的其他人物也都是觀念的體現，他們都試圖把自己的偏見轉變爲人們普遍接受的象徵。將個人信念轉化爲一種意識形態，只有在含糊性增加和隨之而來的清晰性喪失時才成爲可能。在一個假設的肯定性受到來自各方面的威脅的時刻，相信這一點是頗有誘惑力的，即附屬戰役的魔力可以免除人們的固有偏見。

這可以在下面的例子中得到體現：烏爾利希的父親力求得到法律上的安全，圖齊寄希望於行政官僚機構，斯塔姆·馮·波德威爾將軍則對軍事力量抱有充分的信心，傑達·費歇爾——在她的朋友漢斯·賽普的影響下——恪守日爾曼民族的純潔性，而她那位猶太血統的父親——萊奧·費歇爾——則每天都對這種理想有着使人難以擺脱的威脅。阿恩海姆希望一種文化事業與物質財富的結合，並試圖把觀念付諸實施，狄奥提馬則企圖通過直感獲得救助，而瓦爾特最終渴望的則是“簡單、切近、健康和一個孩子”(穆齊爾1978：I，67)。

有三個人物並不屬於這個假設確定的世界：慕斯布拉格，克拉利塞和烏爾利希。他們對現實或假想的現實懷有嚴肅的猜疑。慕斯布拉格舉例還説明了居於對某個行動(例如性謀殺)的評價與不可能知道行爲者的動機之間的那種不可逾越的障礙。

克拉利塞主張評價和重新估價後期的尼采，在她的老師梅恩加斯特的影響下，她甚至傾向於把真僞之間的科學區别當作不可容忍之物而予以拒斥；而對於有價值和無價值之間的自然區别則予以强調。

然而，烏爾利希畢竟是一個無拘無束的唯智主義懷疑論者(恰像早年的尼采),他也承認,對真理的尋求與其對感覺方式的依賴不無相對性。

穆齊爾的現代主義是基於認識論懷疑——包括對倫理道德和語言的懷疑——之上的,它在同下面這個論點有關的方面與後現代主義相通。在後現代主義那裏,有着現代主義特徵的認識論立場並未被擯棄,而是以更爲激進的形式得到了表現。

我的論點主要關涉托馬斯·伯恩哈特的小説《改正》(1975)。伯恩哈特通常被認爲是一位用德語寫作的後現代主義作家。例如,伊哈布·哈桑在一次關於後現代主義的講演(1984)中,就在提到漢特克·斯特勞斯和簡德時,一併提到了他。但是,伯恩哈特的作品迄今卻未受到關涉後現代主義方面的分析。直到現在爲止,對他的作品的研究仍然集中於其他問題。

費迪南·凡·茵根在一篇研究托馬斯·伯恩哈特的重要論文中指出,迄今爲止,絕大多數解釋都僅僅與生平傳記問題相符合。因而,他論證道:"在當代作家中,還無人像托馬斯·伯恩哈特這樣如此迅速,如此自然地達到艱難地與描寫對象的一致,"而且"自始至終人們都能理解他的作品,尤其是散文,將其理解爲懺悔書。那些所謂的自傳體作品的出版,很可能會使疑惑加劇。因爲人們一旦被他那保守和懺悔式的特點迷惑,就容易忽視那些虛構作品的追補性充實和修辭式的辯白之特徵"(凡·茵根1982:39)。

在論述托馬斯·伯恩哈特的專著中,曼弗雷特·尤根森已經嘗試着去建構相當牽强附會的社會含義了(凡·茵根1982:51)。

哈特慕特·萊恩哈特的精神分析學解釋使凡·茵根得出了這樣一個結論,即通過主體性問題,伯恩哈特的作品可與文學的現實性傳統相關聯。但是,由於堅持主張認知主體的非同一性,因此轉述的獨白的人格條件及特殊的參照物便很容易被忽視(凡·茵根1982:42)。凡·茵根自己的研究方法旨在分析所轉述的思想過程和實驗。他認爲,轉述的思想過程是對傳統思維的挑戰,而且正是在這一點上與後現代主義相通。

我們在着手這一研究之前,還應提一下另一種解釋,即古德倫·B.默赫的一篇論文(1982),因爲他把《改正》同國際文學史相關聯了,而沒有像我所建議的那樣,同波爾諾和海德格爾的存在主義相關聯;她幾乎排他地集中建造那個圓錐型住宅(Cone)。

我們之所以選擇對《改正》和《沒有個性的人》作對照分析,實際上也受到了這一事實的觸發,即這兩部小說的主人公都是科學家。科學的認識論立場自然是個重要問題,因此對同維也納學派(Vienna Circle)有關的哲學思想的接受亦可在這兩部小說中得到確定。

在《改正》中,呈現出典型的後現代主義的激進認識論立場,與《沒有個性的人》相對照,它是以下面的方式呈現的。

1. 預設異變爲反駁:在穆齊爾那裏的各種觀點的表現(均對一種視角的教條式固着提出了質疑),均爲伯恩哈特那裏的對反駁的無情嘗試所取代了。

2. 前後一致的合法證明異變爲支離破碎的合法證明:試圖作出解釋的種種預設性企圖(即在現代主義小說中力求達到的那種行動的一致動機和合法證明)在後現代主義小說中失去了那種整體的功能。在伯恩哈特那裏,我們看到的只是任意的、但卻過於精確的孤立動機,因而作爲缺乏認知之結果的這些動機就不可能在一個結構嚴密的系統中置放到一起。

3. 帶有多種不同視角的多樣化的社會話語異變爲敘述者的單一視角。人物的話語以引語的形式出現。

4. 對可能的知識範圍的明確反思異變爲對這個問題的公然不屑一顧。在《沒有個性的人》中,對於超越知識限度的不斷的反思,尤其同形而上的問題有關,與《改正》中對這些問題所持的禁慾式的冷漠態度適成鮮明的對比。

上面勾勒的這四種異變均歸因於波普和維特根斯坦的觀點。誠然，維特根斯坦對托馬斯·伯恩哈特的影響是不容否認的。羅爾泰默(Rolthamer)和維特根斯坦在生平傳記方面的相似也爲這一假設提供了充足的立論根據，即伯恩哈特對維特根斯坦的生平和著作相當熟悉。《維特根斯坦的侄子》(Wittgensteins Neffe, 1982)一書的出版也對之提供了進一步的證據，即伯恩哈特感到這位先哲很有意思，於是便不斷地在自己的小說中提及他。

十分明顯，現代主義作家是尼采的接受者，也即那個唯智論的開明的尼采的接受者。在德國的後現代主義中，對波普和維特根斯坦的接受可以追踪下去。在此，我僅想就與伯恩哈特有關的方面集中證實這後一種斷言。當然，我指的是對這些哲學家的一種自由的汲取(自然不無偶然的興趣和個人偏好)，而不是指對科學討論的任何參與。如果從科學的角度來說，文學接受不算充分的話，那麼它畢竟得到了較爲廣泛的讀者。維特根斯坦的名氣——儘管被許多職業哲學家認爲無法解釋——也許至少有一部分得自非專業部門的接受，例如在小說中的被接受。

第一種異變。波普的名字連同尼采早先關於預設和嘗試性結論的一段引文，也被提及了。在現代主義小說中，波普認識論的兩個重要成分——即一方面是關於實在和經驗的斷片的命題的假設成分，另一方面則是對理論框架考察的獨立性——突出地顯現了出來。在穆齊爾的小說中，休姆—尼采—馬赫這條綫索舉足輕重。然而，在伯恩哈特的後現代主義小說中，波普遺產的另一個成份則十分引人注目，即對虛假或者反駁的果斷嘗試。

羅爾泰默爲把自己的存在還原爲其本原所作的精心努力——貌視一種實證主義的努力——被衆多局部的反駁、並且最終被一種明確的反駁挫敗了。這一反駁並非是强加於他的，而是由他自己在充分的認識中造成的："我們總是走得太遠……對一切均冷酷無情，尤其對我們自己的冷酷已達到了最大的極限"(伯恩哈特，

1975:361-362)。因而他的結論就自然是不容迴避的:“對於阿爾坦薩姆這個地方和與其相關的一切,我都必須以對九柱戲的那種特別重視而停止深究下去,這樣就會認識到,一切都不相同,都得到注重。修改的修改的修改的修改,羅爾泰默就是這樣的”(361)。按照波普的觀點,既然知識是由於竄改而獲得的,那麽,羅爾泰默的目的就是通過那唯一有效的邏輯公式的形式而達到的:“X不真實。”與這一公式不同的是,一個已得到驗證的命題仍然包含着未來的竄改之可能性。

羅爾泰默的手稿呈現出了科學過程中的各個步驟——誠如波普也描述的那樣——並將其推到了極致。手稿是一個朋友發現的,並作了選擇和編排,但卻未修改,也未受到任何明確的編輯方面的干預:“所以,我經常而且總是説,整理、校閱,我對自己説,一點也不修改。”(伯恩哈特1975:178)

一開始,我們就發現了由某種因素造成的緊張狀態,也即由“煩躁”(Unruhe)或“惱火”(Irritation)這類詞語顯示出的緊張:“正像只有那些總是使我思考,即那些攪得我不得安寧、使我厭惡、頭痛的一切……因此我就畢生對付它——煩躁。”(伯恩哈特1975:197)尤其當羅爾泰默決定解決爲她姐姐建造一個圓錐形住宅這一問題時,這種煩躁不安便顯示出來了,這既是一個智性的問題(物理學的),同時也是一個物質的問題(建築學的)。知識的進展並不是洞見的默默聚集之結果,而是在一種緊張的情勢下獲得的:“沒有這些煩惱與蔑視,我就決不可能達到我的目標”(351)。在這裏,波普的那句格言——科學探索是以問題開始的——已擴展到了包括情感的起伏之程度。

波普曾批判過科學知識的那種客觀主義和經驗主義的形式,並直接針對考察理論的獨立性。既然一方面尋求因果之間的客觀關係,另一方面又無法避免認知主體的偏見,因此,這一悖論便被推向了極端:

> 一再試圖查找原因,並從原因入手去探討其作用。一方面是思想和感覺的敏鋭,另一方面則是思想和感覺的僞善,這樣根本無法徹底理解和解釋事物。這不禁使我總是對自己説,這一切均出自我自己,而非出自別人。這一向是出自我自己的,而出自别人的則完全是另一些東西,很可能是截然相反的東西。但這種相悖並非我的職責。我接近阿爾坦薩姆,但我並不是爲了查明它而這樣做的;我接近我的阿爾坦薩姆,是爲了我自己説明我所見到的阿爾坦薩姆這個地方。(伯恩哈特1975:324—325)

對所有知識的主觀視角的强調以及對思想和情感的分析,在《改正》與《没有個性的人》之間又建立了一個聯係。

儘管所審視的客體有着主觀上的近似,但科學研究仍要求某種超脱:"首先是接近作爲觀念的對象,然後盡可能地遠離我們曾接近過的那個作爲觀念的對象,這樣就能對它進行判斷和研究,而這樣帶來的結果,就是對象的解體。"(伯恩哈特1975:227)最後那句話顯然指涉了有着後現代主義特徵並且等同於竄改或反駁的某個認知階段:"堅持對某個事物作深入的考察研究,最終就會出現這樣的結果。研究哪個客體,就意味着該客體的消失,例如對阿爾坦薩姆的考察實際上就預示着它的消解。"(227—228)羅爾泰默認識到,前後一致的思想會帶來破壞性的後果,因而不得不承認,爲了達到某個特殊的目的,人們往往在最後一分鐘才避免他的思考帶來的破壞性結果。只有避免最後的結局,羅爾泰默才能建造那個圓錐型住宅。而在其他場合下,他則不選擇這種逃避的方式。正當他要自我毁滅時,他卻從最後的結局中退縮了出來。除了這一存在主義的結果外,思考和對照、再思考和再對照也體現了羅爾泰默的科學抱負之特點:"對一個既已着手研究的主題必須窮追不捨地思考下去,其中的一切都已得到仔細的考慮,直到自己對這一課題所做的研究感到滿意爲止。着手研究一個主題就意味着要將其推進至終極,不能留下任何似是而非的東西,或至少未能盡可能徹底地被澄清的東西。"(50)羅爾泰默對思想的態度可以被視爲那些較爲靈活的現代主義思維過程的某種精確的延續。比羅爾泰默更容易做到的是,烏爾利希常常滿足於打斷自己的思想,把一個尚未完成的課題丢下而去着手另一課題。

像羅爾泰默(以及伯恩哈特)所設想的這種前後一致的思想往往會導向"總體的改正"(total Korrektur)。那位朋友/敍述者報告說:"我這裏有他的一張帶證明的卡片,在他通過徹底的修改而將草稿廢棄掉後,即他將作品完全轉向與未來精神相反的方面,他就把它們燒掉了"(伯恩哈特1975:86)。這個朋友做了下面這番評論:"羅爾泰默在這樣一個可怕的修改過程中已將他的作品的思想轉向了反面,而實際上,正是通過這種途逕,他的作品才變得完美。"(87)人們也許會對這樣一個程序的認識價值產生質疑,但是那位朋友卻毫不遲疑地表達了自己的評價。他論證道,改正往往導致毀滅,毀滅則導致真確性。(158)

後現代主義的路子被認爲是智性上的刻板,"思想和反思想"(Denken und Widerdenken),而達不到一種可能的綜合(伯恩哈特1975:301)。"知覺的可能性以及其表達的可能性"便成了人的生存和幸福之基礎(245)。這條路子是由現代主義的智性投入所開闢的。

在後現代主義那裏,我看到了一種增强了的唯智主義,這在伯恩哈特的作品中幾乎未被那些遊戲性成分(誠如在卡爾維諾或斯特勞斯那裏的)減弱。在美國的後現代主義那裏,佔主導地位的卻是一種嚴肅的格調:"如果我們能認識到下述事實,論斷本身,無論我們做出的是什麼論斷,就會成爲最大的幸福。"(伯恩哈特1975:245)

如果人們承認,對於托馬斯·伯恩哈特來說:"修改"就等於"生存",而且生命是由"思想和反思想"組成的,那麼對於這一事實就不會驚奇了,即直到小說的結尾部分,自殺都表現爲一種最後的改正,亦即"真正的改正"。指向改正的生存與思想在這一程度上成了同義詞:因爲思想等同於生命,因此思想的反駁便等於生命的反駁這一公式似乎是完全合乎邏輯的。唯一留下的問題就是何時進行那最後的改正:"但我此時並不想修改我寫的東西,而是要等到適當的時候才動手,那時便修改,然後再修改這已經改正了的東西,然後再把改過的修改一遍,如此反覆,羅爾泰默就是這樣做的"(伯恩哈特1975:325)。最後的更正之時刻這一問題促使伯恩哈特再次把他那由過剩的信息構成的奇特的混合物展現出來,然後才實現那延宕已久的"真正的實質性改正"。

照波普和伯恩哈特看來,只有作爲近似的實證知識才是可行的:"在任何事物中都不可能達到十分的清楚明白,只能是近似的明晰,近似明晰,而不可能有什麼完全符合事實的認識,但可以接近事實,一切都只是,而且也只能是相近似的"(伯恩哈特1975:194)。這一認識論立場在現代主義小說中是人們熟悉的一個觀點。然而,反面知識的肯定性卻是後現代主義者早已熱切地吸收了的波普的一份遺產。在羅爾泰默的論辯過程中,那種近似的明晰變成了一種具體化的反駁:

> 因此我必須認識到,我在原稿中把一切都弄錯了。人物是別的人,每一個人物都是一個別的人,這是羅爾泰默說的。就像我在斯托克特的兄弟極力迎合我那樣,我有證據說明,我所寫的一切都是錯誤的。我在多佛爾以前就開始修改了,然後又改正了一切。但我最後發現,一切都面目全非了;我寫的恰與事實相反,但羅爾泰默卻說,我從中得出結論,我不怕再次修改一切,我在修改這一切的同時,也就毀壞了一切。(伯恩哈特1975:355—356)

第二種異變。羅爾泰默把自己的方法描述爲極其地精確,一步步地慢慢進行:"就這樣一切對我就更加透徹了,沒有哪一步缺乏對已往的認識,羅爾泰默就是這樣做的。在他,任何事情總得事先弄個透徹,或至少作些嘗試,事先總是對所發生過的每一步都盡可能弄個清楚”(伯恩哈特1975:194)。這可以幫助形成這樣一個觀念:小說中描述的行動和思想有着牢固的聯係和很好的動因。然而,這並非是這種情況。在各種重要的問題上,動因與關聯是十分缺乏的。例如,對羅爾泰默的一項事業的動因——即在一個特定的地方建造那個圓錐型住宅——就根本未提及,也未提及爲什麼那所住宅對他姐姐就意味着最大的幸福。姐姐偏偏在它完工之際而死去,其動因也同樣缺乏。同樣,羅爾泰默的第二項主要的事業,即在由過去的囚犯來處理收益的前提下賣掉阿爾坦薩姆,也幾乎没有什麼動因,只有與失足兒童教養院的那種既恨又愛的關係。

存在於預期的情况中的這些缺陷同對單一情景和地方的過於精確的描繪適成鮮明的對比。尤其當伯恩哈特描繪步驟和方法時,他對細節的着重推敲更是提供了內在於那同一複雜話語之規則中的某種合法性。或者,正如利奧塔德所論證的:“人們承認,真實的狀況,也就是說,衡量科學規則的標準,就內在於這一規則之中。”(利奧塔德1979:51—52)利奧塔德把這種合法性視爲典型後現代主義性的,但也接近維特根斯坦的思想。在《科學研究》一書中,當維特根斯坦討論到描述語言遊戲的方法以及這些遊戲賴以存在的生活領域時,描述往往被認爲對其客體有着中性的意義。因此,被當作哲學的主要任務之一的這種描述,就肯定會放棄評價各種話語(參見巴特萊1983:147)。對任何等級關係的拒斥,不管是邏輯上還是倫理道德上的,都是後現代主義的主要特徵之一。

於是,人們便在伯恩哈特那裏發現了某種方法上完美的最高水平——羅爾泰默所企望的“對建築藝術知識的擴展、不斷發展和完善”(伯恩哈特1975:111)——與缺少等級序列和差别的結合:“因爲歸根結底一切並不那麼重要,不像他在某張卡片上所寫的那樣;在最後一張卡片上寫道:一切都一樣(87)。”在對單一的行動和思想過程的描繪方面,《改正》不無極端的精確性和詳細的動因之特徵,但往往缺少各叙事單位之間的關聯。用伊哈布·哈桑的話來説,只有一些在超策略上(paratactically)相關聯的"稗史"(哈桑1984)。這也説明爲什麼叙述者無法把羅爾泰默的思想斷片合爲一個整體:"因爲正像我第一次接觸羅爾泰默的遺著時所引發的思考那樣,大部分只能算他思想的斷片(伯恩哈特1975:175)。"

在對伯恩哈特作品的評論中,有一種傾向倒爲預期的情況中的空缺提供了精神分析學的解釋。當然,對於用來解釋羅爾泰默與他姐姐的關係以及建造那個圓錐型住宅的精神分析式象徵,固然有一個廣泛的選擇。我並不想對這些解釋的正當性提出非議。但是,我所探討的這個問題,卻促使我去分析與行動邏輯和認識論相關的孤立的叙事單位的效果。同時,我也想指出,缺少將這些單位結合爲一個更大的構架也是一個國際性的文學成規的組成部分。

這一孤立的斷片單位——尤其在擁有視覺外觀時——往往通過最精確的方式描繪。叙述者能夠審核羅爾泰默描繪荷勒的閣樓的所有細節:"我當時越來越肯定,羅爾泰默描繪得多麼準確,他一定見過他在英國向我描繪的荷勒的那間閣樓。他在向我描繪時,就像曾經身臨其境似的,否則是不可能這樣精確的。我知道,羅爾泰默式的描繪技藝總是如此的精確。(伯恩哈特(1975:55)"這樣的描述本身也受制於一種極其精確的描繪。羅爾泰默向他的朋友描繪閣樓時,足足花了一個多小時。

> 他試圖通過細節向我解釋荷勒的閣樓,然後又讓它逐漸展現在我眼前……帶着一種自然科學家才有的謹慎週到,從一件物品引出另一件物品,從一種奇特之處引出另一種奇特之處,直到荷勒的整個閣樓間連同其所有物品和奇特之處,清楚地呈現在我這雙被他的描述和解釋所吸引的眼前,成爲一件我與他同樣理解的事,並使我能一下把它對他的科學和他將來的生存之意義和重要性作爲一種絶對的意義和重要性來理解爲止。(伯恩哈特1975:5)

在這裏,無須再作進一步解釋,就假定了一種"絶對的意義",

但是,它幾乎隨即便受到一種基於使用之上的維特根斯坦式的辯明的限制,"而荷勒的閣樓間也正是通過羅爾泰默才獲得了意義和重要性的"(伯恩哈特1975:52)。在這間閣樓裏,羅爾泰默突然想到了一個關於建造一個圓錐型住宅的極富個性化的主意——一個對他姐姐來説意味着最大的幸福的建築物。不可否認,這裏缺少一些重要的動因。顯然,超越明顯的物質世界的動因是無法確立的。超出視覺關聯之外的關聯性也仍然使人困惑,甚至是似非而是的:姐姐的最大幸福最終卻導向了她的死亡。

穆齊爾也曾擱下了那個敘事連續性和按年代順序編排事件的概念。然而,他卻反覆地暗示動因,儘管未考慮其編年順序。他也對流行的因果關係概念抱有懷疑,但是這些保留是有所記載的,並且仍可以自由討論。

穆齊爾表明,科學的精確性常常會取代思辨的模糊性,產生於情感的混亂以及教條的不容置疑性。伯恩哈特同穆齊爾的差别在於,他那描繪的精確性並不依賴於其他任何可能的話語。顯然,這是表達自己意思的唯一途逕。在精確描繪的範圍之外,事物則是不可名狀的和不可知的。結果,伯恩哈特的風格便帶有某種滯重的邏輯之特徵,這明確地提及了排除了的種種可能性,因而傾向於重復:

> 由於時間的原因,他幾次都未曾繞道荷勒的房子,就像他自己承認的那樣,這是一個錯誤。在最後幾年裏,他不再用不先看一下荷勒的房子、荷勒和荷勒的家人就去阿爾坦薩姆這種方式嘗試了。他總是先去荷勒的房子裏看荷勒和荷勒的家人,在荷勒的閣樓間住下來,一連兩三天埋頭於一種在荷勒的閣樓裏才有可能的、只會使他振作而不會使他受到損害的閱讀。(伯恩哈特1975:9)

這是羅爾泰默的"描述散文體"的一個典型範例,他的朋友説,他之所以實踐過這樣的文體是爲了達到科學的完美性："他一直嘗試着寫散文句段……試圖通過這些描述來達到他的科學思想的完美(伯恩哈特1975：84)。"

第三種異變。在穆齊爾的小説中，社會話語的多樣性是一個重要的結構因素。它爲有着不同文化水平但卻大致相同的社會地位的人物之間進行認知和評價交流提供了一個基礎。在這方面，《没有個性的人》很像普魯斯特的《追憶逝水年華》以及托馬斯·曼的《魔山》和《浮士德博士》。但是，在哈恩伯特的《改正》中，對相衝突的觀點的高雅的和寬容的處理都被叙述者那平板的聲音遮掩住了，因爲叙述者僅限於記載實錄。結果便是展現了一種個人習語的單調叙述。當用直接引語來表達時，佔主導地位的是一種，而且是同一的音調；在没有任何異變的情况下，僅通過在文本插入"SO X"這樣的公式來提及叙述主體。正如在下列句式中所表現的那樣，這可能會導向一種摇擺不定的引語屬性："當我的第一個妻子，我父親這樣説，羅爾泰默這樣説……。"(伯恩哈特1975：248)在一個句子中，叙述者的話語和人物的話語(直接引語)甚至可以交錯使用，但叙述者卻不可能依靠一種雙重視角。他總是看出並注意"整理和編排"(178)，或誠如凡·茵根所表述的那樣："一個作爲叙述者的'我'，表達了另一個人的主觀獨白式的'我'的看法。"(凡·茵根1982：38)

現代主義中產生於認識論懷疑的那種元語言批評也照樣出現在後現代主義中，儘管它以一種不同的方式——受到了維特根斯坦的啓迪。正如人們所知道的那樣，後現代主義感興趣的是在語言遊戲中使用詞語。羅爾泰默也有這種興趣。有時一個詞對他來説十分重要；他便將其孤立出來並試圖予以解釋。叙述者就描述道："我記得，有一次他整整一夜向我們解釋了'情况'(Umstand)、'狀况'(Zustand)和'前後一致的'(folgerichtig)這幾個詞。"(伯恩哈特1975：15)羅爾泰默很討厭"建築學"和"建築師"這兩個詞，但卻認爲"建築"是最美的詞之一(14)。至於那所圓錐型住宅,他所偏好的並不是給不同的房間命名,只要有一個空間可用於思考就行了。他懷疑他的姐姐會給各種不同的房間(卧室,工作室,廚房)取名字,但他卻堅持自己的意見,即不對這些房間做出區分一定是可能的:"在一幢各個房間都没有名稱的樓裏生活一定是可能的(222)。"接踵而來的卻是這樣的看法:"然而,把設計成沉思室的房間稱作沉思室,卻是很自然的事(同上),"這就再一次包含了某種我們前面已討論過的似非而是性的缺乏動因的轉折。

第四種異變。穆齊爾的《没有個性的人》中的一個最重要的主題就是對意識的局限的不斷的反思,尤其是同形而上學有關的思考,或者用穆齊爾的話來説,即"數學與神秘主義"的關係。這樣的反思不僅在伯恩哈特的小説中缺乏,而且還明確地受到拒斥。人們在此可以再次看到維特根斯坦的影響。正如敍述者所注意到的那樣,羅爾泰默的判斷僅僅基於經驗。當羅爾泰默對奧地利的批評致使他説到"作爲國家的這種不斷的反常和墮落"時,他的朋友便説,宣布判斷時根本不帶有任何激情的痕迹:"毫無激情……帶着他所固有的判斷的明確性;這種判斷只基於經驗,而且除了經驗價值,羅爾泰默對什麼都未曾認可。"(伯恩哈特1975:29)

就在敍述者要發現荷勒的那只吃飽了的鳥神奇莫測、並開始考慮羅爾泰默的那朵黄色的紙玫瑰時,他隨即便拒斥了這些試圖發現一種深層意義的嘗試:

> 我們不能走得太遠,這樣會致使我們去猜測,一切事物中以及其背後都隱藏着一種怪現象,一些謎一般的、富有意義的東西。其實這只是一朵黄色的紙玫瑰,别無其他意義。一切不過是它本來的樣子而已。我想,如果我們總是把我們覺察到即看到的一切,把我們當中發生的一切同含義和謎相聯係的話,那我們早晚會發瘋的。我們只能看見我們看得見的事物,它不是别的什麼東西,只是我們所看見的東西而已、(伯恩哈特

1975:172)

除了經驗以外的其他範圍統統被排除在外了,而且一旦這些範圍使自己的影響被感覺出來,便立即遭到拒斥。在後現代主義那裏,認識論懷疑産生出一個清晰的界限:哪些東西可知,或哪些東西不可知。這似乎與《改正》中的無限制思考之傾向相矛盾,但是如果人們認識到,前後一致的思想只能或導致竄改或導向死亡的話,這種矛盾就得到緩解了。

我實際上已經把伯恩哈特的小説《改正》解釋爲對穆齊爾的《没有個性的人》的一種後現代主義的回答。這種互文性既揭示了連續性,也揭示了斷裂性。

最後,我來對我到現在尚未涉及到的互文性的其他幾個方面作些評述,因爲我主要對認識論問題感興趣。

首先,有一個姐姐的母題,她在穆齊爾和伯恩哈特的作品中都扮演了一個主要角色。其次,還同托馬斯·曼的《浮士德博士》有着關係。敘述者使自己的身份服從於對自己的朋友的忠實再現,這不禁使人清楚地想到了柴特布羅姆。《改正》的敘述者聲稱他已經放棄了自己的思想:"我一生中有很長一段時間(主要是在英國期間,我之所以去那兒,也許只是因爲羅爾泰默在那兒的緣故),爲羅爾泰默的思想所左右,根本無法再有自己的思想(伯恩哈特1975:37)。"羅爾泰默出生的地方阿爾坦薩姆很像曼作品中的凱澤沙徹恩;這兩個地方都與主人公試圖在大城市裏發現的世界相隔絶。在這兩部小説中,都有一座用作隱匿棲身的粗陋的住宅,那裏可感到正常的家庭生活之舒適:《浮士德博士》中的史維格斯提爾的家園和《改正》中的荷勒一家的住宅。最後,人們還應當指出,每一個人都對自己朋友的父母的住宅有着良好的印象。

顯然,與早先的文學的交流——文學分期的一個重要因素——在後現代主義那裏起着相當可觀的作用。

(王　寧　譯)

參考書目

Bartley III(巴特萊),William W. 1983. *Wittgenstein, ein Leben*(《維特根斯坦的一生》). München:Matthes and Seitz.

Bernhard(伯恩哈特),Thomas. 1975. *Korrektur*(《改正》),Roman Frankfurt:Suhrkamp.

Hassan(哈桑),Ihab. 1984. "What is Postmodernism?New Trends in Western Culture"(《什麽是後現代主義?西方文化中的新潮流》),"Lecture, University of Utrecht, May 16.

Japp(雅普),Uwe. 1983. *Theorie der Ironie*(《反諷的理論》). Frankfurt:Klostermann.

Lyotard(利奧塔德),Jean-François. 1979. *La Condition postmoderne: Rapport sur le savoir*(《後現代狀況:關於知識的報告》). Paris:Minuit.

Mauch(默赫),Gudrun B. 1982. "Thomas Bernhards Roman 'Korrektur': Zum autobiographisch fundierten Pessimismus Thomas Bernhards"(《托馬斯·伯恩哈特的小説〈改正〉:奠定伯恩哈特的悲觀主義之基礎的自傳體作品》),in Zeman 1982:87-106.

Musil(穆齊爾),Robert. 1978. *Gesammelte Werke*(《全集》),ed. Adolf Frise, 9 vols, Reinbek bei Hamburg:Rowohlt.

Nietzsche(尼采),Friedrich. 1960. *Werke*(《文集》),ed. Karl Schlechta, 3 vols. München:Hanser, 2nd ed.

Van Ingen(凡·茵根),Ferdinand. 1982. "Denk-Übungen: Zum Prosawerk Thomas Bernhards"(《思考訓練:論托馬斯·伯恩哈特的散文作品》),in Zeman 1982:37-86.

Zeman, Herbert. ed. 1982. *Studien zur osterreichischen Erzahlliteratur der Gegenwart*(《當代奧地利叙事文學研究》)(Amsterdamer Beiträge zur neueren Germanistik, 14) Amsterdam:Rodopi.

重複與增殖:伊塔洛·卡爾維諾小說中的後現代主義手法

厄勒·繆薩拉*

一　緒論:卡爾維諾小說中的後現代主義寫作模式

我們有幾個理由可以把伊塔洛·卡爾維諾最近發表的小說稱爲地道的後現代主義小說。從許多論述後現代主義對世界的看法以及後現代主義的敘述方法的論文裏,人們可以很容易地推斷出代表卡爾維諾最近一部或幾部小說之特點的一系列手法。面對這樣一項任務,各種方法都可能是適用的。我僅舉幾例予以說明。

一種以(例如在伊哈布·哈桑在1982年發表的、把後現代主義想象爲一種部份是由海明威、薩特、加繆、貝克特、薩洛特和羅伯-格利耶這類作家通過形象預示的文學現象的《奧爾浦斯的解體》一書裏找到其理論基礎)存在主義的——或者更確切地說——後存在主義的後現代主義思想爲起點的分析,很可能集中在像小說《假如一個冬夜裏有一位旅行者》裏的大多數第一人稱敘述者發現自己的處境——他們面對的並且力圖依靠語言來克服的空虛和無聊(喻指深淵)——這類主題問題上。或者,這種分析也可集中注意結構方面的問題,例如由於應用各種缺乏創見的見解以及由於敘述場合的分散而造成的、被敘述的世界變得支離破碎,等等。

按照傑拉德·霍夫曼的觀點,後現代主義者強調閱讀的過程:

* 厄勒·繆薩拉是荷蘭耐梅根大學比較文學系教授。

“從交流的觀點來看,現代主義似乎强調創作的敏感性與藝術作品的關係,强調信息發出者與信息的關係,而後現代主義則强調信息與信息接收者的關係”(霍夫曼等1977:40)。《假如一個冬夜裏》這部小說也提供了許多可用來供進行與後現代主義的這種强調有關的研究之用的、特別有意思的材料。在《假如一個冬夜裏》這部小說裏,信息接收者不僅扮演了隱含的讀者和實際的讀者之角色,而且還扮演了讀者——主人公——小說的虛構框架裏的主要人物——之角色。作者通過堆積許多由讀者——主人公(以及實際讀者)一個接一個地閱讀的、被打斷因而不連貫的小說(或者小說的雛形)的方法,一而再、再而三地糾正了他對小說的世界的看法,並且不得不一而再、再而三地用新的看法來代替原先的看法。這項有待於讀者(不僅是實際的讀者,而且是讀者——主人公)來完成的任務,可以被認爲是一個重建、摧毁、再重建、再摧毁的連續不斷的過程:重建一個某些事情有可能在其中發生的虛構世界,接着把那同一個世界摧毁,然後再用另一個可能的虛構世界來代替它。

在一些論述後現代主義的論文裏,有一種强調某些獨特寫作方法的傾向。譬如,按照羅伯特·阿爾塔的看法,後現代主義小說可以被認爲是現代主義的“自我意識小說”傳統的最後階段(阿爾塔1975)。因此,後現代主義小說是對現代主義的“反省”,是“内傾性”手法的擴展和强化。它代表了一種阿爾塔因爲其某些代表性作家的排外性而在批評上有所保留的小說。阿爾塔實際上提出(納博科夫和克勞德·莫里亞克認識到的),後現代主義小說的理想概念是“一面忠實地反映忠於自然的藝術的鏡子”(見阿爾塔1975:245)。這種認爲後現代主義小說主要是“自我意識的”反映的概念,可以與“自我生成的”(self-generating)小說——或者用布魯斯·莫里塞特的話來說是“生成性小說”(generative fiction)——的概念相聯係。按照莫里塞特的看法,“生成性後現代小說”本質上是非關聯性的〔從關聯方面來看,生成者與“外部社會的、地域的、心理的或其他方面的'現實'没有關聯"(見莫里塞特1975:256)〕。這種小說是從自身逐漸發展而成的。一種在後現代主義小說的"自我意識"概念的基礎上進行的分析，可能集中剖析卡爾維諾的種種"反省"例子，並且力圖對——例如——那種成爲《多重命運的城堡》和《假如一個冬夜裏》等作品之特點的(文本内部的和互文的)多重參照網作出描述。這類分析可以和對"自我生成"諸方面所作的分析結合起來。在瑪麗亞·科蒂的一篇論文裏，可以看到一個使用類似方法的例子。在小説《城堡》裏，與紙牌的排列和重新排列的方式相吻合的、有限的幾張紙牌，以一定的方式爲創作出實際上無數的故事提供了可能性；瑪麗亞·科蒂對這種方式作了探討(科蒂1973)。

一種與"自我意識的"概念相對立的小說概念，是由"反文化"的幾個代表人物提出來的，其中包括萊斯利·菲德勒。在菲德勒看來，後現代主義小說是或者應該是"反嚴肅的"和"反藝術的"小說。按照菲德勒的那種非常反現代主義的觀點，後現代主義小說應該適合於達到彌合精英文化和大衆文化之間的"鴻溝"之目的，從而應該利用當代的俗文學，利用像西方的科幻小說和色情文學這些通俗的叙述形式(菲德勒1975)。在這種觀點的基礎上進行的研究，可以集中注意卡爾維諾利用基本的愛情故事、間諜小說、科幻小說和推理小說的方式，但是不應忽視這樣一個事實：在卡爾維諾小說裏(不僅對當代的而且對經典的通俗形式和作品所作的)"改寫"的過程，能夠産生非常美好的結果：原來的形式大部分已被與它相反的形式所代替(參看貝里利1974:252—258)。

在對作爲後現代主義小說樣板的卡爾維諾的小說進行分析的這一系列暫定的、可能的出發點裏，一個具有決定性的例子，可以在傑拉德·格拉夫撰寫的兩篇論文(分別於1973年和1975年首次發表，並且收入格拉夫1979年出版的論文集)裏找到。格拉夫和阿爾塔一樣，把後現代主義小說想象爲他對之持批評態度的自我意識傳統的一種晚期表現形式。因此，他推薦一種新的後現代主義小說。這種新的後現代主義小說能夠去除現代主義的自我反省和"唯我論",它將用(以某些時髦的、"消費者化的"異化形式爲對象的)社會喜劇和社會諷刺形式,來確立一種新的、與衆不同的現實主義形式。作爲後現代主義諷刺的典範,格拉夫提到了索爾·貝婁、唐納德·巴塞爾姆、菲利浦·羅思和約翰·巴思等作家。看到在小說《假如一個冬夜裏有一位旅行者》裏對某些現代文化和社會機構的描述,把卡爾維諾的一些新作也歸入後現代主義諷刺的典範這一類,似乎並非不可能。

就卡爾維諾來說和就其他後現代主義者來說一樣,上述每一種可能的研究方法,都只具有非常有限的、部份的價值。卡爾維諾新近發表的小說並不僅僅是"自我反省的"或"自我生成的"小說;就它們的後現代主義小說性質而言,我們不能不恰當地把它們僅僅說成是强調讀者活動的小說,也不能不恰當地把它們僅僅說成是對當今傳統的或通俗的形式"進行改寫"的小說,或者說成是以喜劇和諷刺的形式來談論當代社會的小說;我們應該把它們看成是這一切特點都兼而有之的小說。因此,採用一種綜合性的觀點將是更有助益的。根據這種觀點,後現代主義不是這一種或那一種特定的寫作方法(反省法或指涉/諷刺法),而是兩種或兩種以上的不同寫作方法的結合體——一個與後現代主義的趨於折衷、不加選擇和多元主義的總傾向並非不一致的結合體(參見哈桑1982:267—268)。傑拉德·格拉夫、羅伯特·阿爾塔還有最近的艾倫·王爾德都已經提出了這方面的建議。格拉夫强調——例如——唐納德·巴塞爾姆和約翰·巴思作品裏的這種反映自我意識的現實主義獨特形式,而按照阿爾塔的看法,一部嚴肅的反省小說並不能脫離歷史和實際社會生活。艾倫·王爾德則提出了"中間小說"這一概念,中間小說是一種"對調和現實主義和反省這一對立的兩極的敍述形式進行描述"的小說(王爾德1982:192)。在這一方面,勒內多·貝里利的觀點也具有啓發性:卡爾維諾的小說(特别是《看不見的城市》)被説成是"未在"的文學——一種與外部現實相隔絶的文學——的樣板。但是,與此同時,它們又朝着"顯在"的方向、朝着回到現象的方向發展(貝里利1974:258)。

一個完整的綜合性概念,是由約翰·巴思在那篇綱領性論文《補充的文學》(巴思,1980)裏系統地提出來的。文中,卡爾維諾與加西亞·馬爾克斯一起被認爲是典型的後現代主義作家,而且,他實現了巴思自己的後現代主義綱領——對與現代主義的和"前現代主義的"寫作方法相對立的寫作方法進行綜合或超越(巴思1980:70)。按照巴思的看法,卡爾維諾把過去與現在相結合,把内心世界與外部世界相結合,把幻想與現實相結合:"卡爾維諾作爲一名真正的後現代主義者,始終是一手敘述過去——特别是敘述意大利歷史上的薄伽丘和馬可·波羅,或者敘述意大利神話故事,一手——人們可以説——運用當今的巴黎派結構主義;他始終一手抓幻想,一手抓客觀現實。"他是這樣來敘述其結論性論點的:"和一切優秀的幻想家一樣,卡爾維諾根據顯而易見的當地的瑣碎素材來展開他的奇思暇想"(同上)。但是,那些被認爲是卡爾維諾所具有的特性裏面,卻包含着更多的含義。如果我們假定,卡爾維諾的小説體現了對現代主義寫作模式(包括反省法在内)和"前現代主義的"寫作模式的綜合運用,我們就應該冒險作出這樣的結論:卡爾維諾不僅把這種自由的、不負責任的、荒唐無稽的編造手法而且把反省手法也與指涉的並最終承擔社會責任的手法結合起來。就此而論,卡爾維諾在小説《城堡》的第二部裏所表達的、那種似乎與反省和指涉兩者的或者與内傾性和外傾性兩者的綜合性概念相一致的遠見,似乎是非常重要的。第一人稱敘述者認爲,自己的活動與那個理智的、内傾的桑·吉羅拉莫的活動是一致的;他爲没有像那位令人欽佩的、英勇的、性格外傾的桑·吉奥吉歐那樣行動而感到痛惜。他去參觀了威尼斯的那個牆上不僅畫着桑·吉奥吉歐的故事而且也畫着桑·吉羅拉莫的故事(兩者都是卡帕丘創作的)的席阿伏尼圖書館,他認識到,那兩個故事是不能分開的,它們代表了同一個現實的兩個側面。

我們可以在卡爾維諾的各種小說裏,對反省的和指涉的寫作模式的綜合形式進行研究。最適宜供研究用的作品是《假如一個冬夜裏》。這是一部反省手法起主要作用同時又被超越的小說。就像納博科夫和博爾赫斯的某些小說一樣,小說《假如一個冬夜裏》在本質上也是一部談論書的書,它主要談到書籍的生產和消費,但是也談到了詩學和美學問題,特別談到了敘述學問題。與此同時,這部小說主要以滑稽模倣的方式對古典和現代文學傳統的某些階段進行了"改寫"。但是,這部小說的反省特徵並沒有阻止它主要以諷刺的方式來實現對當代現實——特別是與各種公衆文學習俗以及與從事半腦力勞動的資產階級的某些時髦生活方式——的各種形式的指涉。顯然,卡爾維諾也懷有約翰·巴思的那種對單純自我意識的小說的反感。卡爾維諾的模範讀者是那種既關心書本也關心現實的讀者。他談到那位婦女讀者路德米勒時說:"她在世上的生活道路,對世界能夠給予她些什麼充滿着興趣,它擺脫了以陷入自我中心主義深淵爲結束的自殺小說裏的那種自我中心主義深淵(卡爾維諾1982:61)。"卡爾維諾在小說《假如一個冬夜裏》的這種開放性的形成,首先是由於小說運用了社會諷刺;其次,則利用了各種大衆喜愛的(推理小說的、恐怖小說的和間諜故事的)敘述模式;第三,由於小說突出强調了閱讀過程。關於小說的社會責任問題(評論卡爾維諾新近的小說的許多批評家所關注的焦點),人們可以指出小說對人類的失敗和絕望的嚴肅認真的關注;這種認真的關注可以在《假如一個冬夜裏》的各種第一人稱敘述者所處的境地裏辨認出來,而在《城堡》的第二部裏則俯拾即是。

講到這裏,我們忽略了卡爾維諾新近的小說的一個非常獨特的方面——應用像復制和增殖這種結構手法。在文本結構層面上,或者更確切地說,在篇章結構和敘述結構層面上,上述這些寫作模式，特別是自我生成法、反省法和改寫法等等，憑藉複製和增殖，獲得了具體的形式。此外，複製和增殖手法與後現代主義世界觀相關聯；後現代主義世界觀，一方面可以被認爲是現代主義的變化無常論和懷疑論的激進形式，另一方面又可以被認爲是對現代主義的那種企圖的反撥：現代主義儘管不相信任何單一的原則或等級制度，卻仍然試圖勉强提出一種主觀臆想的制度。後現代主義者與現代主義者不同，他們似乎接受一個由隨意性、偶然性和破碎性支配着的世界。一條與對世界的這種看法相一致的基本構成原則，是"離開中心"原則(見哈桑1982:269)。後現代主義小說提出有許多情節(有時是不連貫的情節)，有許多同等的意識中心，有許多敘述場合，而不只是有一個主要情節，不是(像在多數現代主義小說裏那樣：如詹姆斯、普魯斯特、紀德、伍爾芙、穆齊爾和斯維伏等作家的小說)只有一個主要的意識中心，也不只是有一種主要的聚焦手段和一個主要的敘述者。

接下來，我就卡爾維諾在新近發表的三部小說裏運用複製和增殖手法的方式進行分析。我將集中分析與情節、人物和敘述者有關的問題。我承認，這種分析的片面性，不會比上面提到的一些可能的研究方法的片面性少。這種分析僅涉及後現代主義作品的一個方面。我只有以(屬於反省和自我生成範疇的)這一方面與指涉和社會諷刺等其他方面相結合爲理由，才允許我自己來決定一個作家——例如卡爾維諾——是不是後現代主義作家。

二　情節的複製和增殖

情節的複製和增殖大多被蘊含於在文本這一層面上進行的類似的工作裏；在一部由各種次文本構成的小說——例如由一部部原作內容編纂而成的框架文本——裏，或者在文本被割裂成各種文本碎片的地方，情節就有可能被複製或者增殖。

“改寫”(riscrittura)(貝里利1974)這種手法,代表了卡爾維諾小說裏的第一種複製形式。卡爾維諾在小說裏,通常對別的作品——常常是對屬於中世紀和文藝復興時期文學傳統的文本——進行改寫。在這種情況下,複製工作便導致了引用該文本以外的其他文本的內容:被複製的文本,原先是獨立於正在複製中的文本而存在的,這時就〔以引語、引喻和變形等形式(參見熱內特1982:8—12)〕成了進行複製的文本的一個組成部份。複製的第二種形式,導致了文本內部的互文性:二部次文本彼此反映、相互影響。進行複製的文本與被複製的文本之間,存在着一種彼此相似的關係。就(把文本分割成各種各樣毫不相干的、有時是短小和不完整的文本的)增殖來說,一般毫無相似之處可言。無論是增殖還是複製,都有可能與文本的自我生成過程相吻合:通過進行暗喻和換喻,文本的一節產生了同一個文本的另外一節或另外幾節。在這方面具有極端重要意義的工作是組合、替代〔作爲原文本(model-text)裏的某些成份被別的與其密切相關或相對的成份所替代〕和轉換(對一組成份進行重新安排,從而改變了原來的順序)等工作。正如卡爾維諾本人所說,文學一方面“要竭力”表達一種“在語言層面上毫無參照可循的”、屬於神話和無意識領域的意思;但是,另一方面,文學又可以被認爲是“一種挖掘利用文學自身的素材所固有的可能性的組合遊戲”:“……我相信,全部文學都被包裹在語言之中,文學本身只不過是一組數量有限的成份和功能的反覆轉換變化而已(卡爾維諾1975:76—79,並請參看卡爾維諾1970:93—101)。”至於這些觀點與《太凱爾》裏的理論的密切關係,請看S.埃佛斯曼1979:163—170。

第一類複製——通過“改寫”的方式進行的複製——構成了小說《看不見的城市》(1972)的基礎。如勒內多·貝里利所論證,卡爾維諾的這個文本在馬可·波羅的經典文本《世界奇異書》[1]所運用的一些基本手法裏找到了自己下筆的起始點:主幹故事,旅行路綫,固定的基本時空參照系統以及主人公在異國現實裏一再碰到的令人嘆爲觀止的奇異事物。但是,卡爾維諾没有涉及《世界奇異書》裏所描述的區域性的具體現實,而是描述了一大批只存在於馬可·波羅的想象、記憶、夢幻和憧憬裏的、"看不見的城市"。通過旅行所表現出來的小說情節的時空邏輯被打破了。馬可·波羅没有敘述他從一個城市到另一個城市的旅行,而是在(構成故事主幹的)他和忽必烈汗的交談裏,對一個又一個城市作了大同小異的抒情式描述。整個文本被分割成一串主要由對所訪問的城市不是這個樣子而可能是那種樣子所作的描述構成的、非常短小的片斷。這些各種各樣的片斷被按照一套由不同範例組成的、固定的格式編串在一起:時而是一組"記憶中的城市",時而是一組"理想中的城市",一組"有標記的城市",一組"冷冷落落的城市",一組"貿易城市",一組"親眼目睹的城市",一組"有名稱的城市",一組"名存實亡的城市",一組"天國裏的城市",一組"連綿不斷的城市"以及一組"神秘的城市"——這一組組的城市在書中交替出現。對這些範例的描述與對過去和未來,大自然和文化,表層和深層,水、空氣和土壤等較爲一般性的事物的描述以及對非人性,工藝技術和現代都市的膨脹等較爲具體的事情的描述穿插進行。這種交替手法與一種增殖的過程結合在一起:每一類城市都增殖五個城市。這種佈局系統看起來可能非常簡單。可是,作者採用了一種富有獨創性的、一步步對各種範例進行篩選的、重新安排的形式,把這一佈局系統修改得越來越複雜。其結果是,在第一章裏,强調的重點落在了記憶和願望這兩個主題上,此後,强調的重點便轉移到了符號學領域(標記、眼睛、貿易和名稱等等)。在最後一章裏,則集中描述了

---

① 即《馬可·波羅游記》。——譯者

“連綿不斷的城市”和“神秘的城市”這兩類城市的範例。

在小說《多重命運的城堡》裏，依靠改寫别的文本來進行的對文本外部的複製，由於兩種獨特的複製形式而變得完整了：第一種形式是對（印在每頁的頁邊上的）紙牌的畫面進行的複製，第二種形式是該文本的一部份對另一部份進行的複製。這部小說由“多重命運的城堡”和“多重命運的小旅館”這兩個部份組成。第二部份可以被認爲是對第一部份進行改寫後的形式。

不僅在“小旅館篇”的主幹故事裏，而且在“城堡篇”的主幹故事裏，包括第一人稱敍述者在内的一些旅客在一座孤零零的城堡/小旅館裏邂逅相遇。在穿過環繞着城堡/小旅館的森林的途中，所有旅客都有一番令人毛骨悚然的經歷，他們都被嚇得連話都不會說了。他們在餐廳的餐桌上看見一副紙牌；晚飯後，每個旅客都想用紙牌上的畫像來講述自己的經歷；其過程如下：每位旅客選擇一張代表自己的紙牌——選擇一個紙牌上的人物（騎士、國王、王后、隱士以及魔術師等等），旅客似乎認爲自己就是那個紙牌上的人物；然後，旅客又在代表自己的那張紙牌的旁邊，竪着或橫着放下一組别的紙牌（例如世界、太陽、月亮、瘋子、被絞死的人、命運或正義），用來表示他的經歷中的主要階段。所有的經歷都由敍述主幹故事的第一人稱敍述者來講述；他部份依據非常一般化的、不確切的紙牌代碼，部份依據敍述學裏的“功能”概念，對一張張紙牌以及各種不同的紙牌組合作出解釋。那樣一來，一種非常間接的複製關係便確立起來了：不僅通過第一等敍述者——主幹故事的敍述者——的斡旋，而且也通過第二等敍述者的斡旋，敍述各種不同的經歷的文字是對紙牌畫面所表達的意思的複製。

對外部進行的複製不僅構成了那些穿插在主幹故事裏的故事的基礎，而且也構成了主幹故事的基礎。小說《城堡》以一種與小說《看不見的城市》所用的多少有點不同的方式，改寫了主幹故事的某些成規：人們在此或許會想到那種有一組敍述者的西方傳統（薄伽丘、喬叟),而不會想到那種只有一個敘述者和一個聽衆的東方傳統。在這些穿插進去的故事裏,被改寫的傳統主要是中世紀童話故事、"人民喜愛的著作"和騎士傳奇的傳統。在第二部份,這些範本在加進了古希臘的和莎士比亞的悲劇之後,就變得完整了。在這兩個部份裏,對其他文本的引用包括許多别的文本,其中也包括卡爾維諾本人的作品(從《不存在的騎士》、《樹林子裏的男爵》到《看不見的城市》)裏的一些片斷。

第一部份裏的全部故事都以探索——這種探索與範本裏的探索相反,結果總是以失敗而告終——爲其共同的主題。在第一個故事裏,神話故事裏的一些著名的成份都被歸攏到了一起。那個正在周遊世界尋找新娘的騎士,因爲冒犯並且拋棄而不是報答了森林仙子而受到仙子的懲罰。在騎士歷險的最後階段,他被"肢解,從而成了一個平庸之人"(卡爾維諾1976:13)。第二個故事是浮士德故事的一種新編。第三、第四兩個故事展示了一種對"悼亡舞蹈"和"死者的褻瀆"這類中世紀母題的荒誕的看法。在接下來的兩個故事——奧蘭多的故事和阿斯特爾福的故事——裏,卡爾維諾重新開始了對《瘋狂的奧蘭多》這部作品的一些片斷進行改寫——一種開始於他的一些早期小說裏的改寫過程。在奧蘭多的故事裏,人們會注意到許多偏離作爲範本的原作的地方。奧蘭多喪失理智的結果,是給世界帶來了一場大災難:奧蘭多盛怒之下不僅毀壞森林,而且以雷霆萬鈞之力摧毀了整個地球。一陣發作之後,奧蘭多筋疲力盡,他發現自己處在"一片渾沌的中心,處在紙牌方陣的和世界的中心,處在一切有可能實行的秩序的交叉點上"(第33頁)。故事的結局體現了對原作的改造。如同阿里奧斯托在詩裏所說,奧蘭多恢復了理智,但是這是一個(與最後一張紙牌上的被絞死者形象相似的)被頭朝下弔着的人的理智:他終於理解到,"世界"——這裏也指紙牌的組合——"必須是倒着看的"(第34頁)。根據這一情況,"城堡篇"便以對前面的故事裏所用的、對紙牌所作的一系列可供選擇的解釋而告終。特洛伊的海倫小姐用與原來的排法不同的、阿斯特爾福的紙牌來講述她自己的故事;黑夜王后則確認,奥蘭多的紙牌講的是她的故事。第一人稱敍述者也想講一講自己的故事,但是卻無法辦到,因爲他已經被所有可能的紙牌組合搞得暈頭轉向,一片迷茫——塵霧(空氣塵埃),已經分辨不清哪個是他自己的故事了。

我以爲,《城堡》的第一部份,主要是用改寫來進行複製。情節的增殖這種手法,首先表現在把各種彼此獨立的故事歸並到一起的方式上,其次表現在最後一章裏對紙牌所作的各種可供選擇的解釋進行的堆砌上。在小說的第二部份"小旅館篇"裏,始於第一部份的改寫過程得到了繼續。但是,除了對經典文學傳統裏的片斷進行改寫以外,第二部份還對第一部份裏的各種故事進行了改寫。"小旅館篇"可以被認爲是對"城堡篇"的富有獨創性的複製,是對改寫本的改寫,或者,換言之,是第二番"去舊意添新意的改寫本"。不僅穿插進去的故事是這種情況,而且主幹故事也是這種情況。隨着舞臺從城堡轉移到小旅館,那種薄伽丘式的彬彬有禮的氣氛變成了畜牲般的粗野和躁動。儘管在第一部份裏,每個人都相當沉默寡言,都耐心等待輪到自己;但是在第二部份裏,每個人在講他的故事時卻都没有耐心。在第一部份裏,故事情節是漸漸展開的。第一人稱敍述者的經歷按照時間的先後,合乎邏輯地一個接一個地被敍述出來;而在"小旅館篇"裏,各種各樣的經歷卻被壓縮在一個(用羅伯—格利耶的話來說)既没有過去又没有現在更没有將來的片刻裏。第一部份裏的越來越沉默的氣氛以及對事實的合情合理的解釋漸漸被發覺了,這種發覺在第二部份裏集中成了一種驚慌失措的感受。在"城堡篇"裏,主幹故事被籠罩在一定的安寧的氛圍裏。人們可以特別提一提,這裏像在薄伽丘的作品裏一樣,也有一種安寧的氛圍,儘管只是一種一時的安寧。森林裏的那種令人毛骨悚然的經歷(就像薄伽丘作品裏的瘟疫一樣),似乎屬於過去的範疇,而在"小旅館篇"裏,則過去和現在相吻合:紙牌上的畫像使人回想起在森林裏的那種經歷。

這裏,第一個故事的敍述者,以與"城堡篇"裏的第一個故事的敍述者所用的同一張紙牌作爲敍述的起始點。既然第一個人被"肢解了",第二個人也就孤苦無告地經歷了一個死亡的階段("disfacimento"),達到了一種程度絶對相同的狀況,在這種狀況下,他被分解("sminuzzato")成了最初的基本成份。"城堡篇"裏的各個部份被改寫進了接下來的三個故事裏。我們看到了"悼亡舞蹈"、"肢解"和死亡等母題,也看到了出於本性的復仇這種母題。這種復仇的母題始終具有富有啓迪性的方面,它被描述爲普通的"短路"("short circuit")(卡爾維諾1976:83)。在第五節裏,兩個敍述者企圖在同一時間講述他們的故事。這兩個故事體現了一種三重的複製工作。首先,兩個敍述者之一改寫了浮士德的故事,另一個則改寫了帕西福爾的故事。其次,他們複製了"城堡篇"裏的一些故事:名種各樣的探索故事,特別是奧蘭多和阿斯特爾福的故事。第三,他們通過寫真的手法,相互改寫對方的故事:兩個主人公都是無法到達其目的地的、"誤入歧途的騎士"。被派往月球去找回奧蘭多丢失的理智的阿斯特爾福,在到達月球之後,除了在"一個無人居住的區域的中心"看到"一片沙漠"之外,一無所獲(第39頁)。同樣,帕西福爾在他旅行結束之時,也只找到了寂寞和空虛。浮士德的求索給他展示的是一個平淡無奇的、處處相同的世界,是"一團毫無意義的、不定形的塵埃"(第97頁)。

"城堡篇"的前六個故事和"小旅館篇"的前五個故事之間的關係,主要是一種複製的關係。增殖手法應用在篇章結構的間斷和斷裂的形式裏:情節不連續,但是有兩套不連續的、互不相關的情節。在"城堡篇"的最後一節(第七個故事)和"小旅館篇"的最後兩節(第六、七兩個故事)裏,使用增殖手法使結構變得非常複雜。在"小旅館篇"第六節裏,第一人稱敍述者(像在"城堡篇"第六節裏一樣,想要講一講他自己的故事——一個基本上是講述寫作過程的故事。他在講故事的時候，使用了一組身份證。作家的任務與《帶劍的騎士》裏所指出的任務（“年輕人的好戰的衝動沿着墨迹的軌道縱橫馳騁，對於存在的焦慮，好冒險的勁頭，都流露筆端，縱情刪削，弄皺紙張；”卡爾維諾1976：104）以及與《隱士》和《魔術師》裏所指出的任務相類似：“或許已經到了承認這一點的時候了：只有自己這張王牌才忠實地描述了我已經成功地扮演的角色——一個魔術師或變戲法的人，他站在集市的一個臺子上，先把一定數量的東西安排好，再加以調整，連結，相互調換，從而取得一些效果”（同上）。使用各種身份證的做法，促使敘述者把許多別的故事的片斷也包括進去：朱斯蒂娜和吉於利耶特的故事及其作者馬奎斯·德·薩德的故事以及司湯達——“利己主義者格雷諾布爾”的故事，等等（同上）。爲了結束故事，敘述者認爲自己的任務就是聖·傑羅姆的任務，就是聖·喬治的任務。那幅兩位聖人的雙人像，闡明了作家爲了與大自然的破壞力量進行鬥爭而作出的努力。如果兩位聖人所取得的勝利並不僅僅是暫時的和虛幻的勝利，那麼問題就來了。外部的雜亂無章危及了聖·傑羅姆創造的那個理智的、百科全書式的體系：“一場地震的宣告在內部空間裏徘徊：協調勻稱的、理智的幾何形狀掠過了擺脱不了的偏執的感情界綫（第107頁）。”

由莎士比亞筆下的三個主人公哈姆雷特、李爾和麥克白的故事組成的“小旅館篇”的最後一節，涉及的是具有威脅性的內、外兩方面的雜亂無章。在主人公兼敘述者的態度的推動下，增殖手法得到了運用；這些主人公兼敘述者（與“城堡篇”裏的浮士德和帕西福爾相似）使用同樣的紙牌，但是以不同的方式對它們進行解釋。這一節結束時引用了《李爾王》和《麥克白》兩個劇本的最後一場裏的內容。繼內心精神的崩潰——“碎了，心；我求求您，碎吧！”（引自《李爾王》）——而來的是外部的崩潰。作爲對麥克白的話語所作的反省式改寫的一種結果，世界的崩潰與敘述的解體相吻合：“我開始討厭太陽(紙牌：'太陽')，我真希望世界(紙牌：'世界')的有秩序的格局能夠在現在就被毀滅，我真想把紙牌洗一洗，但願對開本裏的記錄是這場災難的點滴反映"(卡爾維諾1976：120)。

如上所示，小說《多重命運的城堡》的主要結構原則是複製原則。從小說的整體方面來看，增殖手法也起了重要作用。它首先應用在敘述的格局方面：這部小說是由兩種不同的文本或者情節構成的兩個不同的系列組成的。其次，增殖工作在一些章節裏，特別是在——例如在"小旅館篇"的最後幾節裏——各種經歷和"命運"相互"交叉"的那些章節裏，也發揮了重要作用。總的來看，我們可以說，隨着敘述的展開，增殖手法也用得愈加頻繁。這一情況不僅對語義層面產生了影響，而且對句子結構層面也產生了影響。對句子結構層面所產生的影響，可以由"小旅館篇"的主幹故事來加以說明；在那個主幹故事裏，薄伽丘的風格被按照羅伯-格利耶的風格進行改寫，轉喻的手法在不勝枚舉的事物和姿態方面取得了成功。在語義學的層面上，人們可以從越來越頻繁地使用像"肢解"(smembrare)、"分道揚鑣"和"解散"(disfacimento)這樣一些表示一種一般的分解過程——各種各樣的主人公兼敘述者以及他們所生活的那個世界都是這種分解過程的犧牲品——的詞語方面，看出增殖與斷裂的不斷增加的過程；可以從越來越頻繁地使用像"渾沌"、"毫無差別的事物"(l'indifferenziato)和"塵埃團或者大氣塵埃"(pulviscolo)這樣一些可以被概括爲熵的詞語方面，看到這一過程，也可以從越來越頻繁地使用像毀滅、爆炸和短路這樣一些表明啓示錄的通常含義的詞語方面，看到這一過程。

在小說《假如一個冬夜裏有一位旅行者》裏，乍一看，情節的增殖手法似乎比情節的複製手法更爲重要：在主幹故事亦即讀者[①]

---

① 讀者(Reader)在此第一個字母R大寫，指的是有着主體建構意識參與創作的讀者；漢譯加着重號以示區別。——譯者

以及讀者對老是被打斷的小說和十部小說的片斷或者小說的開端(“引子”)進行探索的故事裏,故事的情節遭到分割。此外,主幹故事是由各種各樣的情節——讀者想像的情節、作家賽拉斯·馬拉納竄改的情節——組成的。與我們在小說《城堡》裏所看到的情況不同,這裏,在主幹故事和穿插進去的小說之間,不存在邏輯上的必然聯係。在《城堡》裏,各種各樣的故事是由在主幹故事裏嶄露頭角的人物“講述”的。在這部虛構的故事內部,這些故事是被當作非虛構的、真實的親身經歷來描述的。小說《假如一個冬夜裏》的各種第一人稱敘述者,在主幹故事裏沒有職務或者不起作用。他們所講的故事都是用第一人稱寫的小說,是虛構的故事裏的虛構的故事。但是,在整部小說裏,增殖手法始終是和複製手法結合在一起使用的。作者運用了兩條幾乎是同等重要的結構原則:一條可以用“鏡子”來表示,另一條可以用“萬花筒”來表示。

增殖手法首先可以在穿插進去的故事這一層面上找到。讀者亦即主幹故事裏的主要人物發現,他開始閱讀的任何一部穿插進去的小說,都與他頭一天閱讀的那部穿插進去的小說沒有任何關係。每一部新穿插進去的小說,都開始一個全新的故事,它有不同的主題、不同的故事情節、不同的人物和不同的背景。其次,被穿插進去的各種各樣的小說,屬於不同國家的文學,它們好像已經從五花八門的不同語言翻譯過來了。第三,它們屬於不同的文學類型或者文學形式。每一部穿插進去的小說裏的那個不完整的人物,都強調表明了作品的不連貫性。所有穿插進去的小說,全都在要發生什麼(對第一人稱敘述者來說,意味着危險的)事情的緊要關頭猝然而止。根據賽拉斯·弗拉納里(和卡爾維諾)的詩學,這些穿插進去的小說都只不過是“引子”而已:“我很願意能夠寫一部充其量不過是引子的書,它自始至終都保持着開端部份所具有的那種潛力,自始至終保持着仍然沒有落到實處的那種期待。”(卡爾維諾1982:140)

在叙述結構層面上進行的增殖,與在句子層面上進行的各種形式的增殖保持着一致。這種手法常常是用來進行列舉的,常常是用來使一種固定的或永恒不變的成份與各種可供選擇的成份相結合的手法。這種可以從"在環行的路綫網裏"和"在交叉的路綫網裏"這兩個標題上得到確認的過程,在不勝枚舉的各種類别的著作中受到探究:"您想要看的書,但是還有您可以先看的書;現在太貴,您可以等到廉價處理時再看的書;現在太貴,您可以等到出平裝本時再讀的書……。"(卡爾維諾1982:10)增殖的另一種形式,是依靠自我生成來進行列舉。這種過程,基本上是一種運用轉喻的過程:"平鍋、深鍋、水鍋","絞肉機、撈水芹菜的漏勺、捲奶油器"(第32—33頁)。在最後一部穿插進去的小説裏,在不可能發生這種過程的情況下,我們看到了這麼一句評論:"人們只要會寫'椅子'(意大利原文爲'barattolo')這個詞,那麼就有可能也會寫'匙'('casseruolo')、'肉汁'('intingolo')和'爐子'('canna fumaria')(第198頁)這些詞。"

穿插進來的各種小說間的這種互不連接的關係,並没有改變或許會寫出一些微妙的連續的句行這一事實。例如,這樣的句行表現在那些穿插進來的小説的標題間的相互聯係上。穿插進來的第一部小説確定了時間(《假如一個冬夜裏有一位旅行者》,第一部小説之後),第二部小説必然要確定空間:"在馬爾博克城外。"在第三部(《挺身站在陡坡上》)裏,起決定作用的力量是情節;在第四部("不怕狂風吹,不怕頭暈眩")裏,是感情;而在第五部("在越來越重的陰影裏往下看")裏,則是隨後展開的情節。這時,這行連續的句行被打斷了,代之而來的是,接連對地點作了類似的確定:穿插進來的第六部小說的標題是"在環行的路綫網裏";第七部的標題是"在交叉的路綫網裏";第八部的是"在月光照耀下的用樹葉鋪成的地毯上";而第九部的則是"在一座空墳附近"。這時,又輪到它們被打斷了,繼之而來的是,最後再用標題對情節作一番確定:第十部小說的標題是"下面是什麽故事在等待着結束呢?"因此,這一由標題連成的整個句子,是由兩個同等的部份組成的。在第一部份裏,行之有效的結構原則是運用轉喻的原則;而在第二部份裏,則是運用暗喻的原則。努力找一找,看看在這部作品的别的地方是不是也能找到這種由兩部份組成的句子,這樣做或許是饒有趣味的。就那些被穿插進來的小說而言,有迹象表明:從第六部小說的開端部份,就開始越來越多地運用複製的手法了——這一發展過程(也以對複製品進行再複製的方式),一直持續到場景和人物開始逐漸減少的第十部小說的開端部份。

連續形式和相似關係之間的一定程度的交替,也同樣可以在反省這一層面上找到。這些穿插進去的各種各樣的小說,對大膽進行創作的過程——一個從内容空洞開始,經過逐漸使内容變得充實,再到作品結束部份内容又變得空洞的過程——中的一個又一個方面作出了詳細的描述。我們將更加仔細地注視這一過程的發展情況。我們可以按照一種從最初的"内容空洞"——"起點"——開始的、曲折的發展過程,把對這些穿插進來的小說進行安排時所遵循的那種先後順序,描述爲一切可能發生的情節的起始點,描述爲一種不明確的身份:"我是一個身份不明的在場的人,我周圍的背景甚至更爲模糊不清(卡爾維諾1982:17)。"在被穿插進來的第一部小說裏,作品没有能夠成功地戰勝這種内容空洞。事物由於被包裹在一團迷霧之中而依然輪廓不清:"書中所記,猶如一列陳舊的火車上的窗户,朦朧不清;這團迷霧籠罩着一句句的句子……站上的燈光以及您正在閱讀的那些句子,似乎更多的是把從一層暗霧中初露端倪的事物漸漸抹去,而不是使它們變得更加清晰"(第14頁)。在第二部小説裏,最初的那種空洞的内容,爲一個被具體的事物、聲音、滋味和氣味塞得滿滿的世界所填補。這種内容空洞與内容充實之間的鮮明對照,已爲作爲第二、四、五這三部小說的標題裏的一種語義特徵的那種"深不可測的狀况"所説明。這同一種鮮明的對照在第四部小說裏得到了詳盡的闡述,在這部小說裏,作品被說成是一座敍述者正在建造的、跨越內容空洞的橋樑:“或許,正是故事,才是一座跨越內容空洞的橋樑……故事也必須努力隨着我們的步伐向前發展,一句一句地轉述我們所構想的一段關於內容空洞的對話。對故事來說,橋樑尚未完工:每個詞裏都包含着無的成份(第69頁)。”在這部小說的結尾,文本似乎已經克服了內容的空洞:“故事的發展出現了中斷;這時,對故事所必須佔用的篇幅來說,內容已嫌過多,過擠,它沒有給令人極端討厭的內容空洞留下一錐立足之地(第73頁)。”這裏提到的這些穿插進來的小說之間的關係,至少在反省這一層面上看,基本上是一種連續的關係。一段情節——填補內容空洞的過程——就這樣寫成了。第五部小說敍述的則是這一過程所產生的結果;敍述者把故事——大多是講述他自己過去的故事——一個一個地堆砌在一起:“我正在同時創作太多的故事,因爲我想要達到的目的是使你們感到,圍繞着這個故事,我還有一大堆可以講的也許將要講的或者誰知道我或許已經在什麼別的場合講過了的、別的故事——一個塞滿了故事的空間”(第88頁)。在第五部小說和接下來的四部小說之間,存在着一種相似的關係(這與第五部小說到第九部小說的標題之間的那種關係相一致)。在每一部小說裏,都發生堆砌、複製和增殖過程。在第六、七兩部小說(它們的標題顯露出,它們與博爾赫斯的“El jardín de los senderos que se bifucan”——交叉花園——之間存在着一種引用關係——一種在第六部小說的其他方面顯得特別明顯的關係)裏,情節和人物激劇增加。同樣,在第八、九兩部小說裏,各種人物也激劇增加,但是增加得不像第七部小說裏那樣過份。在這兩部小說裏,內容又開始漸漸變得空洞起來。第八部裏的第一人稱敍述者學會了對內容空洞作出正確的評價:“根本的事情並不主要是感覺到每一片樹葉,而是感覺到這一片樹葉與那一片樹葉之間的距離,是感覺到那種把它們彼此分開的、無形的空氣(第159頁)。”

在第九部小說裏,正在蒐尋其往事的第一人稱敘述者,除了找到一座空墳以外,一無所獲。在第十部小說裏(這時,那種連續的關係又得到了恢復),這一過程便完成了:第一人稱敘述者把他周圍的事物一件一件地勾銷了。在小說結束時,他已經恢復了內容空洞的狀況:"世界縮小成了一張紙,在這張紙上,除了寫些抽象的言詞之外,什麼也没法寫"(第198頁)。籠罩在他心頭的寂寞感和空虛感,使他開始往回退。他已經没有别的奢望,只希望故事能夠繼續下去,或者能夠開始一個新的故事——一個能夠引起新的複製和增殖的故事。爲了達到這一目的,他把弗蘭齊斯卡(在收縮過程中留下來的唯一一個人物)帶進街角的那家咖啡店——"一家牆上鑲滿了照出枝形的水晶玻璃弔燈的鏡子的咖啡店"(第198頁)。

被穿插進來的各種各樣的小說,也通過複製的手法,建立了相互連續的關係。在這些穿插進來的各種小說情節之間,以及在各個第一人稱敘述者發現自己所處的處境之間,存在着一定的相似之處;從這一意義上說,這些穿插進來的各種各樣的小說相互復制。這種複制形式可以被視爲同一本起作用的範本的各種不同變化的結果。範本具有一種三角關係的形式。在A——主人公或者第一人稱敘述者("我")和B——起陪襯作用的女性形象或者次要人物("她")之間,存在着一種被C——起陪襯作用的男性形象或者對手("他")和D——某個秘密組織的一些代表("他們")攪亂了的關係——參見卡爾維諾本人提到的那本與此略有不同的範本(西格1979:212)。變化在於對一、兩種起作用的關係的側重、强調或者突出的程度有所不同。譬如,在穿插進來的第一部小說裏,A和B之間的關係難以確立,它成了背景的一個組成部份,而A和D(最終和C)之間的關係卻變得突出了。在第三和第十兩部小說裏,A和B之間的關係顯得很突出,而且與所有其他幾部小說形成對照;在第十部小說裏,這種關係在小說結束時又回復到了原來的狀況。在穿插進來的各種各樣的小說裏,A和B之間的關係,由於C和D的介入而立即受到了威脅。在(第三、四、五、六和七)這幾部小說裏,起作用的 B 就和 C 一樣,似乎成了 D——那個秘密組織——的合作者。在幾部小說裏,特別是在第七、八、九三部小說裏,起作用的 B 被分裂成了兩個截然相反的行動者(actor),一個給 A 提供幫助,而另一個卻與 C 和 D 合作。在第八部小說裏,這兩個截然相反的行動者是女兒和母親;而在出現增殖(對複製品進行再複製的)工作的第九部小說裏,則是一伙具有雙重身份的女兒和母親。

三 人物和叙述者的複製和增殖

在上面所談到的內容裏,我已經提出了一些關於對人物進行的複製和增殖的看法。因此,我在這裏只不過再就此進一步談幾句而已。複製的情況自始至終貫穿於小說《假如一個冬夜裏》的各個方面:被穿插進來的第二、三、四這三部小說裏的人物(“我”、“她”、“他”和“他們”)是對第一、二、三那三部小說裏的人物的複製,等等。此外,這些小說裏的某些人物,是主幹故事裏的某些人物的翻版。在一部部被穿插進來的小說裏,出現了各種形式的複製和增殖:某些起作用的人物(actant)被分裂成兩個或者更多的行動者。第八、九兩部小說裏的情況,尤其是在那部可以被認爲是使用元語言的基調小說——第七部小說“在交叉的路綫網裏”——裏的情況,就是如此。這部小說裏的主要象徵是那個“萬花筒”,在“萬花筒”裏,“數量有限的圖案被拆散,被徹底地顛倒重來,從而使圖案的數量得到了激劇的增加”(卡爾維諾1982:129)。作者在情節這一層面上,過份地使用了複製和增殖的手法。建造了一間供自己使用的、“牆上嵌滿了鏡子的”房間的第一人稱叙述者,爲了自身的安全,使他自身、他的默西特人、他的保鏢以及他的情婦成倍成倍地增加(做法是對複製品進行再複製或者是無限地複製下去);但是使他大爲震驚的是，他發現，他的敵人本身也成倍成倍地增加了。這部作品以這樣的方式，對沒完沒了地進行反省的小說進行了滑稽模做——一種與約翰·巴思在小說《迷失在遊樂園裏》的同名故事裏所作的那種模做許多共同之處的滑稽模做。

對敍述場合的複製和增殖，似乎是一種至關重要的後現代主義手法。它是一種爲其中包括博爾赫斯、納博科夫、巴思、科爾塔察等人在內的一些作家在文本中經常使用的手法，它可以被視爲後現代主義的"主體失落"所造成的一種結果(霍夫曼等1979：第20和31頁)。賽拉斯·弗拉納里對這一情況作了評論："我也想把自己忘掉，想爲每一部作品找到另外的一個我、另外的一種腔調、另外的一個名字，以便更新……或許，那才是我的真正的職責，而我卻沒有去履行我的職責。我要是使自己的我成倍成倍地增加了，我要是擅取了其他人的本性，裝出一副副和我判然有別的並且彼此判然有別的面孔，該多好啊(卡爾維諾1982：143)。"對敍述者進行的複製和增殖，有可能在同一個敍述層面上發生，但是也有可能要依靠作品一而再、再而三地劃分成各種敍述層面來實現。在第一種情況裏，所採用的步驟基本上是添加；在第二種情況裏，所採用的步驟則基本上是依次從屬。不僅在小說《假如一個冬夜裏》裏而且也在小說《城堡》裏，依次從屬這種步驟，構成了主幹故事與穿插進去的故事和小說之間的關係的特徵，但是大量運用的卻是添加這種步驟。這可能與後現代主義一般拒不接受任何一種等級制度——例如第一親等、第二親等和第三親等敍述者這種傳統的等級制度——有關。在小說《城堡》裏，各種各樣的次要的敍述者同屬於一個等級，而膚淺的見解和高深的見解之間也並不存在不一致的地方。主幹故事裏的第一人稱敍述者也並不具有高超的識見。這是一個對他本人以及對他自己所作的解釋毫無把握的敍述者。在小說《假如一個冬夜裏》裏——赫爾姆斯·馬拉納在這裏系統地提出了這種在"小說中的小說"這一意義上的、依次從屬的詩學——可以用來説明在敍述中是依次進行穿插的例子,是極少、極少的。各種各樣的小説被穿插到主幹故事裏去,但是它們彼此之間並不互相穿插。赫爾姆斯·馬拉納的信被穿插進了主幹故事(讀者讀到了這些信件),但是賽拉斯·弗拉納里的日記卻没有被穿插進去:這裏所採用的步驟是添加,而不是依次從屬。

小説《假如一個冬夜裏》裏的敍述場合很多。我們在主幹故事裏發現有一個身份不明的敍述者,他把作者卡爾維諾引進了小説(這是一種典型的後現代主義手法,在巴思、納博科夫和馮尼格特那裏也可以看到;參見洛奇1981:15);我們還發現有一個憑想象力進行創作的作家——賽拉斯·弗拉納里,他是他本人日記裏的第一人稱敍述者;我們還發現有一位翻譯兼竄改者,一位讀者和一位女性讀者。在穿插進去的小説裏,有十個各不相同的第一人稱敍述者。在所有這些敍述場合之間的關係方面,傳統的等級制度遭到了破壞。一種變更的過程已經開始,在這一過程中,一些敍述場合的地位發生了變化:

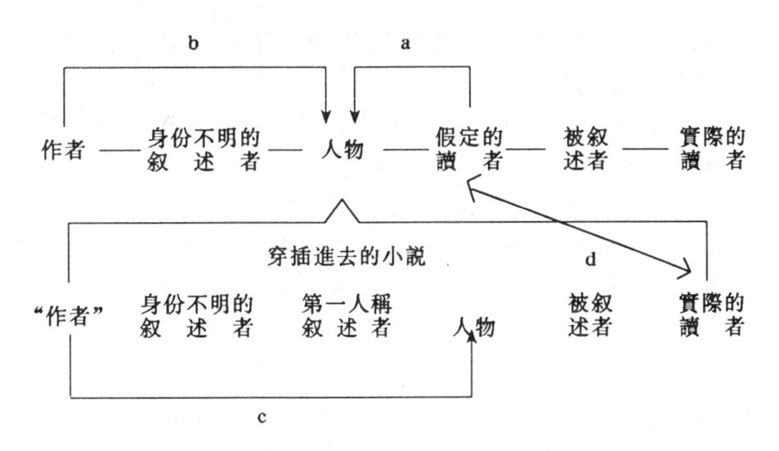

a. 假定的讀者的地位從外圍移到了敍述的中心。

b. 主幹故事裏的那個身份不明的敘述者，把作者引進敘述。作者的地位從一個較高的層面移向一個較低的層面——那個被敘述的世界和被敘述的人物的層面(作者與敘述者之間的等級關係的顚倒)。

c. (第一、二兩部)穿插進去的小說裏的第一人稱敘述者，和他的讀者談論小說"作者"的意圖〔例如："或者作者也許還沒有拿定主意"(卡爾維諾1982：15—17)。作者移向一個較低的敘述層面——那個被敘述的人物的層面(作者與敘述者之間的等級關係的顚倒)〕。

d. 被穿插進去的小說的實際讀者與主幹故事裏假定的讀者(the Reader)相重合。

在小說《假如一個冬夜裏》裏的敘述場合的激劇增加，可以被認爲是一個自我生成的過程所產生的一種結果：通過有計劃地多次使用轉喻和隱喻，一個敘述場合產生出了多個其他的敘述場合。第一種做法可以在這樣一組敘述場合裏看出來：作者、身份不明的敘述者、第一人稱敘述者、人物、假定的讀者、被敘述者和實際的讀者(他們全部在小說裏得到了描寫)；第二種做法則可以在另一組敘述場合裏看出來：作者、假定的作者(賽拉斯·弗拉納里)、"多產"而又"受折騰的"作家、譯者(竄改者)和抄寫員/身份不明的敘述者(暗指博爾赫斯筆下的皮埃爾·梅納爾)、第一人稱敘述者/讀者(被敘述者和實際的讀者)、讀者(假定的讀者)、非讀者(伊爾尼里歐)、女性讀者以及知識分子女性讀者或者職業女性讀者。卡爾維諾在最近就他的小說發表的一段評論(卡爾維諾1984)裏，在這兩組敘述場合裏又加上了"超作者"(hyper-author)和"超讀者"(hyper-reader)這兩種敘述場合。

對敘述者進行的複製和增殖，對意義的隨意性和敘述的內容起到了作用。在小說《城堡》裏，對被敘述的世界所普遍持有的半信半疑的態度，首先是通過主人公兼敘述者方面的缺陷(事實是他們一味依靠紙牌、有時依靠手勢來"講"他們的故事)來表達的，其次是通過主幹故事裏的第一人稱敘述者系統地作出他的解釋時所採用的那種不確切的、假設的方式來表達的。這是一個搖擺不定的敘述者，他一直在尋找可能的解釋，但是又不得不一次又一次地承認，他剛剛作出的解釋是一種錯誤的解釋。他的敘述是建立在作出假設，糾正所作的假設，再提出新的、相反的、有時非常令人吃驚的假設的基礎之上的。結果證明，這些解釋不僅僅是一種（建立在非常一般的紙牌代碼和由一張張紙牌之間的功能關係所決定的代碼的基礎之上的）譯碼過程所產生的結果，它們主要是第一人稱敘述者進行想象的產物。儘管這些被穿插進去的故事是被當作真實的親身經歷來進行描述的，它們卻是虛構故事裏的虛構故事。

不僅在小說《假如一個冬夜裏》裏，而且也在小說《城堡》裏，敘述場合的增殖所產生的結果是，把虛構與非虛構之間的界綫弄模糊了。在小說《城堡》裏，被當作非虛構的故事來進行描述的故事，卻原來是虛構的故事。《城堡》這部小說一直在朝着自己的中心發展，而在小說《假如一個冬夜裏》裏，則是一種向邊緣發展的情況。傳統上屬於虛構以外的領域裏的或者屬於虛構與非虛構之間的敘述場合，如今卻歸屬於虛構內部的一個領域。這兩部小說就是以那樣的方式，爭相自稱每一個故事都是“親身的經歷”，也爭相自稱那些故事都是存在於小說世界之外的故事。

（顧棣華　譯）

參考書目

Alter（阿爾塔），Robert. 1975. *Partial Magic：The Novel as a Self-Conscious Genre*（《局部魔幻：作爲自我意識文類的小說》）. Berkeley：University of California Press.

Barilli （貝里利），Renato. 1974. *Tra presenza e assenza*（《超越顯在與未在》）. Milano：Bompiani.

Barth(巴思), John. 1980. "The Literature of Replenishment: Postmodernist Fiction"(《補充的文學:後現代主義小說》), *Atlantic Monthly* 245, 1:65-71.

Calvino(卡爾維諾), Italo. 1970. "Notes towards a Definition of the Narrative Form as a Combinative Process"(《略論作爲一種結合過程的敘述形式之定義》), *20th Century Studies* 3:93-101.

-----. 1975. "Myth in the Narrative"(《敘述的神話》), in Federman 1975: 75-81.

-----. 1976. *The Castle of Crossed Destinies* (《多重命運的城堡》), trans. William Weaver. New York: Harcourt. Translation of *Il castello dei destini incrociati*, 1973.

-----. 1979. *Invisible Cities*(《看不見的城市》), trans. William Weaver. New York: Harcourt. Translation of *Le città invisibili*, 1972.

-----. 1982. *If on a Winter's Night a Traveller*(《假如一個冬夜裏有一位旅行者》), trans. William Weaver. London: Picador. Translation of *Se una notta d'inverno un viaggatore*, 1979.

-----. 1984. "Comment j'ai écrit un de mes livres"(《評我寫的一本書》), *Actes Sémiotiques-Docu-ments* 6, 51: 2-23.

Corti(科蒂), Maria. 1973. "Le Jeu con me génération du texte: Des tarots au récit"(《文本生成的遊戲:供敘事用的紙牌》), *Semiotica* 7:33-48.

Cunliffe, Marcus. ed. 1975. *American Literature since* 1900(《1900年以來的美國文學》). London: Sphere Books.

Eversmann(埃佛斯曼), Susanne. 1979. *Poetik und Erzählstruktur in den Romanen Italo Calvinos* (《伊塔洛·卡爾維諾小說的詩學和敘事結構》). München: Fink.

Federman, Raymond, ed. 1975. *Surfiction: Fiction Now…and Tomorrow*(《超小說:今天和明天的小說》). Chicago: Swallow Press.

Fiedler(費德勒), Leslie. 1975. "Cross the Border-Close that Gap: Postmodernism"(《越過邊界——填平鴻溝:後現代主義》), in Cunliffe 1975: 344-366.

Genette, Gérard. 1982. *Palimpsestes: La littérature au second deqré*(《隱迹紙

本:第二等級的文學》). Paris:Seuil.

Graff(格拉夫), Gerald. 1979. *Literature Against Itself: Literary Ideas in Modern Society*(《反對自身的文學:現代社會的文學觀念》). Chicago:University of Chicago Press.

Hassan(哈桑), Ihab. 1982. *The Dismemberment of Orpheus: Toward a Postmodern Literature* (《奧爾甫斯的解體:走向後現代文學》). Madison: University of Wisconsin Press.

Hoffmann(霍夫曼), Gerhard, Alfred Hornungand Rüdiger Kunow. 1977. "Modern', 'Postmodern' and 'Contemporary' as Criteria for the Analysis of 20th Century Literature"(《作爲分析二十世紀文學標準的"現代"、"後現代"和"當代"》), *Amerikastudien* 22:19-46.

Lodge(洛奇), David. 1981. *Working with Structuralism: Essays and Reviews on Nineteenth-and Twentieth-Century Literature*(《運用結構主義:十九世紀和二十世紀文學評論集》). London:Routledge and Kegan Paul.

Morrissette(莫里塞特), Bruce. 1975. "Post-Modern Generative Fiction"《後現代生成小說》), *Critical Inquiry* 2:253-262.

Ricci, Franco. 1982. "The Readers in Italo Calvino's Latest *Fabula*"(《伊塔洛·卡爾維諾最近的寓言中的讀者》), *Forum Italicum* 16, 1-2:82-102.

Segre, Cesare. 1979. "Se una notte d'inverno uno scrittore sognasse un aleph di dieci colori"(《陰鬱的格調,或者夢幻的文本,或者五彩繽紛的象徵》), *Strumenti Critici* 13:177-214.

Wilde(王爾德), Alan. 1982. "Strange Displacements of the Ordinary: Apple, Elkin, Barthelme, and the Problem of the Excluded Middle"(《普通人被奇怪的替
代:阿普爾,艾爾金,巴塞爾姆及排中律問題》), *Boundary* 2, 10:177-201.

俄國戲劇中的後現代主義：萬彼羅夫，阿莫爾里克，阿克賽諾夫

荷達·施米德*

在斯拉夫諸文學領域裏，“後現代主義”這一概念没有限定條件是不能用的。因爲這個標籤係指年代分期，如同産生它的美國和西歐文學一樣，它包含所有的斯拉夫民族文學中相同的流變軌迹。在美國和西歐文學中，後現代主義是指源於五十年代、在本世紀最後數十年佔主導地位而至今尚未進入尾聲的一種傾向。同時，這個標籤暗示着與早期現代主義的明確關係，這種關係可以追溯到本世紀伊始。就性質而言，這種關係或指與現代主義同生的演變傾向的最後終止，或指相互比較階段之間的分界綫。這個問題尚未得到明確的答覆①對於西方國家的文學學者們來説，無論是哪種情況，現代主義與後現代主義均指同類結構過程的流變階段，是以西方所有民族文學的演變進化時期爲特徵的，從而對於後現代主義模式的總的探索似乎被其歷史文學材料的共性所驗證。

正是在這一點上，斯拉夫文學的研究者困難重重。這些困難反映在所使用的不同標籤上。譬如説，約蘭塔·布拉克-蔡娜(1984)顯然是受了別具特色的中歐演變條件的影響，使用了新先鋒派(Neo-

---

* 荷達·施米德是荷蘭阿姆斯特丹大學斯拉夫語言文學系教授。

① 關於後現代主義概念的系統解釋，請參看伊哈布·哈桑(1975)和傑拉德·格拉夫(1979)。關於它在捷克文學中的運用的論述，請看布羅尼斯拉瓦·沃勒克和愛米爾·沃勒克(1983)。

Avant-garde)這個標籤來稱謂這一時期。因此,恰恰是二十世紀頭十年和二十年代的先鋒派,而不是十九世紀末二十世紀初的現代主義,成爲這個時代的主導性術語。它還具有俄羅斯文學分期問題的複雜性,約蘭塔·布拉克-蔡娜實際上將新先鋒派這個標籤貼到了波蘭和捷克斯洛伐克文學上面,而將它是否適用於俄國文學這個問題留給公衆去討論。對他來説,羅納德·辛萊(1979)把蘇俄的社會主義現實主義文學學説正式引進以來的五十年,當做一個連續不斷的階段來看待,這個階段僅僅經歷了幾次來自偏流的小小的文學叛逆。因此,他排除了按新先鋒派和後現代主義的標籤來分期的可能性。可見,後現代主義用於俄國文學似乎不如用於其它斯拉夫國家的文學更爲貼切,儘管這一概念的創造者們耽於將其解釋爲放之四海而皆準的概念。

有兩個理由可以説明斯拉夫國家間的差別。一方面,先鋒派傾向在西部和南部斯拉夫國家比在蘇俄延續得更爲持久,發展時間更長。另一方面,社會主義現實主義學説在蘇俄國内外效果迥異。菲力克斯·沃的卡(1976:126-143)將這些不同的效果描述爲種種伸縮皆可的傾向。在蘇俄,收縮的傾向佔主導地位。也就是説,這一學説嚴格地將一整套定義完善的文學主題、形式手法及其意識形態的解釋宣佈爲聖物,甚至要求對那些不照章行事的人進行刑事迫害。這同樣意味着它自身與社會主義現實主義之前的先鋒派的分野,以及它對先鋒派罵不絶聲的詛咒。向矛盾和孤立方面發展的傾向被外部力量强加於文學的流變上,它向先鋒派和社會主義現實主義的關係之間引入了間斷這一範疇,再也不能將其理解爲那種適用於未來主義和象徵主義關係之間能動而辯證的演變了。①

① 艾力克桑達·弗萊克指出,正如先鋒派宣言裏所表明的,俄國先鋒派與象徵主義之間的言語中斷,在他們的作品中卻得以繼續下來。他勸告文學史家不要全部相信宣言而應該閱讀文學作品(弗萊克1984:43)。

最好還是將其理解爲文學演變内部動力的破壞。社會主義現實主義學說的狹隘解釋暗示出，正如俄國形式主義者所論爭的那樣，具有反叛精神的年輕一代，在同佔統治地位的父輩的論戰中，從他們的祖輩那裏尋求支持，他們在革新中所做的一切嘗試，過去和現在都注定是不合法的。[①]這就解釋了約蘭塔·布拉克-蔡娜排除蘇俄存在新先鋒派之説的緣由。在蘇聯國土之外，社會主義現實主義學説被解釋爲"迄今存在的文學中無産階級和先鋒派潮流辯證的綜合"(譯自沃的卡1976:135)，這種傾向使人們得以將社會主義現實主義作爲一個有機部分匯入源源不斷的文學流變中去，還使或者新先鋒派或者後現代主義得以有機地取代社會主義現實主義。

對於如何標誌俄國文學中的現階段，以及如何確定這個時期内後現代主義或者新先鋒派的地位問題，現在似乎可以給予解答了。一個可能的答覆是，俄國文學喪失了可與西方諸國開創文學時期的方法相媲美的能力，原因在於破壞了其自由意志的異族影響。另一種可能性是，分期的過程發生在正式的文學領域之外，和與之相關的合乎規範的集體意識之外。這一點在羅納德·辛萊提到的規模不大的違法叛逆中顯露了出來。筆者認爲，如果後一個答覆是正確的，那麼，毫無疑問，違法的後現代主義或新先鋒派潮流則從屬於共時的和歷時的流變條件，完全不同於它那些西方(還有南部和西部斯拉夫的)合法的姊妹們；它進而表明，它們的文體形式的一般特徵以及超文學的功能，將有別於其他國家。

本文的題目提出了文類問題。人們的研究幾乎毫無例外地集中在重要的敘述形式上，[②]這個事實標明，幾乎所有關於後現代主

---

① 朱力吉·廷佳諾夫(1924)把後來的各代文學之間的鬥爭解釋爲文學流變的法規。一般來説，這種鬥爭意味着較爲陳舊的(從祖輩們傳下來的)文學形式的復興。

② 布羅尼斯拉瓦·沃勒克和愛米爾·沃勒克也只考慮小説。布拉克·蔡娜是個少見的例外；她分析先鋒劇院(格羅托烏斯基)和直觀藝術(事件)。

義的探討均暗示出小說的主導性。然而，有充足的理由可以假設，在非法定的俄國後現代主義或新先鋒派文類系統的等級裏面，小說並不佔主導地位。鑒於小說是社會主義現實主義的主要文體(正如小說早就是它的歷史先驅和文體模式，即現實主義的文類一樣)，人們有理由相信，具有反叛特徵的文體傾向將偏愛一種不同的文類，尤其是當與之抗爭的文體系統已使主要的文類規範化，以致於其中所有的變異都可能標出來受到譴責的時候。決定文學之發展的對比法規，以及官方文學體系將小說的經典化，使得我們相信，不合規範的潮流偏袒於一種不同的文類。

這當然使得選擇詩歌還是戲劇成爲懸而未決的問題。有兩個理由替戲劇說話。首先，俄國文學中外來的但卻十分重要的審查因素在蘇聯劇院不及在文學中嚴厲。那麼，二十年代受禁的先鋒派作家們至少可以在蘇聯舞臺上受到人們的欣賞。或者，如羅納德·辛萊所寫的那樣："斯大林之後的若干年裏出現了一次復興，人們觀賞了許多富於想象力的演出和若干二十年代成功作品的重演，還有那些早被人們遺忘後又重新發掘出來的戲劇……的確，最近一位觀察家認爲，'戲劇乃是七十年代初期蘇聯藝術中最具活力、最受歡迎的藝術。'"(辛萊1979：89)。其次，正如辛萊所說，二十年代對於戲劇類具有極大的重要性。俄國的象徵主義和現代主義，或被當作一個整體(塞格爾，1979：53)，或被置於近鄰的地位(弗萊克1979：163)，無論如何，由於它們都偏愛詩歌，因而結成一體。相對於上述象徵主義和現代主義而言，本世紀初葉和二十年代的先鋒派則強烈地傾向於戲劇和表演形式，可能也是由於以下事實所致：不同文類的結合是本世紀初以來的理想，它終於在這裏大部分地得到了實現。假如我們被這兩個理由說服，我們就承認戲劇控制着那個不合規範的潮流，顯然我們還必須放棄後現代主義而接受新先鋒派這個說法。這是二十年代和六十年代在"戲劇化/新戲劇化"的雙標籤下由哈羅德·塞格爾提出來的(塞格爾1979：360ff)。那麼,我們在本文題目中選用"後現代主義"這個標籤就應當解釋清楚。對於這一解釋,我們必須反思一下審美功能的實質以及俄國和蘇俄的歷史條件,這一功能正是在這些歷史條件下得以發揮的。

根據捷克結構主義理論,藝術過程是受審美功能支配的,因而抑制並破壞其它所有的實用功能(穆卡洛夫斯基1935)。通過審美功能的支配,文學藝術作品通常是藝術過程的結果①,現在卻成了一個獨立存在的符號,儘管是一個符號,它仍指物體和價值外在的前後關係。因此,藝術過程總是處於下述兩者之間的張力中:一方面,作品於對象及其價值充當調停的角色,另一方面是使作品成爲價值本身的作品之獨立存在的、自我指涉的功能。換言之,如簡·穆卡洛夫斯基(1978:89-128)所爭辯的,審美符號在作爲符號的有意性和僅僅是一件東西的無意性之間擺動。鑒於它的符號特徵,藝術過程服從交際法規,這些法規要求交際行爲的參與者使用共同的代碼;鑒於審美經驗總是要求革新的事實,通用的代碼必須時常打破並更新,這個過程導致了個別代碼的建立,只對一件藝術品有價值,或如阿姆伯特·艾克(Umberto Eco)(1982)所說,它導向藝術性的個人習語的建立。經典的結構主義歷來將注意力大部分地置於打破和建立藝術代碼的過程上面,因爲它力圖將文學批評從存在於作家心理的傳統志趣中解脫出來(穆卡洛夫斯基1970)。結構主義從作品與代碼的關係的角度來看待藝術品,從而獲得了一種探討文學史的新方法:每部藝術作品對於發展和區分總的文學代碼之過程所做貢獻的大小,是衡量其流變價值的尺度。流變價值同樣給文學分期問題提供了捷徑,由於單部作品中的個人習語總是與以往的和後來的作品有某些共同特徵,並與之形成一個更大的流

① 根據布拉克-蔡娜(1984)的觀點,新先鋒派劇院和直觀藝術的一個典型特徵是缺乏"作品"。新先鋒派藝術家不是創造"作品",而是在"業已發現了的"物體和類似即興表演的情形中尋找象徵意義。

派，即人們所稱的文學思潮，文學時代，甚或文學紀元。符號、交際、代碼這些概念，在解決俄國文學現階段最新傾向的問題上，似乎也是有用途的。但我們千萬不可忘記，按照結構主義的觀點，一篇文本也可以不是個符號，而是一件有自身價值、獨立於符號功能之外的東西。穆卡洛夫斯基不僅認識到了流變價值，還認識到了實用審美價值和所謂的普遍審美價值①。

審美價值歸於審美經驗過程中產生的作品。作品通過其個人習語獲得這種價值，但個人習語則是與價值不一致的。穆卡洛夫斯基將審美價值描述爲關聯價值。它與對象和價值的文本以外的領域有關，與文學的集體代碼和文本中個別代碼的重建有關，它產生自構成人類的關係中，人類的構成取決於感官的能力（和需要）和存在價值的必要性。在上述三方面的關係中，對於創立外在對象和價值的新的世界觀，個人習語起動力作用，這種觀點來自人類的內在需要，即需要按照自己的標準、利用自身的能力來觀察和判斷世界。個人習語代表的動力後面，是人的存在情形——介於外部和內部世界之間的情形，並介於可進人平衡狀態的集體外部價值和個別內部價值之間的情形。作品作爲一個獨立存在的對象而不是符號，它是平衡的模式。

將文學作品構想成價值平衡的模式，我們亦可將藝術過程構想成藝術個人（Wertstellungnahme）對外部的集體價值體系所採取的態度，以及平衡狀態良好的反系統（Gegenwertsystem）的創立。這不僅使我們可以把文學史看成是創建和重建代碼（文學風格）的過程，而且看成是個人按照內在的需要來重新評估特定的集體價值體系的過程。流派、團體、思潮以及時代，在文學史上不再是個單純的代碼和文風問題了，首先是依賴而又與之抗爭的社會中個人存

① 菲力克斯·沃的卡（1976：30－46）討論過流變價值。關於布拉格結構學派定義的三種價值的論述，請參看荷達·施米德（1976）。

在情形的問題①,而這個社會恰好是集體價值的創造者與持有者。因此,價值這個概念是與審美功能密不可分的,它使我們得以將個人及其存在情形再度引進文學過程中,而歷來十分注重代碼的結構主義者們卻把它從文學過程中清除掉了。

共同價值體系在很大程度上取決於非審美的"實用"功能(穆卡洛夫斯基將狹義的實用功能和相對於審美功能的認知,宗教功能加以區別②)。與審美功能相比,這些"實用"功能變化得十分緩慢。相對來說發展較快的審美功能是由它的規範(文學代碼)的辯證特點而致,這些規範要求自身不斷地更新。人們把顯然不同的"實用"功能階段稱之爲時代,而把審美功能的發展階段稱爲時期。

整個人類文化運動是靠人的一切功能所開創的,在重建這一運動時,人們應該區分兩個紀事鏈(chains)。其一由時代構成,其二由時期構成。上述兩個鏈按以下方式相互關聯:時代是以集體價值體系的某種標準爲特徵,這種標準在這個時代多多少少是穩定的。藝術時期——就文學而論是文學時期——明確表達了藝術家們對價值體系的共同立場,這已在他們的作品中得到了體現,尤其體現在他們共用的藝術手法和母題裏面。藝術家們對於價值的態度總是受到總的價值體系或"時代精神"(Zeitgeist)的制約。在這裏,我不同意恩斯特·岡布里奇的觀點,他認爲藝術史可以忽略"時代精神",因爲他把藝術史僅僅當做形式解體的歷史(岡布里奇1982:171)。然而,藝術家的態度受制約並不是被動的。藝術極少贊同而往往是反對居統治地位的價值體系。藝術起源於內在要求和外部

① 菲力克斯·沃的卡(1976:30—46)也試圖將"歷史現實的完整性"引人史學家對文學紀元的探索中。在簡·穆卡洛夫斯基看來,這種完整性乃是非審美的集體價值的完整性,在藝術作品中被審美功能融匯到一種新的價值體系的模式中去了。請參看簡·萬德恩關於這方面的論述(1984)。

② 穆卡洛夫斯基(1978:31—48)效仿艾德蒙·胡塞爾,通過"現象學"發現了這些不同的功能。

實現的可能性之間頗不一致的"情感經驗"(雅克布森1979：197ff)；而我寧願這樣認爲，藝術起源於下述兩者之間不一致的經驗[①]：一方面是以人類學爲基礎的存在和審美價值，另一方面則是共同價值體系。正是以人類學爲基礎，藝術的文學作品才獲得了其權威性。文學時期在一個時代内迅速地更疊交替，這些時期是藝術家們將人的狀況介紹到人類各個時代時所做的若干不懈的嘗試。

在以兩個彼此相連的紀事鏈爲模式的基礎上，我們現在可以回到給現階段俄國文學貼上正確標籤的首要問題上來了。我提議將這個時期稱爲後現代主義時期，也就是説這個時期的作家們對於共同價值體系的特定狀況反應"强烈"，這種狀況植根於本世紀初的文化過程，因此，從現代主義至今這段時間業已形成了一個具有較爲穩定的共同價值體系的文化時代。我之所以偏愛後現代主義這個術語，主要歸因於下面我將論述的互文性(intertextuality)在文本中的重要作用，即參照以往的代碼，不僅是先鋒派的，還有更早時期的代碼。

然而，某些學者卻喜歡用新先鋒派來稱呼目前的時期，這也不無道理。正如先鋒派和新先鋒派的共同特點所顯示的那樣，這個術語表明了現階段和本世紀一、二十年代之間的密切關係。這種關係或許在俄國文學(還有其它斯拉夫文學)的發展上是很典型的，用一類似的比較可以説明，即用藝術家們的存在情形和兩個時期内共同價值體系之間的比較來加以説明。在這兩個時期内，藝術家們已在兩個前沿陣地上緊張地作戰。一方面，他們試圖恢復審美功能對於社會中的文化總過程的影響。在歷史先鋒派時期，審美功能愈來愈受到國家政治的支配，而在蘇聯，由於社會主義現實主義學説扼殺了藝術，它的影響已喪失殆盡。另一方面，他們的目的在於爭

---

① 在論述"情感經驗"時，羅曼·雅克布森(1979：197－211)參考了鮑利斯·帕斯捷納克。他把情感經驗同文學中的轉喻和隱喻手法相提並論。

取藝術的獨立性和文學時期之鏈的自由發展;對歷史先鋒派來説,這意味着分期過程的加速,體現在諸如未來主義、阿克梅主義(Akmeism)以及構成主義等迅猛相接的文學運動中;對現階段來説,它意味着這一過程的復甦和從停止點往下的有機的延續,這個過程由於社會主義現實主義的介入而中斷——至少在蘇俄是這樣。在其它斯拉夫國家裏,社會主義現實主義往往得到"寬泛的"解釋。被稱爲新先鋒派的現階段,與其説是復甦和延續,不如説是一個文學過程的結束和一個同樣可以標誌新時代開端的嶄新過程的開始①。

如果我們接受象徵主義、現代主義和後現代主義(新先鋒派)標誌着文學鏈上最初的和最終的時期這個觀點(這條鏈是和共同價值體系的相互關係統一的,對整個現代主義時代都有典型意義),我們就不得不找出前一個時代有特徵的價值體系來,對此,相應的文學時期在當時做出"强烈"的反應。我們必須這樣做,因爲文化時代是按照最低限度的對比(沃的卡1976:30-86;洛特曼1981:50ff)發展的,除非最低限度的對比與以前時代的接合已經達到,一個時代是不能有機地結束的。探索最低限度的對比將有助於我們更好地理解俄國和蘇俄文學的具體問題。

現代主義之前的時代通常稱爲現實主義。相應的文學運動和時期也隨之稱爲"現實主義"(在俄國就是"自然派","現實主義"和"自然主義"),它們試圖將社會生活、自然與文化環境的外在現實性,以及這些環境中典型的人類行爲方式與文學體系融爲一體。藝術家們對外在現實的興趣表明,對他們來説,社會生活的種種事實值得審美功能的注意。在俄國,也許不限於俄國,對社會生活中的事實的正面評價可借助文學體系内在的流變階段來加以説明。作家們把握了這些事實,但存在着一個藝術問題;因爲俄國文學在十

① 這至少是約蘭塔·布拉克-蔡娜對新先鋒派做的解釋(蘇俄的情形未提)。

九世紀初既沒有發展散文語言體系，也沒有找到相應的敘述形式(如小說，散文小品)。同樣，人們可以說，散文語言體系和新的敘事文類就是對當時共同價值體系的發展所做的貢獻，因爲到那時爲止，俄國社會生活的種種事實一直未受到重視，甚至被官方文化機構所壓制，它們是非常懼怕那些事實的爆炸性威力的。因此，現實主義作家們在努力創造新的語言尺度和新的文類的同時，也在努力擴大和重建共同價值體系，藝術家們在兩個前沿陣地上作戰：與僵化的、狹隘的文學體系作戰，與同樣僵化的價值體系作戰。他們於是捲入了一場兩個層次的"反對一切現成東西的創造性戰鬥"①。

在現代主義時代，從俄國現實主義和象徵主義的文學時期開始，外在生活的事實遭到了根本的貶值。外在現實性不再值得審美功能注意；堅持詞語指涉功能說的象徵主義作家們，把設想的物體轉換爲內在現實性的象徵，"靈魂狀態"("état d'âme")的象徵，或者"形而上世界"的象徵②。隨着外部世界的貶值，出現了對藝術主體重新評價的問題。藝術家以發現者的姿態出現：他發現了物體的象徵價值，是新的內在現實尺度的探索者，是內在世界的創造者和向導，又是高於外在世界所能給予的真理的向導(赫爾蘇森1957)。對內在真實的探索和文學象徵的構成必須當做"反對一切現成東西的戰鬥"的重新開始來對待。持續良久的現實主義時代已是明日黃花了。一個新的時代開創了。

象徵性語言和新的現實尺度的發現尚不是新的文學時期的唯一成就。由於主體創造性受到他們所充當的新角色的刺激，藝術家們認清了藝術創造的內在法則。而重新評價主體性是伴隨着文類

① 這是 F. X. 撒爾達對捷克象徵主義者/現代主義者情形的描述，但他也將其理解爲對藝術家總的存在情形的描述。請看西格倫·比菲爾德(1975:21)。

② 西格倫·比菲爾德引自 F. X. 撒爾達(1976:26—27)。

體系中抒情類佔據支配地位而來的(相對於現實主義的小說和散文小品而論),藝術家們對藝術創造法則作出的反應使一種新的文類誕生了,即文學宣言和元詩體論文。這一文類所產生的直接效果是加速了文學的變化過程,因爲宣言中所明確表達的文體派别的規範,刺激了相反的規範的產生。這就導致了本世紀初三十年内雨後春笋般出現的各種流派、團體和思潮。

文學體系中交替過程的加速是以"悖論的情境"而告終的,其中所有的先鋒派思潮不再以有結構的作品爲目標(這些作品反過來可能變成規範),而把那些調理不得當的無結構作品當作目標。這個悖論就在於先鋒派甘願做先鋒派的意圖裏,不僅在文學藝術上,而且在政治上也願意這樣。尤其是俄國革命以後,先鋒派政治意味着與革命群衆的溝通。但是,正如阿萊克桑達·弗萊克(1979)所注意到的,這些東西不足以理解文學作品中人爲的無結構性。弗萊克還描述了三十年代初期建立的社會主義現實主義學説在蘇俄造成的局面。在西方國家和捷克斯洛伐克(沃的卡1976:126-143),通過無結構的文學作品進行的溝通最終被經典化並進而得到完善,蘇俄的情況則有所不同,它尚不能竭盡其藝術潛力,因此,這些潛力作爲"刺激性結構"和多層次的"文學藝術意圖"的源泉而始終保持着活力(弗萊克1979:198)。最近時期的作家們回到本世紀一、二十年代尋根的原因,我們在這裏找到了很好的解釋。他們想完善一個曾經中斷過的過程。這項任務也關係到探索與現實主義時代的價值體系相反的價值體系。在蘇俄,"反現實主義的"現代主義時代有待於走完它的旅程,這一旅程從物體的象徵化開始,穿過内在的幻想世界,走向發現藝術規則,最終回到創立這些變化着的文學代碼之規則的歷史體現上。

我們現在來分析本文題目中提到的三位劇作家的作品。我們以作者運用或創造的個體代碼的描述、以建立共同代碼(時期代碼)的對共性的描述,以及這三位作者對其社會中佔統治地位的價值體系之態度的調查爲對象來作一分析。這種態度很少直接表現在文學藝術作品當中。它通常的表現方式是文本代碼以及它與以前的總的文學代碼的各種狀態的關係。正如關於給俄國現階段文學貼不同標籤的論述所力圖展示的那樣，如果這三位作者的集體代碼，也就是我們認爲是時期代碼的東西，是歷史先鋒派的集體代碼之重新闡釋和進一步發展，同時又是整個時代代碼的最後表述。在新先鋒派的代碼中，我們可以觀察到現代主義代碼最基本的具體化形式和它與現實主義代碼形成的最爲鮮明的對比。

阿利克桑達·萬彼羅夫不同於瓦西里·阿克賽諾夫和安德烈·阿莫爾里克，他在蘇聯尚能被官方所容忍，我們將首先分析他的作品①。造成上述情況的原因可能是這樣一個事實：萬彼羅夫有時使

---

① 下述有關演出和作品發表的情況基本上準確：

阿里克塞·阿克賽諾夫：

《總是有售》(*Vsegda v prodaže*)，作於1963年，莫斯科"同代人"劇院(Sovremennik)1965年演出。

《吻、交響樂、魚、香腸》(*Poceluj, orkestr, ryba, kolbasa*，原名《你的謀殺者》(*Tvoj ubijca*)。在黨和藝術家們之間於克里姆林宮展開公開討論後創作於1963年，曾在艾弗洛斯指揮下於列寧共青團劇院數次彩排，未公演。

《四種氣質》(*Četyre temperamenta*)，爲諷刺劇院作於1968年。

《阿里斯多芬》(*Aristofania ljaguškami*)，爲諷刺劇院作於1968年。

《蒼鷺》(*Caplja*)，爲解釋契訶夫的《海鷗》(Čajka)作於1979年。

所有劇均見於瓦西里·阿克賽諾夫的《阿里斯多芬與蛙》；《索布拉尼·皮斯》，《俄米塔茲》(Ermitaž)，1981年。蘇聯沒有出版。

安德烈·阿莫爾里克：

《伯母住在弗羅克蘭斯克》(*Moja tetja živët v Volokolamske*)，作於1963—1966年。

《東—西》(*Vostok-zapad*)，作於1963年。

《醜女瑪麗·安的十四個情人》(*Četyrnadcat' ljubovnikov nekrasivoj Meri-Enn*)，作於1964年。

《傑克大叔是個信奉者嗎？》(*Konformist li djadja Džěk?*)，作於1964年。

《白牛的神話》(*Skazka pro belogo byčka*)，作於1964年。

所有劇均見於安德烈·阿莫爾里克的 P'esy，阿姆斯特丹，亞歷山大、赫森基金會，1970年。

阿里克桑達·萬彼羅夫：

《窗子朝田野的房屋》(*Dom oknami v pole*)，作於1964年。該劇也改編成了廣播劇和電視劇。

《打野鴨》(*Utinaja ochota*)，作於1968年，公認爲萬彼羅夫的最佳劇本。

《在庫里姆斯科的最後之夏》(*Prošlym letom v Čulimske*)，作於1971年。

萬彼羅夫的所有劇曾在蘇聯和國外許多劇院上演過，也在許多西方國家上演過。

用現實主義代碼，只有在非常隱蔽的形式中才接近另外兩位作家所用的荒誕主義代碼。阿莫爾里克和阿克賽諾夫都受到像尤奈斯庫(Ionesco)和貝克特這樣的西方荒誕派作家的影響，同時也與運用荒誕派代碼的俄國前輩們，如著名的奧布里歐(Oberiu)[1]有聯係。他們兩人都被迫離開祖國，因爲政體不能容忍這種荒誕派的"世界觀"。

正如我說過的，在現實主義代碼裏，詞語的指涉功能是頗受重視的，因爲文學的啓示是指向語言以外的世界。因此，在現實主義的創作中我們注意到主題連貫的複雜性——如動作、背景、人物的行爲——而且所有這些複雜的成份都按照外部經驗世界和內在心理世界的規律貫穿起來。關於外部世界的經驗規律中，有一條在現實主義文學中非常突出，這就是機遇規律。這條規律必須取代命運規律，後者反過來對古典文學，尤其是悲劇，具有典型意義。現實主義的文類體系並不懂得悲劇；它引進了一種新文類，即"日常生活劇"(bytovaja drama)，機遇而不是命運在其中佔統治地位。"日常生活"的選擇往往與來自社會中下層的普通人物的選擇相對應。他們按照普通人的行爲對生活的真實性作出反應，但這決不是傳統的古典主義主人公的行爲。到頭來，現實主義戲劇居然分辨不出主人公，都是不以等級秩序排列的普通人而已。

社會主義現實主義戲劇將"正面主人公"介紹進俄國的"日常生活劇"當中。他對受過程而不是機遇支配的生活中發生的事件作出反應，這些事件是由對抗階級之間的歷史鬥爭所導致的，在蘇俄則是由這些階級的"殘余勢力"導致的。鑑於"正面主人公"按照其意識形態的洞察力行動，作爲動機的個人心理便失靈了。等級解體的原則被取締，並被剛剛引進戲劇人物中去的等級制度所取代。

萬彼羅夫把現實主義代碼的兩種歷史變體的主題的各種複合

① 參見弗萊克對這一流派的描述(1979:168)。

性選擇出來並加以結合,因而使現實主義的模式遭到破壞。所以,他根據社會主義現實主義的代碼,圍繞一個主人公展開情節;而根據十九世紀的現實主義代碼,決定主人公命運的是機遇。這一較爲陳舊的代碼要求主人公有心理個性,這在萬彼羅夫的劇作中可以見到,但是由於主人公受到機遇的牽制,這種個性與主人公所作的決定毫無聯係。

我們不妨舉幾個例子來加以說明。《在庫林姆斯科的最後之夏》中的女主人公瓦倫蒂娜因偶然的機會留在了她出生的地方小鎮上,而她所有的朋友們都開往大城市去了,她無法解釋自己爲什麼没有離開。在《打野鴨》中,是一種自然現象,即下不下雨,決定了主人公宙里姆的戲劇命運。在獨幕劇《窗子朝田野的房屋》中,一個當地合唱隊湊巧在大街上一座房前唱歌,這便決定了主人公是永遠留在小村的那座房子裏還是前往大城市。由此可見,總是機遇而不是心理或意識形態,在主人公的生活中起決定作用。在萬彼羅夫的劇中,機遇還同各種可能導致實驗性過程的解決方法結合起來:《在庫林姆斯科的最後之夏》中的女主人公瓦倫蒂娜得到好幾個結婚的機會,都足以改變她的生活,但是她違背了心理上的種種理智而選擇了她父親看中的求婚者;她父親梅塞特金是個上了年紀的鄉下僕人,而她寧願跟他住在她出生的小鎮上。這種選擇的確提出一個令人迷惑不解的問題。在《打野鴨》一劇中,宙里姆在全劇中洞悉了他周圍社會的真正獸性特徵,劇終時突然決定與這個社會的一個成員離開去打野鴨,僅僅是因爲大雨已停,打野鴨又有了可能而已。按照這個社會的動物法規,這裏打野鴨的隱喻已成爲社會內部生活的隱喻。劇中就可能的解決方法進行的實驗在整個作品中得到了表現,主人公忘卻的事件,在作品中重新展示了出來;在展示過程中,主人公嘲弄歷史上各種不同而又可能的解決方法。在《窗子朝田野的房屋》一劇中,門檻這個主題成了可供選擇的象徵,這些選擇是以荒誕派的方法來解釋的。當主人公特萊雅克夫被迫跨門檻時,他回答說:"'跨門檻'……這是一項艱巨的任務。門檻這邊和那邊都有大批的傻瓜。"主人公還思考了過去可能會發生的各種事件,假如他當時作過某些決定的話;或者將來要發生的事件,假如他現在作出去留的決定的話。目前真正的選擇並不是最佳可能的解法,而在由合唱隊的歌聲引發出來的一系列呆板的聯想中找到了它的動機。從上述例子中我們可以看出,十九世紀的心理動機和二十世紀的思想動機在萬彼羅夫劇中都被破壞了,荒誕的機遇取代了它們的地位,並使人的決定成爲多餘的甚至是荒謬的①。然而,荒誕成份是以一種奇特的方式處理的:與荒誕的機遇相聯的動機產生於自然界(如《打野鴨》中的雨,陽光),或者產生在農村或小鎮的範圍內(如《在庫林斯科的最後之夏》、《窗子朝田野的房屋》)。這與真正的荒誕派準則相矛盾,而阿莫爾里克和阿克賽諾夫恰好主張這一原則。

荒誕代碼之奇特變化的因素,進人可能引起現實主義代碼的這兩種歷史變體的戲劇當中,可以解釋爲作者對社會主義現實主義準則隱蔽的駁斥,這一準則要求主人公富於堅强的意志力,以便克服現代文明世界的所有困難和障礙。另一方面,自然(鄉土)界諸因素與荒誕派的結合,卻妨礙了將這個世界解釋成文明世界之田園詩般的正面替換物。

通過現實主義代碼的變體的結合及其與荒誕派的對抗,萬彼羅夫論證了現實主義已不復存在。乍一看,他的劇作符合現實主義的代碼,而事實上卻已從內部破壞了它。

在語言層次上,人們觀察到一個相應的過程。戲劇人物(dramatis personae)的對話和作者的上演說明僅在表面上遵循了日

① 在《打野鴨》中,最後的演出說明指出,人們無法斷定宙里姆躺在地上顫抖的身體是表示"笑"還是表示"哭"。萬彼羅夫就此指出,兩種解釋都能自圓其說,正如過不過門檻具有同樣的意義一樣(《窗子朝田野的房屋》)。

常生活中人們的交際規則。如果人們稍微仔細地看一下劇中人物的言語和作者的上演説明,就會發現,它們都是採自文學傳統中有關主題的潛在的引文。虛構的人物是意識不到他們對話的這個方面的(例外極少,如門檻這一主題,顯然是取自陀斯妥耶夫斯基,但特萊特雅克夫本人加上了引號)。作者通常是引證的主體。通過文學引文,劇作者與觀衆之間的對話得以進行,並與劇中人物之間的對話並行。這一附加對話的參與者充當了文學遺産繼承人的角色。

這種互文性結構與上演説明的謀篇佈局相互對應。這些説明的作者像故事或小説的敍述人一樣闡述已見。我可以列舉一些這種手法的例子。在《打野鴨》中,上演説明介紹主人公宙里姆就好像他的身體是個謎一樣。宙里姆的一舉一動必須是"自由的","若無其事的",同時必須表現出一種"憂鬱"(Skuka)①,"這些舉動的起因看一眼是無法確定下來的。"《在庫林斯科的最後之夏》的戲劇情節是在茶館前的花園裏展開的,這座花園不僅是靠描述性的上演説明導人劇中的,而且還靠舞臺上無法實現的作者的評論來導入。敍述形式進入戲劇的功能並不能達到使文體結合的目的,只不過是將作者作爲參與者直接與觀衆溝通而介紹出來的一種輔助結構而已。所以,對於作者(和觀衆)來説,宙里姆的身體之謎在於引起人們對俄國文學傳統的注意,在上述傳統中,主人公們受盡了"憂鬱"的苦頭,是個可追溯到浪漫主義時期並持續到現實主義時期的契訶夫的老生常談的現象。《在庫林斯科的最後之夏》一劇中,作者的評述將花園轉換成契訶夫筆下著名的櫻桃園的形象再現出來(上演説明中提到的白樺樹在上下文中起另一種評述作用,它當然地使人想起契訶夫最心愛的樹木)。通過使用評述,花園的命運及其相關的人們的命運與契訶夫劇中櫻桃園的命運聯在了一起。在

---

① "憂鬱"(skuka)是俄國浪漫主義主人公的主要特徵(即"多餘的人",lišnij čelovek),也是契訶夫創造的神經衰弱的人的主要特徵。

這兩種情況下,花園是被人破壞了的美的象徵。

作者與觀衆之間的互文性交流在於引起人們對文學遺產的注意,從而在戲劇結構中建立一個附加在虛構的現實之上的另外的層次。文學性回憶成爲虛構戲劇世界的源泉之一,它打破了表面上模仿的對話和主題所創造的現實主義小說的幻想。從文學之過去的角度來看,萬彼羅夫劇中的回憶不是被動的。所有不可忘記的文學因素,絶大多數得自十九世紀的傳統,而且是趨於變化的,即朝荒誕的方向變化。譬如說,《打野鴨》的主人公將他所有的願望都繫於打野鴨上,而事實上他是不會打的,與易卜生的劇作《野鴨》中的主人公大相逕庭,也與萬彼羅夫所說的契訶夫的《海鷗》中的特萊甫萊弗大相逕庭。這個劇當然没有對這一奇怪的態度作心理分析。《在庫林斯科》劇中的花園,不像契訶夫劇中的那樣只遭到一次破壞,而是一而再、再而三地遭到破壞,然後重建,從而始終提醒我們記起西西弗的神話①。《窗子朝田野的房屋》中的窗子使人想起果戈理的《婚姻》(Ženit'ba),它喪失了使婚姻不可能實現的奇迹力量,而果戈理的劇則是賦予了這種力量的。萬彼羅夫將果戈理的《婚姻》與契訶夫的獨幕劇《求婚》(Predloženie)以及《蠢貨》(Medved')結合在一起。在契訶夫的這兩個劇中,喜劇規則明確地要求劇的結束必須是結婚,這個規則應嚴格地加以遵循和戲擬——戲擬乃是由一系列生硬地阻撓婚姻的障礙所產生的,但這些障礙卻違背了所有人的希冀反而促成了婚姻。

萬彼羅夫以荒誕派的態度改變和解釋十九世紀的現實主義傳統,把社會主義現實主義一直不予承認的這個傳統的荒誕主義展示開來。互文的手法於是被當作附加的手段來攻擊和摧毁自稱是俄國現實主義的合法繼承者,而現實中卻對之誤解的社會主義現

① 瓦倫蒂娜選擇梅塞特金作丈夫,由於梅是劇中第一個破壞花園的人,這樁婚姻本身便與西西弗的神話有關了,因爲瓦倫蒂娜就是那個不厭其煩地重建花園的人。

實主義。

阿莫爾里克和阿克賽諾夫不同於萬彼羅夫，甚至連牢牢抱住現實主義母體的樣子都不肯擺出。他們是公開的荒誕派作家，因此，人們休想從中找到情節和行爲的心理與思想動機。詞語的指涉功能在劇中一開始就被破壞了，但與語言以外的情景卻有一種聯係，儘管這些劇乍一看使我們想起先鋒派的先驅如查爾姆斯(Charms)和烏頓斯基(Vvedenskij)純粹裝飾性的語言結構(參看弗萊克，1984)，而在很具體的一面又克服了先鋒派的裝飾原則，正如萬彼羅夫克服了社會主義現實主義和十九世紀心理現實主義一樣。

根據荒誕的代碼，阿莫爾里克從語言學和文學手法中創造戲劇主題。《伯母住在弗羅克蘭斯克》劇中的教授，本身就是契訶夫劇《萬尼亞舅舅》中的教授賽勒布里亞克夫的再現[①]，他被具有他的特徵的三個人物包圍着。劇中另一個叫做神經衰弱的人物則來自契訶夫爲俄國舞臺(阿尼克斯特，1972)創造的神經衰弱症患者的原型。《東—西》劇中的一個片語("該是考慮個人幸福的時候了"，修正語是"該是把命運掌握在自己手中的時候了")促使對話情景中兩個參與者決定結爲百年之好，儘管他們是萍水相逢。通常沒有實際結果的對話立即創造出了戲劇情節，而戲劇情景和通常創造戲劇情節的心理特徵則被排除在外了。如此創造出的戲劇人物及其行爲模式便面臨着潛在的、不斷重復的緊張場面。《醜女瑪麗·安的十四個情人》這個題目就暗示出，只有類似限定數原則的任意性原則才能終止重復。另一個實質性原則，即結束文本的需要，是使劇中首先提到的人物之一死去。判決死亡與詞語遊戲的結合使人

① 與賽勒布里亞克夫的關係是由雨傘這個主題構成的，賽不管天氣好壞總是身帶雨傘。在阿莫爾里克劇中，人們都坐在室內，但教授還是問神經衰弱症患者爲何沒有傘，這個問題的效果在於，後者馬上得到一把打開的雨傘，但來處不明。

想起孩子們玩的數字遊戲。因此,神經衰弱症患者總是成爲人們對話中嘲弄奚落的對象,這便是死亡最終降臨到他頭上的"動機的形成"。重復與角度的變換結合起來:《東一西》劇中,大學生及其情人輪番向女房東訴說他們共同的愛情。角度的轉變並不意味着語義的轉變,因爲構成角度的人物身上並沒有真正相對的差別。變換角度的手法在戲劇文學中十分重要,但已是空洞無物從而成了爲重復而重復之手法的變體。

也許是荒誕派文學主要手法的空泛的重復,將阿莫爾里克同二十年代俄國的荒誕傳統連在了一起,尤其是同丹尼爾·查爾姆斯及其《伊麗莎韋塔·巴姆》一劇連在了一起。在查爾姆斯的劇中,重複基本的戲劇場而起到了將各種戲劇體裁的形式引人人們的意識這一作用,這些形式在文學傳統中得到了發展(斯泰爾曼1985)。阿莫爾里克的劇作在形式上用同一種手法,但目的卻不同。人物和作者通過重復尋找失去的身份的軌迹,它來自重復這一特殊主題:人物之間不斷努力訴說個人經歷的某件事(往往是丢人的性經歷),亦或被身上微不足道的疤痕所煩擾,彷彿身體和個人經歷中藏有可以解開他們失去的身份之謎的鑰匙。另外一些主題也與尋找失去的身份相呼應:建築(在《東一西》一劇中,大學生去參觀蘇兹達爾寺院以便研究牆上古老的銘文);考古學;歷史;城鎮地形學〔Volokolamsk 與"volk"有聯係(英語即"狼"),古俄語作"volok",也作"taščit'volokom"——在地上拖拽。這兩種聯係在神經衰弱證患者彌留之際的獨白中均提到過〕。於是人們得到這樣一個印象:人物以及作者試圖通過主題及其内涵所進行的探索來填平由於失去身份而留下的鴻溝。人們可以爲這種探索找到某種"心理"動機。所有的人物都朦朧地感到,他們缺少某種重要的東西,一些關於自我和世界的必要知識。這種感覺與同樣朦朧的恐懼感摻雜在一起。知識的貧乏和莫名其妙的恐懼與政治局勢有關。例如,劇中的人物承認他們聽説過一個叫"英格蘭"的國家,但他們無法肯定這個國家到底有沒有,在哪裏,因爲政府不"通知"他們(《東一西》)。恐懼則是由於對鄰里的民情不了解所致,誰都可能是探子,甚至本人也是(《東—西》)、《傑克大叔是個遵奉者嗎?》)。在最後一例中,恐懼是秘密警察造成的。進行探索的"心理"動機於是轉化成一種政治動機,並因此闡明了蘇維埃社會所患的精神分裂症狀。

這種探索也延伸到文學的過去。由於劇中人物以及作者都從事這一探索,與萬彼羅夫相比,阿莫爾里克劇中的互文性是以不同的方式構成的。人物談論那些不允許他們知道的真正作家,如尤奈斯庫、貝克特和普魯斯特。在大多數情況下他們只說作家的名字,從而使互文性的共時方面現實化。作者通過構思再現歷史原型的人物和介紹具有過去痕迹的主題,又加上了互文性歷時的一面,此外,建築學和城鎮地形學與"城市文學"的傳統有千絲萬縷的聯係,這個傳統可追溯到十九世紀,而且在本世紀被安德烈·貝利(Andrej Bely)的《彼得堡》所更新。上述兩個方面都是針對失去的身份這個題材的,對這個題材的關注不僅對劇中人物,而且對作者和觀衆都是有效的。

阿莫爾里克劇中的互文性在結構(歷時和共時方面,戲劇人物參與結構之中)、形式(政治上直言不諱)以及功能方面不同於萬彼羅夫的劇作。萬彼羅夫運用互文手法的目的在於介紹他在過去的文學中重新發現的荒誕代碼。當人與文學中的人仍擁有某個特徵來保護他們的身份時,阿莫爾里克從荒誕代碼出發運用互文手法則是爲了用回憶過去的歷史和文學來填補世界的空洞。伴隨互文性的文學功能,還有個超文學功能。阿莫爾里克不僅表明他的人物是有缺陷的、空虛的,而且暗示出造成這種狀況的外在政治原因。這樣互文性便成了進行政治諷刺的手段。俄國文學中有一種突出的文類與政治諷刺的傳統相連,即童話。由於它的反現實主義實質,神話一直是溝通暗含意義之特別合適的"假面具"。自十九世紀初葉以來,像普希金那樣的作家們就採用此法來創造具有雙重文本的作品("tekst"和"podtekst",即文本和潛文本;凡德·恩利得梅爾1984)。阿莫爾里克以特別的主題來運用這種著名的文類(講童話的人在好幾部戲中出現),還用特別的講述情形(聚在一起講述那些往往是自己杜撰的故事的情形),甚至用題目(《白牛的神話》)來進行。這三種方式都使我們立即想起阿莫爾里克二、三十年代的先驅葉甫蓋尼·西瓦克和丹尼爾·查爾姆斯。阿莫爾里克劇中的互文性具有超文學的政治諷刺功能,並將他與俄國先鋒派中迷失的一代連在一起,進而通過他們的媒介與俄國文學的根連在了一起。

阿莫爾里克作品中的人物對話歸根結底是荒誕的,而在阿克賽諾夫的劇中我們見到的則是另一種技巧。在文本的絕大部分中,講話人是尊重交際規則的,只有一些荒誕主義"補丁"插入到對話活動的整齊的形式中。這些"補丁"獨立於固定的背景之外,具有特殊用途。

由於廣泛而又正規地運用對話,錯綜複雜的主題,猶如戲劇情節、背景和人物,在阿克賽諾夫劇中比阿爾莫里克的更爲緊湊。但緊湊之規則決不是心理上的或經驗主義的秩序。阿克賽諾夫和阿莫爾里克一樣,從文學手法中構思人物。在《四種氣質》一劇中,四個主要人物是四種人類氣質的寓言:易怒、殘忍、憂鬱和遲鈍。傳統的衝突方式,即三角戀愛,在同一劇中被壓縮進一個人物,甚至變換成不同的文體範例(現代情人的三角戀愛,田園文學的三角戀愛)。變換和轉化是阿克賽諾夫處理人與物的方式的共同特徵。人可以變成物——在《四種氣質》中,氣質變成了鋼製機器人;物也可以變成人——在《總是有售》中,那架破收音機沒有電居然講起話來。伴隨動力轉化的手法,有一種由各種不一致的特點結合起來的靜力手法:在《蒼鷺》中,題目中提到的鳥半是動物,半是姑娘①。在

① 在《四種氣質》中,阿克賽諾夫把三種不同的特徵結合進一個人物裏面(作爲鳥的鋼製鳥,人,還有一臺機器)。

《吻、交響樂、魚、香腸》中出現了三明治人,一個人與物結合的產物。通過這些手法,阿克賽諾夫破壞了主題的指涉功能,於是他的劇也和阿莫爾里克的一樣荒誕了。但是他使用破壞指涉的方法是爲了達到自己的目的。這些來自一種具體手法,即劇中劇的手法(《四種氣質》、《吻、交響樂、魚、香腸》、《阿里斯多芬與蛙》),就其本身而言,是阿里斯多芬早已用過的古老手法了。劇中劇手法意味着通過將舞臺雙重化來形成兩個不同的劇場交流層次,並揭示了劇場的程式。劇場的交流和示意動作依賴於舞臺上的設備因素,劇院通常都是盡量不使它們暴露出來,但還是被人看出來了。類似作者及舞臺上的物體這樣的設備因素,可以做被標記的虛構實體的標記物,本身也成了審美感官的對象。

像劇中劇的手法一樣,所有提到的其他手法(寓言、主語轉換成各種不同的文體範例、人變物,物變人、不諧調的特徵融進一件物內:人/獸,人/物)達到了加强符號結構之物質基礎的目的。以這種方式立於突出地位的能指並不破壞其所指,那麽,指示功能所立的主題仍然存在。但它們充滿了多種不一的能指所含有的多樣而又矛盾的內涵,結果是指涉功能被抑制了。人們可以想象半是姑娘的飛鳥,但又明白這在現實世界中是不可能存在的。

這樣處理符號內在結構的目的是什麽呢?人們在阿克賽諾夫的劇中三番五次地看到一個無足輕重的人物,那個體育家(在《總是有售》中,他以兩副形象出臺(一是"進步中的年輕足球運動員",二是"永恒童心的健康迷戀者")。他在劇中人物的群體中扮演了微不足道的角色,但作爲阿克賽諾夫意圖的解釋者是頗具重要性的。國家用壟斷的思想意識進行精神教育,而把健康福利留給個人自理,這無疑是對人的譏諷,作品中的體育家正是靈與肉的統一被破壞了的象徵。在這樣的國家裏,個人受到可能要變成一個軀體空殼,一個没有真正人的意識之物的威脅。因此,物質能指的增加便暗示着失去了人性的物質化了的世界。這裏,我們在阿克賽諾夫身上發現了接近於阿莫爾里克劇中失掉了的身份這個問題的問題。然而,在這兩種情形中,問題的實質有所不同,那麼,在劇的結構中展示問題的手法也就不同。

有人可能說,阿莫爾里克以這樣一個問題開始構思他的劇本:我是誰?他在劇中解釋了代表這個基本問題的各種徵兆以及引向如下這類答案的軌迹:這些就是我失去的根。阿克賽諾夫提出這個基本問題的方式則不同:過多的肉體毀壞了靈與肉的統一,但能使肉體恢復到統一體中去的靈魂哪兒去了?阿克賽諾夫用自己的方式對此做出了答覆。在他的劇中,我們發現了在荒誕劇中不可能發現的戲劇人物,這是個藝術家,至少是個與藝術有關的人;這個人物代表着與體育家相對的一類人,他認識到人的整體性被破壞並力圖修補或者至少理解這種破壞。他所做的努力不僅僅是爲個人,也爲他周圍的人。所以,在《吻、交響樂、魚、香腸》、《四種氣質》和《總是有售》中,激動人心的鬥爭在下述二者中進行:一類是體育家式的人物(佔多數),另一類是試圖喚醒體育家式的人物的思想和價值的藝術家(往往是一個人的少數)。這場鬥爭多半是沒有希望的。這些劇中的藝術家主題對蘇聯的社會和政治局勢產生了影響,對阿克賽諾夫本人也產生了影響。爲了理解這種提法的實質,人們必須記住一個史實。在"解凍"時期,赫魯曉夫發動了一場關於社會主義現實主義學說的公開討論,阿克賽諾夫的劇作可以說是對這場討論的貢獻。劇中的藝術家及其爲人類靈魂所進行的激動人心的鬥爭象徵着阿克賽諾夫反對這一學說的鬥爭。同時,試圖爲公民們尋找失落的靈魂做向導的藝術家的主題,就是象徵主義藝術家重新爲肉體找到靈魂的主題,這派藝術家聲稱他將引導無知的群衆走向物質世界表面之下的更爲真實的抽象世界。這樣一來,阿克賽諾夫便成了象徵主義傳統的繼承人,而且由於向導與群衆這個主題曾是俄國浪漫主義的標準主題("vožd"對"čern'",也是俄國文學第一個可靠階段的標準主題,童話這個文類從而把他與這個時期的文學連在了一起。

在阿克賽諾夫那裏,傳統的綫索被總的荒誕代碼的典型方式現實化了。反映藝術家周圍的虛構世界的主題全部取自現代文明的技術世界,而且是根據技術烏托邦的文類來佈局的。米歇爾·布爾加科夫是蘇俄這一傳統文類的傑出先驅,他以儒勒·凡爾納爲楷模,甚至採用他的名字做筆名。阿克賽諾夫沿用這個傳統文類的綫索的同時,把他作品的結構向西方文學傳統開放。這種開放反映在戲劇的諷刺功能裏面。例如在《吻、交響樂、魚、香腸》一劇中,一家實力雄厚的威士忌酒制造公司使一個虛構的南美國家的公民全部破産,戲劇情節就是圍繞主人公(一位散文作家)與這家公司的鬥爭展開的。在該劇接近尾聲時,那場毫無希望的鬥爭又開始反對一種新産品,即代表着蘇維埃社會的俄得克酒。那麼,荒誕代碼的諷刺方面將現代社會分化成政治與社會的兩種變體,即資本主義的美國和共産主義的蘇俄。荒誕代碼的斯拉夫變體爲西歐各變體的批判世界觀要求同一種普遍性①。

上述關於阿克賽諾夫的文體溯源的簡短論述已經表明,他同萬彼羅夫和阿莫爾里克一樣運用了互文手法,具有諷刺功能。互文的形式仍然很有獨特性,它是受劇中主人公即藝術家的存在制約的。

如阿莫爾里克劇作所示,互文性具有雙重結構,劇中人將對話向互文性方面開放,而且絶大多數是通過主題和文類的指涉來進行的,劇作者就過去的文學與觀衆對話。互文性還有共時和歷時的方面,不僅包括文學作品,還包括語言(特别是英、德、西班牙和波

① 捷克荒誕派劇作家瓦克拉夫·哈威爾也曾研究過意義的普遍性,儘管捷克觀衆把他的劇作解釋爲針對自己國家的政治諷刺。參看荷達·施米德(1979)。關於波蘭荒誕派作家斯拉沃米爾·莫洛澤克也可以這樣評論。

蘭語,後者具有特殊的政治爆炸力)和各種文體(如上述提到的田園文學)。阿克賽諾夫在歷時方面比阿莫爾里克和萬彼羅夫的作品追溯得更遠一些,直到古希臘的傳統,正如《阿里斯托芬與蛙》這個題目早已點明的那樣。然而,由於藝術家的出場,互文的綫索便全部集中到他的身上了。在爲人類靈魂所進行的鬥爭中,這些綫索成了他手中的工具。現階段以外的世人的覺悟,並不像阿莫爾里克作品中的人物那樣人人具備,而是集中在藝術家一人身上。這尤其是從互文結構的一個具體特徵中產生出來,可以說是第三個特徵,即從這一手法的文本內部產生出來。我現在舉個例子來說明互文性的文本內部方面是如何起作用的。

《蒼鷺》是阿克賽諾夫的最新劇作,它吸收了契訶夫的《海鷗》和《林中之魔》的成份;後者由兩個人物暗示,他們的名字中含有“魔鬼”(lešij)作爲構成成份;前者則由表示契訶夫的有象徵意義的鳥的變形的作品題目暗示。蒼鷺的食物是青蛙,那只半是姑娘半是動物的鳥(用波蘭語)說她吃“青蛙”。它說明這齣戲是針對時間上早於它的《阿里斯多芬與蛙》一劇的文本內在性的答覆。這只鳥生活在1973年的波蘭,夜間飛越俄國邊境,並用神秘的叫聲驚醒那裏酣睡的人們,其中有主人公莫諾加莫夫(Monogamov)。他剛從布魯塞爾的逗留返回,爲的是遵從一夫一妻制的婚姻而與妻子斯泰巴妮達生活在一起,而斯泰巴妮達對一夫一妻制的婚姻卻不感興趣。因此,主人公對於一夫一妻制(理想的)愛情的渴望,全部傾注在那只來自具有反叛精神的波蘭並且吃“青蛙”的姑娘——鳥身上。因爲在《阿里斯多芬與蛙》中的青蛙象徵着一個合唱隊,它們代表着那些保衛民主社會藝術的獨立性、一夫一妻制的理想愛情、以自由藝術爲形式的精神食糧、政治自由以及爲所有這些價值而進行積極鬥爭的人們(1973年的波蘭),從而成爲題目中所指的鳥的象徵意義的建設性因素。這個象徵的結構是內在性和互文性的,是阿克賽諾夫對於何處去尋找、如何贏回那顆失落的靈魂這個基本問題的答覆：爲了復獲靈與肉的統一體，人必須爲他的精神食糧(理想的價值)而奮鬥，而文學史以及阿克賽諾夫對它做出的藝術貢獻則爲我們樹立了奮鬥的榜樣。

自然語言具有僵化和物質化的內在傾向，它超然存在的模式就是象徵的語義結構；借助這種結構，象徵成了阿克賽諾夫劇中主要的文體手法，而且與他的全盤思維方式密切相關，還與前面提到的荒誕地"打補丁"的典型的文本手法有關。一例即證。

在《蒼鷺》中，劇中人物康帕尼夫高聲地朗讀報紙上的一篇文章，講述一樁聳人聽聞的事件：1579年(!)德國符騰堡一個鄉下小鎮"祖克村"(Zückerchen)，天上居然下起了"青蛙"。讀者與聽者(斯泰巴妮達)對這則舊"新聞"都大惑不解，他們跳將起來，做出各種憤怒不堪的表示。新聞本身與他們的反應都是荒誕不經的。如果人們仍記得契訶夫在《三姊妹》中運用報導這一方法的話，它的意義是可以破譯的。在《三姊妹》中，伊麗娜被柴布蒂金讀的一篇報導"毫無動機地"感動了①。那麼，毋庸解釋，對劇中人物來說，這則新聞含有潛在的意義：在契訶夫的劇中是個心理意義；在阿克賽諾夫的劇中，"青蛙"的含義則是象徵性的。斯泰巴妮達和康帕尼夫在象徵的層次上受到那則消息的污辱，因爲它號召他們要像波蘭人那樣爲理想而戰鬥。

這種全盤思維方式在青蛙這個象徵的表面結構中得到了破譯：世界上每時(1579年)每處(甚至在德國的鄉村裏)發生的事情都值得記憶下來，因爲每一件涉及人類生活的事情都會留下永不磨滅的軌迹(從前德國人吃青蛙，現在波蘭人還吃)。全盤思維方式與政治諷刺相結合，因爲"新聞"同時還是對蘇俄有意封鎖信息而實施的信息政治的暗示。兩者的結合告訴我們，信息政治和對於全新的生活的需要是息息相關的，其中一個是另一個存在的理由。

---

① 參看荷達·施米德(1978：187)。

現在我們回到本文一開始時提出的問題上來，即以現代主義/象徵主義爲起點，經過歷史先鋒派和社會主義現實主義，到新先鋒派/後現代主義這些文學時期的鏈環和現代主義時代這個問題上來。對於上述三位作家的分析業已表明，他們每一個人都創造了一種譯解其審美啓示的具體方法。萬彼羅夫通過結合社會主義現實主義和心理現實主義，打破了仍佔統治地位的社會主義現實主義學說；按照互文手法對心理現實主義的解釋，社會主義現實主義被現實化了。阿莫爾里克從荒誕代碼出發，借助於共時和歷時的互文形式將荒誕代碼擴大了，這種互文形式暗示着潛在的文學與文化層次，這些層次也被其他國家的文化政治，實際上是社會主義現實主義的學說有意地掩蓋了起來。阿克賽諾夫與阿莫爾里克所事相同，只不過是方式更複雜些而已——他劇中的互文性獲得了第三個方面，甚至對更爲遥遠的文化時代產生影響，並且與全盤主義(holism)相結合，不僅猛烈地斥責了他的國家的致殘力，還有西方世界的致殘力。

且不論他們之間的差別，三位作者運用荒誕代碼和互文手法卻是共同的。互文手法已成爲本世紀初以來俄國文學中最爲突出的特徵(弗萊克1979：166面；拉奇曼，1984)，因此，可以把它看作各個文學時期整個環節的文體不變量，這些時期與現代主義時代的主要特徵，即對人性的威脅相互關聯。在本文開端，我把文學對時代的反應及其主要特徵描寫成外在的、社會現實的貶值，——强調社會現實是現實主義之前時代的主要特徵——而且對新的現實的探索開始於"物體的象徵化(在象徵主義中)，經過內在的幻想世界，到藝術規律的發現，最終回到這些規律的歷史體現上來，正是這些規律產生了變化中的文學代碼。"我還要爭辯說，社會主義現實主義作爲一種學說在蘇俄的建立，意味着文學時期有機流變的中斷，因此，只要它的代表作家肯做其文學與文化傳統的真正繼承人，目前的階段必須回到歷史先鋒派那裏，以便從被迫中止的地方繼續進行下去。

顯然,互文性實現了兩個目的。它繼續生產文學代碼(在歷史先鋒派不得不停止的地方),因爲它包括一場與歷史的和現時的代碼的討論。它有助於重建文化所失去的一面(由於社會主義現實主義的插入而失去的),其結果是,蘇俄的新先鋒派作家們目前陷入了一種"兩難"的局面(類似於歷史上俄國先鋒派曾陷入的那種),在這樣一種局面裏,要做先鋒派,他們就不得不保守一點。①也許作家們使用荒誕代碼也是這種兩難局面的表現,在這種局面中,真正的人的價值總是支撑着藝術家爲追求美所做的一切努力,而對於人的價值的探索則必須是對過去的探索。

(黄桂友　譯)

參考書目

Anikst(阿尼克斯特),A. 1972. *Teorija dramy v Rossii ot Puškina do Čechova* (《俄國戲劇理論:從普希金到契訶夫》). Moskva:Izdatel'stvo "Nauka".

Bielfeldt(比菲爾德),Sigrun. 1975. *Die čechische Moderne im Frühwerk Šaldas* (《撒爾達早期作品中的現代特徵》). München:Fink.

Brach-Czaina(布拉克-蔡娜), Jolanta. 1984. *Etos nowej sztuki*(《新藝術美學》). Waszawa:Państwowe wydawnictwo Naukowe.

Döring-Smirnov, Renate, Peter Rehder and Wolf Schmid, eds. 1984. *Text Symbol Weltmodell* (《世界模型的文本象徵》). Johannes Holthusen zum 60. Geburtstag. München:Otto Sagner.

Eco(艾克), Umberto. 1982. "Die ästhetische Botschaft" (《審美信息》),in

① 艾格·斯米爾諾夫爭辯說,俄國非正式的文化總是回到傳統的形式,從而設法保護一般的文化,反對官方勢力。阿里克桑達·弗萊克(1979)則强調俄國歷史先鋒派的保守、防御功能,尤其是互文手法實現了的功能。

Henrich and Iser 1982:404-428.

Erler, G. ,R. Grübel *et al.* , eds. 1979. *Von der Revolution zum Schriftsteller-kongress* (《從革命到作家代表大會》). Wiesbaden and Berlin: Otto Harrassowitz.

Flaker (弗萊克), Aleksandar. 1979. "*Das Problem der russischen Avantgarde*" (《俄國先鋒派的問題》), in Erler, Grübel *et al.* 1979:161-203.

-----. 1984. "Zwischen Moderne und Avantgarde"(《現代與先鋒派之間》), *Neohelicon* 12:31-45.

Gombrich(岡布里奇), Ernst H. 1982. "Norm und Form"(《規範與形式》), in Henrich and Iser 1982:148-178.

Graff(格拉夫), Gerald. 1979. *Literature against Itself: Literary Ideas in Modern Society*(《反對自身的文學:現代社會的文學觀念》). Chicago: University of Chicago Press.

Hassan, Ihab. 1975. *Paracriticisms: Seven Speculations of the Times*(《超批評:對時代的七篇沉思錄》). Urbana: University of Illinois Press.

Henrich, Dieter and Wolfgang Iser, eds. 1982. *Theorien der Kunst*(《藝術理論》). Frankfurt: Suhrkamp.

Hingley (辛萊), Ronald. 1979. *Russian Writers and Soviet Society* 1917-1978 (《1917-1978年的俄國作家與蘇聯社會》). London: Methuen.

Holthusen(赫爾蘇森), Johannes. 1957. *Studien zur Ästhetik und Poetik des russischen Symbolismus*(《俄國象徵主義美學和詩學研究》). Göttingen: Vandenhoeck and Ruprecht.

Jakobson (雅克布森), Roman. 1979. *Poetik: Ausgewählte Aufsätze* 1921-1971 (《詩學: 1921-1971 年論文選》), eds. Elmar Holenstein and Tarcisius Schelbert. Frankfurt: Suhrkamp.

Lachmann(拉奇曼), Renate. 1984. "*Intertextuelle Strukturen in Vladimir Kazakovs Ošibka Živych*" (《弗拉基米爾·卡扎柯夫的〈迷途少女〉中的互文性結構》), in Döring-Smirnov, Rehder and Schmid 1984:583-602.

Lotman(洛特曼), Jurij M. 1981. *Kunst als Sprache* (《作爲語言的藝術》), ed. Klaus Städtke. Leipzig: Reclam.

Matejka, Ladislav, ed. 1976. *Sound, Sign and Meaning*(《聲音,符號和意義》).

Quinquagenary of the Prague Linguistic Circle. Ann Arbor: University of Michigan.

Mukařovský(穆卡洛夫斯基),Jan. 1935. "Ästhetische Function, Norm und ästhetischer Wert als soziale Fakten"(《審美功能,規範和作爲社會真實的審美價值》); in Mukařovský 1970:7-112.

-----. 1970. *Kapitel aus der Ästhetik* (《從審美中獲益》), trans. Walter Schamschula. Frankfurt: Suhrkamp.

-----. 1978. *Structure, Sign and Function* (《結構,符號與功能》), eds. John Burbank and Peter Steiner. New Haven and London: Yale University Press.

Schmid(施米德), Herta. 1976. "Aspekte und Probleme der ästhetischen Funktion im tschechischen Strukturalismus"(《捷克結構主義的審美功能方面和問題》), in Matejka 1976:386-424.

-----. 1978. "Ein Beitrag zur deskriptiven dramatischen Poetik; Prinzipien des dramatischen Text-und Bedeutungsaufbaus; Text-und Bedeutungsaufbau in Čechovs *Tri sestry*"(《論戲劇敘述詩學;戲劇文體和意義結構原則;契訶夫〈三姊妹〉中的文本和意義結構》), in Van der Eng, Meijer and Schmid 1978:147-209.

-----. 1979. "Vom absurden Theater zum Theater des Appells: Václav Havels Entwicklung in den siebziger Jahren"(《從荒誕劇到籲請劇》), *Zeitschrift für Literaturwissenschaft und Linguistik* 9, 35: 118-131.

Segel(塞格爾), Harold. 1979. *Twentieth-Century Russian Drama: From Gorky to the Present*(《二十世紀俄國戲劇:從高爾基到現在》). New York: Columbia University Press.

Smirnov, Igor'. 1984. "Inoffizieller Traditionalismus vs. offizieller Messianismus: Zur Genese zweier russischer Kulturtraditionen"(《非官方傳統主義與官方救世主義的對抗:論俄國兩種文化傳統的起源》), in Döring-Smirnov, Rehder and Schmid 1984:583-602.

Stelleman(斯泰爾曼), Jenny. 1985. "A Structural Analysis of *Elizavaeta Bam*"(《〈伊麗莎韋塔·巴姆〉的結構分析》), *Russian Literature* 17:319-352.

Striedter, Jurij, ed. 1969. *Texte der russischen Formalisten*(《俄國形式主義文選》), I, *Texte zur allgemeinen Literaturtheorie und zur Theorie der Prosa.*

München：Fink.

Tynjanov(廷佳諾夫)，Jurij. 1924. “Das literarische Faktum”(《文學現狀》)，in Striedter 1969：393-432.

Van der Eng，Jan. 1984. “Ästhetische Dominante und Fiktionalisierung：Wahrheitsanspruch und Intensivierung der Information”(《審美主旨與虛構寫作》)，in Döring Smirnov，Rchder and Schmid 1984：111-130.

Van der Eng，Jan，Jan M. Meijer，and Herta Schmid，eds. 1978. *On the Theory of Descriptive Poetics：Anton P. Chekhov as Story-Teller and Playwright*(《論描寫詩學理論：作爲講故事者和劇作家的安東. P. 契訶夫》). Lisse：Peter de Ridder Press.

Van der Eng-Liedmeier，Jeanne. 1984. “Receptin as a Theme in Achmatova's Later Poetry” (《作爲阿赫馬托娃後期詩歌主題的接受》)，*Russian Literature* 15：83-150.

Vodička(沃的卡)，Felix. 1976. *Die Struktur der literarischen Entwicklung*(《文學發展的結構》)，mit einer einleitenden Abhandlung von Jurij Striedter，eds. Frank Boldt *etal*. München：Fink.

Volek(沃勒克)，Bronislava and Emil Volek. 1983. “*Guinea pigs* and the Czech Novel ‘Under Padlock’ in the 1970s：From the Modern Absolutism to the Post-modern Avant-Garde” (《〈幾內亞豬〉與七十年代“禁閉下的”捷克小說：從現代絕對主義到後現代先鋒派》)，*Rocky Mountains Review of Language and Literature*37，1-2：20-52.

後現代美國小說中的荒誕因素及其還原形式

傑拉德·霍夫曼*

一　悲　劇　觀

悲劇因素不是後現代主義中有意義的觀念，正如它只能有保留地被稱爲現代主義固有的概念一樣。人們可以再往前追溯一步，標記下拉辛之後的“悲劇的死亡”，如喬治·斯泰納所做的那樣；或者人們還可以觀察到，自古以來，西方戲劇的典型形式一直是自我反思式的，有如受外界因素支配的悲劇命運的方向立即被“元戲劇”替代了一樣，《哈姆雷特》中用過的這種元戲劇展示了人物的自吹自擂。亦或跟隨尼采，一直追溯到古代本身去觀看悲劇的死亡，我們假定這一死亡是酒神狄俄尼索斯狀態的具體化，並且通過主人公之死造成重建的整體感，如蘇格拉底式的提高意識和理性的聲譽所顯示的那樣。

關於悲劇因素的衆說紛紜構成了某種特殊哲學體系的一部分，而且每種說法在其體系範圍內都具有一定的合理性。亞里士多德只把悲劇因素加以區分，並將他的理論大部分地應用於悲劇效果上面：觀衆通過恐懼與同情而得到淨化。長期以來，人們只能在德意志思想中發現關於悲劇因素的哲學，它以謝林開始，在黑格爾、叔本華、尼采、席摩爾、謝勒直至雅斯帕斯身上得到擴展。在他們的著作中，悲劇因素這一概念從戲劇中分離出來，成爲存在的情

* 傑拉德·霍夫曼是德國烏爾茨堡大學美國文學教授。

感，即一種哲學觀點。無論哲學上如何爭論，關於這一點的看法幾乎是一致的，即悲劇因素是關於生命的"辯證"概念，按照形而上學的觀點，這個概念標誌着有罪與無辜，自由與必然，有意義與無意義之間的不可取消的矛盾，它以同這些矛盾的鬥爭來衡量生命的意義和人的尊嚴。悲劇因素從整體上、根本上、絕對意義上提出了這一重大問題。

現代主義所表現出的重大問題已無法再利用悲劇因素的辯證形式，因爲它以個人權利及其對真實性的追求爲中心，而不是以對普遍意義的信仰爲中心。後現代作家放棄了有罪與無辜、有意義與無意義之間的辯證法，而把悲劇因素修正爲荒誕因素，或者說事實上已將兩者融於反幽默(counterhumor)中去了。儘管如此，悲劇因素爲我們分析後現代的價值取向提供了出發點和框架。蘇珊·桑塔格說過，"關於文學形式之死的若干問題……是最爲重要的"；它們遠遠超出了文學分析，體現了"文化診斷學的訓練"，這些訓練探討"情感、行爲和信仰在現時代的窘境"(桑塔格1966:132)。以下論述基於這樣一種假設：後現代主義的前景之所以如此難以捉摸，是因爲它們結合了悲劇因素和荒誕因素，並將其置於一種被稱爲"反幽默"的新的透視之中。

幾乎所有上述哲學家都強調悲劇的某些基本因素：(1)悲劇的最初情形是一種價值與另一種價值的不可避免的衝突，衝突導致其中的一方毀滅。(2)悲劇衝突的媒介物與受害者是悲劇英雄，即主人公，他在同道德法則的衝突中由無辜成爲有罪，有罪的原因並不在於主人公道德的低劣，而在於主人公方面某個悲劇性的"失誤"或"漏洞"，即某種固着(fixation)妨礙了他洞悉人類局限性從而使他自傲起來。(3)衝突是無法避免的，其中包括一次從相當的高度向下跌落。悲劇英雄從安全幸福的幻想世界跌入絕望的深淵，因此，輕描淡寫地描述絕望、悲慘和凄涼尚不能稱之爲悲劇(萊斯基1964)。(4)衝突的不可避免對主人公顯而易見。悲劇的一個要素是通過無法解決的矛盾使他遭受精神磨難，相反，矛盾在解決與張力有聯係的事件中有自己的辯證法。(5)宣判悲劇英雄的價值根據在古希臘戲劇中是命定的，外在的，在莎士比亞的劇中則是內在的(也許《麥克白》例外)。然而，在這兩種情況下，價值根據的絶對性和最終的嚴密性就是構成因素，它們在一系列悲劇事件終結時從主人公的死亡中尋得報應，從而導致他與道德秩序妥協並恢復這個秩序。

悲劇性的固有矛盾，有罪/無辜，自由/必然，等等，均可加以强調，它取決於高層次意義上悲劇衝突的解決是否得到强調，如在謝林和黑格爾那裏，還是將主人公的無辜和衝突的純必然性加以突出，如在叔本華和謝勒那裏，則揭示出悲劇性的系統差别，這一差别同時標誌着悲劇衝突的歷史性還原，這種還原在二十世紀導致了荒誕性取代悲劇觀。萊斯基將(1)封閉的或孤立的悲劇衝突(如俄狄浦斯、安提戈涅、普羅米修斯的處境，集中在個人形象及其生命歷程上，以悲劇英雄的死亡而告終，)區别於(2)俄勒斯特斯的悲劇處境，不論無法解決的對抗矛盾與傲慢行爲如何，都不會導致災難，而是由於上帝插手才促成了主人公的解救。鑑於上述兩者固有的妥協性，封閉式的悲劇衝突和悲劇處境區别於(3)封閉式的悲劇世界觀，這是叔本華闡述過的觀點，由於其激進化和非人化演變成了一條自然法則，因而它本身標誌着十九世紀悲劇神話的衰落。貫穿中心的秩序概念現已成了作爲力量的意志，它力圖在世界上顯示自己，其具體化就是人。悲劇代表着各式各樣的人在鬥爭中意志的自我毁滅，因而便産生了構成生命基礎之物的不斷自我中立。

二　關於悲劇觀的悲劇觀：後現代小說

作爲方向和秩序之傳統觀念的悲劇觀，通過十九世紀和二十世紀基本上新的社會發展，其中心被削弱進而被擯棄了。作爲一個有重要意義的樣式的悲劇性是不能適應概念和標準的世俗化的，因爲它是從既是普遍的又是個別的絶對倫理標準出發的。如此以來，儘管主人公身上有罪與無辜以及必然的死亡之間有着莫名其妙但卻命中注定的聯係，它仍具有内部與外部世界之間、人與宇宙之間、道德法則與神聖法則之間意義上的持續性和相似性。

後現代主義者思考悲劇性和使用這個術語的方式在約翰·巴思那裏得到了引證和説明。他在《牧羊娃吉爾斯》中講到"生命的悲劇觀"，而同時又在對俄狄浦斯三部曲的戲擬模倣中嘲弄它。這是題爲《拐脚狄肯納斯》的小説中演的一齣戲。滑稽的態度在這些充滿諷刺意味的語句中昭然若揭，如"這是第一流的悲劇創傷"(巴思1966：279)；"你的悲劇英雄類型是血腥的煩人貨"(278)；"那是我的悲劇的缺陷"(291)；"相對的心理淨化作用中斷了"(305)；"悲劇出去，神秘進來"(314)。"只有不同的消失方式"(372)這個信條剝奪了悲劇世界觀的聲譽和意義；即使一個人像主人公最終所做的那樣，考慮到"知識的可怕"(373)而將它與"現實主義的"態度當作一碼事，這種感覺也受到兒戲般的反思，在郵政帶中"環環相扣，永遠平展"(699)，最後在"郵政帶的附言"中又受到相關的描述。然而，巴思不僅僅是對生命的悲劇觀作相對的描述。在《書信集》中，他還將其歸於自由主義者並揉進諷刺中去。這個自由主義者被稱爲"貯存資産階級自由主義悲劇觀的人文主義者"(巴思1979：89)，他是個"觀點上十足的懷疑論者，行爲上固執的樂觀主義者，簡言之，他不過是個'悖論'的行家而已"(88)。托德·安德路斯在給作者的信中終於形成了一種觀點："只有悲劇觀才行得通，但卻不甚令人滿意。一個人非採取關於悲劇觀的悲劇觀不行嗎？"(94)這裏所表達的顯然是要把悲劇性變成悲劇的因素，即它自身的對折，沉思中的自我消失。人們將會看到，這一點也同樣適用於後現代主義中其他有意義的概念。

正當巴思玩味着"悲劇觀"時——如同他玩味對世界的其他態

度以及所有類型的哲學觀點——並且在檢驗它們、嘲弄它們時，庫弗則直接放棄了悲劇性這個概念，他曾在選自《樂譜和歌謠》的《J的婚姻》中寫道："無論是單個的還是加起來，他都搞不清生活中任何一天的意義是什麼……但是……無論如何，關於這一點卻没有任何悲劇色彩，没有毫無值得激動的東西，實際上恰恰相反"(庫弗1969:119)；至於"損失，它們也同樣荒謬可笑，不是嗎?這些也是喜劇的一部分，對嗎?"(148)對於後現代主義者來說，悲劇觀是"對宇宙的某種青春期反應，即更高的真理就是一種喜劇反應"(赫特兹爾1969:28)。並非悲劇具有喜劇效果，按照對這一術語的古典式理解，這是不可能的。具有喜劇色彩的是"生活中不可理解的荒誕事物"(庫弗1969:117)，它賦予喜劇因素以相當不尋常的特徵，這種特徵是從對荒誕事物的兒戲般反應中衍生出來的。

三　作爲悲劇世界觀還原的荒誕性

荒誕性可視爲封閉式悲劇世界觀的還原的深入，亦可視爲不可解決的形而上矛盾的重新人性化。根據其主要理論家和實踐者加繆、貝克特、尤奈斯庫和阿多諾的看法，荒誕性如同悲劇性，是對重要問題及其形而上諸方面的嚴格認識態度。本質的差别在於，悲劇世界觀總是關心絶對本身，因此不能與無法取消的悲觀主義等同起來。例如，就叔本華而言，悲劇性引起顯著的頓悟和歡欣，即在提高認識方面，世界或者生活無法提供真正的滿足，因此並不值得我們依戀。在這裏我們見到了使我們順從並感到欣慰的悲劇精神。在海伯爾身上我們發現，封閉的悲劇世界觀之所以容得下黑格爾式的正題—反題—合題意義上的發展概念，是因爲悲劇英雄及其衝突被歷史地理解爲停滯和蕭條的正反兩極，這正是由於他的犧牲才不致於出現的。從悲劇性向荒誕性的轉化是伴隨着尼采最終宣佈上帝已死而發生的，也就是說，强調的重點由全面的系統哲學生命觀轉向了克爾凱郭爾的存在思維上面。值得注意的是，克爾凱郭爾將“思辨性思想家”(黑格爾)與不進行抽象邏輯思維，而是從生存的絶望深處推究哲學的“存在思想家”進行了對比。悲劇性辯證由此轉向實證。一方面，人類追求整體和貫穿中心的意義，另一方面，世界卻又拒絶提供有意義的語境，這個矛盾在尼采那裏得到了解決，而與叔本華的悲觀主義恰好形成對照，充分肯定了人：悲劇過程中個人的毁滅並不是使人屈尊，而是對個人的頌揚，正如被肢解了的酒神狄奥尼索斯從毁滅中出現那樣——變得强大有力，不可摧毁。同時，克爾凱郭爾的論證對人的存在也具有傾向性，他認識，悲劇性的系統特徵具有演變過程的特徵，它是二十世紀存在主義的觀點以及荒誕性之分離的先决條件。從個人的觀點來看，人們現在不得不講到生存中的各種停靠站。

我們不妨從人類學和心理學的角度來講述發展過程。人以其存在“方式”(克爾凱郭爾和海德格爾使用的中心概念)從他習以爲常和按部就班的生活中移開了，體驗到了内心的絶望和迷惑，認識到日復一日的呆滯的生存的雜亂無章和毫無意義，還認識到世界上無數的困難和無法破譯的謎底。或者用越來越受存在主義哲學家青睞的話來説：人把它生活在其中的世界認爲是異己和荒唐的。於是，人們便採取了進入異化存在的第一步，導致存在從威脅它的環境中無力地分離出來。但是，極少存在主義哲學家在分離時捨棄它，他們“跳往上帝一邊”(克爾凱郭爾)，肯定生活的永恒循環或寄希望於超人(尼采)，訴諸於“生存”(海德格爾)，真理(雅斯帕斯)，必要的自由(薩特)，從而在生活中尋找新的意義。在這個過程中，這些哲學家們承認主要經驗的不同類型，反映出現代主義小説家所給的可能答案範圍。

加繆從放棄通過“飛躍”征服的荒誕性着手。《西西弗的神話》(1942)是加繆的荒誕概念的經典形式，儘管在後來的作品中他修正了某些觀點。在上部作品中没有形而上學或本質，也没有通過質的"飛躍"而成爲某種存在的形而上的荒誕性征服,只有人與宇宙的分裂。他把存在主義哲學家嘗試過的解決方法當作"哲學自殺"來批判(加繆1955:31):"那種勉强的希望在它們那裏是宗教性的"(24)。加繆不想重新統一荒誕性,反而想保持反叛、内心鬥爭和分歧狀態。這個意義上的荒誕性就是"認識到它們"(46),但卻不能引向上帝。因爲有荒誕的宇宙和荒誕的意識,某些後果便從中產生了。

但是,悲劇性卻與形而上學背景中的價值層次有關,而荒誕的宇宙只存在於"人的宇宙當中"(加繆1955:26)。它既不是理性的也不是非理性的,不以任何秩序原則爲特點;在那裏面,"混亂"、"機遇"和"均等"佔統治地位(38)。這個世界不容許人們相信"事物的深刻意義"(54);它只是"没有了理性",而且"只有在它達不到衆說一致時才有意義"(24)。荒誕性"給(所有)行爲的後果以均等量"(50);"相信荒誕性就等於用經驗的數量代替質量"(45)。把荒誕性固定下來是必要的,因爲"一個意識到荒誕性的人永遠地凝固在上面了"(24),而且它已成爲"一種激情,一種最折磨人的激情"(17)。

荒誕主人公無法進入永遠隱蔽的意義深處:"荒誕的人只能吸乾所有的東西,直喝到發苦的底子,並耗盡自己。"(加繆1955:41)死亡是唯一的界限,但是,荒誕性的體驗卻開創了一種新的東西:自由的體驗——不是"自由本身",也就是没有意義的形而上學的自由(41),而是人本身"思想和行動的"個人自由(42)。對人類來說,"希望和前途的喪失意味着人的效力的增長"(同上),也就是一種通向"荒誕的自由"的權力。這意味着"反叛",通過反叛,荒誕的人"在日常的叛逆中出示其唯一的真理證明,這就是挑戰"(41)。荒誕性只是通過這一衝突才出現的,而不單單是來自知識。對荒誕人物來說,法律就是矛盾的意識(它需要絕對的清晰和不斷的運轉)和反叛(它要求行動自由)。兩者歸於一起。

爲了盡可能强烈地感受到反叛和自由,人必須盡可能緊張地生活，没有責任，没有負罪感，没有同情，没有希冀，没有前途，只生活在“連續不斷的現時代當中”(加繆1955:47)，其每一段始終都是相等的。荒誕的人“保證了他暫且受限制的自由、没有前途的背叛及其人類意識……經歷了一生的冒險行爲”(49)。對加繆來說，唐璜是個“質的倫理”相對於“量的倫理”的基本例子，而悲劇英雄則是傾向於“質的倫理”的。對唐璜來說，愛情只是“性慾、衷情以及把我綁縛在這個或那個人身上的才氣的混合物”(55)；當愛情把自己甄别爲短暫和罕見之物時，它才高尚(同上)。演員以及情人都是荒誕生活的體現，因爲他所關心的是“進入到這些生活中去”，“體驗生活的多樣性就等於將它們演出來”(57)。演員和旅行家是荒誕的人物，演員是個“及時的旅行家，充其量是個被靈魂追逐的旅行家”(59)。這一點的真相在於，“在一個人想成爲什麼與實際是什麼之間没有界限”(同上)。可見，“戲劇性”這個詞受到了“不公正的誹謗”，而且“涵蓋了全部美學和全部倫理學”(60)。

但是，這尚不能解決自我的矛盾，也不能解決想獲得一切並享用一切的個人身上的矛盾，然而他卻知道那是無用的嘗試，是徒勞無益的堅持”(加繆1955:61)。一方面，個人“一籌莫展”，另一方面他又無所不能。他通過選擇歷史，而不是永恒，通過索取一切或者什麼也不要，來獲得其自尊。他像在“死胡同獻祭”裏的西西弗一樣被毁滅了，但不是爲了衆神，而是爲了自己：“人是他的唯一目的。如果他打算成點氣候，那便是在他的生命中”(同上)。“情人，演員，或者冒險家串演荒誕劇”(67)。“對於從永恒轉開的人來說，一切存在只不過是荒誕面具下的一場大鬧劇而已”(70)；藝術品則是這齣鬧劇的複製品，是對“數量上永不乾涸的宇宙引力”(同上)的描述，而不是對它的説明和闡釋。《俄狄浦斯在科洛納斯》的結尾説：“儘管經歷了如此多的磨難，我的年邁和心靈的高尚都促使我下這樣的結論：皆大歡喜(90)。”這番話意味着對索福克勒斯悲劇中命運所帶來的一切的補償與屈從；但是，對加繆來說，在他的語境中，這番話則是"荒唐勝利"的標誌(同上)。這又一次證明了以下事實:悲劇和荒誕劇與不同的但卻相連的意義程式密切相關,讀者可以將這些程式應用於相同的材料上面,從而改變它的意義。

四　荒誕派戲劇

荒誕派戲劇給關於世界的後存在主義荒誕性解釋帶來了活力,這個世界正是因爲充滿矛盾才興旺發達,在那裏,人的尊嚴依賴於他的反叛,而反叛同時又被看作是一場"鬧劇"。尤金·尤奈斯庫崇拜加繆,他是荒誕派戲劇的某一方面的典型代表,似乎還是它非正式的"代言人",他公正地說(儘管悲劇這個術語應由荒誕來取代):"我一直把……我的戲劇叫做'假劇',或者'悲劇性鬧劇',因爲在我看來,喜劇性總是很悲哀,而人的悲劇卻很幼稚可笑。對於現代批評精神來說,什麼也不能全部認真對待,也不能完全輕率地對待(尤奈斯庫1965:86)。

《椅子》(1952)比任何一齣戲更能說明作爲結果而發生的後果,即"一齣冷酷無情的喜劇,沒使用任何技巧,似乎過份了"(尤奈斯庫,1965:85)。尚未獲得荒誕意識的人們在劇中被描繪成了空空的椅子:他們彼此相等,都是物品。那個以爲自己咽氣之前有重要啓示要傳給人類的老頭(或許是荒誕的體驗)和他妻子從窗口跳進大海,這當兒椅子裏所有的客人都聚集了起來。他把這個啓示托付給另一個講話人來傳達;然而後者卻是個啞巴,只會"啊啊"地叫,最後離開了房間,之後便只剩下那位觀衆了,剎那間面前只有幾把椅子和窗外咆嘯不停的大海了。遵奉者、先存在的生活方式與荒誕的啓示、生與死、言語與沉默、空乏的自然宇宙與社會所決定的失真但卻具體的存在,最後還有真實與假象,都在綜合性喜劇中相互嘲弄,這種喜劇既逗人發笑又令人震驚。用亞里士多德的話來說,人們在這裏可以看到,在觀衆心裏引起淨化的喜劇起到了悲劇從前所起的作用。這無論如何也引不起人們的同情和恐懼了(舞臺上沒有可與之認同的人),而只能引起笑聲;同時,在笑聲中,喜劇性轉達出了荒誕性的局限。

但爲了揭示荒誕性,尤奈斯庫創造或說運用了生活表層結構的喜劇性對照,貝克特則從意識的基本問題入手,從荒誕的人在不理智的宇宙裏要求理智入手,而這個宇宙正在向烏有轉化。他描述了人是如何不停地進行邏輯思維和講話的嘗試的,儘管邏輯本身早就該向他說明這樣一種要求的荒誕性了,因爲這樣做是考慮到了秩序的所有程序和言語形式的陳腐實質。貝克特的荒誕主人公自問:作爲封閉在時空以內的不連貫的人,當他們得知時空以外只有虛無,他們真正的實質同樣也是虛無時,他們是怎樣生存於時空以外的?這裏,邏輯和理智都被放逐到向不理智過渡的邊緣,而且兩者之間的差别已經十分可笑地搞得模糊不清了。

用貝克特的《瓦特》中瓦特的話說,荒誕感與失去自由有關,這個事實應這樣來解釋:"一方面,他幾乎没有感覺到那些東西(諾特先生的家務)的荒誕性,另一方面也沒有感到其他東西的必要性(荒誕性的感覺之後不是必要性的感覺倒是罕見的,貝克特1953:133)。"純粹的虛構取代了圍繞悲劇關係展開的情節,也取代了同他人和自身發生衝突的主人公,這些虛構旨在把人物從缺乏意義而又無法忍受的現實中拉開;或者在尤奈斯庫那裏,出現了關於無意義的一覽無餘和情景的形象化,其中人物和情節爲了把時空、人物和事件等同起來而失去了其優先權;亦或在阿達莫夫那裏,出現了一個充滿惡夢與幻想的毫無意義而又野蠻的世界。停滯和重復取代了動態和變化,作爲體驗場地的情景取代了人物和社會的優勢,語言的自我指涉性及其創作小說的能力在物質世界裏取代了其指涉功能。一條深淵在詞與物之間打開,它增添了世界的荒謬。

在一幅描繪這類世界的荒誕畫裏,人的具體化變得有形和機械,結果常常是滑稽不堪。人可以被缺乏智慧和情感内容的實體所代替，讀者或觀衆從而可以體會到荒誕性，不是通過思想的調解，而是通過形象及其變形來體會。在這個過程中，戲劇讓位給了史詩程式。如果悲劇性在小説中只是極少佔主導地位（因爲前者焦點集中且有目的性，後者則包羅萬象並對世界作全面描述），那麼，荒誕性的"史詩"化就能使其適合於小説形式，如同貝克特的小説同時又是戲劇那樣。

五　文學批評中的荒誕術語

在把荒誕這一概念用到後現代小説上時，必須注意到描寫荒誕性程式的兩個極端：流於表面的和數量上的生活之荒誕性（尤奈斯庫），和作爲意識與世界之分離的荒誕性（貝克特）。兩種描寫程式都合乎邏輯地以無聲告終，或者至少向終點發展。美國小説只是很有限地採用了這些激進的解決辦法。它把生活的荒誕性作爲起點加以接受，這便是（如早已説明的）美國小説中的喜劇性從中出現的水平綫。作家們對於"量"的方面的興趣，如加繆所説的，絶不亞於他們對荒誕意識中認識論和倫理問題之激進化的興趣。因此，正如戴維·D. 加羅韋在《美國小説中的荒誕主人公》一書中所説的，1945年以後美國小説中有着荒誕主人公，甚至都關涉到厄普代克、斯泰倫、貝婁和賽林格，其實，這樣説是不中肯的，而且確實是很危險的。對於查爾斯·B. 哈里斯在《當代美國荒誕派小説家》中把當代美國小説家説成是荒誕小説家，也可以做上述評論，即使他關注的是梅勒、馮尼戈特、品欽、巴思和納博科夫。因爲後者嘲諷荒誕性而且通過喜劇程式將其取代，就像加羅韋所説的小説家那樣，在質的飛躍中將荒誕性大刀闊斧地融彙進愛情、"生存"、責任，或者憐憫中去（根據加繆的觀點，憐憫是荒誕性的終結），甚至根本就不讓它出現。這無論如何也得不到驗證，如同許多批評家同時努力嘗試過的那樣，把幻想破滅與不安全的總體感覺描述爲存在之荒誕的遭遇，而且這樣做也是通過廣泛地援引加繆而達到的。將“荒誕”作爲戰後小說的特徵不單純是趕時髦和常規化地描寫六十年代“黑暗”的含糊方法(“黑色幽默”亦然)，這一點必須首先確定下來。

只有當荒誕這個術語用於分析以普遍水平爲背景的人的形而上異化，而不是用於被稱爲奇異的社會異化時，它才具有啓發價值。這裏，荒誕應該同奇異區別開來，後者與人醜化人有關。將這兩個術語加以區別是明智之舉，甚至在貝克特的《等待戈多》這樣的個別文本中，荒誕與奇異結合在一起的仍應區分開來。人們可以把加繆劇中的荒誕概念作爲異化和反叛的“理想”體系，相比之下，變異和轉化則更易於顯示出來。存在主義所鑑定的意識程式應該是分析荒誕性的基礎，也就是說，下述各方面應該區別開來：(1)例行的公事，(2)存在之荒誕性的(第一次，創始性的)體驗，(3)加繆觀念中能意識到的荒誕生活方式，(4)從“荒誕”中“跳出”躍入對上帝、生存、真理或自由的信仰的可能性，這些都是由存在主義者克爾凱郭爾、海德格爾、雅斯帕斯以及薩特提出來，並且被許多美國小說家以這樣或那樣的方式吸收了的，(5)加繆關於强烈的生動時刻的定量倫理觀(作爲情人、演員、冒險家、流浪漢)，(6)通過反諷和喜劇場面，荒誕性和“飛躍”(躍入某種信仰)消失。

上述六個“方面”都有角色可以扮演(如在品欽的作品中)，或者某個具體方面，如存在主義的種種解釋轉化成喜劇和模倣滑稽劇，在荒誕的體驗之毋須言明的背景下出現了，這是當代美國實驗小說的顯著特徵。作家們可以相信讀者本人的這種創作視野，恰好是因爲荒誕戲劇從1950年到1962年佔主導地位的階段(以及馬丁·埃斯林的《荒誕派戲劇》中對它的描述)使這種文學現象和概念產生了影響深遠的反響，結果是幾乎沒有一個作家能完全擺脫這種深受存在主義影響的文學風尚。還必須注意到，存在主義異化過程的這些方面在幻想破滅和後來的重新定向的意義上不僅僅是按順序出現的(的確,這種情況發生的頻率越來越小,因爲時間雖具有預見的連續性和因果"邏輯",但卻越來越無法產生出一個令人滿意的順序程序)。它們也在某種遊戲中相互結合,如品欽和巴思的作品;這種遊戲將無法還原的現象置於一種多重透視,這種透視不允許讀者作有意義的解釋,不允許與任何文學以外的邏輯概念有聯係,可能性甚或"現實性"這種多重透視旨在某種變化並從根本上消除讀者對作品的期待視野及其從可能轉化爲"現實"這個角度所進行的視野重建,從而混淆了兩者的界限。

六　存在主義的時代精神,宇宙的倒空以及想象的構思

由於人們强調人反抗"無意義宇宙"的內在可能性,存在主義和荒誕性因而在二戰後頗具吸引力;巴塞爾姆在一次採訪中說:"我從現象學家們那裏吸收了一定的養料(或說剽竊了不少):薩特、愛文·斯特勞斯,等等"(貝拉米1974:52)。當有人問巴思,在《西西弗的神話》中加繆關於自殺的論述是否影響了他的第一部小說《流動歌劇院》中托德·安德路斯的人物刻畫和自殺主題時,他回答說:"它們之間很可能有相似之處,但它並未影響我的作品,因爲我没拜讀過《西西弗的神話》"(丹堡與蓬德魯姆1972:27)。然而,他卻堅持說,荒誕性以及加繆關於荒誕意識的說法强烈地影響了當時的學術風氣:"我相信加繆說過,一個善於思考的人必須自問的第一個問題是,他爲什麼要繼續生存下去,然後才決定是否把腦袋打個開花;在《流動歌劇院》結束時,我的人物決定不自殺了,因爲就這樣死去不如苟且偷生(同上)。"霍克斯列舉了另外一個作爲視野的荒誕性功能的典型例子,小說的構思便以此集中起來。他在一次有關他的小說《滑稽模倣》的基因的訪問記中說:

我想起了加繆的觀點:如果不首先回答"爲什麼不自殺?"這個問題,

我們是不能真正生活的。一種有關加繆本人之死的朦朧幻覺進入了我的腦海(我的記憶全搞錯了;我錯誤地以爲加繆死在自己駕駛的小車裏,而且車内除了他以外只有一位乘客。寫完《滑稽模倣》之後我才知道,我所幻想的情景,即駕駛員、知己、女兒乘飛馳的車子出遊的情景,莫名其妙地接近加繆死亡的真實情景)。我或多或少地倣效了《墮落》的形式,但卻把加繆的問題顛倒了過來,把"爲什麽不自殺?"改爲如何自殺,何時自殺,而不是何處自殺。我的生活不在於如何生活,而在於什麽東西可能最妨礙想象力。我這才意識到休止是唯一無法想象的東西。休止與"不復存在之物的存在"是我的叙述者唯一關注的東西……《墮落》是關於基督教罪惡的"牢籠"的,《滑稽模倣》則是關於一個擺脱罪惡,變剛愎爲果敢行爲、體驗當詩人的滋味的無名士的。

另一件具有諷刺意味的事情是,戰爭一結束,大約在我開始寫作《大嚷大鬧》和《兩棲人》之前,我就閲讀了《局外人》,没有哪部小説像這樣使我感動。它對孤獨的認可對我是一種最純粹的激越,我把自己那篇幅不長的"法語"小説當作一部滑稽模倣作,並在題目中這樣點明也就不足爲怪了。去年夏天我們離開法國之前,我和蘇菲最後拜謁了洛爾馬罕的加繆墓(兹格勒與比格斯貝,1982:180—181)。

霍克斯提到過"堅持不懈地創造並將我們的暴力和荒誕潛力重新顯示出來"的基本必要性(丹堡與蓬德魯姆1972:6)。庫弗則被生活中不可思議的荒誕事物搞得窘困不已(庫弗1969:117)。

即使没有明確地涉及存在主義或荒誕性(如巴思和巴塞爾姆許多早期作品中所有的那樣),但在空洞和烏有的同一水平綫面前,在必須由意識或構思甚或兩者的幕後潛在威脅來充斥的真空中,後現代作家繼續發揮着作用。庫弗不厭其煩地描述了從與空洞的宇宙水平綫的關係中産生出來的苦惱和創作自由的雙重狀態:

我們似乎已從一個不固定的、以人類爲宇宙中心的、自然主義的、甚至在某種認爲人正在創造自己的宇宙之程度上的樂觀主義出發點,移到了一個封閉的、宇宙的、永恒的、超自然的(就其最嚴肅的意義而言)、悲

> 觀主義出發點。返回存在使我們回想到了構思(Design),回想到了宏觀宇宙的微觀形象,回想到了宇宙或人類必然性範圍内美的創造,回想到了探索現象、外表、任意觀察到的事件、單純的歷史以外的事物對寓言傳說的運用(庫弗 1969:78)。

在庫弗論及以及霍克斯和巴思强調並填補了空缺的虚構構思中,一般概念在存在主義的視野面前並未被籠統地描繪成没有意義的空洞,只被當作雜亂無章和空洞的宇宙的最後視野而反映出來。人類生存的短暫性以及混亂本身的存在,均以"事實"的面目出現,甚至還可能是變得更多的事實,而想象力便由此而生。喬伊斯早就提到過"空虚的不穩定性"(1922:682)。我們在納博科夫的《埃達》中看到:"我們是絶對空虚中的偶然産物","真正的現在"不過是"零所延續的一刹那"(納博科夫 1969:417)。後現代作家們,如薩特,將混亂與烏有作爲肯定的事物接受了下來,因爲它容許想象力創造一個新的開端。如費德曼在《是取還是捨》中寫道:"我偏愛不連貫性……我在混亂中打滚兒,我的整個一生都是爲它而存在的,是通向混亂的一次旅程(費德曼 1976)!"馮尼戈特在《冠軍的早餐》中聲稱:"我們周圍的世界没有秩序……相反,我們必須就範於混亂的要求"(馮尼戈特 1973:210);在《小説之死》中,蘇克尼科説:"現實已成爲不折不扣的混亂了。""我靠混亂而興旺起來(蘇克尼科 1969:47)。"後現代的想象如今成了諷刺性喜劇的想象,它具有否定現狀和把可供選擇的世界作爲小説來重新創造的雙重功能。加斯在《虚構與生活中的人物》中寫道:"我們的世界……缺乏意義;缺乏連貫性",他進而又在《詞語中的世界》中説:"反諷、含混、懷疑,這些不再是來去無常的態度了,而是解剖學的組成部分"(王爾德 1981:144)。

然而,人再也無法"忍受焦慮"了,如巴塞爾姆在《亡父》中所説的那樣,藝術於是成了"擺脱失望從而獲得舒適和幸福"(巴塞爾姆

1975:150)的一種嘗試。庫弗把小說的生產與創造人爲地安排世界秩序的方式等同起來:"我們就這樣製作;我們發明星宿,它們允許人們對秩序抱有幻想,好使我們由此及彼……這樣一來,在某種意義上,出於某種必然性,我們都一直在創作小說"(加多 1973:152)。加繆對荒誕主人公最終獲取幸福所作的評論從荒誕意識的矛盾中分離了,儘管勉强保持了荒誕性背景的完整性,但這一評論還是形成了再現機械的或機械化世界的一個(諷刺性)綱領,而且這個世界具有互換作用和情景功能:"假如一切看上去都恍惚不定……假如我們開始審視外部的空洞和內部的空洞,那麽,我毋須失望:在無窮盡的系列中,我們總可以創造出新的角色,發起新的表演,指導更新了的轉化。現代的萎靡不振的存在主義焦慮得到了後現代的生氣勃勃的自由活動所轉化表演"(塔塞姆 1977:137)。

但這也同樣被視爲虧空。巴塞爾姆的《城市生活》中的一個人物對另一個說:"你的問題並不是現代的問題……今天的問題不是焦慮,而是缺乏焦慮(巴塞爾姆 1970:170)。"約翰·巴思在《牧羊娃吉爾斯》中把"大學"和"宇宙"等同起來,這個例子反映了在虛構構思基礎上宇宙視野是開玩笑式的,然而這個等式在上例中重新組合了愛情與生存的存在主義方面,但不允許它佔優勢。品欽的《V》中的主人公的名字斯坦西爾(Stencil)意味着格調和構思,他構思的是一種(存在的和"發生作用的")偏執狂格調。在品欽的《第四十九個人的呼喊》中,一幅佔中心地位的象徵性油畫展示出一群住在塔裏的處女們在用其編織物填補塔外的虧空,如同女主人公娥狄帕喻徭在主義偏執狂的幻想填補她生活的虧空一樣;神秘莫測的特里斯特羅(Tristero)郵政系統達到了反系統的地步,這是在"獄"中的抉擇和現代存在的虧空。把娥狄帕從瘋顛中解救出來的是對於另外一些可能事物的希望。在《滑稽模倣》中,霍克斯取得了下述兩者的內在聯係,即死亡的存在主義臨界情境(根據上面的敘述,他是以加繆死於車禍爲例的)與通過自相矛盾的自殺而純粹虛構出來的情景之間的內在聯係,讀者無法從中斷定究竟是真有其事還是某種虛構的可能性。造成死亡那輛車的司機是他自己死亡的見證人:“歸根到底,我的理論告訴我們,我們的力量是創造我們正在告別的世界的力量……誠如鳥在飛翔中死去(霍克斯 1976:57)。”

這裏所說的悖論並不是個結構形式,如在現代主義中那樣,而是某種態度的凝結。它是作爲面向客體、宇宙之本體論的悖論,或者與主體相關的認識論的悖論才自我實現的。它以可能取代實在這個概念的現實與虛構融爲一體的姿態而出現在文本中的。

七 荒誕性與喜劇性

如上所述,荒誕性是一種似是而非的態度,其原因在於,荒誕性的概念化將“質”的意識和活躍的“量”的反叛結合在一起,因而產生了一對矛盾。它不僅具有嚴肅的方面,但是正如加繆本人所說的,它還有可以探討的滑稽特徵。荒誕派戲劇曾探討過這些,但在那些作品中,存在主義異化的“基本情形”卻滲透了悲劇和鬧劇的所有“傳載情境”(vehicle situations)(巴思)。後現代小說不但否定了荒誕性,而且還以嚴格的非存在主義方式戲弄它,把它只作爲幾個可能的但並非必然的觀點之一加以戲弄,後現代小說在這方面又邁進了一步。

人們常常注意到,現代主義沒有對喜劇作過任何探討(喬伊斯例外)。其原因在於,構成幾乎所有的現代主義作品之基礎的存在主義觀點,實際上描述了荒誕性體驗(的開端),即焦慮,用 T.S. 艾略特的話說,就是主體的異化和世界的荒原。另一方面,它們還主張個人必須有意義地生存,也就是要有“事物的深度”(加繆),並要求有自我本質和真實性,它們把世界本體作爲對意義的探索或真實性的實現來理解;最後便實現了進入“代碼”的存在主義“飛躍”

(海明威),“生存的刹那”(弗吉尼亞·伍爾芙),或自殺(福克納)。個人異化(焦慮與懺悔)過程中的第一和第二個階段(任何種類的跨入意義的“飛躍”)在一刻不停的精神壓力下,都不能維持向喜劇的轉化;資產階級生活以及“取代”之前的日常事務階段,即創始階段也無法維持向世界的複雜性,即向罪惡和無意義的轉化。由此產生的心理創傷和對社會世俗的蔑視所產生的後果(海明威),對它的挑釁(多斯·帕索斯),對無法解決的社會衝突的洞悉(福克納),所有這些對這樣一種轉化實在是過於强大了些。在上述例證中,喜劇只能根據具體情況偶爾提供一點娛樂;它不可能成爲一幅綜合性的透視圖。喬伊斯和卡夫卡(在某種程度上還有福克納)兩人例外,他們通過在這一背景中(如在其他方面中一樣)的特殊地位準確地説明了以下事實:他們站在現代主義和後現代主義的分水嶺上。

隨着認識論和倫理學中不穩定因素的增加以及它們對真理、身份甚至現實這些概念的挑戰,現代的態度也發生了變化。由於現實性取代可能性而造成了界限的模糊,存在主義對於生活的態度中的種種矛盾日益明朗化了。顯而易見,荒誕性的所有四個方面——空洞的宇宙,有意識的反叛中英雄本身的自由,本身的自我消耗和充分享樂,以及死亡的必然性——都相互嘲弄並呈現出多層次折射而成爲變異的可能性;也就是説,在一個元水平上,四種因素都得到了發揮。那麽,生活中的荒誕性和喜劇性就可以理解並加以描繪了。誠然,對荒誕性採取滑稽的態度是必要的,正如加繆將人類的努力叫做鬧劇所提示的那樣,如果人們想把加繆描寫荒誕性模式中的悖論容納進來並描述其全部真理的話。事實上,荒誕的三個方面——空洞的宇宙,有英雄意識的自我,顯示自己的自我——現在只是作爲潛在的可能性而真正起作用,而不是作爲現實性(但它們確實如此起了作用)。在品欽的《萬有引力之虹》中,我們讀到了關於主人公的描寫,“那些懶蟲一般的人,懷着對發現真理的巨大興趣,重新依賴於夢境、精神閃現、預兆、密碼符號、藥物認識論，都在由恐怖、矛盾、荒誕構成的地面上翩翩起舞”(品欽1973:582)。這使有關自由和選擇的態度潛在地轉化進喜劇中，因爲根據存在主義哲學，自主的自我爲“代碼”確立了規則，爲他的真實性表現確立了規則，因此，如果價值的等級制度不復存在的話，自我便可以再三地改換其面具，正如約翰·巴思的《流動歌劇院》中的敘述者所評論的：

> 意識到任何東西都無甚差別是不可避免的，然而，如果一個人不再前進並變成一名聖徒和憤世嫉俗者，或者一個根據原則的自殺者，那麼，他還沒有進行過完整的推理。真理在於，任何事物都無甚差別，包括那條真理。哈姆雷特的問題是徹頭徹尾地沒有意義(巴思 1956:251)。

巴塞爾姆終於開玩笑似地從存在主義中解脫出來，但並非沒有將存在主義的嚴肅性(反諷地也是嚴肅地)作爲有罪的標準提出來。在《犯罪的快樂》一書的《虛無：初論》一文中他寫道：

> 快，快。海德格爾提示說“虛無不存在了”——這是一個冷靜、理智的看法，然而薩特卻不同意(海德格爾考慮的是虛無並不是沒有)。海德格爾將我們指向畏懼。他在從克爾凱郭爾那裏借來一杯畏懼之水後，隨即就把它潑掉了，而在擴大的污處卻找到了(像個研究茶渣的人)虛無。對於海德格爾來說，原有的畏懼就是無法忍受所存在的一切，因爲它使我們瞥見了不存在的事物，並最終向我們提供了進入存在的途徑。但是，海德格爾對於我們，未免過於偉大了；我們贊成他的膽量，但自己卻從事着最簡單的工作，即開列單子。即使招來親友或大軍協助我們，這個單子在原則上也還是永遠開不完……即使我們竭盡一切可能把單子開了出來，把每一樣東西都命名爲虛無，直到最後一顆遊移不定的微粒，那麼，它也不是那個蜷縮在門後、考慮周到地把制單人即我們自己也列在上面的單子了，單子本身也還是在那裏。誰有火柴？(巴塞爾姆 1974:164)

在這段文字中，海德格爾的焦慮哲學被放棄了，而從可能性出發的激進思想卻受到了青睞。缺乏意義的宇宙要求人在反抗中尋找意義，這種假設業已成爲使選擇開放的文學想象的玩物了；或者用《回來吧，凱利加里博士》一書裏的《金子陣雨》中巴塞爾姆的話說：“皮特遐想，我錯了，世界是荒誕的。荒誕因爲我不信仰它而正在懲罰我。我肯定了荒誕性。另一方面，荒誕性本身就是荒誕的(巴塞爾姆 1964：182)。”這就是與巴思的《書信集》中假定的悲劇性的悲劇觀相關聯的荒誕性荒誕觀。

八 約翰·巴思小說中的元虛構荒誕性

後現代主義對荒誕性運用的可能性在約翰·巴思的小說中得到了最完善的體現，儘管在這種語境中只消說幾句話就夠了。在這裏，巴思可以作爲小說中哲理與虛構相結合的典範，從許多不同的方面可以肯定，這個典範幾乎已經成爲後現代作家所遵循的標準了。作爲他創作的結果和出於對價值、信仰和敘述方式業已“枯竭”這個事實的敏感，巴思在所有的敘述方式中從提出對存在主義主張的諷刺觀點開始，毫不猶豫地將加繆的荒誕意識結合進自己的諷刺論述裏。巴思的前兩部小說《流動歌劇院》(1956)和《路的盡頭》(1958)使荒誕性的兩個方面相互對立，但這是居於體現着生活中相反觀點的人物這個水平上的。巴思在《路的盡頭》裏不無諷刺地提到了這一觀點的宇宙參照性，即“宇宙觀”時，他責備了使所有活動癱瘓(如貝克特的小說和戲劇中實際發生的那樣)的、靜止的、不可改變的因而也是“絶對的”荒誕意識。他將其描述爲一種無力作出決定的疾病特徵，其病因在於，按照普遍的觀點，一種選擇並不比另一種高明。這一觀點的體現者是雅各布·霍納，他曾與一個死於人工流產的朋友的妻子有過曖昧關係。他使用了對薩特的自由選擇觀的諷刺性論述和不斷變化與調整的概念，來與這種不動症對立;巴思在這裏使用了"神話療法"這個標籤。這是以心理療法醫師的身份給雅各布·霍納治病的黑人醫生的哲學。"神話療法"這個詞表明了其"神話實質",不過是取代"宇宙觀"之療法選擇的虚構實質而已,它在小説的結尾又一次被存在的固定性所壓倒,在這種情況下,固定性便是關於他的情人即朋友的妻子之死的負罪感。後者喬·莫根體現了對現實的第三種態度:生活各方面的理性化和系統化。在《烟草經紀人》(1960)中,人物的固定部分與適應性强的叙述形象相對立,這種情况一再受到重復與歷史和神話的諷刺觀相結合。埃比尼澤·庫克,從英國到美國去當馬里蘭州桂冠詩人的"流浪主人公",就面臨着"宇宙觀"問題。如同托德·安德路斯(《流動歌劇院》)和他以前的喬·莫根(《路的盡頭》),埃比尼澤試圖將自己的秩序——在這裏就是性無辜的理想——强加於混亂不堪的世界;他的探索是面向存在、永恒和絶對價值的。伯林格姆是另一個主要人物,也是埃比尼澤從前的導師,他模擬《路的盡頭》中醫生的"神話療法",在永恒的變化中尋求終結。他滑稽地模倣了加繆的量倫理學,把面具視爲對各種變化形式的宇宙之愛的表現:"我是一個十足的求婚者,對立事物的擁抱者,是所有造物的丈夫,宇宙的情人(巴思 1960:516)。"然而這裏的情形進一步複雜化了。這兩個人都被不無諷刺地分裂了。儘管他有變化的思想意識,但伯林格姆仍然感到自己缺少穩固性和出身背景。他渴望知道他的根在何處,並在美國竭力尋找之,結果發現自己竟是個印第安人酋長的兒子。他倒退的距離是如此之遥,甚至最終留在了氏族部落的祖宗那裏了。埃比尼澤也經歷了一場倒退,但卻是往相反的方向倒退。他爲同情獻出了天真的理想,照加繆的看法,同情是荒誕意識的終結,因爲它顯示了對他人的適應和意識的變化,而且與他的初衷也是唯一的情人、患梅毒的妓女瓊·托德結爲伴侣。這是人類對存在主義兩可情形之自發和衝動反應的自覺行爲,巴思借此通過愛用悖論的人道主義方式來嘲諷存在主義的諷刺觀,從而賦予喜劇以更大的幅度，以及更大的含混性。

在《迷失在遊樂園裏》中，關於質與量倫理學的諷刺性論述也被當作旅程作的隱喻戲擬而得到進一步激化，這次探索的旅程伴隨着冒險經歷、千辛萬苦、經驗教訓、神祇顯靈、最終目的及其實現，同時還有喜劇的死亡懸念（對加繆來說這是人類存在的真正終極界限）。同時，諷刺被提高到敘述的元水平，在這裏，講述故事成爲存在和自我本質的對應物了。這部書從各個方面使"荒誕"這個字眼成爲折射的中心概念，而且用嶄新的喜劇性折射將其作了限定。

《夜間海上旅行》是繼開頭的《框架故事》之後的第一個故事，它戲擬了敘述旅程的陳舊俗套，夾帶着對個人發展和成熟過程的聯想，把它與生活中和世界上哲學無法估量的事物的思考聯係在一起。《夜間海上旅行》的基調表明，巴思是在取笑這些重大問題，然而卻無法還原其含義（也許根本就不想還原）。該故事背後的笑話在於，讀者逐漸意識到善於思考的敘述者是個精囊，其夜間旅行是通往卵巢的精子軌道。敘述者與上百萬個同行們在溪流中朝着某個未知的但卻直觀上靠得住的目的地漫遊。在一次停留中，他考慮了生活中的一些基本問題：

> 這次旅行是我的發明嗎？我要問，除去我的體驗，黑夜、海洋真的存在嗎？是我自己存在呢，還是一場夢？有時我納悶。如果我存在，我是誰呢？我要輸送的遺產又是什麼？但我怎麼能既是容器又是內容呢？這些都是困擾我休息的問題。（巴思 1968：13）

使讀者感到樂趣的是，敘述者用荒誕術語反映出了他所處的情形：

> 假如有時候想入非非，那就同我的鄰居們齊奏合唱"前進！向上！"我曾假設過我們畢竟有着共同的上帝，其實質和動機我們也許不知道，但

> 他卻以某種神秘莫測的方式創造了我們，並將我們發向只有他才知曉的目的地。如果（僅因爲情緒的延續時間）說我能夠接受這類的看法，即在某些地區非常流行的看法，那便是因爲我們的夜間海上旅行染上了它們的荒誕特徵。一個人甚至可以說：我也許相信它們，因爲它們是荒誕的。
>
> 以前有人這麼說過嗎？（巴思 1968：13）

正當成千上萬個精囊“淹没”了每一秒鐘時，幸存者們則依靠歌唱“愛”才得以漂浮在海面上！在這些間隙中，巴思不但滑稽地模做了《流動歌劇院》中對他的人物托德·安德路斯自殺的種種反思——“的確，如果我必須加入自殺者的行列，那是因爲（厭倦不算）我發現溺水而死並不比繼續游泳更有意義”（巴思 1968：14）——，而且也模仿了荒誕哲學的其他信條，如不屈不撓，在多數情況下它本身也顯得荒誕：

> 夜間海上旅行可能是荒誕的，但不管我們願不願意，我們都在游泳，逆流而上，向前向上，朝着不可能存在即使存在也不可能到達的海岸游去。（巴思1968：15）

“游泳者”必須決定

> 是停止破浪前進一沉到底，還是擁抱荒誕性；自在自爲地肯定夜間海上旅行；爲單純游泳而既無動機也無目的地游下去，進而憐憫同游的伙伴，因爲我們都漂泊在茫茫的海上，同樣處在黑暗之中。（巴思1968：15）

憐憫並未包容進標準的荒誕主義綱領中，它標誌着巴思與美國其他後現代小說家的顯著差別，即在單純的（形式）反叛中看不到任何意義：

> 如果連假設的海濱都不能爲溺海溺死的同志們的行爲辯護的話，那麽，把在海濱游泳説成是在爲這些人辯護，在我看來這簡直是猥褻。我繼續游泳，但僅僅是因爲盲目的習慣、盲目的本能、盲目地害怕淹死要比對旅行的恐懼强烈得多(巴思1968:15)。

叙述者將欲做一個徹底的局外人的選擇作爲純粹的自我中心論加以拒絶，因而把自己置於荒誕哲學的對立面。局外人的觀點似乎

> 比以慣用的方式行進更爲荒誕，這當然是在我們毫無意義的情形中。自殺者、叛逆者、悖論的斷定者——對決定我們命運之旅程的否定者與肯定者——我最後都對他們摇了摇頭(巴思1968:16)。

“旅行”具有諷刺意味的終結使他拒絶了荒誕觀，即認識到宇宙的無意義與對它的任意反叛之間的張力，但他卻把愛作爲“解決方法”接受了下來。在一次感情的奔放之中，他放棄了知識的明確性，即荒誕意識的先決條件。他感到自己像中了魔似地被吸到“她”身邊而且欣喜若狂，雖然一開始還猶豫不決，因而使這種感情頗富有喜劇性，那最終使他被忘卻的結合，也就意味着自殺，以此作爲解脱：

> 我没有上當，這種新的情感是她引起來的，攫住我性慾的是她的魔力。我的理智全消失了；刹那間我就要喊出“愛！”同時一頭埋入她的胸懷並“變了形”。也就是説，我已經死去；這個被激情所左右的家伙並不是我；我是那個發誓要放棄和拒絶夜間海上之行的人！我……
>
> 我渾身充滿了愛。“來呀！”她柔聲地説道，而我没有決心。(巴思1968:21)

《夜間海上旅行》可以作爲模倣加繆之作和總體上的荒誕哲學來閲讀，這種模倣將“神志清醒”的間距置於擬人化的和持久的情愛之

無間距的忘我之上。因此，叙述者被誘入自我消亡的情愛中，隨着對身後的同伴們的喜劇性警告而不見了，與《奥德修紀》中海妖的歌唱不無相似之處："别再聽她唱了！"(巴思 1968:22)。然後他一邊喊着"愛！愛！愛！"。(同上)一邊完全消失進"她"中去了，因而鞏固了《梅納雷阿德》(167)中所讚美的"愛情的荒誕性和無盡的可能性"。

根據加繆的看法，"最荒誕的人物……莫過於作者"(加繆 1955:68)而且藝術品"本身就是一種荒誕現象"(71)；"創造性的存在具有雙重性"(70)。在他所描寫的荒誕地追求生活與荒誕的藝術品之間有一種巨大而又無法攻破的對應關係。"被剝奪了永恒的人的全部存在不過是荒誕面具掩蓋下的一場大笑劇而已，創造就是一場了不起的笑劇"。(同上)相應的便是"描寫，也就是荒誕思想的最終宏願"。(同上)藝術品"包含着智力劇"(73)，但"藝術品還是一種構造"(72)。人們並未就荒誕觀點的直接、合理，並且可能的再現能力提出認真的質問："要一件荒誕藝術品可行，其中必須有最明確的思想。"(同上)毫無疑問，這是敢於揭露荒誕派綱領中種種矛盾的一個挑戰，而且具有完整的思想明確性。

巴思及其同仁們再三聲明，藝術的第二生命對他們來說要比"現實"的第一生命更爲重要，根據加繆的觀點，"現實"的第一生命包括辯證意識和量方面的存在，卻没有人類意識之外的形而上學、倫理學或任何意義屬性上的可能性。脱離加繆或薩特的第一步是用思想的工具，充分認識合理地再現和描述"現實"的不可能性。但是，早在加繆那裏，"明確的思想"就同時"導致"了藝術品的産生，而且恰是在這一行爲中否定了自己。貝克特和尤奈斯庫的荒誕戲劇從不合理事物的合理體現中移開了腳步，並在這一過程中掃除了現實與虚構中的障礙。第二步也自然地從加繆的位置上走開了，也從現代人在決定"真理"和"現實"過程中所經歷的嚴肅問題上走開了。如若意義之於現實的屬性僅對人的意識才行，儘管不是"客觀”地，那麼，這種屬性也是人爲的，因而就是虛構的。由此便產生了埃比尼澤在《菸草經紀人》中表現出的灼見，即無意義的生活就是“瘋狂”，對解釋生活的選擇便是通過虛構而自給意義的意識，這些虛構在《牧羊娃吉爾斯》和《迷失在遊樂園裏》中創造出來，並得到這樣的體現：

> 故事含有什麼寓意？是不是說宇宙是虛浮的？奉獻出的貞潔生命是空洞的瘋狂？還是說宇宙所缺乏的必須由我們來提供？（巴思1960：660）。

《牧羊娃吉爾斯》中虛構的事物是作爲敘述輪廓提出來的，在《迷失在遊樂園裏》中巴思將故事的敘述和虛構作爲詩學的“前小說”的對象，包括一系列主題並列的短篇故事，但卻在“正規”小說開始處停止了。荒誕性和喜劇性的問題變換爲敘述行爲本身，而這一行爲必須包含個人的身份（敘述者/作者）以及通過虛構而成的現實的可行性。這就意味着構造自我和體驗世情的可能性與敘述故事的可能性結下了不解之緣。一切發現都是否定的，因此，世界的荒誕性再也不能像在加繆的作品裏那樣得到合理的描寫，亦或在尤奈斯庫那裏得到隱喻的記載；相反，敘述行爲、虛構行爲本身就已顯得荒誕不堪了。我們的收獲是一件把（上帝和藝術家的）創作付出的努力描述爲地地道道的荒誕活動的十分荒誕的藝術品。於是，在《題目》這個故事中我們讀到了這段文字：

> 事實是，敘述者已將本人敘述進了一個旮旯，一種與其說是哭號不如說是抽泣的狀態，加之因爲他的觀點是荒誕的，他便把世界稱之爲荒誕（巴思1968：115）。

每一種世界觀就是一部小說，這個事實解除了對生活觀的束縛力，包括荒誕觀，並使其具有相對性，進而使相對性成爲必然性。生活同時成了窘境和玩笑。《迷失在遊樂園裏》這個題目就反映了這一雙重特點。人們尚未認淸他們虛構的人物或說明其感染力便採用了現實中的原型,因而顯得十分可笑。另一方面還有個自我本質的存在問題。《迷失在遊樂園裏》構成整體的方式,使得通過虛構而形成的自我本質和現實問題進一步激化了(《回響》),目的是在《梅納雷阿德》和《阿諾尼米阿德》中達到高潮。

這部書中各式各樣的敍述者像貝克特那樣,堅持使用詞語,因爲對說話和寫作來說別無選擇,只有死亡;而自殺,如加繆在《西西弗的神話》和巴思在《流動歌劇院》中所强調的那樣,相對於其他選擇也並無優勢可言,因而也就不值得考慮。堅持詞語的哲學由於運用到了《迷失在遊樂園裏》中的敍述者身上,因而導致了荒誕情形的產生:敍述者奮起反抗空虛並用詞語爲他的自我本質而戰,但同時又完全淸楚,這些詞語和虛構故事是空泛的;儘管如此,作爲反抗的舉動,他自然不斷地寫出大量的小說,彷彿其數量(參照加繆式的主人公)足以代替質量上的缺陷似的(爲首尾一致和具有意義而奮鬥)。加繆的主人公身上所存在的荒誕意識,似乎已變換到了虛構的元水平上了,而虛構的反應則變成了敍述者的意識。兩者皆因反諷的倒轉和含混而變得滑稽可笑:

> 這正是我還要說到的一點,我和我那虎頭蛇尾般的血淋淋的名詞,我們倆你擠我我擠你地搶着去填補那個空格(巴思1968:116)。

《菸草經紀人》中的元歷史、《吐火女怪》中的元神話、《牧羊娃吉爾斯》中的元寓言,都必須看作是填補空缺的材料,它既填補了人類內在的空虛,又填補了宇宙外部的空洞。

(黃桂友　譯)

參考書目

Barth(巴思), John. 1956. *The Floating Opera*(《流動歌劇院》). Garden City, N. Y.: Doubleday, rev. ed. 1967.

-----. 1960. *The Sot-Weed Factor*(《煙草經紀人》). London: Panther Books, 1965.

-----. 1966. *Giles Goat-Boy or, the Revised New Syllabus*(《放羊娃吉爾斯,或新修訂的大綱》). Garden City, N. Y.: Doubleday.

-----. 1968. *Lost in the Funhouse* (《迷失在遊樂園裏》). Harmondsworth: Penguin, 1972.

-----. 1979. *Letters*(《書信》), a Novel. New York: Putnam.

-----. Barthelme, Donald. 1964. *Come Back, Dr. Caligari*(《回來吧,卡利加里博士》). London: Eyre and Spottiswoode.

-----. 1970. *City Life*(《城市生活》). New York: Quokka, 1978.

-----. 1974. *Guilty Pleasures*(《犯罪的快樂》). New York: Farrar, Straus and Giroux.

-----. 1975. *The Dead Father*(《死去的父親》). New York: Farrar, Straus and Giroux.

Beckett(貝克特), Samuel. 1953. *Watt*(《瓦特》). New York: Grove Press, 1959.

Bellamy(貝拉米), Joe David. 1974. *The New Fiction: Interviews with Innovative American Writers* (《新小說:美國創新作家訪問記》). Urbana, Chicago, London: University of Illinois Press.

Benamou, Michel and Charles Caramello, eds. 1977. *Performance in Postmodern Culture*(《後現代文化中的表演性》). Madison, Wisconsin: Coda Press.

Camus(加繆), Albert. 1942. *Le Mythe de Sisyphe*(《西西弗神話》). Paris: Gallimard.

-----. 1955. *The Myth of Sisyphus and Other Essays*(《西西弗神話及其他論文》), trans. Justin O'Brien. New York: Vintage Books. Translation of Camus 1942.

Coover(庫弗), Robert. 1969. *Pricksongs and Descants*(《樂譜和歌謠》), Fictions. New York: Dutton.

Corrigan, Robert W., ed. 1965. *The Theartre in the Twentieth Century*(《二十世紀戲劇》). New York: Grove Press.

Dembo(丹堡), L. S. and Gyrena N. Pondrom(蓬德魯姆), eds. 1972. *The Contemporary Writer: Interviews with Sixteen Novelists and Poets*(《當代作家:十六位小說家和詩人訪問記》). Madison: University of Wisconsin Press.

Esslin, Martin. 1961. *The Theatre of the Absurd*(《荒誕派戲劇》). London: Eyre and Spottiswoode, 1962.

Federman(費德曼), Raymond. 1976. *Take It or Leave It*(《是捨還是取》). New York: Fiction Collective.

Gado, Frank, ed. 1973. *First Person: Conversations on Writers and Writing*(《第一人稱:關於作家與作品的談話》). Schenectady, N. Y.: Union College Press.

Galloway, David. 1966. *The Absurd Hero in American Literature*(《美國文學中的荒誕主人公》). Austin: University of Texas Press.

Harris, Charles B. 1971. *Contemporary American Novelists of the Absurd*(《當代美國荒誕小說》). New Haven, Conn.: College and University Press.

Hawkes(霍克斯), John. 1976. *Travesty*(《滑稽模倣》). New York: New Directions.

Hertzel(赫特茲爾), Leo J. 1969. "An Interview with Robert Coover"(《羅伯特·庫弗訪問記》), *Critique* 11: 25-29.

Ionesco(尤奈斯庫), Eugene. 1965. "Discovering the Theatre"(《戲劇探索》), in Corrigan 1965: 77-93.

Joyce(喬伊斯), James. 1922. *Ulysses*(《尤利西斯》). New York: Modern Library, 1940.

Lesky, Ablert. 1964. *Die griechische Tragödie*(《希臘悲劇》). 3rd ed. Stuttgart: Kröner.

Nabokov(納博科夫), Vladimir. 1969. *Ada, or Ardor: A Family Chronicle*(《艾達,或阿德:一個家族的編年史》). New York: McGraw-Hill.

Pynchon(品欽), Thomas. 1973. *Gravity's Rainbow* (《萬有引力之虹》). New

York:Viking.

Sontag,Susan. 1966. *Against Interpretation and Other Essays*(《反解釋及其他論文》). New York:Delta.

Sukenick(蘇克尼科),Ronald. 1969. *The Death of the Novel and Other Stories*(《小說的死亡及其他故事》). New York:Dial Press.

Tatham(塔塞姆), Campbell. 1977. "Mythotherapy and Postmodern Fictions: Magic is Afoot"(《神話療法和後現代小說:施展中的魔幻》), in Benamou and Caramello 1977:137-157.

Trachtenberg, Stanley. 1973. "Counterhumor: Comedy in Contemporary American Fiction"(《反幽默:當代美國小說中的喜劇》) *Georgia Review* 27:33-48.

Vonnegut(馮尼格特), Kurt. 1973. *Breakfast of Champions*(《冠軍的早餐》). New York:Delacorte.

Wilde(王爾德),Alan. 1981. *Horizons of Assent:Modernism,Postmodernism,and the Ironic Imagination* (《一致的視野:現代主義,後現代主義和反諷想象》). Baltimore and London:Johns Hopkins University Press.

Ziegler(兹格勒),Heide and Christopher Bigsby(比格斯貝),eds. 1982. *The Radical Imagination and the Libreal Tradition:Interviews with English and American Novelists*(《激進的想象與自由的傳統:英美小說家訪問記》). London:Junction Books.

美國小說和藝術中的後現代主義

塞奥·德漢*

本文將集中論述美國小說和藝術,因爲在我看來,這兩者的發展是同步的。這裏所說的藝術主要指視覺藝術。這並不是說後現代主義與詩歌或其它藝術無關。同樣,我把討論範圍局限於美國,也並不意味着後現代主義只是在美國才有。相反,我認爲這是個廣泛的國際現象。本書中的其它若干篇論著足以證明這一點。另外,我充分認識到關於藝術間相互比較之合法性的激烈辯論(最近的論述請參看斯泰納等,1982,以及1980年春第三期《批評探索》6號中的若干載文)。然而,爲了本文的寫作宗旨,我僅做如下設想:就可能的平行潮流進行推測,並給這些潮流以適合於各種藝術之發展的標簽,這至少是可能辦到的。

正如漢斯·伯頓斯在爲本書撰稿時所說,在文學批評中,後現代主義這個術語充分確立了下來。就其現在的意義以及在美國的背景下,它專指戰後小說中的一個特殊方面,如在1960年,通過約翰·巴思,唐納德·巴塞爾姆,托馬斯·品欽,羅勃特·庫弗,約翰·霍克斯,威廉·加斯,蘇珊·桑塔格,庫爾特·馮尼戈特,唐·德利斐,吉爾波特·索倫提諾,托馬斯·麥克古恩等作家的作品,這一方面才被認爲是佔主導性的。

自1971年《奥耳甫斯的解體:走向後現代文學》面世以來,伊哈布·哈桑一直是“後現代主義”這一術語和概念的最堅決的捍衛者,

* 塞奥·德漢是荷蘭萊頓大學英文系教授。

七、八十年代,這方面的著述論文與日俱增,汗牛充棟。在論述後現代小說的著作中,應該提到的關係最重大的有,哈桑的《超批評》(1975)和《恰到好處的普羅米修斯之火》(1980),以及他與夫人莎麗·哈桑合編的《革新/創新》(1983),戴維·洛奇的《現代寫作模式》(1977),和阿蘭·王爾德的《一致的視野》(1981)。

在藝術批評中,後現代主義的引進則要晚一些:我們可以參考道格拉斯·大衛的《藝術文化:後現代論集》(1977),查爾斯·詹克斯的《後現代建築的語言》(1977),詹克斯受托爲《建築設計》編輯的《後現代古典主義》專號(1980),還有阿吉爾·伯尼托·奧利瓦的《國際超先鋒派》(1982)。至於文學和藝術的結合,我們則可以指出克利斯朵夫·巴特勒的《覺醒之後》(1980)。

在比較上述衆家觀點時,各種問題便紛至沓來。第一個問題是,没有哪兩家似乎可以就後現代主義的共同特徵或程式達到一致的意見。儘管在後現代文學的論述中一批骨幹論者脱穎而出,但至於是什麽因素使他們成爲後現代的批評意見卻大相逕庭。比方説哈桑就在他的一部著作中指出,使某一作品具有後現代性的要素是,它傾向於"沉寂",即在形而上的意義上,關於終極真理它須緘默才好。哈桑還挑出"内在性"和"不確定性"作爲最典型的後現代主義例證。王爾德則認爲"懸念反諷"的特殊形式是後現代作品的標誌。按照洛奇的看法,決定性的問題在於,後現代作品在叙述層次上給讀者灌輸某種"不確定性"。同樣,其他批評家也突出了其他特徵。詹克斯也就建築上的後現代主義問題提出了類似的觀點,巴特勒對戰後文學、繪畫和音樂的比較,以及其他藝術批評家一般也都有大體相同的特徵。

第二個問題,或許是第一個問題的必然結果,即大多數批評家在自己的學科内都對後現代主義興起的時間衆説紛紜。哈桑在他的著作中認爲,後現代主義是以《芬内根的守靈》爲開端的。其他批評家則認爲它起自二十世紀五十年代前後,恰好以威廉·蓋迪斯的

《識別》面世爲起點，在六十年代一躍而居主導地位。大概文學和藝術兩方面的批評家都會同意以五十年代中後期作爲佔主導地位的現代主義或後期現代主義向後現代主義過渡的時間。最難確定的似乎是繪畫中後現代主義轉變時間。例如巴特勒就願意把抽象表現主義包括進來，而這一運動早在五十年代前便佔主導地位了。與此相反，奧利瓦則認爲超先鋒派出現在七十年代後期。我認爲，奧利瓦提出的這個極晚的日期源自所謂的超先鋒派，但它只包含後現代主義的一個具體方面，也就是詹克斯所定義的建築中的"後現代古典主義"，他還將其看作是七十年代中後期以來後現代建築中的主流。但是，正如我已指明的，這不過是後現代主義中的一個方面而已，作爲一個更廣泛的整體運動，在繪畫、建築中，恰如在文學中一樣，毫無疑問在時間上要早於七十年代。

我將在本文中列出我在後現代藝術和文學中所見到的平行方向。爲了與文學批評中的大多數評論家一致，我將遵照1955年(大致上)爲後現代主義和繪畫的轉變時間之說，不包括抽象表現主義，但包括後繪畫抽象主義，最簡單派藝術以及通俗藝術。

我實際討論後現代發展時的起點，是法國哲學家讓-弗朗索瓦·利奧塔德的《後現代狀况》(1979:7)書中的一句話。在利奧塔德看來，"在極端的簡化過程中，人們往往將對元敘述的懷疑視爲後現代。"利奧塔德的元敘述(哈桑譯，見哈桑夫婦1983:26)係指那些一體化的(資産階級)社會並證明宗教、歷史、科學、心理學，甚至藝術之正統性的解釋方法。利奧塔德關於後現代狀况的定義直接指向對所有外部正統性，所有外在解釋的不信任或懷疑。我認爲，這裏才是後現代主義與現代主義的聯係及重大差異應確定的地方。現代主義嚴重地依賴於元敘述的權威性，從虛無主義的混亂中尋求慰藉，虛無主義則由於政治、社會、倫理和經濟上的種種境况而昏昏欲睡。這種境况在其他作品中有過詳細描述(參看布拉德伯里與麥克法倫 1976，佛克馬與蟻布思 1984，弗克納 1977，考科斯與戴遜 1972,布拉德伯里 1971,帕金斯 1976,斯泰德 1964,霍夫曼 1965,麥克考米科 1971,凱納 1971、1977,愛爾曼與菲德爾遜 1964),此處無庸贅言。事實上,至少一批主要的美國代言人認爲,現代主義已成爲對一個失去的整體、失去的統一體的呼喚。

如果我用最惹人注目的英美現代主義者來命名最爲貼切的作品作代表性的例子,那麼,T. S. 艾略特的《荒原》便是對於一戰之後混亂症的診斷,同時也是要求取締混亂換之以新事物的强烈吁請。在那些"片斷"中,艾略特"倚在他的廢墟上",向宗教和歷史的權威呼籲,請求提供這樣一種新的選擇。他用"神話的方式"求助於藝術和文學的連續性來提供整體和統一性。他以創作自己的史詩之方法,既在實際意義上(他運用重複來處理記憶組合),又在抽象意義上求助於心理學的發現(他的神話方法與榮格的集體無意識觀念有明顯的相似之處)。在他後期的作品和純理論文章中,艾略特還訴諸權威的更爲世俗、更帶政治性的形式,要求爲他的時代提供統一和整體感。艾略特通過自己的作品渴求他那個世界和時代的統一性,在其作品中通過内容、風格和結構體現出來。用艾略特的和現代主義者的話來說:作品是現代主義世界觀的"客觀關聯物"。這樣一來,藝術便沿着艾略特規定的路綫發展爲對抗混亂的防御物。實際上,在艾略特和其他現代主義作家所生活的世界上,這是唯一的防禦。這種觀點的經典化,至少在文學界,由於提高到新批評派的教學教條階段而出現,這些新批評家本身也受到艾略特論文的深刻影響。他們提倡仔細地辨别"形式"與"内容"的相似之處,直到否定兩者間的兩分程度。他們也同樣强調藝術作爲"人性"或"人文主義價值"的保護措施。

在作了必要的修正之後,我這裏所説的東西便適用於大多數美國現代主義作家了:他們全部依賴於某種元叙述的權威——儘管他們不都像艾略特那樣始終如一——給他們的作品以統一性和整體性,他們認爲,這已在自己的世界裏消失,但他們仍在作品中不懈地奮鬥抗爭，往往懷舊式地、臨時地、假設性地爭取(參看佛克馬和蟻布思1984：11及其他各處)。例如，考慮一下下述情形就足以爲證了：龐德依賴於古典文學(按照潛人傳統的意義而論，不只是希臘或拉丁)，還依賴於經濟學理論和社會學理論(不管我們相信它們多麼古怪)；福克納依賴於歷史和美國南部特有的、已爲人們接受的神話；海明威則依賴於自然神話、榮譽的各種代碼以及與他的生活和創作相符的勇氣。福克納也一直是促使歷史上的作品與自己那有時似乎毫不相乾的小說片斷統一起來，如《八月之光》，在這部作品中，他運用了濟慈《希臘古甕頌》中的形象化描述。在《太陽照樣升起》中，儘管不像艾略特那樣明顯，但海明威仍借助於同樣的神話——最突出的是魚王的神話——艾略特在《荒原》中也使用過。即使在某些現代主義作家作品中最零碎的地方，如福克納的《喧嘩與騷動》，尤其是班吉部分，這種片斷性——儘管也許不直接而且也很費勁——仍然可以理解，這是用心理學的代碼使片斷連結起來的。在繪畫中，適用於艾略特的《荒原》的評論也同樣適用於畢加索的《格里卡》這類作品。

至於後現代主義爲何一概不相信元敘述，這不屬於本文論述的範圍。也許它只是對標誌我們時代的語言再闡述之傾向的邏輯補充。這種傾向將全部解釋方法的權威性還原到語言的闡述，並揭示了它對措詞恰當的依賴性，而不是依賴於外在的價值。這基本上是富科在《詞語與事物》(1966)和《知識考古學》(1969)中闡述的觀點。當然，在文學批評中，對與利奧塔德心目中的哲學密切相連的事物的探討，主要有後結構主義和解構主義，這些探討是以始終拒絕把文學文本視爲“話語”以外的任何事物爲標誌的。他們甚至將自己的批評話語看作正是這樣一種東西，用七十年代著名的說法，將其視爲“自我消耗的語言制品。”照此，批評中的這些運動彷彿是目前傾向的組成部分，旨在用我們時代的主導性科學即語言學的方法來闡述全部經驗。與這種傾向相一致，後現代主義的重要評論家們似乎也決心以語言學的方式來看待這個運動:詹克斯論及《後現代建築的語言》,巴特勒聲稱他的計劃一直是爭辯"在五十年代,語言藝術基本上新的程式得到了發展"(1980:ix),奧利瓦始終說藝術是"沿着語言學的達爾文主義進化路綫而發展的",而且"改變了過去的語言"(1982:36)。文學批評家們因爲偏愛而採用語言隱喻,這一點也許不足爲奇。

對此我們還應補充一個事實,即現代主義時期所信賴的大多數元叙述,直接了當也好,含而不露也好,都由於二十世紀四十年代種種事件的發生而受到根本的懷疑。我們來解釋一下一個著名的說法,這一說法是,"奧斯威辛集中營事件以後人們很難相信上帝了(進一步說是很難相信人類)"。在本文以下的篇幅裏,我將論述並證明這種對元叙述的懷疑態度在後現代藝術和文學中是如何表現自己的。

在後現代主義範圍內,似乎有兩種主要傾向顯示了出來:一種是否定,另一種是肯定。第一種傾向認爲自己擺脫了現代主義的宗旨,並把這些宗旨還原到幾乎荒唐的地步。第二種傾向則不是否定現代主義的原則,而是使它們自我對抗。第二種傾向活潑得多,是積極的,在我看來,要比第一種更富於生命力。事實上,我們完全可以捫心自問,把第一種傾向視爲現代主義的結束時期是否就不明智——它退出舞臺時"不是興高彩烈,而是哭哭啼啼",與剛剛萌芽的後現代主義並存——而不是把它視爲後現代主義的某個合理成份(請看麥克黑爾在本書的撰文中使用的"極限現代主義"術語)。儘管批評界至今不肯這麼做,這種審視事物的方法將爲更嚴格意義上的後現代主義擬定一部詩學起極大的促進作用:作爲各種藝術中貫穿始終的運動或傾向,而不是時期的標誌。這並不妨礙這個術語仍可用於"後現代主義時代"一類的片語中,如同現代主義所發生的情形那樣。後現代主義可以看作是一場運動,但不是1955—198?期間唯一的運動,而這一整個時期可標明是後現代主義的,因爲後現代主義恰好是這個時期内的主導性運動。

從若乾目前被列爲後現代主義的作品中要提取的第一種傾向是還原。這是對現代主義依賴藝術元敘述的最直接的、否定的、來自藝術内部的反動。它拒絶使用那些被認爲是現代主義作品基本的或正規的結構,文體和内容的各種程式。畫家凱尼斯·諾蘭德摒棄了繪畫中的結構,而正視了現代主義,因爲“過分明顯地擺弄結構勢必將畫家拋人基本上是立體派關注事物的死水之中”(約翰遜1982:50)。相反,他需要

> 没有圖解;没有系統;没有系數。没有成形的畫布。最爲重要的是,没有物體屬性,没有客觀性。所畫物應在最薄不過的表面上着色,這表面有如刀片在空中削出的薄片兒。顔色和表面渾然一體,如此等等(約翰遜1982:50)。

在1964年的一次採訪中,多納德·賈德在回答這個問題時,説得較直接了當,即他爲什麼用“是的,那些影響具有整個歐洲傳統的所有結構、價值和情感來避免構圖的影響。如果全部拋棄它們的話,那正好適用於我”(約翰遜1982:114)。賈德的評述表明,對於美國的藝術家們,背叛現代主義是與美國人不斷追求真正的美國藝術相輔相承的,而這種藝術則是與對歐洲模式的效法或繼續相對立的。不過,除此之外,賈德的聲明還是這些藝術家脱離歷史元敘述的權威性的最直接表示:他們摒棄一切傳統,或者説,如果他們不立即摒棄,至少也要以令人想起當代哲學之實踐的舉動,將它作爲與自己無關的事物而“加上括號”。

在他們掃清了源自早期,尤其是源自現代主義的所有障礙之後,這些藝術家們便轉向内部去尋找繪畫中最基本、最關鍵的因素了。凱尼斯·諾蘭德,朱爾斯·奥利茨基,愛爾華茲·凱利,拉利·浦恩斯,弗蘭克·斯特拉,以及大多數最終被稱爲後繪畫抽象派的藝術

家,用彩色做底子的畫家,亦或最簡單派,再用諾蘭德的上述話語來説,都毫無例外地表現了他們對"色彩與表面,等等"的關注。

照此,這些畫家也開始懷疑那些抽象表現主義畫家仍然堅持的尚不成熟的元敘述了,不管他們從現代主義保留下的東西多麼少:那種"羅斯克和巴利奧提斯所用的"氛圍幻覺主義手法"(巴特勒 1980:50),具有某種波洛克的技法和肌質。倒不如説,他們開始懷疑起抽象表現主義的情感性了,也就是其"表現的"那個方面。他們寧肯"追求一種情感上超脱、形式上嚴密、存在上無名的藝術"(57)。這些關注導致了諸如諾蘭德的《穿過蒼海》這類作品的產生。當然,這些畫家所用的某些解釋聽上去頗似他們的歐洲同行們在本世紀初所表達過的東西,他們的某些目的也極像早期歐洲藝術家的目的。然而,重要的是,對他們自己來説,連這一點也不重要,或説無關緊要:他們聲稱已將全部傳統制爲白板,而且已從亂塗開始,只用最簡單派畫家的工具。

在文學中,諾蘭德聲明中所展現的同一種精神激發約翰·霍克斯説出了下面一段話(1965:143):"我是在假設小説的真正敵人是情節、人物、背景、主題的基礎上開始創作小説的。"顯然,我們在這裏又一次關涉到某一特定藝術之存在的語言的還原問題,即還原到某個創作者認爲是那種特定藝術的最小因素之程度。對於霍克斯來説,這顯然是語言學因素本身。關於文學中詞語首要性的類似觀點,儘管對小説中所有其它因素不利,但在過去的二十年裏,威廉·加斯卻連篇累牘地大加宣揚。加斯曾這樣説道:"在小説中,我的興趣在於轉變語言,在於解除語言的那種幾乎不變的交際性。"(加斯1979:28)他把人物視爲"書中任意的語言定向,對於這個定向,文本餘下的大量篇幅都起到修飾的作用"(1979:32)。他認爲,"作品中只有一件東西:詞語以及它們如何產生作用與如何相接"(同上)。在這些被先前的文學運動視爲對小説範疇的最基本因素的攻擊當中,對人物因素的攻擊也許對現代主義的觸動最爲直接。

的確，現代主義將意識流作爲作品的組織原則，而對此的依賴則預示着小說中人物的存在和連貫性。

在小說中表現這種抽象觀念的作品是加斯的《國土中心的中心》，選自同名故事集。在這個故事中"敍述者"爲我們提供了一座印第安納小鎮的風景畫——如果我們可以稱他爲敍述者的話——他只是被動地表述了各種事件。這個"故事"——如果我們還可以稱之爲故事的話——是根據種種不同的題目勾劃出來的：氣候、某個人、同一個人、另一個人等等，沒有任何連接因素。在現代主義作品中，屬於諸種不同範疇的"事物"之間的聯係應由敍述者根據其心理特徵來提供。加斯的故事中，什麼也無法"聚合起來"：的確無情節、無主題、無人物。故事的唯一興趣想必是在於語言本身了。

他們對於媒介的集中通常導致後現代作品的自我意識和自我指涉。例如，巴思的小說集《迷失在遊樂園裏》中的多數故事就是這種情形。《題目》和《一生的故事》都對他們自己的敍述前提懷疑到了令人作嘔的程度，以及巴思對這種極端自我意識所感受到的明顯絶望——後現代藝術家被還原論傾向帶進的那種窘境——在下述段落中顯而易見，其中《題目》的敍述者/作者，顯然是巴思本人的代言人，他給所有後現代作家面臨的問題定義如下：

情節與主題：被世界的這個時刻敗壞的意念，至今尚未成功地獲得成功。衝突，錯綜，沒有高潮，最糟的還在後頭。事事導向烏有：將來時態；現在時態；過去時態；完成時。最後一個問題是，能使烏有變得有意義嗎？這難道不是最後一個問題嗎？如果不是，結局就在眼前。確實，可以說是。實在是忍無可忍了(巴思 1968:102)。

對於基本的敍述可能性的類似懷疑在唐納德·巴塞爾姆的許多故事的核心中可以見到，如《城市生活》集中的《句子》，羅伯特·庫弗的《樂譜與旋律》中的許多故事中也有。

這種對小說中講述故事行爲本身的自覺探索在繪畫中與各種實驗並行,用巴巴拉·羅茲在她的《1900年以來的美國藝術》中的話說,這是些對"繪畫的實際質量,即二維、有具體形狀"(1967:201)的實驗。這些對於二維的實驗引起了某種排他的關注,即對於理解本世紀六十年代美國繪畫中的一個關鍵術語的關注:"扁平"。扁平被認爲是繪畫與其它藝術不共有的唯一方面,因而也是繪畫發展的焦點。

扁平的效果是通過使用浸透了油彩而不是塗上的油畫佈的新材料才獲得的(如海倫·弗蘭肯塞勒的繪畫),這樣也就實際滿足了諾蘭德對於"有如刀片在空中削出的薄片的表面"式繪畫的要求。它還是通過從油畫佈上清除全部有濃度的幻覺而取得的。對此有若乾種處理方法。其中之一是使底色擴大,彌漫整塊油畫布,但並不造成一種顏色或若干種形成前景而另外一些形成背景的幻覺。但這裏與同樣抽象的抽象表現主義的實踐產生了很大的差異。如果我們觀看一幅波洛克式的(Pollock)、羅斯克式的(Rothko)或一幅斯第爾式的(Still)畫,我們不禁會感到這些繪畫有一定的背景和前景,也就是說,它們裏面有深度。諾蘭德、凱利或斯特拉的畫則不然。從油畫布上清除濃度幻覺的另一種辦法是描繪其自身內平坦的東西,使它們擴大,充滿整塊油畫布。這是傑斯帕·約翰斯在他著名的《旗與靶》畫作中,羅伊·李奇滕斯坦在油畫布上複製滑稽條幅式"畫面"中採用的解決辦法。

當更爲積極的、更富有活力的後現代主義傾向開始使現代主義的種種實踐自我對抗時,這種傾向才顯示出來。用目前流行的美國批評術語,我們可以說,後現代主義創造性地"分解"了現代主義對於不成熟的元敍述之統一潛力的依賴性。所以重要的是,在形式的層次上,後現代主義用斷片和折衷主義取代了現代主義的單綫發展的功能主義。

在繪畫中,現代主義和後現代主義所用的方法在這方面的差異,或許在它們分別運用的拼貼畫裏面的反應最爲驚人。現代主義,尤其是立體派,如畢加索、布拉克、葛利斯的作品,以及後現代主義,如沃赫爾、羅森伯格的作品,都喜歡搞拼貼。不過,這兩種實踐間的差別非同小可。儘管現代主義的拼貼畫包含了也許本無干係的各種形象,但卻被技巧的整體一致性串連了起來:通過使用同種風格和同種油彩(來畫),並根據對稱和預先確定好的結構來安排,這些東西都可以串連起來。對觀者來說,現代主義拼貼畫給人以同時性印象:他從不同的角度同時觀看一樣東西。而一幅後現代主義的拼貼畫,拼湊到油畫佈上的各類碎片卻原封未動,未加改造,每一塊都保留了自身的物質性。正如約翰·凱支在《沉寂》(1961:101)中評論羅森伯格的混合拼貼畫時所說:"一幅混合畫中的主題不及一頁報紙中的主題多。那裏的每件東西都是一個主題,這是一種具有複雜性的情形(我加的着重號)。"或者像詹姆斯·羅森基斯特所說:"當我使用物體碎片結合時,碎片或物體或實物均相互侵蝕,題目對碎片也侵蝕(約翰遜 1982:95)。"

多重性在後現代文學中也非常普遍。與艾略特、龐德和福克納的作品中情形不符的片斷,構成了唐納德·巴塞爾姆的《雪白》及其他故事;理查德·布羅蒂根的《在美國捕鱒魚》;托馬斯·品欽的《V》、《萬有引力之虹》。這些片斷在基本原理的闡述下永遠拼湊不成一體,不管是歷史的、神話的,還是心理學的,對於後現代主義作家來說,所有這些闡釋性話語都不可信賴,如同他們爲後現代人的零散經歷所提供的整體性一樣,被視作人爲的謊言。巴塞爾姆在短篇小說《賞月》中是這樣說的:"片斷是我信賴的唯一形式"(1968:160),這個聲明頗似凱支(1961:100)評論羅森伯格時所說的,"仔細一看,我們發現它的全部意義事實上在於,所有的東西仍處在混亂之中。"詹克斯爭辯說,後現代建築任意使用一切風格、一切因素,卻絲毫沒有形而上學的成份,没有系統的倫理或道德核心,他表達了與上述相同的觀念。對於巴特勒,後現代主義則採取了正規的步驟,卻没有得到其他人模倣的驗證"(巴特勒1980:154)。對這些藝術家和作家來説,實物和片斷只存在於其物體屬性或零碎性之中。它們不是大整體的組成部分,而這些大整體則僅僅是後現代主義者不再相信的元叙述體的虚構物。在對這一點的拐彎抹角的評述中,唐納德·巴塞爾姆在《雪白》中暗指詹姆斯的著名聲明,這個聲明可以説是總結了現代主義對文藝作品的整個態度,巴氏詰問道:"毛毯上的人形哪兒去了?是不是就……一床毯子而已?"(1967:129)

多重性可以通過並列各種紛雜的形象或材料而得到,其條件是它們必須來源多樣而又豐富。這便意味着後現代主義容得下更廣泛的歷史和材料的折衷性。材料的折衷性在繪畫中佔居優勢,如羅森伯格的《畫迷》,以及他那更多的混合畫,其中他收集了各種"發現"的材料,如幾段繩子、釘子、布片兒等等,在後來的一些作品中,他把剪報、照片與筆描混雜在一起。湯姆·威塞爾曼極力强調,使用毫不相干的材料的目的在於準確無誤地防止任何種類的統一性從中産生,這是他在爲自己的實踐作辯護時指出的。他説,如此一來,"各種無關的現實相互利用","這種關係有助於通過圖畫來建立契機,所有的因素在某種意義上都十分强烈(約翰遜1982:92)。材料折衷性在巴塞爾姆的短篇故事中表明:選自《城市生活》的《在托爾斯泰展覽館》和《大腦損壞》,把文本和圖畫結合起來,正如長篇小説《雪白》一樣,《大腦損壞》以不同於文本主體的鉛字面將頁碼和頁碼的片斷混合起來,而它們顯然與文本的主體没有乾係。某種類似的東西也出現在托馬斯·品欽的作品中,有時十分滑稽可笑,例如在《V》和《萬有引力之虹》中對於歌曲的運用。

歷史折衷性則隨着建築師查爾斯·莫爾的《新奥爾良的意大利廣場》和米歇爾·葛雷佛斯的《波特蘭的亞》建築的出現而在後現代建築中應運而生。他們倆都隨便將不同時期的因素結合進一座建築或某個環境當中。在一定意義上,這裏出現的事物也在後現代主義的其他領域裏得到了表現。典型的現代主義把藝術的發展假設爲相互繼承的先鋒派的進一步發展,這種假設顯然已不復存在了。結果是,現在的藝術家業已失去了“方向”感,他們的藝術本應沿着一百年來的先鋒派傳統發展下去的。對於後現代主義者來說,它没有走向絶望,反倒似乎導向了繁榮,或許是在經歷了最初的絶望時刻之後,這種絶望就在如何進行下去這樣的問題上所引用的巴思的話中顯示了出來;也許還嚴格地體現在貝克特和諸種藝術中相應的立體主義之極端的自我意識的西方藝術中。對這種繁榮的自鳴得意在下述觀念中得到了表現:現在每件事情都是可能的了,再也用不着抱住從前存在事物的直綫發展不放,並加以改進或超越業已取得的成績,現在可以從藝術之可取的事物中任挑任選了,不僅是從現在,也從過去挑選。阿奇爾·波尼托·奥利瓦利用類似的歷史折衷性,將目前繪畫中的發展稱爲“超先鋒派”,這就是其原因所在。

在作了必要的修正之後,同樣的說法便適用於類似巴思這樣的後現代小說家,他在《菸草經紀人》和《書信集》中救活了根據直綫發展邏輯本應不再復活的兩種文類,即十八世紀英國的流浪漢小說和書信體小說。

顯然,藝術中早期程式化的再創造或再運用始終是可能的。關鍵是,當後現代藝術家和作家折衷地採取前期的風格和形象時,他們這樣做卻並未使它們與這些因素從前所含有的元敍述等同起來。他們以完全隔離和自覺的方式使用這些因素,如同爲自己的藝術堆砌積木,但又拒絶接受伴隨而來的解釋系統。在某種意義上,正是因爲對於後現代藝術家而言,這些元敍述現在都是諸多的已無生命力的書信,因此他們得以重新利用這些因素。解釋一下約翰·巴思兩篇著名文章,即從對後現代主義之全部系統和話語的“透徹論述”中,“補充”才可能通過對它們的自覺運用而實現:它們被後現代主義者用來對抗自身而最終被拋棄,並被轉換成創造自己藝術的工具。

後現代主義中盛行的多重性產生了若干後果。首先，頑固地拒絕後現代片斷“拼湊在一起”，極容易導致後現代作品中的意義超載。一旦沒有完整的或連貫的圖畫出現，一旦所有的片斷如湯姆·威塞爾曼所說，相互利用，而每一個又獲取或保存了自身的强度，那麼在這些作品中發現主要的和次要的組織原則就不可能了。片斷與片斷的重要性是相等的。羅森伯格拼貼畫中的情形就是如此，同樣在巴塞爾姆、布羅提根或品欽的小說中也有這種情形。其次，在現代主義裏面，作品直綫發展的功能主義保證了來自文本自身之連貫性閱讀的可能性，後現代作品則不同，用詹克斯的另一個術語來說，它們不給觀衆或讀者提供“單價的”意義。

到頭來，評價後現代主義藝術品，後現代小說或故事的意義，便在很大程度上留給了觀衆或讀者本人。根據某些元敍述的原則，通常是各種不同原則的結合，後現代主義作品的讀者可以期待從文本自身中看見意義浮現出來。就後現代文本而言，意義的爭論點從集體的和客觀的世界水平轉移到純粹獨立的個人水平，這是根據歷史、神話、宗教、藝術和文學傳統、心理學的元敍述、或者任何作品與個人之外的元敍述而產生功能的。那麼意義便不再是共有的現實之範圍，而是任意和零碎的世界裏個體的認識論和本體論問題了。無疑，這正是品欽的小說、巴思的《書信集》、庫弗的《當衆焚燒》中主題化了的問題。

現代主義者將對藝術的暫時信任作爲弗羅斯特式的“對混亂的反抗”，而後現代主義者則不然：他們認爲，藝術是用以構成混亂的一部分。它不是一個獨立的領域，而是同支離破碎的“現實”中的其他全部因素連成一體的。到頭來，許多後現代主義者不僅堅持自己產品的片斷性，還使這些產品接近他們文化中所有的最普遍、最陳腐、最粗俗的物體和經驗。這個事實在流行藝術、羅伊·李奇滕斯坦的喜劇漫畫、安第·沃赫爾(Warhol)的湯罐頭盒，以及克雷斯·奥爾登伯格雕塑的美國最低級的糟爛食物中最容易見到。同樣，後現代文學則常常描寫那些最低級趣味、最丟人現眼的種種經歷。

同樣，後現代文學並不像與過去藝術中展現出的精華相認同的現代主義藝術，它依賴於它那個時代的商業產品來激起靈感。如羅伊·李奇滕斯坦、庫爾特·馮尼戈特、約瑟夫·海勒、托馬斯·品欽都使用了連環漫畫形象和手法。他們沒有將主人公的行爲及夢幻以古典作品爲楷模，而是倣效了流行的娛樂形式：電影（品欽的《萬有引力之虹》）、收音機與電視機、流行音樂（品欽的《第四十九個人的呼喊》），以及通俗文學的固定文體：偵探小說（霍克斯的《陷阱》）、西部小說（道克托羅的《請來經受艱難時世》和布羅提根的《霍克林巨怪》），色情和虐待狂小說（霍克斯的《弗吉妮》），還有科幻小說（馮尼戈特的《五號屠場》和《貓的搖籃》）。

如果後現代主義者確實參照了早期文學的種種事例，如同現代主義者用來給自己的作品轉達整體感和一致性那樣，那麽他們這樣做的動機就完全不同了，其效果也截然相反。特別是，如可以預見的那樣，這要採用模仿現代主義者本人的形式，目的在於暴露現代主義者用於統一他們的作品之元敍述的蒼白無力。就這方面而論，巴塞爾姆寫的一部小說的題目恰如其份地總結了後現代人與其前輩的關係：即《亡父》。

一個最明顯的例子便是布羅提根和托馬斯·麥克古恩對於海明威作品的利用，分別於《在美國捕鱒魚》和《綠蔭中的九二年》中得到了體現。他們倆均打破了堅如磐石的海明威式的敍述方法，在《在美國捕鱒魚》中運用可產生結果的片斷來戲擬海明威回歸自然的神話，和純潔人的心靈的個人與室外大自然的接觸；在《綠蔭中的九二年》中則是模倣海明威的榮譽和勇氣的準則。在海明威的小說如《太陽照樣昇起》中，在像《大二心河》這樣的短篇小說中，主人公從他與自然的熱切更新的接觸中獲得了暫時的肉體和心靈的安慰；而在布羅提根和麥克古恩那裏，主人公從這些活動中得到的只是消沉和頹廢。麥克古恩的主人公甚至被殺死了，但卻絲毫沒有任何明顯的必要性，也沒有像海明威的《弗郎西斯·麥康伯短促的幸福生活》中那樣的情形，對自己的生活看破紅塵，對他們在地球上短暫逗留的意義也看破紅塵。

我們可以把品欽對同類題材和同類元敘述的處理與威廉·福克納的手法加以比較，以證明上述論點。我認為在這方面，福克納是品欽戲擬的對象，儘管不那麼直接了當。福克納在《押沙龍，押沙龍!》中、品欽在《V》中所關注的都是歷史的復原和弄通歷史意義的各種可能性。福克納的敘述者昆丁和施萊弗不僅根據微細的歷史綫索成功地編織出了一個完整的故事，南方人昆丁甚至在這個過程中增加了自我認識，他獲取了類似於海明威的主人公在結尾時通常得到的某種頓悟，事實上類似於任何一個現代主義主人公在結尾時所得到的頓悟。這種頓悟不過是現代主義對於心理元敘述信賴的邏輯結果，這一敘述手法可以為藝術作品提供統一的框架。儘管《V》中的主人公之一赫伯特·斯坦西爾有意這樣做，但最終仍未能成功地把V的故事連貫起來，或者說得更確切一些，他寧肯避免將它連貫起來。另一個主人公本尼·普羅芬也不同於昆丁，他在經歷了若乾雜亂無章的事件後，一如小說開始，絲毫沒有變化。當有人問他是否從這些經歷中獲益匪淺時，他“不待多思便說，‘沒有，我可以立即說我一無所獲’”(品欽 1963:428)。關於對事物的頓悟、洞悉，關於品欽和後現代主義中的歷史和心理的元敘述暫時論述到此。

以接近布羅提根、麥克古恩和品欽戲擬並挖苦地評述他們的現代主義先驅的方法，羅伊·李奇滕斯坦用喜劇連環畫的形式重新創作了畢加索或蒙德利安的作品；湯姆·威塞爾曼將麥提斯的一部繪畫集收錄進他自己的《偉大的美國雕像第48號》中加以評述；羅森伯格則將現代主義拼貼畫倒置過來。

我在前面曾提出，後現代文本防止單獨的和連貫的意義從中出現。如果將意義(meaning)和意味(significance)加以區分,我們便可以爭辯說,即使沒有具體的意義,後現代文本中依然確有意味。它們的意味恰好在於指向後現代世界中的意義問題。而且我還要指出,後現代藝術與日常生活之連續統一體的結合還賦予後現代主義文本以標誌神話化的日常過程以及傳遞或指定意義的意味。從這個意義上講,後現代主義中某些潮流的意味,尤其是它所涉及的廣義的文化中再現大衆化物體和形象的流行藝術的意味,也在於堅持巴巴拉·羅茲所說的"對大衆文化之擴展的批判性審視"(羅茲 1967:119)。

這種批判性審視在神秘的美國與美國現實相對抗的作品,如阿蘭·達克安吉斐的《滿月》中最明顯。假如把奧登伯格一些最有名的作品與其現實生活中作商品出售的複製品加以對比的話(《兩片乳酪和與其相對的一切》對《紅腸攤兒》,詹克斯 1977:65),下述事實表明,奧登伯格的創作在反諷方面,也就是批評方面獲得了成功:"紅腸攤兒"是個起廣告作用的符號,而他的乳酪包則是發人深省的東西。如此一來,在複製原作的同時,他們也把原作孤立起來並"使它們陌生"了。而且,這種"陌生化"由於材料或媒介物的變化,在原作和複製品之間被加強了。

批評的意圖在這個事實中昭然若揭了,即流行藝術一律要求我們認清美國文化的粗俗方面。正如李奇滕斯坦所言,"我認爲,流行藝術是與我們文化中最粗俗不堪、最具威脅性的東西,即我們所齒恨的東西糾纏不清的複雜事物,但也是對我們有着相當衝擊力的事物"(約翰遜 1982:84)。發現美國處在"每一種流行作品之核心"(約翰遜 1982:82)的人——羅伯特·印第安納,也是在作品中批判美國文化最不留情面的人,如《美國夢》,這是在情理之中的。

在後現代文學中,媒介物受到批評界的特別注意。特別是品欽的《第49個人的呼喊》、巴塞爾姆的許多短篇小說、巴思的《書信集》都使我們敏銳地意識到媒介物對於美國現實的深刻影響,意識到媒介物怎樣在很大程度上決定了美國的現實。然而我們卻在後現代視覺藝術如艾德·魯斯查的《好萊塢》中，也發現了對這些媒介物的迷戀和批評。首先，關於美國西部的觀念主要作爲制作電影的概念得到了展示；同時，廣袤土地的荒涼在好萊塢形象的啓示下也被襯托出來。進一步的思考則又把第一種印象顛倒了過來，而且使那種荒涼在製作電影的美國本身反襯出來。

我在前面幾段中描述的後現代主義所得到的這一現象的最後結果，用詹克斯的話來說，即後現代主義具有雙重代碼。一方面，後現代主義構成文化的一部分，其做製品和文本從一般層次的文化中採用主題和技巧，因而對於所有的人，甚至是受藝術和文學訓練最少的當代美國人，都具有作爲消費品的直接吸引力。另一方面，通過對早期藝術和文學作品，主要是現代主義作品的滑稽模做性使用，還通過對一般素材和技巧的諷刺，也吸引了藝術和文學方面頗有造詣的人們。照此，後現代主義在真正大衆的藝術方向上可以說是邁出了一步，因爲它同時吸引了各式各樣的“解釋團體”(用斯坦利·弗什創造的術語來說)，儘管吸引它們的原因不儘相同。

作爲稍微離題的話，這裏不妨指出某種類似的發展，這種發展出現在曾被認爲是美國純粹大衆化藝術，即電影藝術的層次上的。在伍第·阿倫的《重放一次》、《山姆》、《曼哈頓》及《塞力格》中，均含有兩種相似的代碼。這些電影以其主題和娛樂特徵立即博得了當代觀衆的歡迎。同時，儘管它們都是舊電影的“古典作品”之圓熟的改寫品：如《卡薩布蘭卡》，或馬科斯兄弟的電影，但它們也因此吸引了對電影略知一二的人們。

有趣的是，假如允許後現代主義作品具有這兩種意義，即把意義作爲問題留給當代人，並且揭示出媒介物是如何通過故意使媒介製做的神話永垂不朽來掩飾的話，這恰恰與我早先的論點相吻合——把所有的後現代主義傾向聯係起來看，都是對全部元敘述的不信任。無疑，由媒介構成的美國自在地成爲所有“元敘述”中最强有力的一個:正是在它的媒介中,當代美國看到了自身得到解釋並得以合法化。

意義的問題和創造神話過程的公開也受到了反幻覺手法的約束,所採取的形式是消除作者/創造者——作品——讀者/觀衆的本體論界限,成爲許多後現代作品的標誌。同時,這種從作品的空間深入到作者/創造者以及讀者/觀衆的空間中的手法,直接破壞了現代主義藝術作品作爲自在的單位或自足的結構的概念,這一概念在美國文學中受到新批評派的"細讀",他們專注文本而排除所有語境因素,因此他們的學說證實並强調了這一概念。與這種觀點相對立,後現代批評則强調從語境來進行探討,注重讀者的接受情況和由語境決定的構成文本基礎的生產代碼。

爲了創造三維物體,克雷斯·奧登伯格放棄了在油布上作畫,從中可以輕易地看到我所說的界限的消除。同樣,羅森伯格也將實物粘在油畫布上,使其立體化,或者使繪畫各成份在其周圍的環境之內或環境之上繼續存在,如在《香客》中,他使畫中一片畫好的條紋在一把椅子上延續存在。湯姆·威塞爾曼在他的《偉大的美國雕像》的一些作品中,將真地毯結合了進去!在艾德·基恩赫爾兹那裏,關於這些概念的邏輯闡述終於創造了混合媒介的立體環境,如在《州立醫院》中。

後現代建築中,界限的消除表現在放棄現代主義建築中輪廓鮮明的界綫,以及將建築物的某些部分挪出來放進實際用户的空間中去。一個很好的例子就是最佳商店區(詹克斯 1977:140,插圖267),其角門實際上就是建築物本身整體的低處部分,該部分每天早晚挪出挪進,白天則在顧客停車場上固定不動。

文學中的後現代主義通過一系列技巧達到了繪畫和建築上的類似效果。例如品欽在《萬有引力之虹》中,用旁白打破了小說幻想家的虛構,這些旁白不屬於小說中的任何聲音或人物,而是在直接向讀者講話。巴思在《書信集》中不斷地將虛構和事實、藝術和現實混合起來,從而在兩者的可分性上引起懷疑。他讓虛構的人物干預現實,還在小說中介紹真人真事,這些真人真事多半出自他本人。巴思接連不斷地將自己化爲小說中的人物,將小說中的人物化爲自我,結果是我們無論如何也搞不清這些人物的確切地位。然而,這種懷疑並不限於這些人物、作者和作爲人物之一的巴思。正如巴思本人在《枯竭的文學》中所說,"當虛構作品中的人物成爲小說中的讀者或作者時,我們便想起了自己存在的種種虛構方面"(巴思 1967:80)。下述事實强調了上述效果:至少《書信集》中成爲疑難問題的部分現實等同於我們所認可的我們的現實。那麼"我們的現實"也就成了疑難問題。

後現代主義中界限的消除,有助於建立藝術或文學作品與作者/創造者和讀者/觀衆之真實世界的連續性。因而,我在討論後現代主義的流行方面時所指的反諷和批評,給讀者/觀衆留下了印象,這並不是局限於藝術或文學作品中體現出的東西,還牽涉到他自己的現實。具體地說,巴思的《書信集》不僅批評了自身虛構領域裏的媒介物,而且使讀者深切地感到,他自己的美國現實就是那些媒介物的具體化。

如我在上面所定義的,現實的疑難不解是後現代主義常有的特徵。在某種意義上,這只是推而論之。由於後現代主義摒棄了所有的元敍述,摒棄了世界上所有的解釋系統,因而世界在後現代主義者看來,用維特根斯坦著名的說法,就是"所有的事物都不過如此"。斯特拉談到他自己的繪畫時則說:"你看到的就是你看到的(引自羅兹 1967:202)。"所以,對於一部後現代藝術或文學作品的觀衆或讀者,沒有現成的工具可用來解釋它。如同巴思就自己故事中所發生的事情所說:"讀者並非在聆聽某個專家關於世界權威性的敍述,而是與某種業已存在的事物不期而遇,就像一塊巖石或一只冰箱那樣"(引自巴特勒,1980:118)。

事實上,讀者或觀衆必須從作品本身,並在自己經驗的基礎上,提煉出自己的解釋。但是,在後現代世界裏,同理也適用於那個世界裏的所有事物和世界本身,後現代人在這裏又一次被拒絕了元敘述的援助。我認爲,在這兩種情況下,反應肯定是品欽在小說中提出的那種"創作偏執狂"。它含有某種秩序的强制性方案——無論它何等荒唐,何等任意——都得强加於在其他方面完全屬於隨意的世界事件上。同時,人們得永遠記住,這種秩序是,而且會繼續是任意的,這一點非常重要,它一直是一種個別而又暫時的權宜之計,隨時都可以更換或捨棄。從這個意義上講,閱讀後現代文本,觀賞後現代繪畫,僅僅是做一個後現代人的典範方式而已。

我以利奧塔德"對元敘述懷疑/不相信"的定義爲共同的出發點,試圖概括並說明後現代藝術和文學中的諸種傾向。這些傾向的多數都構成了現代主義實踐的逆轉,它們摒棄了人們賴以搞清自己在宇宙中的位置的全部傳統體系,這就意味着摒棄了現代主義中的人道主義客觀因素,摒棄了至少是文藝復興以來整個西方藝術的發展。照此,後現代主義便標誌着認識觀念的中止,米歇爾·富科假定這一中止發生在剛剛過去的某個時候,而且將其分毫不差地視爲摒棄人道主義世界觀的信號。

(黃桂友　譯)

參考書目

Barth(巴思),John. 1967. "The Literature of Exhaustion"(《枯竭的文學》), reprinted in Bradbury 1977:70-83.

-----. 1968. *Lost in the Funhouse* (《迷失在遊樂園裏》). New York:Bantam, 1969.

Barthelme(巴塞爾姆),Donald. 1967. *Snow White*(《雪白》). New York:Bantam,1968.

-----. 1968. *Unspeakable Practices, Unnatural Acts*(《不可言喻的實踐,不自然的行爲》). New York: Pocket Books, 1976.

Bradbury(布拉德伯里), Malcolm. 1971. *The Social Context of Modern English Literature*(《現代英國文學的社會背景》). Oxford: Basil Blackwell.

Bradbury, Malcolm, ed. 1977. *The Novel Today: Contemporary Writers on Modern Fiction*(《今日小説:當代作家論現代小説》). Glasgow: Fontana.

Bradbury(布拉德伯里), Malcolm and James McFarlane(麥克法倫), eds. 1976. *Modernism* 1890-1930 (《現代主義: 1890—1930年》). Harmondsworth: Penguin.

Butler(巴特勒), Christopher. 1980. *After the Wake: An Essay on the Contemporary Avant-Garde*(《覺醒之後:論當代先鋒派》). London: Oxford University Press.

Cage(凱支), John. 1961. *Silence: Lectures and Writings* (《沉寂:講演和寫作》). Middletown, Conn.: Wesleyan University Press.

Cox(考克斯), C. B. and A. E. Dyson(戴遜). 1972. *The Twentieth-Century Mind: History, Ideas, and Literature in Britain*(《二十世紀的心理:英國的歷史、觀念和文學》). London: Oxford University Press.

Ellmann(愛爾曼), Richard and Charles Feidelson(菲德爾遜), eds. 1964. *The Modern Tradition: Backgrounds of Modern Literature* (《現代傳統:現代文學的背景》). New York: Oxford University Press.

Faulkner(弗克納), Peter. 1977. *Modernism*(《現代主義》). London: Methuen.

Fokkema(佛克馬), Douwe and Elrud Ibsch(蟻布思). 1984. *Het Modernisme in de Europese Letterkunde*(《歐洲文學中的現代主義》). Amsterdam: Arbeiderspers.

Foucault(富科), Michel. 1966. *Les Mots et les choses*(《詞語與事物》). *Paris: Gallimard*.

-----. 1969. *L'Archéologie du savoir* (《知識考古學》). Paris: Gallimard.

Gass(加斯). William. 1979. "William Gass and John Gardner: A Debate on Fiction"(《威廉·加斯和約翰關於虚構的辯論》), *New Republic*, March 10: 25-33. The same debate has been reprinted (in slightly different form) in Tom LeClair and Larry McCaffery, eds., 1983, *Anything Can Happen: Inter-*

views with Contemporary American Novelists. Urbana: University of Illinois Press.

Hassan(哈桑), Ihab. 1971. *The Dismemberment of Orpheus: Toward a Post-modern Literature* (《奧爾甫斯的解體:走向後現代文學》). Madison: University of Wisconsin Press, 1982.

-----. 1975. *Paracriticisms: Seven Speculations of the Times*(《超批評:對時代的七篇沉思錄》). Urbana: University of Illinois Press.

-----. 1980. *The Right Promethean Fire: Imagination, Science, and Cultural Change* (《恰到好處的普羅米修斯之火: 想象, 科學和文化變革》). Urbana: University of Illinois Press.

Hassan, Ihab and Sally Hassan(哈桑夫婦), eds. 1983. *Innovation/Renovation: New Perspectives on the Humanities*(《革新/更新:人文科學研究的新視角》). Madison: University of Wisconsin Press.

Hawkes(霍克斯), John. 1965. "John Hawkes: An Interview" (《約翰·霍克斯訪問記》), *Wisconsin Studies in Contemporary Literature* 6:141-55.

Hoffman(霍夫曼), Frederick J. 1965. *The Twenties: American Writing in the Postwar Decade*(《二十年代:戰後十年美國文學》). New York: The Free Press.

Hughes, Richard. 1981. *The Shock of the New*(《新事物的震驚》). New York: Alfred A. Knopf.

Jencks(詹克斯), Charles. 1977. *The Language of Post-Modern Architecture*(《後現代建築的語言》). London: Academy Editions, 1981.

-----. ed. 1980. *Post-Modern Classicism* (《後現代古典主義》), *Architectural Design* 5/6.

Johnson(約翰遜), Ellen H. 1982. *American Artists on Art, From 1940 to 1980* (《美國藝術家論藝術:1940—1980年》). New York: Harper and Row.

Kenner(凱納), Hugh. 1971. *The Pound Era*(《龐德的時代》). Berkeley: University of California Press.

-----. 1977. *A Homemade World: The American Modernist Writers*(《自創的世界:美國的現代主義作家》). London: Marion Boyars.

Lodge, David. 1977. *The Modes of Modern Writing: Metaphor, Metonymy, and the*

Typology of Modern Literature(《現代寫作的模式：隱喻，轉喻及現代文學類型》). London：Arnold.

Lucie-Smith，Edward. 1977. *Art Today：From Abstract Expressionism to Superrealism* (《今日藝術：從抽象表現主義到超現實主義》). Oxford：Phaidon.

Lyotard(利奧塔德)，Jean-François. 1979. *La Condition postmoderne：Rapport sur le savoir*(《後現代狀況：關於知識的報告》). Paris：Minuit.

McCormick(麥克考米科)，John. 1971. *American Literature* 1919-1932：*A Comparative History*(《1919—1932年的美國文學：比較的歷史》). London：Routledge and Kegan Paul.

Oliva(奧利瓦)，Achille Bonito. 1982. "The International Trans-Avantgarde" (《國際超先鋒派》)，*Flash Art* 104：36-43.

Perkins(帕金斯)，David. 1976. *A History of Modern Poetry：From the* 1890*s to the High Modernist Mode*(《現代詩歌史：從十九世紀九十年代到高級現代主義模式》). Cambridge，Mass.：Harvard University Press.

Pynchon，Thomas. 1963. *V*(《V》). New York：Bantam，1964.

Rose(羅兹)，Barbara. 1967. *American Art since* 1900(《1900年以來的美國藝術》). New York and Washington：Praeger，1975.

-----. 1969. *American Painting：The Twentieth Century*(《二十世紀美國繪畫》). New York：Rizzoli，1980.

Stead(斯泰德)，C. K. 1964. *The New Poetic*(《新詩學》). London：Hutchinson.

Steiner，Wendy. 1982. *The Colors of Rhetoric：Problems in the Relation between Modern Literature and Painting*(《修辭的色彩：現代文學與繪畫之關係中的問題》). Chicago and London：University of Chicago Press.

Wilde(王爾德)，Alan. 1981. *Horizons of Assent：Modernism，Postmodernism，and the Ironic Imagintation* (《一致的視野：現代主義，後現代主義和反諷想象》). Baltimore：Johns Hpokins University Press.

現代主義切為兩半:對先鋒派的排除和對後現代主義的爭論

海爾繆特·萊生*

一　悖論二議

只要我們覺得後現代主義觀察世界的方式與現代主義“完全”不同,一個悖論便總是阻礙着我們對後現代主義的研究。當我們寫到並談及後現代主義時,我們仍未擺脱現代主義傳統的樊籬,還在强調其自我批判方面。這些方面如再發展下去的話,它們甚至會使現代主義自身也無法辨認。我們仍然用來源於現代主義的思維方式來考察後現代主義。從這個視角來看,後現代主義諸概念可以被視爲對現代主義内部有一段時間裏被埋没的領域的發掘。後現代主義使得減弱的理性灼然可見,而現代主義卻使我們對此盲然無睹。

下面是另一種解決的建議。哈伯馬斯提出了同一些法國哲學家,如米歇爾·富科(哈伯馬斯1984)相類似的建議。

從一個完全不同的觀點出發,人們可以説“現代主義”本身是一個在後現代主義裏發展起來的批評理論。給現代主義下這樣的定義是爲了替後現代主義的光輝業績設置一個陰暗的背景。當哈桑(1980b)評論説“後現代主義”這個詞喚起一種颼颼趕超或抑制的感覺時,也意味着後現代情境創造了一種使人們可以把現代主

* 海爾繆特·萊生是荷蘭烏得勒支大學德文系教授。

義看作一個封閉的、相當僵死的實體的可能性。如果誰想分解,他就必須首先使自己的客體均勻,以便使之可以被分解。

二 被排除的先鋒派

本世紀所有的先鋒派運動都曾與主張斷裂的現代主義大師們邂逅,這是它們的特點。消極地説,他們一直依附着現代主義大師。但不幸的是,對後現代主義的研究幾乎没有深入地探討這些關係。由於受斷裂論綱領的迷惑,研究就排除了先鋒派。把先鋒派運動從現代主義的概念裹排除是一種奇特的推理之結果。它的邏輯有兩方面的作用:

> 排除保證了現代主義批評體系的一致性。排除是確保創新主張的唯一途徑。這種創新是後現代主義的固有性質。

因此,在一些批評家的著作裏,我們看到"現代主義"和"後現代主義"的最大一致性,這些批評家把先鋒派運動作爲一種歷史鮮明、相對同一的現象而加以排除。反之亦然:當你把先鋒派置於現代主義中時,"現代主義"和"後現代主義"之間的極性輪廓便頓時模糊不清了(克默德1968,格拉夫1973)。

然而,幾乎没有學者不得出這樣的結論,即後現代主義和先鋒派運動有着許多相同的特徵。例如,達達運動就被認爲是後現代主義的一個分支。費爾拉班畢竟把他的口號"什麼都行"標榜爲達達主義的聲明(司畢納1980)。如果把後現代主義的特點和達達主義的特點作一比較,人們便會發現它們之間的根本區別簡直無法辨認。諸如,對藝術作爲意義發生體的摧殘,主題的瓦解,機遇的主宰作用,歷史的偶然性(它極其無關緊要,任何想得到意義的企望都顯得荒謬),藝術中對漫無目的的悖論式追求,儀式的傾向,這些都是達達的特點。弗朗克·克默德甚至說後現代主義發軔於達達主義。在激進地反對今天被譽爲現代主義大師的作者方面,後現代主義和達達派顯示出驚人的一致,例如對待托馬斯·曼就是這樣,他的作品甚至在二十年代初期就被攻擊爲經典化的紀念碑。最後,如果瓦爾特·塞納於1918年提的口號"世界觀就是詞語的混合"可以被稱作後現代主義的,那麼一位德國達達主義者曾說的,"美國的佛教"——一種無動於衷的態度也可以被叫作後現代主義的。達達主義作家們認識到有關藝術和歷史的陳腐觀念業已過時,無法起到安慰作用。因爲這些舊觀念仍把人爲的秩序强加到混亂之中,以期能起到矯正無效和無序的作用。

然而,也可以表明,僅僅因爲後現代主義和達達主義在詞彙、態度、技法上的一致性而把達達主義劃爲後現代主義,這並無多大裨益。這樣的歸類有相當的弊端:

> 後現代主義僅成了某個早期運動的重復或延伸。這樣,後現代主義只不過是"先鋒派的殘缺不全的歷史主義"(布瑞1979)文獻。既然如此,它就可以被泰然地束之高閣。把達達主義劃爲後現代主義會使一些重要的區別模糊不清。如果後現代主義概念模糊了,那麼它們作爲分析工具的有效性也將隨之消失。

我同意哈桑的觀點:"現代主義與後現代主義並不像隔了鐵幕或長城一樣地可以截然分開。因爲歷史是滲透的,文化貫穿着過去、現在和未來。我斷定,我們每個人都同時集維多利亞的、現代的和後現代的氣質於一身。"(哈桑 1980b:120)然而,這樣的聲明也會導致概念的混亂。這種彌散正好和後現代態度的鬆散令人愉快地一致(這是一種態度!)。因爲彌散是後現代主義的標誌,而極致卻不是。至此,在有關後現代主義的批評性討論裏,我們已經得出了重要的論點。

三　兩極圖式的問題

在批評家們列出的區分現代主義和後現代主義的兩分圖表裏，關於後現代主義的適語悖論便顯而易見。人們常問，這樣的圖表有區分能力嗎？我懷疑每一個這樣的圖表是否都能顯示出現代主義的典型極致：

等級制度	無政府狀態
顯在	未在
繁衍性	多形性
敘事	反敘事
形而上學	反諷
確定性	不確定性
世界模型的建構	世界模型的分解
本體論的確定	本體論的不確定

這裏所選的一對對意義相反的詞組是用以區分現代主義和後現代主義的各種批評概念的一部分。然而，這一極致表顯示的只是現代主義自己運作的戰場。有建議說，到現在爲止，這個戰場已無法支撑了。我也傾向於同意此說。

這個兩極表是現代主義的固有性質。只有你删除了現代主義，撇開現代主義的一些方面，並把其餘付諸推理，你才能得到一個和諧的結構，此結構裏的各要素均可劃歸在一極之下。讓我們來看一些令我們驚訝的事實吧。偉大的現代主義作家是真正的解構主義者嗎？人們開始發現被還原的現代主義的另半部分。在法國，人們發現托馬斯·曼是一個了不起的解構主義者，聽說此事當然使人愉快。我斷定穆齊爾會很快隨之而來。我們只要等着法國理論家爲他極儘挪用之能事就是了。

戴維·洛奇曾論證説,現代主義和後現代主義作品與“鐘擺的可預見性運動”(洛奇 1981:9)交替進行,我從中也得到啓發。我覺得這個兩分表的兩極間的鐘擺運動是一種對現代主義作品本身來説具有典型意義的運動。

我想用更進一步的觀察得出的結論來證實這個建議。這個結論蘇萊曼也提到過(在本書某處)。“主體”和“自我意識”這些關鍵概念的解體在現代主義內部發生了,更精確地説,這是現代主義作家們的分解工作之結果。意識範式的解體是現代主義王國裏的一個過程。尼采是這個過程的最有影響的促進者之一。他造出了下列詞組:“哲學體系的導引”(尼采 1960:III,454;參閲哈伯馬斯 1984)。正如哈桑提醒我們的,這就是後現代主義重新發現尼采的卓見的原因。根據尼采的灼見,主體是許多自我泯滅然後撤離的空地方。因此,我反對霍夫曼等人的觀點,他們“從兩種認識觀念對峙,主體與主體失落的對抗中看到了現代文學與後現代文學的巨大鴻溝”。

四 後現代主義的其他方面

如果現代主義與後現代主義文學存在着真正的、突然的斷裂,那麼我們在討論後現代主義的各種批評理論時將會陷入更大的概念上的困境。但是,正如現在的討論所示,我們並不真正地一籌莫展。批評家們對後現代主義的各種沉思是借助於現代主義理論而實現的,而現代主義本身就在解體並自我相爭。

然而,“後現代主義突破的神話”(格拉夫 1973)則在各種批評理論中成了現實。我認爲後現代主義作家比“神話”所啓示的要激進得多。他們背離了兩極圖表,超出現代主義思想的兩分結構了嗎?後現代主義分別用轉換、彌散手段來替代極性張力、重復和反映,其中,手段不起到反映的作用,這才是真正的新東西。我清楚地述説一下,彌散並不是兩分表中的對立極,而是手段。我們必須學會在没有現代主義圖表的極星下航行。

據説,解構主義者創建的一套術語和後現代主義文學的結構極爲吻合。當看着文學和科學地預建的結構天衣無縫地相遇時,卻無人獻疑。如果反映是現代主義的關鍵性概念,那麼這種反映的效應又能證明什麼呢?

有一件事是毋庸置疑的:非斷裂的傳説是由各派後現代主義者滋生出的。爲了證實這一傳説,他們都去尋根——現代主義的根。對先鋒派運動的反思迫使我們朝着連續性方向去觀察。如果我們將來擺脱了現代主義的框框,我們就能判斷後現代主義作品是否僅僅是“過去的現代主義的邊際發展了”(弗蘭克·克默德 1968:23)。

(趙白生 譯)

參考書目

Bergius, Hanne. 1977. “Der Da-Dandy: Das Narrenspiel aus dem Nichts”(《花花公子:虛空的丑角遊戲》), in Waetzoldt and Haas 1977: 3/12-3/29.

Bohrer, Karl Heinz. 1979 “Die drei Kulturen”(《三種文化》), in Habermas 1979: II, 636-671.

Bradbury, Malcolm, ed. 1977. *The Novel Today: Contemporary Writers on Modern Fiction*(《今日小説:當代作家論現代小説》). Glasgow: Fontana/Collins.

Duerr, Hans Peter, ed. 1980. *Versuchungen: Aufsätze zur Philosophie Paul Feyerabends*(《誘惑:論保爾·費爾拉班的哲學》). 2 vols. Frankfurt: Suhrkamp.

Garvin, Harry R., ed. 1980. *Bucknell Review: Romanticism, Modernism, Postmodernism* (《巴克奈爾評論:浪漫主義,現代主義,後現代主義》). Lewisburg: Bucknell University Press.

Graff(格拉夫),Gerald. 1973. "The Myty of the Postmodernist Breakthrough"(《後現代主義突破的神話》),reprinted in Bradbury 1977:217-249.

Habermas(哈帕馬斯),Jürgen,ed. 1979. *Stichworte zur "Geistigen Situation der Zeit"*(《走向"時代精神境界"的口號》),*Vol.* 2:*Politik und Kultur*. Frankfurt:Suhrkamp.

-----. 1984. "Untiefen der Rationalitätskritik"(《理性批判的深處》),*Die Zeit*, August 10.

Hassan(哈桑),Ihab. 1980b. "The Question of Postmodernism"(《後現代主義問題》),in Garvin 1980:117-126.

Hoffmann,Gerhard,Alfred Hornung,and Rüdiger Kunow. 1977. " 'Modern', 'Postmodern' and 'Contemporary' as Criteria for the Analysis of 20th Century Literature"(《作爲分析二十世紀文學之準則的"現代"、"後現代"和"當代"》),*Amerikastudien* 22:19-46.

Kermode(克默德),Frank. 1968. *Continuities*(《連續性》). London:Routledge and Kegan Paul.

Lodge(洛奇),David. 1981. *Working with Structuralism: Essays and Reviews on Nineteenth- and Twentieth-Century Literature*(《運用結構主義方法：論十九、二十世紀文學》). London:Routledge and Kegan Paul.

Nietzsche(尼采),Friedrich. 1960. *Werke in drei Bänden*(《三卷本文集》),ed. Karl Schlechta. 2nd ed. München:Hanser.

Serner,Walter. 1981. *Letzte Lockerung: Ein Handbrevier fur Hochstapler* (《最後的放鬆：騙子的手册》)(*Das Gesamte Werk*,vol. 7). Munchen:Renner.

Spinner(司畢納),H. F. 1980. "Gegen Ohne Für Vernunft, Wissenschatf, Demokratie,etc"(《爲了理性、知識、民主而反對虛無》),in Duerr 1980: I,35-110.

Waetzoldt,Stephan and Verena Haas,eds. 1977. *Tendenzen der Zwanziger Jahre*(《近二十年來的趨勢》),Katalog der 15. Europäischen Kunstausstellung. Berlin:Dietrich Reimer.

後現代主義以及分期上的悖論

梅苔·卡利內斯庫*

現代主義/後現代主義的區別(不管我們對其作出何種區分),必然提出一個較大的問題:在今天的文學批評話語裏,時期劃分術語的地位如何?而在不遠處隱隱約約呈現出來的,甚至是一個更大的問題,那就是歷史和對歷史發展的認識問題。人們公認,在歷史這一概念在我們本世紀受到許許多多的評論之後,這些問題聽起來或許是天真的,甚至完全是過時的。此外,每一個仍在(彎彎扭扭地)使用着的、重要的時期劃分術語,實際上都已經被宣佈爲辭不達意,引人歧途,主觀臆斷,不可救藥地毫無實際意義或者令人痛心地平庸陳腐。簡言之,它們都是有害無益的詞語,都是我們最好儘快擺脱的令人厭煩的詞語。但是,事實證明,這件事説起來容易,做起來卻很難。這種陳舊的、令人厭煩的詞語以一種或另一種形式,以這樣或那樣的名義,躑躅不去,破壞了那種我們設計用來將其根除或者使其變得無害的、乾淨清新的語言遊戲。換言之,那些或明或暗地反對分期這一概念或者乾脆無視那些由分期遺留下來的問題的人,最終都以貿然採納這樣一些分期系統而收場:這些分期系統十分僵化和粗略,與它們在其他方面所展示出來的複雜精致不無諷刺地形成了對照。讓我着重舉出幾個例子,並且就這幾個例子來展開討論,我將藉此來揭示本文的中心主題——現代主義/後現代主義的對立所蘊含着的較爲寬泛的內涵。

---

* 梅苔·卡利內斯庫是美國印第安納大學比較文學和西歐研究教授。

甚至本世紀最死樞原文的文學批評流派，在取消或者揭穿某些文學時期的名稱的同時，也在公開地或者偷偷摸摸地推銷或者支持别的類似的名稱，至少也要使别的類似的名稱變得可以爲人們所接受。請看本世紀二十年代的俄國形式主義者：他們在明確無誤地抨擊"現實主義"或者"象徵主義"之類的概念及運動的同時，卻熱誠地信奉那些所謂的"主體未來主義者們"的標新立異的觀點，他們把這些主體未來主義者"的反傳統的能言善辯變成了一種文學轉變的一般模式。因此，形式主義者强調像陌生化、違背常規和滑稽模做這樣一些概念；或者，與我在本文中的論點更加直接相關的是，他們强調古典的"手法上的掩飾"與現代的"突出手法"之間的對立。因此而出現的是（脱離了形式主義者斥之爲"簡單的歷史主義"的）文學內部的歷史概念，是一部兩種時代概念——傳統的時代概念和現代的時代概念——變成爲一種二元發展體系的原則的歷史。他們爭論說，不能把變化看成是"循規蹈矩的循序漸進"，而要把它看成是一種"鬥爭"，是一次又一次的"間發性反抗"（B. M. 埃欽鮑姆1926：31），是文學界的"小字輩"向文學界的"老一輩"所具有的經典地位發起的新的挑戰——因而，陀思妥耶夫斯基與果戈理之間的關係"便呈現出……一種錯綜複雜的鬥爭之性質"（B. M. 埃欽鮑姆 1926，同上）。俄國形式主義提出的、文學形式的原動力，是以簡單地劃分現代/傳統對立或新/舊對立的時期爲前提的；按照現代主義的觀點，新/舊對立中的新，本身就是一種價值。我還可以再加上一點，俄國形式主義者提供給我們的，實際上是一種從總體上看已經擴展到了文學史地位的（文學上的）現代理論。值得注意的是，他們無視這樣一個事實：新本身也有一段歷史，它最多不過在比較陳舊的價值論裏佔有一席地位。

"現代主義"與文學價值之間的相同的均衡，在經過必要的修正之後，便在本世紀的另一個主要的以文本爲取向的批評流派——英美新批評派——那裏爲人們所公認；它公開宣稱反對歷史主義,堅決主張“細讀”和進行“內部”分析。(俄國形式主義者與英美新批評派)的主要不同在於:新批評派規定,他們的原則是反對“浪漫主義”,而不是反對“現實主義”或“象徵主義”;他們主張鬥爭是(被視爲反諷、悖論和複雜的張力的)作品本身所固有的觀念,他們不贊成形式主義者所信奉的歷史——語境論爭。新批評派使用的分期圖式,强調時代概念中(與歷史的或者類型的相對立)的評價部分,其中,只有兩種概念保留了下來:現代的與非現代的概念(大家必須注意,現代性可以令人肅然起敬地被認爲是比較古老的作品——例如“玄學派詩人”的那些作品——所創造的,而不是較新的作品——例如“浪漫主義者”的那些作品——所創造的)。

現在,讓我們來看看當代文學批評的狀況。在對待如結構主義或後結構主義這些有影響的文學運動的分期問題的態度方面,我們有何看法呢?據我們所知,許多結構主義者已經一般地否定了按照傳統的做法構想出來的歷史,特別是否定了用這種方法構想出來的“文學史”——他們進行的否定是卓有成效的,以致直到最近,人們幾乎還羞於把自己稱爲“文學史家”。於是,人們可以設想,結構主義者自己的話語,是不受在一種完全“着眼於文本的”歷史觀裏顯然沒有意義的時代概念之影響的。值得稱道的是,結構主義者,一般已經設法避開了那些被他們視爲一般的分期術語的圈套的東西。但是,這一成就的取得,並不是沒有付出代價的:當結構主義者不得不涉及接續和變化問題的時候,他們提供給我們的便是一種過於簡單的文學發展模式,這種模式通常被歸結爲兩個基本對抗的時期。人們在這裏承認形式主義關於文學變化的較早的模式,但是這種承認是有着重要的差別的:人們承認,關於衝突的兩條原則已經變得如此抽象,以致失去了它們在早期形式中所具有的一切富有啓迪性的、激動人心的力量。

讓我們以羅蘭·巴爾特爲“供檢驗用的例子”。在他的著作中,我們肯定將陷入困境而找不到大多數爲人們所熟知的、文學史裏的時期劃分術語——例如"浪漫主義的"、"現實主義的"、"自然主義的"、"象徵主義的"，等等。也許，這些名稱對巴爾特自己的規劃來說，是不必要的——至少對他在1966年撰寫《批評與真實》一書時所擬訂的、建立一門"文學科學"的規劃來說是不必要的；這門"文學科學"將把一部部特定的作品視爲一種共時語言裏的組成成份，而不是視爲歷時的言語方式裏的一個個個別的、多少帶點偶然性的事例。巴爾特當然寧願使用共時性組成成份，也不願使用如時期劃分術語之類的歷時性組成成份：在他的全部主要著作裏，我們都可以看到他對結構主義的二元對立法的富有想象力的運用，這種運用突出地展示了細微的(常常是過分細微的)差異和精心構築的悖論。但是，擺在我們面前的文學現象是從過去——不論是遥遠的過去還是最近的過去——留傳下來的；從這一簡明的意義上說來，文學現象天生就是歷史性的現象；因此，巴爾特除了直面時間問題以外，别無其他選擇。他之所以對時間加以考慮，也還有另外一個理由：在他的相對主義價值論以及玩弄的遊戲裏，新是一種最基本的價值。批評——如巴爾特所强調的、任何一種批評——只能以新的(一種一時性的構成物)在本質上就是具有價值的這樣一種假設作爲基礎。"新不是一種模式，它是一種價值，是整個批評的基礎"(巴爾特1973：65)。這一麻煩在於：在論述時間的時候，巴爾特運用了同一種二元法；其結果是，他那正在形成的臨時性體系，使這種方法具有了一種中世紀的特性：它不得不使人們想起那種古老的古/今對立。所不同的是，巴爾特與那些創立了區别並且果斷地創立了其最早的術語的、拉丁中世紀時期的學者不同，他革除古代的事物(儘管不無一定的矛盾心理)，而接受現代的事物。

不論我們在巴爾特那裏發現的是什麼樣的一時性構成物，它們幾乎都毫無例外地帶上了一種顯而易見的摩尼教關於舊("以前的作品"、"古典的作品"、"值得一讀的作品"，等等)與新("新的作品"、"現代的作品"、"可上演的文本"，等等)之間進行着永無休止的鬥爭的觀念。由於現代作品不僅難以理解,而且總是急迫地受到古代作品的魔力——重復、思想或者"權力話語"——的威脅,人們只有用巴爾特所說的"向前躲避"的辦法,才能"得救"。因此,就提出了先鋒派見解中所包含着的完美的未來這種理想的境界:"向新……的超速運行——長期狂熱地超速運行,直至使話語遭到破壞"(巴爾特 1973:66)。我們或許可以得出結論說,巴爾特巧妙地躲開了分期的羅網,但是他對歷史的總的看法,一方面在細節方面常常極其深奧微妙,另一方面又使我們面對着一種簡單的、二元的、幾乎是"聰明的"理解方式。巴爾特按照自己的方式,在結束全書時也做了形式主義者和新批評派在他之前就已經做過的那些事情:他系統地提出了一種被認爲應該能夠從總體上對歷史(或至少應該對文化史)作出說明的現代理論。此外,對新東西的評價裏所具有的歷史新穎性,也遭到了漠視。

現在,我們再來簡單地看一看,一個結構主義的——或者他也許是一個後結構主義的?——理智的歷史學家是如何處理連接/割斷歷史話語這一問題的。集中對米歇爾·富科進行論述,可以使我們更好地接近本文主要關注的事情:即後現代主義問題——富科是最早提出這一問題的思想家之一。《詞語與事物》(1967)一書,試圖對那些被他稱之爲的從十六世紀到當代這一時期裏西方文化的鬆散形實踐所遵循的"結構規則"作出解釋。由於富科區分了三種這類實踐或者認識或者鬆散形式,他就不得不按時期對它們發表自己的看法,他不得不把這些時期安排在一種與迄今經得起檢驗的二元發展體系的絕對循環模式相對立的、不可逆轉的順序裏。從它們與衆不同的研究語言、人生和財富的方法這一角度來看,富科仔細考慮的那三個主要的鬆散形式是:(1)文藝復興時期(受這同一範疇的支配,這種同一的範疇對相似性——如和諧(conveneentia)、效倣(aemulatio)、相似和一致等——在當時的西方世界的認識中所起的建設性作用作出了解釋);(2)古典主義時期(受秩序這一範疇的支配，這種範疇使古典主義有可能按照一致與差異來作出其特有的分析）；以及(3)現代或歷史的時代（受他物這一範疇及其所導致的一切悖論的支配）。富科僅僅追溯到十八世紀末期，就富有啓示性地、興高采烈地對"人的死亡"以及對"最近"和脆弱的"創造"的遜位作出了肯定；在他的這種肯定所表明的事物裏，也包括那種認爲現代性正在迅速接近終結的觀念；這種觀念强調了這一意見，即一個時代不可避免地不斷要向前發展。富科預言，人（或者"主體"）的形象，將很快"就如一張畫在海邊沙灘上的臉一樣被抹掉"（富科 1970：387）。他顯而易見地通告了一個後現代——特別是後人道主義的時代，而後現代主義的某些更帶哲學味的支持者，也自然而然地把富科視爲他們的一位偉大的理智性先驅者。

我並不打算在此討論富科關於接續的認識論的實質。我將把我所關注的焦點限制在由他那關於接續而又在整體上斷裂的認識結構所帶來的分期問題（以及對歷史的理解問題）。我首先談談他的分期系統：從富科的那套方法的無可否認的新穎獨特性來看，從他對悖論的嗜愛以及從他運用別出心裁的文體風格和智力技能所帶來的衝擊來看，他提出的實際分期系統，成了某種令人失望的東西。他非常惹人注目地使用的那些時期劃分術語——"文藝復興時期"、"古典主義時期"以及"現代性"等等——是法國編年史工作的標準用語。此外，富科提出的分期並沒有對標準的年代學表示異議：文藝復興時期（以及作爲它的延伸部分的巴羅克時期）包括十六世紀和十七世紀初期；古典主義時期大體上相當於法國文學教科書上所說的"古典主義"（以及在十七世紀中期至十八世紀末期盛行的新古典主義）的那個時期；而現代性則開始於十八與十九世紀之交，到二十世紀的後半期便幾乎成爲强弩之末了。但是，富科的那些——如他自己堅持認爲的那樣——被不可逾越的鴻溝隔開的"鬆散構形"，卻提出了一個重要得多的總體問題：爲什麼一個

“鬆散構形”會這樣牢固地結爲一體，爲什麼它的各個不同的方面又這樣緊密地休戚相關，以致於它竟然反而意想不到地作爲一個整體而出現——假如可以打個比方的話，它就像是從朱庇特的頭上誕生的密涅瓦那樣①，一切裝備，應有盡有——以致於它竟然會在發揮了一段時間的作用之後，又同樣意想不到地衰微，從而爲一種嶄新的認識觀念所取代？換言之，爲什麼在一種認識範圍内的各種性質顯然不同的推論實踐，會如此令人非相信不可地此中有彼、彼中有此，以致於它們竟然會同生同滅？對富科的認識論可以提出這樣一些質疑，這本身並不是產生於某種偶然的不一致，或對可能會提出的批評的漠視，而是產生於他固執地贊同語言推論式決定論的一個直接結果。這裏，有趣的是，那種推論式決定論並不能設計出任何變化的模式；它只能論述不理會歷史演化的結構或者構成物。富科給我們展示了一位(認識)史學家的悖論：這位學者幾乎毫不關心歷史學家們希望了解的事情(事物是如何變化的)，所以他並不在乎採用最陳腐的時期劃分術語。再説，有什麼必要非堅持認爲，是這種術語起到了使我們注意真正的“變化場景”的作用呢？

與富科使用時期劃分術語的方式形成對照的是，這些術語——甚至在被首次樸素地、不加批判地使用時——可能是無限靈活的，在語義上也可能是更加不固定的。儘管含混造成了明顯的(比它帶來的瑚幡所能作出的補償更多的)不利，但是卻正是這種語義上的不固定性，才使得這些術語能夠應付那種我稱之爲歷史“彩飾法”的東西，或者能夠應付既不是完全獨立的、又不是完全從屬於某種單一的(文體風格、結構或其他方面的)原則的歷史多重性。富科提出的分期——加上它對斷裂的一再强調——的主要缺

① 就像是從朱庇特的頭上誕生的密涅瓦那樣：密涅瓦是羅馬神話裏的智慧女神兼藝術和手工藝的女守護神，相傳她是轟隆一聲驚天動地的吶喊，從主神朱庇特的頭上迸了出來，迸出來時即已全身披掛。——譯注

點是，歸根結底，它十分僵硬呆板，因此使對預言或後補、幸存或復興之類的現象，或者對——在同一認識範圍内——性質各異的推論實踐所作的任何富有意義的討論都變得不可能，更不用說對這些實踐之間的激烈競爭進行富有意義的討論了。在這些情況下，可以說是富科提供的、唯一的一種（含蓄的或許是無意識的）變化模式，完全是一種“大變動的”模式，其變動如此之大，以致於在他看來，從存在於某種認識觀念之前的觀點或從取代它的觀點來看，那種認識觀念都是不可設想的。

或許，這就是爲什麼富科在談到現代的終結時，從來也不就下一種認識觀念發表任何具體的看法的原因所在。當一個人如富科那樣相信根本的斷裂時，根據目前或過去的情況所作的推斷，就只能是一種無可辯解的謬見。但是，其他後結構主義者或許因爲没有那麼牢固地受到斷裂這一觀念的束縛，所以試圖對正在出現的典型的後現代意識作出解釋。我在此對其中的一種企圖作一考察；我之所以選擇這種企圖，恰恰是因爲它是從富科的某些基本概念出發的：不僅是從對概括性的認識結構的假設出發的，而且更爲重要的，是從（在“知識”這一意義上的）“認識”與權力或“能力”之間的複雜關係——一種富科晚年最爲關心的關係——出發的。可是，讓-弗朗索瓦·利奥塔德在對後現代意識進行解釋方面的嘗試，卻超出了富科的努力；他的嘗試中——或許以一種折衷主義的後現代方式——兼有從尤根·哈伯馬斯的後馬克思主義哲學（它實際上把他對話語的正統性問題的具體看法搞亂了）到語言哲學、科學哲學、社會學以及——最後但並非最不重要的——藝術批評和文學理論（特别是“叙述學”）諸方面的新方向等其他種種源泉所獲得的見識。

利奥塔德在其新著《後現代狀況》（1979）裏，不是從富科的抽象的、（被認爲是一種複雜的“組合”的）“鬆散構形”之角度着眼，而是從一種我們大家都熟悉的、獨特的話語形式——叙述——的角度着眼，探討了“知識”的正統性問題。哲學——按照利奧塔德的看法，其最終目的是給認識以正統性——傳統上一直採用叙事(“récits”)的形式來明確表達對“知識”的“元叙述”。與以往的其他時期相比，哲學對現代進行元叙述時的情況更是如此，並且至少其説服力已經日益得到了增强，它一直典型地使用宏篇故事或——更恰切地説——關於故事的故事，亦即“元叙事”(“métarécits”)的形式。利奧塔德就是在這後一種範疇裏，安置了(黑格爾的)精神辯證法、(勞動)主體的解放、發展的觀點以及認爲(在“瞭解”這一意義上的)認識是確立普遍的和平與幸福的手段的觀點，等等。在利奧塔德看來，後現代時代明顯具有受到對現代的完全正統的、相互一致的、總體的元叙述的信念的侵蝕這一特點。附帶説明一下，我要特别提一下：“整體”和“整體化”這兩個概念，一段時間以來一直經歷着嚴重的危機。

“整體”與“極權主義”這兩者之間的必然聯係，在過去的二、三十年間一再受到强調，而整體則已逐漸被視爲一種怪物，一種本質上非常荒唐的事物——“只有按照一種狂歡節的審美觀，才可以得到……彌補”(見巴爾特 1975:182)。反抗整體的一個重要結果，是我在最近的一篇論文中談到的“多元論的復興”(卡利内斯庫 1983)。按照利奧塔德的看法，我們今天正親眼目睹的是，“宏篇故事[注意這裏故事(Stories)用了大寫字母‘S’]的解體”以及較爲簡單的、較爲短小的、只講述某一方面的“故事”從多方面湧現出來。這些故事常常是極端自相矛盾的叙述。作者無意用它們來使——甚至在科學裏的——認識正統化，而是要用它們來使我們對危機——特别是對決定論的危機——的理解戲劇化。利奧塔德没有考慮在對歷史的理解這個領域裏，宏篇故事的解體[以大寫字母“H”開頭的歷史(History)是受害者之一]的含意；他考慮的是，他不得不對後現代時代裏的科學發表的看法，或許會給我們提供一些有益的相似的含意。利奧塔德認爲，後現代科學正在富有創造性地尋找不穩定性（“recherche des instabilités”）。這一情況在——譬如——法國的大數學家勒内·托姆的著作裏得到了反映，他的“災變理論”直截了當地對一個“穩定的系統”這一概念表示懷疑（利奧塔德1979：95）。科學研究越來越把焦點集中在“異常”、“不可比較性”和“局部的”進程等方面，其意思彷彿是說，決定論僅僅是作爲一片不確定的汪洋大海裏的“小島”而幸存了下來（這一見解又獨自爲諸如伊勒雅·普里戈吉納和伊莎貝爾·斯坦熱1979年合撰的《新的結合》這類科學哲學論文所進一步證實）。哲學本身好像在一心一意地避免落入“對一切語言遊戲都將普遍有效的玄妙規定”（利奧塔德 1979：106）的窠臼，並且在積極地尋找特别“關鍵的要點”或者疑難之處，而且更爲普遍的是，在積極地尋找異質性的多元性。就合法化這個問題而言，甚至連“辯論性對話”（也即哈伯馬斯所稱的話語）也不再夠用，不再可靠了。利奧塔德相信，“一致已經成了一種過時的、可疑的價值”（利奧塔德1979：106）。爲異議而異議——至少是通過含蓄的方式所表明的爲異議而異議——是不是一種後現代的、與已經成爲大約上世紀前後的先驅者的特性的不一致性所帶來的各種神秘性相同的東西呢？是不是像理查德·羅蒂所聲稱的那樣，它是利奧塔德令人遺憾地保留下來的“一種左派的愚蠢觀念”——一致，甚至僅僅是交流，就會助長一成不變，助長被“系統”所同化，助長進行控制（羅蒂1984：196）——呢？即使如此，我也相信，異議和共識一樣，它本身不可能是一種價值：一切事物都決定於它們爲什麼發生和如何發生的，決定於在那段使它們產生的對話中存亡攸關的東西是什麼，歸根結底，決定於那段對話本身的特性。非理性的異議決不比非理性的同意更能得到辯護；當共識被貶爲一種原則的事情的時候，富有意義的異議也同樣被貶成這種東西。儘管我並不具有哈伯馬斯對後現代的那種（建立在他毫無歷史根據地認爲後現代即是新保守思想這一觀點基礎之上的——見哈伯馬斯1981：13）看法，但是，在我看來，利奧塔德對哈伯馬斯關於對話的看法傲慢地不予考慮這一點，仍然是毫無哲學根據的，這不僅是因爲它無法得到論證，而且還因爲從根本上來看，它是自相矛盾的。可是，這是利奧塔德的後現代理論中最乏味的部分，也是與我對分期的關注關係最小的部分。

後現代主義美學形成了這位法國哲學家的另一篇論文的主題。後現代主義被認爲是力圖（從藝術上）表現那些“不登大雅之堂的事物”：

> 後現代將是這樣的一個時代：它——在現代——將以表現本身來突出那些不登大雅之堂的事物；它本身就拒絕相信優雅的形式會帶來的慰藉，拒絕相信那種會使得共同分享對做不到的事情的緬懷成爲可能；它尋找新的表現手段，爲的不是享受它們將會帶來的樂趣，而是爲了賦予那些不登大雅之堂的事物一種比較强烈的意義。後現代藝術家或者作家，往往處在一種哲學家的地位：他寫下的文本、他創作的作品，原則上並不受事先制定的規則的束縛……那些規則和範疇是作品本身正在尋找的東西。因此，藝術家和作家爲了詳細闡述將會寫成的作品的規則，正在沒有規則約束的情況下工作……人們將不得不根據未來的(post)先在(modo)這一悖論來對後現代進行理解（利奧塔德1983：340—341）。

我不想在此詳述利奧塔德的後現代主義美學理論的細節；這些細節以及他對後現代“狀況”（注意：這裏影射蒙田的“人的狀況”）所持的更爲一般的見解，已經在漢斯·伯頓斯的文章裏受到了仔細的審視。從我對把分期作爲明確表達對歷史的理解的一種方式所懷有的興趣這一角度出發，我想强調的是，利奧塔德把“先將來時”這一語法範疇應用到了後現代主義的概念上去。利奧塔德談到的這種悖論，在上面引述的那段話後面的那句自成一段的話裏得到了說明：“據我看，小品文（蒙田）是後現代的，而斷片（《雅典娜神廟》）則是現代的（利奧塔德1983：341）。”這樣一句明確的聲明，聽起來或許有點令人震驚。難道蒙田就是後現代寫作的典範嗎？但是，經過再三考慮以後,這一聲明不僅不像它看上去的那樣武斷,而且還具有使我們注意一般的時期劃分術語的一個重要方面的長處;這些術語不僅有着歷時的作用(區分暫時相近的現代與後現代的文體、傳統、流派或個人的作品),而且也有着共時的作用(敘述暫時大不相同而越過歷史則會展示其重大的相似之處的文體、傳統、流派或個人的作品)。

實際上,情況甚至更複雜,而造成這種複雜狀況的因素,就是那種我將稱之爲"評價的範圍"的東西;時期劃分術語始終具有這樣一種"評價範圍",不管這種範圍是被隱藏在一層表示學者風度的、中立的面紗背後,還是被非常明白無誤地展示出來,從而有時變得和埃德加·愛倫·坡的那封有名的、被竊取的信件一樣難以爲人們所注意。就後現代主義來說,這種評價範圍是能夠被充分證實的;正如我們很快就會看到的那樣,它的用途包括從受尊敬的或者"值得贊頌的"模式到詆毀、輕蔑或者譏謗等一整列可能的用法。眼下,請允許我權且對後現代主義作爲一種歷時和共時建構在發揮其雙重作用時所產生的一些結果以及可能產生的結果作一番探究。我們不得不論述的事物就是那種被完全恰如其分地稱之爲建構的東西,這樣一種建構從來也不是使用者所給予的,它始終是由使用者重建的;對於這一點,我們是否有必要補充說明呢?要不要探究一下:這種重建的部分會令人激動呢還是乏味沉悶?會饒有趣味呢還是令人厭煩?會富有成效地似非而是呢,還是令人苦惱地陳腐平庸?或者會不會是介乎這些理想的兩端之間的任何一種情況呢?

因此,時期劃分術語既能發揮歷時作用,又能發揮共時作用。我們可以把這兩種作用分開來加以强調,在損害其中一種的情況下,强調另一種作用(視作者的目的而定),但是我們永遠也不應該忽略這樣一個事實:使對歷史的理解過程處在正確軌道上的,正是這兩種作用之間的相互關係。只有在以歷時分析爲背景對共時發生進行理解時,共時發生才獲得意義和張力,反之亦然。伊哈布·哈桑在《恰到好處的普羅米修斯之火》中列舉後現代主義先輩時,使用了後現代主義這一術語:"我(們)或許發現斯特恩、薩德、布萊克、洛特雷阿蒙、蘭波、雅里、霍夫曼斯特爾、斯坦因、喬伊斯、龐德、杜尚、阿爾都、魯塞爾、巴塔耶、凱諾或卡夫卡是後現代主義的鼻祖。這意味着,我們已經在我們的頭腦裏創造了一種後現代主義的模式——一種獨特的想象類型,並已經開始用那種模式去'重新發現'不同作家和不同時期之間的相似性(哈桑 1980:108)。"仔細考慮伊哈布·哈桑的書中在共時發生中(或"在類型中"或"在體系中")使用的後現代主義這一術語,我們就能夠很容易地認識到,或許其主要倡導者如此使用的後現代主義,倒能令人信服地"發明"或"創造"出它的——與博爾赫斯在那篇短文《卡夫卡及其前輩》(1941)裏描述的卡夫卡非常相似的——先驅者。博爾赫斯關於那些他從中發現了一種卡夫卡式的變形或基調的作品(中國韓愈的一篇辯解、克爾凱郭爾的兩篇宗教寓言、羅伯特·勃朗寧的一首詩以及鄧塞尼勛爵的一篇短篇小說)所提到的,也同樣適用於哈桑的單子上列出的作品:"如果我没有弄錯,我所列舉的那些性質及類別各異的作品都與卡夫卡的作品相象;如果我没有弄錯,它們並非全都彼此相像。這第二件事實的意義更爲重大。我們在其中的每一篇作品裏,都程度不同地發現了卡夫卡的風格,但是假若卡夫卡從來没有創作過一行作品,我們就不會發覺這一特性;換言之,它就不會存在(博爾赫斯 1964:201)。"把博爾赫斯這段話意譯出來,我們就可以說:如果後現代主義這一概念不存在(不管給它下的定義多麼不完美,多麼難以理解或者引起了多麼大的爭論),那就不可能提出像哈桑開列的那樣一份名單:名單中列出的作家幾乎全都具有與哈桑提出的後現代主義模式裏的某些突出特徵相近的特徵,但是他們彼此間卻並不那麼相像。同樣,(與德國浪漫主義的斷片相對立的)蒙田式的小品文,也具有某些與構成利奧塔德提出的後現代主義模式相近的特徵——不是根據規則來進行寫作,而是爲了尋找規則而進行寫作;不是通過運用斷片的形式來轉達一種完整的觀念而寫作,而是爲了探究那些不登大雅之堂的事物的悖論而進行寫作。

沒有理由可以用來説明,爲什麽文學對歷史的理解問題,應該不同於通常對歷史的理解。確實,歷史學家試圖理解的那個過去,本身就與文學批評家所理解的過去完全不同:歷史學家試圖理解的那個過去並沒有幸存下來,而文學批評家理解的那個過去卻幸存下來了。正如邁克爾·奥凱肖特所説:"確實,(歷史學家理解的那個過去)是一種不可能幸存下來的過去,因爲它不是由過去的言詞和過去的人所創造的事物組成的,它本身是永遠不會出場的。它既不可能被找到,又不可能被發現,也不可能被恢復,更不可能被追憶,它只能被推斷"(奥凱肖特 1983:33)。但是,關於既構成文學的過去又在閱讀行爲裏出現的那些"過去的言詞"這一點,問題是:我們是否能以任何方式弄明白這些過去的言詞,或者我們是否能直接理解這些言詞呢?總的説來,奥凱肖特關於歷史的見解,對於文學史也同樣適用:

> 因此,一種在歷史上得到理解的過去,是某種批評性探討的結論;這樣一種過去,除了在歷史書裏可以找到外,哪裏也不可能找到。人們也只能根據這種探討的過程來對它作出詳細的説明……(這)可以被簡單地認爲是一種探討;在這種探討過程中,真正從過去幸存下來的事物被分解成組成這些事物的特徵,以便用來發揮它們作爲按照情況來進行推測的證據所具有的價值;從這些按照情況來進行推測的證據,可以推知由相關的歷史事件——(事件)本身彙聚在一起,回答了對由歷史學家詳細闡述的過去所存在的疑問——的細節構成的……過去(奥凱肖特1983:頁碼同上)。

這裏提到的問答論證法,當然就是哲學家 R. G. 科林伍德的方法;

這種方法對於使人們回想起下面這件事或許不無裨益：科林伍德提出的對歷史進行解釋的模式，已經爲漢斯—喬治·加德默爾——當代哲學闡釋學的最重要代表之一——所採納和發展。這一模式對文學批評的影響，已經由 H. R. 堯斯在“接受美學”理論裏發掘了出來。

正如我所認爲的，時期劃分術語和分期既不是對那種好像是歷史的連續統一體的事物的任意劃分，也不是對歷史過程的“實際”連接方式的或多或少精確的或恰切的理解。我將論證，它們是，或至少應該是探究的方式。顯然，正是時期劃分術語的使用者才會對它們產生誤解（在這種誤解裏，最嚴重的是對它們的疑問的本質的無知）；它們可能僅僅被用來作爲支撐一再重復的僞歷史話語的支柱：它們由於使用過度，便經常成爲自命不凡的、學究氣的、令人討厭的東西；它們還有一大不利之處：它們不可能總是輕而易舉地被人們擺脱。但是，如果運用得當，這些用語就具有使我們注意文本——不論是從歷時角度還是從共時角度來理解——之間（不僅在結構層次上而且還在本質特性層次上）的那些發人深省地出乎意料的相同和相異特性。人們一致公認，當批評的焦點集中在文本內部時，時期劃分術語便幾乎或者一點助益都没有了，但是當我們論述文本之間的問題時，亦即當我們試圖把握互文性或幾組作品間的關係（這樣的關係可能會像一個名叫哈羅德·布盧姆的人提出的那種最强烈的論爭性焦慮那樣富有戲劇性）時，它們就可能具有重大的價值。

我們在更加仔細地考慮人們在過去二、三十年間如何運用後現代主義這一問題之前，首先作一番簡明扼要的總體評論應該是適宜的。總的説來，這一使用相當不便的專門術語的出現，已經重新提出了我們賴以（自覺或不自覺地）明確表達我們關於時代、歷史和變化的話語的分期和分期方案問題。有一段時間，西方的文學研究在既反對歷史實證論又反對歷史決定論時，曾儘可能選擇對變化問題置之不理的態度。其結果是,湧現出了一整套本文分析方法,這些方法顯然特地創造了“結構”、“共時性”和“文本內部的關係”這類概念。這種文本的內部模式被應用於整個文學領域;它猶如一個巨大的文本,單個作品不過被當成一個較大的系統——在這個系統裏,差異問題可以按照二元對立的觀點來予以解決——裏的組成部分。變化只有在它被認爲是內在於那個系統或那個概念化的文本時,才會被承認,然後才會被解釋爲又一種二元對立:現代與古代的對立,新與舊的對立。在某些情況下,這樣的概念儘管與文本主義觀點相悖,但它們卻變成了一種二重連接的不可逆轉的順序中的各個階段;從這一意義上說,它們最終獲得了某種模糊的歷史意義。如我們所見,羅蘭·巴爾特似乎贊成那種認爲文化是一種在新東西的價值與舊東西的反價值間的摩尼教式的鬥爭的觀念;但是在那種認爲真正的歷史意識具有不可逆轉性的內在意識的激勵下,他終於在永遠“難以讀懂的”、永遠不容易閱讀的作品所受到的那種完全可以寫出的先鋒派作品的烏托邦式未來之中,找到了真正具有現代性的時刻。與文本主義的文學研究方法更爲一致的是,一位名叫保爾·德·曼的人——我曾在別的著作裏對他關於現代性的看法作過較爲詳細的論述(卡利內斯庫1977:50—53)——完全不給現代性以任何歷史意義,完全把它看成是一切時代的一切(真正的)文學所共有的一種基本的、迫切的要求。

如我在本文的前面部分所說,我們能夠在不同的參照系裏,在我們本世紀主要的文本取向批評流派裏,亦即在那些在文學批評或批評理論層面上代表文學現代主義的流派裏,發現企圖使現代性普及化的嘗試(它本身即被視爲一種價值)。在結構主義盛行的二十世紀中期,甚至像米歇爾·富科這樣的歷史學家也對變化(其悖論在於:它既預先假定了連續性,又預先假定了斷裂性;既預先假定了同一,又預先假定了差異)不感興趣:富科在贊成——如我們所見——不斷裂和差異的最基本的形式時,對完全斷裂的認識觀念提出了一種分期方法,提出了一種絶對的“災”變模式——這或許就是一種不把變化當作問題來考慮的途逕吧?富科十分典型地幾乎只對內部話語關係感興趣,儘管他不得不説明,在他指出的那些連續的、不可逆轉的認識之間存在着懸殊的差異。這就是爲什麼富科畢竟是一位廣義的(儘管没有作出界定的)後現代認識觀念的最早倡議者的原因所在。在這一意義上説,富科是當代思想(intellectual)史上的一位過渡性人物。隨着後現代主義力圖用更爲專門的術語(對於這些術語,我們可以同意,也可以不同意)來爲自身作出界定,現代主義以及更爲廣義的現代性,不僅恢復了自身的歷史性——即它在時代的不可逆轉的連續順序中所具有的獨特性,而且也恢復了它在一個以(既表示是對現代主義的反撥,又表示是對現代主義的繼續的)後現代主義術語本身爲標誌的、由連續性與斷裂性構成的較大的模式中的地位。

我們已經看到,後現代主義已經有了許多——往往明顯是矛盾的——解釋。這可能反映了這一事實:後現代主義是從那種具有不再爲人所知的範例或一致性的觀念——一種現代主義的核心觀念,向一種新老攙雜的多元性意識——一種甚至現代主義的雄辯術以及它那執著的、(似非而是的)傳統的反傳統主義在其中也有一席之地的多元性——的過渡。無怪乎有時後現代主義被認爲只是現代主義的延續,特别是現代主義的那些較爲激進的、通常集合在“先鋒派”旗幟下的表現形式的延續。但是,研究後現代主義也還有其他方法,而且這些方法在理論根據方面也毫不遜色。它們强調後現代主義企圖超越現代主義和先鋒派的困境的嘗試,它們給自己規定了對遭到現代主義否定和誹謗的事物進行重新評價的任務(例如“浪漫主義”,已經不再像半個世紀前那樣,是一個臭不可聞的用語了)。時期劃分術語——特别是當它們涉及到當前的文化狀況時——總是包含着尖鋭的意見分歧。後現代主義也不例外。我將不得不在本文的結束部分談一談,什麼樣的情況可以被稱爲“後現代主義論爭"這個問題。但是,在談之前,我想再一次强調一下,後現代主義(就像我們厭惡它作爲一個術語或一種風格或一套折衷的、集各家之大成的風格那樣明顯地)具有這樣的功績:它使我們重新就歷史這一問題展開討論。歷史是一個領域——把哈桑新近的一本著作的書名意譯過來就是——歷史不僅是一個創新的領域,而且也是一個革新的領域;歷史是一個過程,在這個過程中,不可逆轉性一再重複出現,它貫穿於所出現的一切事物之中,一切事物也無不具有不可逆轉性;簡言之,歷史是一種連續的/斷裂的認識與技能、實踐與反實踐的複合體,是傳統的一種變體,而不是現代主義者憑藉一種同樣是完全假想出來的喪失的統一來反抗的假想的傳統。

最後,後現代主義確實是一個引起爭議的概念。對於這個概念,我們可以歡呼,也可以表示痛惜而進行辱罵。那些表示痛惜而進行辱罵的人對它的定義是,"迎合低級趣味的傷感文學(或藝術)作品"或者"庸俗下流的文學(或藝術)作品",他們把它看成是我們的鑑賞標準的不祥的崩潰(克拉梅1982)。我們可以重新對它作出界定,用另一概念來取代它(例如弗蘭克·克默德就更喜歡分清"舊現代主義"與"新現代主義";我覺得,這樣做倒比反對區分現代主義與後現代主義更不方便;見克默德1971:39—40)。我們當然可以取笑它,我們也可以彙編出一張張以"post"(後/次)開頭的時髦術語表來。以萊斯利·菲德勒的論文《新的變體》(1965)爲例,我可以提出這樣一些以"post"開頭的術語:post-Modernist(後現代主義者),post-Freudian(後弗洛伊德派),post-Humanist(後人道主義者),post-protestant(後新教徒),post-male(次雄性),post-female(次雌性),post-white(次白種),post-heroic(後英雄詩),post-Jewish(後意第緒語),post-Puritan(後清教徒),post-sexual(次性的)(卡利内斯庫1977:137)。克勞德·羅森以馬爾科姆·布拉德伯里的一部新著裏的一章爲例,彙總出了一張類似的術語表:post-realist(後現實主義的),post-humanist(後人道主義的),post-fiction(後虛構),post-holocaust(大屠殺以後),post-atomic(後原子的),post-cultural(後文化的)等等。"但是,"他補充說,"提前寄獎品(the prize for Posting Early)落入了寫出專著《後當代美國小說》的傑羅姆·克林科威茲之手……"(羅森1982:941)。這樣的術語表不可能不是滑稽可笑的。另一方面,從編史的語言裏選擇一個詞彙成分,選擇前綴"post"——一種使用得非常頻繁而成爲語言的風尚、甚至一時的風尚的選擇——並非不具有較深刻的意義:它應該被認爲是對本世紀文學批評語言的主流中缺少——如果不是沒有的話——與歷史有關的用語的一種(過分的)補償。這將解釋——至少部分地解釋,爲什麽後現代主義這一術語會繼續得到使用並且會出乎意料地恢復其活力;我必須坦率地承認,我一直有點厭惡這一術語,但當我談到當代文化問題時,我卻始終不能回避它。我覺得,當那種與後現代觀念相聯係的新的歷史循環論完全爲文學意識和文學感受性吸收時,批評話語將會用其他更爲靈活而貼切、更爲雅致的術語來取代它。

(顧棟華 譯)

參考書目

Barthes(巴爾特),Roland. 1966. *Critique et vérité*(《批評與眞實》). Paris:Seuil.

----1973. *Le Plaisir du texte*(《文本的愉悦》). Paris:Seuil.

----. 1975. *Roland Barthes par Roland Barthes*(《羅蘭·巴爾特論羅蘭·巴爾特》). Paris:Seuil.

Borges(博爾赫斯),Jorge Luis. 1964. *Labyrinths*(《迷宮》),eds. D. A. Yates and J. E. Irby. New York:New Directions.

Calinescu(卡利內斯庫),Matei. 1977. *Faces of Modernity:Avant-Garde,Decadence,Kitsch*(《現代外觀:先鋒、頹廢、矯揉造作》). Bloomington:Indiana University Press.

----. 1983. "From the One to the Many:Pluralism in Today's Thought"(《從單一到衆多:當今思想中的多元主義》),in Hassan and Hassan 1983:263-288.

Ejxenbaum(埃欽鮑姆),B. M. 1926. "The Theory of the Formal Method"(《形式方法論》),in Matejka and Pomorska 1971:3-38

Foucault(富科),Michel. 1970. *The Order of Things* (《事物的秩序》). New York:Random House. Translation of *Les Mots et les choses*,1966.

Habermas(哈伯馬斯),Jürgen. 1981. "Modernity versus Postmodernity"(《現代與後現代的對立》),*New German Critique* 22:3-14.

Hassan(哈桑),Ihab. 1980. *The Right Promethean Fire* (《恰到好處的普羅米修斯之火》). Urbana:University of Illinois Press.

Hassan,Ihab and Sally Hassan,eds. 1983. *Innovation/Renovation:New Perspectives on the Humanities*(《革新/更新:人文科學研究的新視角》). Madison:University of Wisconsin Press.

Kermode(克默德),Frank. 1971. *Modern Essays*(《現代論文集》). London:Collins.

Kramer(克拉梅),Hilton. 1982. "Postmodern Art and Culture in the 1980s"(《八十年代以來的後現代藝術與文化》),*The New Criterion* 1,1:36-42.

Lyotard(利奧塔德),Jean-François. 1979. *La Condition postmoderne* (《後現代狀況》). Paris:Minuit.

----. 1983. "Answering the Question:What is Postmodernism?"(《回答這個問題:什麽是後現代主義?》),in Hassan and Hassan 1983:329-344.

Matejka,Ladislav and Krystyna Pomorska. 1971. *Readings in Russian Poetics* (《俄國詩學選讀》). Cambridge,Mass. :MIT Press.

Oakeshott(奧凱肖特),Michael. 1983. *On History and Other Essays* (《關於歷史及其他論文》). Oxford:Oxford University Press.

Prigogine, Ilya and Isabelle Stengers. 1979. *La nouvelle Alliance: Métamorphose de la science*(《新的聯合:科學的變形》). Paris: Gallimard.

Rawson(羅森), Claude. 1982. "ExPost Facto Fictions"(《超後虛構小說》), *TimesLiterary Supplement*, September 3: 941-942.

Rorty(羅蒂), Richard. 1984. "Habermas, Lyotard et la Postmodernité"(《哈伯馬斯、利奧塔德和後現代》), *Critique* 422: 181-197.

命名和區別:文學上“現代主義對後現代主義”的反思

蘇珊·羅賓·蘇萊曼*

首先,我必須說明我是作爲一個旁觀者介入現代主義與後現代主義之爭的。我的文化根基和主要興趣在法國。可在那兒人們不大談及藝術上的現代主義。有關現代性,或摩登,或者先鋒派,倒是常常有人談起,但關於現代主義則從未涉及①。至於後現代主義(法語叫 postmoderne),它是一種新潮,源於美國,至今仍是有點格格不入的舶來品。讓-弗朗索瓦·利奧塔德是我認識的第一位愼重其事地使用這一術語的法國理論家。在《後現代狀況》(1979)一書的開頭,他引用了(美國此類著作中)伊哈布·哈桑的《奧爾甫斯的解體:走向後現代文學》②。我以爲這個事實很有趣,絶非因爲這是法美理論市場上稀有的“逆進口”現象。衆所周知,二十年來更多的是美國理論家們引用法國人的原始材料,引進法國人的新概念——即使我們美國的後現代主義最積極的倡導者也是如此。例如,在德里達理解的“海德格爾闡釋學”中,《邊界2:後現代文學雜誌》的編輯威廉·斯邦諾斯就窺見了後現代主義的“真諦”(斯邦諾斯

---

* 蘇珊·羅賓·蘇萊曼是美國哈佛大學羅曼語言文學和比較文學教授。

① 部分原因也許是在法語裏“現代主義”早已存在於一個和美學不同的領域裏:它指的是在1907年被教皇皮厄斯宣佈爲異説之前,被自由天主教教徒們信奉的教義。

② 不久前,利奧塔德給伊哈布和莎麗·哈桑編輯的集子(哈桑 1983)撰寫了一篇關於後現代主義的論文。同時,利奧塔德的《後現代狀況》已被譯成英文(利奧塔德 1984)。

1979)。同時,查爾斯·阿爾提埃里最近也把現代主義作家的典範稱之爲"羅蘭·巴爾特的純作家文本概念的擬實踐者"(阿爾提埃里1979:94)。

據我所知,巴爾特和德里達都不曾使用過"後現代"或"後現代主義"這些術語。正如把"現代的"與"古典的"相對立一樣,巴爾特將"作家的"文本與"讀者"的文本相對立。至於德里達,他幾乎不用"現代"這個詞,更不要説"後現代"了。在此,人們可能想起朱莉亞·克里斯特瓦。她經常談及"現代性"和先鋒派的創作,但她僅使用過一次"後現代主義"這一術語。那是在1978年伊哈布·哈桑組織的現代文學藝術會議上[①],她使用了這一術語。

我能聽見有人在不耐煩地説:"這不是在咬文嚼字嗎?"不管他們用什麼字眼,巴爾特、德里達、克里斯特瓦都是具有後現代敏感性的理論家。菲利普·索勒斯、吉爾斯·德勒玆、費利克斯·古埃塔里以及當代法國思潮的其他代表人物也是如此。

也許就是這樣。但是我想説明,就我們目前所涉及的問題來説,措辭、稱號以及命名問題並非無關緊要。如果要説有一個大家似乎無異議的問題的話,那就是現代性(我用"現代性"涵蓋了人們通常所説的現代主義和後現代主義)。它是一種文化危機,包括——也許是最爲重要的——語言危機感。馬拉美關於"花"這個詞的著名論述("我説:一朵花!……")既使人想起"花束",同時又否定"花束"("花束"這一論述成爲《詩歌的危機》文本的一部分並非偶然)。馬拉美的這一論述使我想起巴爾特的同樣著名的論斷:"閱讀的過程就是竭力命名的過程"。[②]那麼寫作,無論關於花卉,還是關於文學,也都是竭力命名的過程。問題在於我們的命名是否有意義呢?

---

① 隨後,克里斯特瓦的論文以《後現代主義?》爲題發表(克里斯特瓦 1980)。

② 參閱馬拉美(1945:368)和巴爾特(1970:98)。

先舉出一個或一組文本爲例：貝克特的《無名的人》、羅伯-格利耶的《在迷宫裏》、巴思的《迷失在遊樂園裏》、巴塞爾姆的《雪白》、庫弗的《臨時保姆》、品欽的《V》、納博科夫的《蒼白的火》。我們可以把它們稱作"現代主義作品"、"現代主義晚期作品"、"後現代主義作品"、"元小説"、"超越小説"、"超小説"、"寓言小説"或"自戀敍述"。這些不同的名稱難道影響我們對他們的感受嗎？上述文本如果不是全體地，至少也是個别地，都曾插過上面的所有標籤①。在一本書中（克林克韋兹1980），有些文本還被叫作"後當代"小説。如果没有這一命名的話，此書無疑是一本立論穩健的書。有鑒於此，我只好把它看作怪異概念的産物。

巴勒斯、博爾赫斯、馬爾克斯、費德曼、蘇克尼克等作家的創作都可以和上述作品相提並論，它們都具有某種相同的特點或文本性質。可是，這些性質是一成不變、獨立於用來標明文本的超文本標籤嗎？或者説這些元文本標籤不但可以定義，而且還能通過命名來創造客體，這樣一來，我們最終所有的就不是名稱各異的同一種文本，而是整個一系列雖然相似但卻有着細微差别的文本，難道這些文本不是依賴於人們給它冠之的名稱嗎？被羅納德·蘇克尼克稱作"十分波撒諾瓦"的《雪白》（蘇克尼克 1981：44）不是和克里斯廷·布魯克-羅斯稱作"純粹的風格化"如出一轍嗎？仁者見仁的《雪白》又如何與這部智者見智的《迷失在遊樂園裏》相聯係呢？威廉·斯邦諾斯和戴維·洛奇把《迷失在遊樂園裏》稱爲後現代小説（複數，因爲看法各異，所以用複數）；約翰·巴思（作爲一名批評家）稱之爲"基本上的後現代主義"；布魯克-羅斯則稱之爲"純粹的滑稽

① 論證這一論述的批評著作可謂汗牛充棟。在此，僅列出一小部分，供讀者參考。關於現代主義和後現代主義的批評著作：巴爾特1980；關於後現代主義的批評著作：洛奇1977；關於元小説和自戀敍述的批評著作：哈琴1981；關於超小説的批評著作：羅瑟1976；關於超小説的批評著作：扎瓦查德1976；關於寓言小説的批評著作：史肖勒斯1967。大多數術語都被布魯克-羅斯討論過：布魯克-羅斯 1981。

模倣作";而林達·哈琴則把它看成"自戀敘述"。

顯然,這裏涉及的不僅僅是命名的認識論問題,而且還包括定義和範疇的問題,包括時期範疇的劃分(何爲後期現代主義?何爲後現代主義?)、形式範疇(滑稽模倣作、風格化作品)、形式與主題範疇(自戀敘述)和嬉戲的印象主義噱頭(十分波撒諾瓦,"very bossanova")。

暫且置這些名稱糾葛於一旁吧,我們還是回到我題目的對立上來:現代主義對後現代主義。儘管兩者的對立比較有限,但或然性的程度卻絲毫未減。作爲一個旁觀者,我就問一個旁觀者的問題。不是問"現代主義與後現代主義在文學上有何區别?"不是較機警地提出"衆多批評家或理論家聲稱意義重大、區别對待的異點何在?"也不是極爲聰明地發問:"如果現代主義與後現代主義有本質的區别,何以在介紹它們時引起如此大的混亂?"我只是天真地問一問:"爲什麼首先要把現代主義與後現代主義在文學上加以區别呢?"

依我所見,在建立文學現代主義與後現代主義之間對立的種種企圖背後,有三個既部分重叠又有區别的動機或衝動,因此,文學現代主義和文學後現代主義便被定義爲風馬牛不相及的現象。第一個動機可稱作評估性/思想性動機;第二個動機可稱作診斷性動機;第三個動機可稱作分類性/分析性動機。在任何一個批評家身上,這三個動機可能,甚至一定在不同程度上並存。但是,其中之一往往佔主導地位。我將對他們進行單獨討論,因爲我認爲每個動機都以其獨特的方式集中解決現代主義和後現代主義兩分法裏最爲棘手的方面。

評估性/思想性動機最明顯的例子莫過於哈利·萊文或傑拉德·格拉夫。他們對後現代主義作家疑團重重,如對巴勒斯或梅勒或熱内特或貝克特。但他們情願或者説渴望(如萊文)承認,甚至讚美現代主義作家的創作特色,如喬伊斯、曼、穆齊爾和紀德。我提到的這些作家一直是萊文或格拉夫引用的範例。必須說明,我知道把萊文和格拉夫相提並論可能不公平,因爲格拉夫近來(特別參閱1979a,1979b)的研究既多產又有說服力。而萊文的成果,據我所知,則只有兩頁爲他在1960年寫的"什麽是現代主義"一文所加的導言。那篇文章在1966年結集出版時,作者又有所補充。不管兩位作家在論點上的複雜性和精確性有何不同,但很清楚,萊文和格拉夫(在更小的程度上,歐文·豪也是如此。他由於在1959年寫的文章《大衆社會和後現代主義小說》一文中把"後現代主義者"一詞輸入文學流通領域而聲名卓著。參閱豪1970)都希望能把"現代"或"現代主義"文學與"後現代"加以精確地區別,以便能揚此抑彼。格拉夫的確有時有點自相矛盾。他論證說後現代主義只是現代主義的邏輯延伸。這會使現代主義落得同樣一種虛無的主觀主義、背離歷史的罪名,而這些在格拉夫看來又是後現代小說的主要危險。他論證說,實際的現代主義小說並不像現代主義理論家寫得那樣反歷史而且主觀。①這樣,他至少能"拯救"一些現代主義作家。

"贊成現代主義的人"用必要的簡化手段和議題的模糊性來突出兩分法。如果說他們從中獲利的話,那麽,這也同樣適合於那些持相反意見把"現代主義"看作貶義詞的批評家。就拿萊斯利·費德勒來說,1965年費德勒雖有躊躇卻不無同情地指出,後現代主義文學,尤其是以威廉·巴勒斯的作品爲典範的後現代主義文學,是一種即將到來的"新的變體"的表現形式(費德勒稱之爲"高級的"表現形式)。到1970年,費德勒"越過了邊界",消除了自己與"變體"之間的一切可能存在的距離。這樣一轉,他就可以嘲弄老現代主義作家,讚揚後現代主義作家了。後現代主義也"消除了距離",並且獻

---

① 特別參閱格拉夫 1979a:208—215。也可以有保留地把尤根·哈伯馬斯歸入這組批評家。在他那引起廣泛討論的論文裏,哈伯馬斯論證說,各種後現代主義思潮背離了基於啓蒙運動的現代主義先進觀念。

身於科幻小說、色情小說、(美國)西部小說和其它一些流行的文學模式了。普魯斯特、喬伊斯、曼之流，在費德勒看來都太"附庸風雅"，極力凌駕於人而且過於一本正經。法國的羅伯-格利耶和另一些新小說派作家也是如此。他們儘管"後"於喬伊斯和曼，卻也有同樣的弊病。"真正的新新小說必定是既反藝術又反嚴肅的"①。

這個論點的麻煩之處倒並不是一些中年大學教授力圖像"新變革者"那樣行事，而是對二十世紀早期(及稍後一些的)作家的現代作品的削平和簡化。簡化有兩種形式。首先，現代主義作爲一個"主義"還原到僅有兩三位作家的作品。其次，這種還原被進一步還原或削平。最後只成了幾個特點(附庸風雅、嚴肅莊重、精英意識)，而這些特點都作爲反動的東西被排除了。

在威廉·斯邦諾斯最近的作品中，類似的還原和削平迹象也能找到。1979年，他給"現代主義與後現代主義問題"專題文集撰寫了一篇文章。斯邦諾斯斥責現代主義不過是"西方文學傳統"的邏輯頂點。現代主義只是用空間形式代替了亞里士多德的目的論敘述概念，因此，始終是封閉和邏各斯中心主義。另一方面，後現代主義"摧毀了封閉性"，它是分散的、破壞性的，而且"在讀者和文本間激起了無止境的對話"(斯邦諾斯 1979:115)。總之，現代主義壞，後現代主義好。那麼，斯邦諾斯以誰爲例呢?喬伊斯——一個地道的現代主義作家，當然還有艾略特，但還有羅伯-格利耶和一些常被批評家列爲後現代主義作家的法國新小說派作家，以及受他們影響的美國作家(如蘇克尼克和費德曼)。在斯邦諾斯看來，真正的後現代主義包括讓-保羅·薩特和伊麗斯·默多克。當然還有我們常提到的巴思、巴塞爾姆、博爾赫斯、品欽等。

除了分類的武斷性之外(僅舉一例，我不明白爲什麼羅伯-格

① 引語出自費德勒(1977:467)，他的論文《新的變體》(原先發表於1965年)也收入該書:379—400。

利耶不屬於"破壞性"小説家一類),給我印象最深的是人們何以輕率地把喬伊斯(還有别人)歸列爲"西方文學傳統"的溫馴的追隨者。如果薩特的小説和戲劇"摧毁封閉",並且對已經建立起的形式具有"破壞性"(這一論點本身就有爭議)的話,難道人們就不能給《芬内根的守靈》的作者一點"摧毁"的榮譽嗎?更不要説《溫和的侍者》、《海浪》、《正是馬提亞·巴斯卡爾》、《城堡》以及其他各種作品的作者了。極爲奇怪的是,像萊昂内爾·特里林這樣保守的批評家,較之自封爲激進批評家的斯邦諾斯倒更能看出,而且欣賞早期現代主義作品的顛覆性和破壞性(參看特里林 1968)。

如果我們現在轉到我稱之爲把現代主義與後現代主義相對的"診斷性動機"上來,我們將看到,"診斷性動機"與分期問題和範疇定義問題緊密相關。我以爲伊哈布·哈桑是診斷性動機的最傑出代表。在我看來,充斥在他那衆多的著作和文章裏的問題是雙重的。首先,我們怎麼能把後現代主義當作一個術語和概念來理解我們時代的文化特徵呢?其次,我們怎麼能把後現代主義當作一種感受和藝術實踐方式來與早先的現代主義加以區别呢?儘管哈桑的努力果敢驚人,而且也很重要,但他本人似乎意識到了現代主義/後現代主義兩分法所導致的理論糾葛。在1982年《奥爾甫斯的解體》第二版寫的"後記"中,他列舉了一系列由後現代主義一詞引起的概念問題:作爲一個時期劃分術語,它不穩定而且易變、界綫含混;作爲具體的文學實踐的範疇術語,它又不夠精確、模棱兩可,在評估與描述之間不定地懸盪(哈桑 1982:263—266)。然而,這些問題並没有使哈桑畏縮不前。事實上,這些問題可能是他一手炮制的。

現在來談談分期問題。在早先的文章裏(1980),哈桑分析説,後現代主義的基本特徵(即不確定性、内在性)發軔於愛因斯坦的物理學和尼采的闡釋學。兩者都暫時與哈桑所標的"現代"相吻合。他繼而又用那些完全一樣的特徵去區别現代和後現代。如果像湯因比那樣(事實上,湯因比杜撰了“後現代時期”①一詞)認爲後現代始於二十世紀初,他同樣也把現代往前推,包括文藝復興到十九世紀末這段時間,那麼哈桑的劃分就行得通了。但是,哈桑顯然不是這麼考慮的。因爲他甚至把一次大戰以後的作家:像阿托德和巴塔耶,以及“後期的喬伊斯”、“後期的龐德”、奎諾和卡夫卡都看作後現代主義的“鼻祖”,但我認爲他們並非真正的後現代主義者(哈桑 1980:108)。哈桑可能在迴避這個問題:後現代時期始於或約始於1939年9月。但我想在邏輯上誰也不能同時持以下所有主張:後現代主義是二次大戰以後的現象;它的基本特徵早在1900年就出現於尼采和“新物理學”之中;並且它代表着“西方人文主義的變異”。如果説當今的特徵已在1900年就出現了,那它們與以前的特徵相比具有激進性質的變異又從何談起呢?②

在把後現代主義當作範疇而非分期術語時,哈桑也碰到了類似的釘子。在論文《後現代主義:超批評文獻》(1971;1975再版:89—124)中,他强調,作爲藝術實踐,後現代主義可以被看成“現代主義中的變革”。他這句話的意思似乎是,儘管表達方式各異,但後現代主義作品裏確實存在着現代主義的特徵(他列舉了七個特徵:從都市派、技術派到矛盾派和實驗派)(見哈桑1975)。克里斯廷·布魯克-羅斯較爲具體地批評了這種解釋法。其中,他還指出了主題和形式特徵上的混亂(布魯克-羅斯 1981:346—349)。一個值得注意的重要問題是,這種解釋法無法解釋清楚後現代主義是否被看

① 欲讀有價值的論述,參閱卡利内斯庫(1977:133—136)。

② 在“後現代主義專題研討會”(烏得勒支,1984年9月)上,有人論證説,事實上,那三個命題的同時性在邏輯上是可能的。如果運用麥克黑爾在本書的論文裏闡述的“主旨”概念的話,那麼,三個命題都可以成立。它們説明了1900年就已出現的趨勢1939年以後便成了主流。但儘管如此,這個問題仍然與人們試圖强調的東西有關(正如麥克黑爾所看出的):繼續或斷裂。我在此倒贊成連續説,因爲這使得現代主義/後現代主義兩分法無甚必要,或至少是有疑問的。

成是現代主義的發展,現代主義主要傾向的進一步推進;或者它只是現代主義的一種轉換形式,與現代主義有着本質區别。

在哈桑1982年寫"後記"的時候,人們可能認爲他站在後現代主義的立場上解決了兩者之間的含混性(後現代主義是現代主義的轉換形式)。事實上,哈桑那完全不同的範例純粹是依據兩分法得來的,而不是根據什麼轉換聯係。在"現代主義"的欄目裏,我們可以看到這些術語(其它還有許多):精通/邏各斯、文類/界綫,範例,隱喻,選擇,所指,可讀性,叙述,主要代碼,還有生成/雄性。在"後現代主義"欄目裏,我們可以看到與之相對的術語:耗竭/沉默,文本/互文、範式,轉喻、組合,能指,可寫性,反叙述,個人習語,以及多形性/雄性。他説他有意從"修辭學、語言學、文學理論、哲學、人類學、精神分析學、政治學甚至神學"中選出這些術語。如果人們承認他的這些術語具有突出的多相性,那麼我想人們一定要求他擔負兩重責任:一方面,不允許有内部矛盾;另一方面,又有實際的辨别能力。但事實上,這兩個職責都没有履行。儘管範例、隱喻和選擇内部是一致的(這些術語借自雅格布森,它們是雅格布森理論的一部分,各術語之間的意義相互暗含),但它們没有一個不與"陳述"相牴牾。在雅格布森看來,"叙述"屬於範式/轉喻/組合序列。隱喻與轉喻不能相對而置;能指與所指不可相對(它們都是比喻,一個是表示物,一個是被表示物);可讀性與可寫性也不能相對(如果有點可能的話,那就是轉喻常被認爲比隱喻的"可讀性"强些)。如果我們仔細推敲(我在此只檢查了一些語言學和"文學理論"方面的術語),哈桑的排列就要坍塌,至少要顫抖了,因爲它缺乏内部的支撑。

如果我們先把上述事實擱置一旁,用上面的兩欄參照實際文本來檢測兩分法的辨别能力,我們仍將篳路藍縷困難重重。相對於,比如《萬有引力之虹》來説,在什麼意義上可以把《城堡》、《尤利西斯》、《荒原》、甚至《追憶逝水年華》看成屬於文類/界綫,"可讀性”,生殖/雄性和隱喻之列呢?當然,這些小說都有其中一些特徵,但《萬有引力之虹》也同樣具有其中的一些特徵。有一件事可以肯定,就是上述小說在發表時並不具有巴爾特所講的“可讀性”——即易讀或易於一般讀者接受。《萬有引力之虹》也是如此。現在,由於讀者對熟悉的超時變化有所感知,因此在此意義上,上述小說——包括《萬有引力之虹》便都具備了可讀性。另一方面,鑒於巴爾特在與“可寫性”相對這一意義上使用了這一術語,那麼上述作品過去或現在都不具備“可讀性”。因爲對巴爾特來説,典型的“可讀性”文本是十九世紀的現實主義小説(巴爾特 1970)。

在熱切地把後現代主義文本與現代主義文本相對立之後,哈桑仍以犧牲和弱化現代主義而告終。其實,這種手段早就爲比較公開的後現代主義思想派别使用了。

現在,我想簡略考察一下診斷性衝動的另一種不同形式——即馬克思主義診斷衝動。弗雷德里克·詹姆遜最近的一篇文章是其範例。不難理解爲什麼馬克思主義的後現代主義理論既是診斷的也是分期的。因爲這種理論試圖通過把後現代主義與更廣泛的歷史和經濟發展聯係在一起來闡釋後現代主義(及其與現代主義的區别)。詹姆遜首先表明,他認爲後現代主義(他舉了各種藝術的例子)是對高雅的現代主義(如喬伊斯、曼、勞倫斯等)的一種反動。他繼而又大膽地説明他所使用的“後現代主義”不僅“是對於某一特定風格的描述”,而且還是一個“分期概念”,其功能是把文化中出現的新形式與社會生活中以及經濟秩序中出現的新形式聯係起來——即“後工業或消費社會、媒介社會或多國資本主義社會”(詹姆遜1983:112—113)。詹姆遜繼而描述了他認爲是後現代主義藝術的兩個顯著的形式特徵——“現實朝着意象的轉變”:其中大多數是通過拼湊和培養歷史的懷舊感;和“融時間的碎片於永恒的現在”。這正好與個體的崩潰和隨之而來的零碎的、精神分裂證患者的話語相一致。在結論裏,他强調説,這兩種形式特徵“表達了特定社會制度中的深層邏輯"。他把這種社會制度稱作消費資本主義,其確切的特徵是社會的分裂性和各種形式的"有計劃的廢棄",包括抹掉對歷史的記憶。

詹姆遜的論述別致優雅,透徹有力。然而它也提出了一些問題。他爲後現代主義舉了兩個解釋性範例:一是美學範例——後現代主義是對高級現代主義的反動;一是社會經濟範例——後現代主義的出現與後期消費資本主義的出現"密切相關"。還不能肯定,詹姆遜這裏的"密切相關"是否意味着"由……導致",還只是"與……同時發生"。我懷疑他並不想取任何一種意思。前者的決定論色彩太强,太"庸俗馬克思主義化"了;而後者的説服力則太弱了。無論如何,這兩種意思和美學範疇相聯係都有問題。因爲人們弄不清這兩種範例——事實上是兩個解釋體系——是如何相互聯係的。

除此之外,美學範例自身也存在着問題:因爲如果後現代主義是對現代主義的反動,那麼正如詹姆遜清楚地陳述的那樣,下列現象就會出現:當人們覺得現代主義作品是"令人窒息的、經典化的具體的豐碑時,人們不得不砸爛它們,以便創新"(詹姆遜 1983:112)。不難看出,這是和現代主義美學原則相悖的,不管這些原則是什麼。然而,在我看來,當法國新小説派作家(他們屬於詹姆遜的後現代主義例子)在二十世紀五十年代後期開始發表小説時,他們根本沒有把喬伊斯、普魯斯特或卡夫卡看作令人窒息的具體的豐碑;相反,他們倒反對四十年代的政治文學,反對巴爾扎克的現實主義,奉上述作家爲圭臬。再看詹姆遜的另兩個例子。在任何意義上,我都看不出電影《星球大戰》和《失去避難所的襲擊者》能被看作是對現代主義的反動;也看不出這兩部電影與高達德的電影有何共同之處。詹姆遜視高達德爲著名的後現代主義電影制片者。

最後,我想知道,力圖把兩個"後",即後工業社會和後現代主義美學聯合起來是否比只談"當代"或甚至"後期消費資本主義"藝術更使詹姆遜愜意(幾年前,盧西恩·戈德曼把羅伯-格利耶早期作品分析爲壟斷資産階級的同系物;他並没有把這些作品稱作後現代主義作品。但他的論述也不完全有説服力。參閲戈德曼1964)。

最後,我來談談分類/分析性動機,這方面的最好代表當推戴維·洛奇的著作(也可參閲麥克黑爾 1979)。同哈桑、詹姆遜、費德勒和斯邦諾斯不同,洛奇的主要興趣不在於把後現代主義當作一種文化現象,一種"原子時代"和敏感性和情緒特徵(拿哈桑的話來説)而加以定義。他希望"提供某種方法,以便衆多的英國文學作品得以梳理分類"①。他建議用三個術語來分類:現代主義、反現代主義和後現代主義。根據洛奇的理論,英國的現代主義和反現代主義創作與"可預見的鐘擺運動"相交替(洛奇1981:9)。從十九世紀九十年代到二十世紀五十年代,兩派的統治地位大約每隔十年交換一次。現代主義是以批判傳統的模倣模式和把藝術看作自發的活動爲特徵的;而反現代主義正相反,它又回到了模倣性再現和參與公衆問題上來了。因此,三十年代的乾預性作品戰勝了二十年代的現代主義作品;而五十年代的"憤怒派"作品則取代了四十年代的"優雅"作品(例如狄蘭·托馬斯的詩歌)。

按照洛奇的觀點,造成這種鐘擺式替代的原因,不僅要在外部歷史環境中去尋找,而且也要在文學本身的邏輯中去尋找。雅格布森理論的基石是對語言的隱喻軸和轉喻軸的著名區分。洛奇援引了雅格布森的這一論斷,以表明(有説服力且詳細地,1977;暗指地,1981)現代主義基本上是喻式的,而反現代主義則根本上是轉喻式的。這就解釋了文學史上"周期的",或更確切些,擺動的節奏。因爲"如果雅格布森是對的,那麽,除了在這兩極之間進行外,話語别無他途"(洛奇 1981:12)。

---

① 引自《現代主義、反現代主義和後現代主義》(洛奇1981:4)。這篇論文簡明地概括了他早期著作(洛奇1977)裏詳盡闡述的觀點。

正是在這一點上，後現代主義進入了畫面。洛奇說，後現代主義是“另一種藝術”。和現代主義一樣，它批判傳統的現實主義，但它也試圖“超越或圍繞”現代主義——這種企圖的最明顯表現就是否定意義。在後現代主義作品中，不確定性已成了“地方性的流行病”。洛奇從這類作品中分辨出六條創作原則，這些引起“不確定性”的六條原則是：矛盾、變更、斷裂、隨意、過度和短路。他在貝克特、羅伯-格利耶、布羅菲、巴思、布羅提根、弗爾思、巴勒斯、馮尼戈特和巴塞爾姆等作家的作品中列舉了這些原則的佐證。

洛奇的三分法明瞭清晰。但對於他的排列來說，後現代主義顯然有點問題。首先，三分法破壞了直到六十年代還按預見運轉的“鐘擺運動”。其次，它破壞了這一原則，即除了在現代主義和反現代主義兩極之間外，“話語別無他途”。第三點，它由於引進了一位偶然介入的法國人和許多美國人而突然跳出了英國文學領域。然而，也許有人反駁說，洛奇成功地界定了一系列形式特徵，這些特徵能解釋大量的基本上屬於當代文本。但這些文本爲什麼一定要被稱之爲後現代主義呢?洛奇陳述說，後現代主義“可以追溯到達達運動”。這說明它不是暫時的(或民族的)範疇。用他自己的話來說，也不能把後現代主義看成是對現代主義的反動。因爲這是反現代主義的職責。這就背離了這種可能性：即後現代主義是現代主義邏輯和方式的“極端表現”。但是，如果是這樣的話，爲什麼還要堅持說它是“另一種藝術呢”?事實上，洛奇說的每一形式特徵都可在早期的現代作品中找到。按照他自己的觀點，一部作品不需要同時具備這些特徵才能被稱作後現代主義作品。人們甚至很可能——發現所有這些特徵已經出現——而且已經“佔主導地位”(用麥克黑爾的概念)在1869年出版的《馬勒多羅的歌聲》裏。

我好像繞了一大圈，又轉回到了剛開始提到的命名危機。如果現在讓我停止談論別人的問題，僅明確地談談我對在何種角度認爲“現代主義對後現代主義”這一問題的話，那麼，請看下文。

我認爲,只有將其視爲具體的、地區性的英美問題時,對它的討論才富有成效(我這裏指的是文學而不是其它藝術)。只有在英美背景中,文學現代主義才能被看成一個團結的、整體的傳統,而反動或"革新"則需要不斷向它挑戰。要解釋其歷史和制度的原因("制度的",我意指我們大學中的現代——特別是現代英國文學——教授和規類方法)不是件易事。我想,至少有一個原因是歐洲大陸的許多現代運動——例如:達達主義、超現實主義、俄國和意大利的未來主義——從未和英美文學的現代主義概念融爲一體。在此,我同意安德萊斯·胡森的看法。他在近期的論文中指出:"把後現代主義撇開……和在經典現代主義準則之外,探索一種可行的現代傳統"(胡森 1981:32;也可參閱海爾繆特·萊生本書中的論文)。但準確地說,"經典現代主義準則"是一個英美概念。比如說,在法國,就找不到這樣一個概念。法國的現代性和現代作品是被視爲反十九世紀現實主義的。在二十世紀五十年代後期到七十年代前期之間,新小說派、《太凱爾》雜志的作家及其擁護者們——包括巴爾特和克里斯特瓦在內——所主持的論爭中,他們公開的論敵並不是普魯斯特,更不是喬伊斯,而是巴爾扎克和整個古典的再現概念[①]。儘管這些論爭挑起了自身的問題(可能並不像每個人聲稱的那樣,巴爾扎克是個不堪一擊者),但它們至少不致於在現代傳統內部造成武斷的極致。

除了我指出的明顯的分期和範疇問題外,我希望我已闡明,最令人難以接受的是一些企圖的武斷性。這些企圖通過過於簡單化

① 可以提出這樣的問題(在烏得勒支的"後現代專題研討會"上就提出過):新小說派作家對巴爾扎克式現實主義的攻擊是否不局限於他們明晰的理論著作(例如羅伯-格利耶1963,薩羅特1956,里卡多1971),在他們的小說裏,"含蓄"的攻擊是否指向現代主義者。儘管對一整批作家進行歸納並不容易,但顯而易見,法國"新小說家們"和六十年代和七十年代的"新新小說家們"直接和無保留地反駁了十九世紀現實主義的傳統:綫性思維、敘述的連貫性、逼真性等。欲詳細閱讀這一論述,參閱蘇萊曼(1981—1982)。

和犧牲現代主義(也許是後現代主義)來使後現代主義與現代主義相對立。特別不能使人忍受的是，一些批評家還在極力往已經是長長的美國“後現代主義者”的名單上加入一連串法國作家。而這些法國作家對反對由喬伊斯或伍爾芙或卡夫卡所代表的“經典”的想法卻鮮有耳聞。像蘇珊·桑塔格這樣對歐洲大陸一事一物極度敏感的美國批評家卻緘口不談“現代主義對後現代主義”作品，這在我看來十分明智。桑塔格認爲：“我們時代的偉大散文作家”不僅包括喬伊斯和斯坦因，而且還包括貝克特和巴勒斯。”(桑塔格 1981：28，引者加的着重號)

這是不是說我們應該把所有的現代作品——從勞特爾蒙特到約翰·巴思都列爲一類呢？爲什麼不呢？讓我們在現代(甚或，現代主義的，如果一定這樣的話)作品中設法尋找類型、標記、思想脈絡和各種譜系——而不是談什麼現代主義對後現代主義。[①]

結束時，再談兩點。第一，我所作的探討有意縮小了範圍。因爲我的範圍只限於文學，而文學中又只限於命名這一特殊的問題。從我所蒐集的資料來看，後現代主義—現代主義的對立在建築裏更有用。那兒有一批具有自覺意識的建築師。他們以爲他們的作品是對現代主義的純功能主義和鮑爾豪斯靈感的建築物的反叛。[②]第

---

① 當前對後現代主義的討論總是忽略一“批”作家。她們是某些正在語言或敘事方面進行探索的女作家：法國的瑪格麗特·杜拉、海倫·西索絲、莫尼克·威提格、香塔爾·夏沃芙等，美國的蘇珊·桑塔格(作爲小說家和短篇小說家)、雷納塔·阿德勒、瓊·狄地昂；英國的克里斯廷·布魯克-羅斯和安吉拉·卡特等。怎能說後現代主義只是一個(對批評家和作家的)排他性“男性”的王國呢？

② 這個觀點本身可能就是由於旁觀者的簡單化得出的。因爲在建築領域裏，對於後現代主義建築是否像其實踐者聲稱的那樣根本不同於現代主義建築，仍有激烈的爭論。最近討論這一問題的著述聲稱：“無法令所有人滿意地給後現代主義下定義。”參閱哈克斯臺布爾(1983)。

鮑爾豪斯爲德國一藝術學校名稱，主張功能主義，不願隱匿結構或材料的質地。——譯者

二,我没有涉及社會科學家們的種種努力。他們用“後現代主義”這一術語去解釋那些可視爲獨立於藝術現象之外的廣泛的歷史進步。也許我們真的處於一個“後現代時期”。如果真是這樣,文學後現代主義的概念便可能會繼續流行,那麽,我所作的探討似乎就多此一舉了。實際上,我自己也承認,作爲一個不太直觀的、印象式的、“你明白我意”的術語,“後現代主義”有一定的吸引力。一位蘇聯逃亡者最近制作了一部影片,其中科幻小説、紐約毒品和低俗的摇滚場景、性的暴力、分不清雌雄的人和眩目的、粗獷的風格全攪在一起。當我看到這部影片時,我的第一個反應是:“這才是真正的後現代主義!”但轉而一想,如果需要一個有魅力的、印象式的標籤的話,那麽我倒更喜歡“十分波沙諾瓦”這一説法,而不管它跳舞風格中的不協調性。

(趙白生 譯)

參考書目

Altieri(阿爾提埃里),Charles. 1979. “Postmodernism: A Question of Definition,”(《後現代主義:定義問題》),*Par Rapport* 2:87-100.

Barth,John. 1980. “The Literature of Replenishment: Postmodernist Fiction”(《補充的文學:後現代主義小説》),*Atlantic Monthly* 245,1:65-71.

Barthes(巴爾特),Roland. 1970. *S/Z*(《S/Z》). Paris:Seuil.

Brooke-Rose(布魯克-羅斯),Christine. 1981. *A Rhetoric of the Unreal: Studies in Narrative and Structure, Especially of the Fantastic*(《非真實修辭學:敍事和結構研究,尤其是幻想作品》). Cambridge:Cambridge University Press.

Calinescu(卡利内斯庫),Matei. 1977. *Faces of Modernity: Avant-Garde, Decadence, Kitsch*(《現代外觀:先鋒派,頹廢和拙劣之作》). Bloomington:Indiana UniversityPress.

Federman(費德曼),Raymond,ed. 1981. *Surfiction: Fiction Now and Tomorrow*

(《超小說：小說的現狀及未來》). 2nd ed. Chicago:Swallow Press.

Fiedler(費德勒),Leslie. 1971. *Collected Essays*(《論文集》),vol. 2. New York: Stein & Day.

Foster,Hal,ed. 1983. *The Anti-Aesthetic:Essays on Postmodern Culture*(《反美學：論後現代文化》). Port Townsend,Wash. :Bay Press.

Goldmann(戈德曼),Lucien. 1964. *Pour une sociologie du roman*(《長篇小說社會學》). Paris:Gallimard.

Graff(格拉夫),Gerald. 1979a. *Literature Against Itself:Literary Ideas in Modern Society*(《反對自身的文學：現代社會的文學觀念》). Chicago: University of Chicago Press.

-----. 1979b. "Some Doubts About Postmodernism,"(《對後現代主義的幾點疑問》),*Par Rapport* 2:101-106.

Habermas,Jürgen. 1981. "Modernity versus Postmodernity"(《現代與後現代的對抗》),*New German Critique* 22:3-14. Reprinted in Foster 1983:3-15.

Hassan(哈桑),Ihab. 1975. *Paracriticisms:Seven Speculations of the Times*(《超批評,關於時代的七篇沉思錄》). Urbana:University of Illinois Press.

-----. 1980. *The Right Promethean Fire:Imagination,Science,and Cultural Change*(《恰到好處的普羅米修斯之火：想象，科學及文化變革》). Urbana: University of Illinois Press.

-----. 1982. *The Dismemberment of Orpheus:Toward a Postmodern Literature*(《奧爾甫斯的解體：走向後現代文學》) . 2nd ed. Madison: University of Wisconsin Press.

Hassan, Ihab and Sally Hassan, eds. 1983. *Innovation/Renovation: New Perspectives on the Humanities*(《革新/更新：人文科學研究的新視角》). Madison:University of Wisconsin Press.

Howe(豪), Irving. 1970. *The Decline of the New*(《新東西的衰竭》). New York:Harcourt,Brace and World.

Hutcheon(哈琴),Linda. 1980. *Narcissistic Narrative:The Metafictional Paradox*(《自戀的敘述,元小說的悖論》). Waterloo,Ontario:Wilfrid Laurier University Press.

Huxtable,Ada Louise. 1983. "Rebuilding Architecture"(《重建建築學》),*New*

York Review of Books, December 22:55-61.

Huyssen(胡森), Andreas. 1981. "The Search for Tradition: Avant-Garde and Post-modernism in the 1970s"(《尋找傳統:七十年代的先鋒派和後現代主義》), *New German Critique* 22:23-40.

Jameson(詹姆遜), Fredric. 1983. "Postmodernism and Consumer Society"(《後現代主義和消費者社會》), in Foster 1983:111-126.

Klinkowitz(克林克韋茲), Jerome. 1980. *Literary Disruptions: The Making of a Post-Contemporary American Fiction* (《文學的斷裂:後當代美國小說的形成》). 2nd ed., Urbana: University of Illinois Press.

Kristeva(克里斯特瓦), Julia. 1980. "Postmodernism?"(《後現代主義?》), *Bucknell Review* 25,2:136-141.

Levin(萊文), Harry. 1966. *Refractions: Essays in Comparative Literature* (《折射:比較文學論集》). New York and London: Oxford University Press.

Lodge(洛奇), David. 1977. *The Modes of Modern Writing: Metaphor, Metonymy and the Typology of Literature*(《現代寫作模式:隱喻、轉喻及文學類型》), Ithaca: Cornell University Press.

-----. 1981. *Working with Structuralism: Essays and Reviews on Nineteenth-and Twentieth-Century Literature*(《運用結構主義:論十九世紀和二十世紀文學》). London: Routledge and Kegan Paul.

Lyotard(利奧塔德), Jean-François. 1979. *La Condition postmoderne: Rapport sur le savoir*(《後現代狀況:關於知識的報告》). Paris: Minuit.

-----. 1983. "*Answering the Question: What is Postmodernism?*"(《回答這個問題:什麽是後現代主義?》)in Hassan and Hassan 1983:329-341.

-----. 1984. *The Postmodern Condition: A Report on Knowledge*(《後現代狀況:關於知識的報告》), trans. Geoff Bennington and Brian Massumi. Minneapolis: University of Minnesota Press.

Mallarmé(馬拉美), Stéphane. 1945. *Œuvres complètes*(《全集》). Paris: Gallimard.

McHale(麥克黑爾), Brian. 1979. "Modernist Reading, Postmodernist Text: the Case of *Gravity's Rainbow*"(《現代主義的閱讀,後現代主義的文本:〈萬有引力之虹〉的情形》), *Poetics Today* 1,1-2:85-110.

Ricardou(里卡多), Jean. 1971. *Pour une théorie du nouveau roman* (《新小說理論》). Paris:Seuil.

Robbe-Grillet(羅伯-格利耶), Alain. 1963. *Pour un nouveau roman*(《爲新小說辯護》). Paris:Minuit.

Rother(羅瑟), James. 1976. "Parafiction:The Adjacent Universes of Barth, Barthelme, Pynchon and Nabokov"(《超小說:巴思、巴塞爾姆、品欽和納博科夫的毗鄰的宇宙》), *Boundary* 2,5:21-43.

Sarraute(薩羅特), Nathalie. 1956. *L'Ere du soupçon*(《懷疑的時代》). Paris: Gallimard.

Scholes(史肖勒), Robert. 1967. *The Fabulators* (《寓言家》). New York and London:Oxford University Press.

Sontag(桑塔格), Susan. 1981. *Styles of Radical Will* (《激進意志的風格》). New York:Delta.

Spanos(斯邦諾斯), William. 1979. "De-Struction and the Question of Postmodernist Literature:Towards a Definition"(《破壞和後現代主義文學的問題:走向一種定義》), *Par Rapport* 2:107-122.

Sukenick(蘇克尼克), Ronald. 1981. "The New Tradition in Fiction" (《小說中的新傳統》), in Federman 1981:35-45.

Suleiman(蘇萊曼), Susan Rubin. 1981-82. "The Question of Readability in Avantgarde Fiction"(《先鋒派小說的可讀性問題》), *Studies in 20th Century Literature* 6,1-2:17-35.

Trilling(特里林), Lionel. 1968. *Beyond Culture* (《超越文化》). New York: Viking Press.

Zavarzadeh(扎瓦查德), Mas'ud. 1976. *The Mythopoeic Reality: The Postwar American Nonfiction Novel* (《神話時代的現實: 戰後美國紀實小說》). Urbana:University of Illinois Press.

譯後記

在《走向後現代主義》(Approaching Postmodernism)這本專題研究文集即將在臺灣出版之際,北京大學出版社的編輯要我再對後現代主義文藝思潮及其與現代主義的關係作一簡要的說明①。此外,考慮到中國大陸的文學界和學術界已開始逐步對後現代主義產生了興趣,一些作家和批評家已自覺或不自覺地受到了後現代主義的影響,並對之予以不同程度的認同,而香港和臺灣的廣大讀者卻對此尚有隔膜,因此也有必要對後現代主義與中國(主要是大陸的)當代文學的關係作一說明。②

從本書的評述及專題研究來看,西方學者迄今並未對後現代主義有一致的看法:有的強調其與現代主義的連續性;有的則突出其與現代主義的斷裂性及巨大差異;當然也有極少數人至今仍對後現代主義文化現象及文藝思潮持不屑一顧的態度。但不管怎麼樣,後現代主義畢竟是存在於世間的,我們總可以不時地從中窺見現代主義的幽靈,但更不難看出它與現代主義的差異以及對前者的反叛。因此,我們必須承認,後現代主義研究是當前國際比較文

---

① 關於這方面的論述,參閱拙作:《現實主義、現代主義和後現代主義》,載《文藝研究》,1989年第4期;《現代主義和後現代主義文學》,載《文藝學習》,1990年第1期;《後現代主義如是說》,載《中外文學》,1990年第3期。

② 關於這方面的論述,參閱拙作:《現代主義、後現代主義與中國現當代文學》,載《中國社會科學》,1989年第5期;《後現代主義與中國當代先鋒文學》(和陳曉明合作),載《人民文學》,1989年第6期;《後現代主義成不了中國文學的主流》,載《天津文學》,1989年第8期;《規範與變體》,載《鍾山》,1989年第6期;《接受與變體:中國當代先鋒小說中的後現代性》,載《中國社會科學》,1992第1期,等。

學界的一個重要前沿學科,它同時也對當前的中國文學創作及理論批評不無重大意義。有鑒於此,我覺得很有必要先做些譯介性的工作,本書的翻譯就是這方面的一個嘗試。

文學史上任何新思潮的崛起,總有其時期特徵之標誌。如果以第二次世界大戰或五十年代為分水嶺,我們可以清楚地看到,戰後的西方文學進入了一個新的歷史時期,有的學者稱其為當代,這顯然是按時間來劃分的,並不能反映出這一歷史時期文學的時代精神和特徵。也有的學者則稱其為後現代,其理由是整個西方社會進入了一個後工業、後現代時期,各種客體(包括文學藝術)實在無不打上這一時代的印記,因此文學藝術當然不可超凡脫俗,儼然以貴族的氣派(現代主義所特有的)自命清高,它必定也要表現出這一時代的各種特徵。於是後現代主義這一概念便被用來描述這一時期的文學藝術,並且迅速風靡整個歐美,成為一股強有力的文學思潮和一場文學運動。

開始時,有些西方學者對後現代主義並不以為然,認為這不過是現代主義在戰後西方文學界的"復甦",但到了六、七十年代,隨着後現代這一概念的頻繁出現,隨着批評理論界的後結構主義的異軍突起,有關這方面的論爭不斷深入,人們開始意識到,後現代主義與現代主義並不是一回事,它們雖有不少相通之處,但在許多方面卻有着本質的差異甚至根本的對立。

那麼,究竟這二者的差異和對立何在呢?我們首先從現代主義談起。

在文學領域內,關於"什麼是現代主義"這個問題,至今已有了不少界定和描述,概括起來,大致不外乎下列幾種:(1)一種美學傾向(弘揚自我表現、追求形式美的為藝術而藝術傾向);(2)一種創作精神(具有某種超前意識或先鋒實驗精神,以追求標新立異為己任);(3)一場文學運動(主要限於西方國家,時限為1890—1930年左右,但也波及一些東方國家);(4)一個鬆散的流派(十九世紀末、二十世紀初崛起的所有反現實主義傳統的流派和思潮之總稱)；(5)一種創作原則或創作方法(沒有時限，主要用以區別與傳統的現實主義之差異)。上述描述大都出於不同的理解角度，因此得出不同的結論是頗為自然的。本書主編佛克馬教授長期以來致力於現代主義、後現代主義文學思潮以及二十世紀文學理論的研究，他在不少理論問題上有着自己獨特的見解。例如，他在和夫人蟻布思教授合著的專著《現代主義推測：1910—1940年歐洲文學的主流》(1987)中，就從"現代主義的代碼"(Modernist code)這一角度，提出了全新的觀點，並且把時限改為1910年至1940年代，空間限度為歐洲，所包括的作家也與別的學者包括的作家多有不同。[1]不管上述西方學者的觀點多麼不同，但有一點卻是基本一致的，即現代主義已經成為了一個歷史現象或現代經典"文本"，作為一個歷史時期，現代主義時代早已結束。

根據我的理解，文學中的現代主義這一概念應當有這樣兩個涵義：第一，指一種創作原則；它以向傳統的理性觀念和現實主義文學挑戰、在文學作品中弘揚個性和自我為己任，藝術上致力於探索新奇別致的形式技巧和表現手法。它不屑於表面的客觀真實(現實主義的)和狂放不羈的個人情感表現(浪漫主義的)，而志在表現意識以下的深層情感，以冷峻嚴肅的筆調達到心理深處的客觀真實。這實際上是一種文學創作中的現代主義精神，它可以不受時間和空間的限制，成為一個流動的、開放的概念。受這種寬泛概念的制約，本世紀曾風靡一時的達達主義、未來主義、超現實主義、表現

---

① 參閱佛克馬和蟻布思：《現代主義推測：1910—1940年歐洲文學的主流》(*Modernist Conjectures: A Mainstream in European Literature*, 1910—1940)，倫敦赫斯特公司，1987年版。在此之前問世的荷蘭文版書名爲 *Het Modernisme in de Europese letterkunde*(阿姆斯特丹，1984年版)，該書可視作上述英文專著的雛型。

主義等先鋒流派也被一些學者歸入了現代主義的名下。①我國大陸文學批評理論界和創作界近十年來所理解和接受的"西方現代派文學"也大致受制於這種界定。第二,作為一場文學運動,它發軔於十九世紀末、二十世紀初,衰落於第二次世界大戰之前,它的發展流向均受制於一定的時間、空間和社會文化背景,在有些地方(如西歐和北美諸國)曾佔據主導地位,而在另一些地方(如蘇俄、中國和日本)則以變體的形式匆匆掠過文壇。由於各種社會的、政治的、經濟的、文化的以及接受者方面的因素,未能成為這一歷史時期文學的主流。因此,現代主義應被視為特定時期和特定地域的一個產物,它決不像有些中國學者認為的那樣,是一個"流派",而是一個由諸多流派鬆散組合而成的結合體,其中的各流派之間在思想傾向上和美學主張上都有着相當大的差異,有些甚至相互對立。在二十年代末、三十年代初世界資本主義經濟總危機的衝擊下,現代主義文學運動內部發生了動盪和分化,大批作家向左轉,同時也有一些作家公然為法西斯主義歌功頌德,墮落為軍國主義的御用文人。即使在同一個流派內部,也有着不同的政治思想傾向。因此把現代主義當作一個流派顯然是不符合實際情況的。一些學者認為,作為一個有着一定時空限制的歷史現象,現代主義的衰落標誌是喬伊斯的巨著《芬內根的守靈》的問世,這部巨著起到了一個承前啟後的重要作用(哈桑)。書中的意識流全然奔騰在無意識的疆域內,毫無規律可循,因而"到了第二次世界大戰末","現代主義運動已全然成了一個機構"(阿爾弗雷德·卡津)。一種新的文學現象在戰後的年代裏出現了,現代主義便退出了歷史的舞臺。

雖然從文學內部的運作規律來看,《芬內根的守靈》標誌着現代主義的死亡和後現代主義的誕生,但第二次世界大戰的陰影卻

---

① 在國際比較文學協會主持的多卷本《用歐洲語言撰寫的比較文學史》中,先鋒派(即上述流派)就被明顯地區別於現代主義和後現代主義。

阻擋了這一文化因子的迅速萌發。使得後現代主義直至二戰結束後才得以崛起。

後現代主義，顧名思義，是伴隨着現代主義的衰落而崛起的，儘管有的學者認為，在西方文學史上後現代主義已經有了"漫長的潛流"（哈桑）。這一概念幾經周折，現已經演變成為一個"有着廣泛包容性"的術語，把二戰後崛起的、不歸類為現實主義和現代主義的所有文學現象都包容了進來（科勒），但其空間界限仍以西方國家為主。但究竟什麼是後現代主義呢？從本書的各篇專論來看，對此並無一致的看法。美國批評家哈桑認為這個問題"仍有討論的餘地"。法國哲學家利奧塔德在《回答這個問題：什麼是後現代主義？》一文中雖未正面回答這個問題，但倒是在進行了一系列比較闡述後，提醒人們必須"根據其未來（post）的先在（modo）這一悖論來理解後現代（postmodern）"。他的話啟示我們這樣來理解後現代主義：它是戰後西方後工業後現代社會的特定產物，它不僅與戰前的"現代主義"有着一些相對的延續性關係，而且還在更大的範圍內和程度上"超越"了它。它之所以不同於現代主義，是因為它拒不遵循現代主義的規則和美學傾向，而是以一系列更為激進的實驗（先鋒派的創作）和向原始主義和真實主義的復歸（通俗文學、大眾傳播媒介等）來向現代主義發難，其最終目的旨在摧毀現代主義傳統的種種等級制度和規則。

誠然，後現代主義出現於現代主義之後，但這二者在哲學基礎上、美學傾向上和藝術形式的表達上以及各自所賴以產生的文化土壤和所處的社會條件都大相逕庭。雖然在受影響於非理性主義哲學這一點上，二者多有相通之處，但現代主義的哲學基礎主要是叔本華、柏格森、尼采、弗洛伊德等人的思想和學說，而後現代主義則更多地受惠於存在主義者海德格爾、克爾凱郭爾、薩特等人的思想和學說，並和近二十年內雄踞理論界的後結構主義有着共鳴和契合①。現代主義在破壞了現實主義的創作原則後，還試圖創造出另一個假想的中心，而後現代主義則存心要消除這個"中心"，破壞乃至摧毀現代主義精心建立起來的各種規則，把現代主義時期已具雛型的"多元"格局擴大到一個更大的範圍。在語言的革命性變革上，現代主義雖已作了不少努力，但後現代主義則走得更遠；現代主義文學仍然可以以其自身的優雅形式和隱含深邃的內容給人以美的愉悅和享受，而後現代主義文學則沒有明確的美學主張，它是一種自由無度的、"破壞性的"文學，同時也是一種表演性的文學，一種活動經歷的文學。它所醉心的是語言文字的操作遊戲，全然不顧作品有無意義，或者乾脆就是反意義、反解釋、甚至反形式、反美學的。後現代主義雖然與傳統的現代主義有一定的繼承性，但在更多的方面，它卻批判了現代主義的陳腐的個性主義和現存的等級制度，反對一切假想的中心或權威，它對現存的一切從懷疑走向反叛，它所要追求的是一種絕對的自由選擇，不受任何制度或機構的制約。也就是說，在後現代社會，現代主義的文學經典(如喬伊斯、卡夫卡等作家)受到挑戰和非難，文學走出了現代主義時期的自我表現和個性化的實驗場所，面向兩個新的極致：一極朝着更為激進的方向邁進，對傳統文學和現代經典的反叛更為激烈；另一極則面對整個商品化了的社會，朝着通俗和亞文化的方向邁進，歷史和虛構的界限被打破，精英文學和大衆文學也趨向綜合，小說和非小說相互混合，甚至加進了大衆傳播媒介的因素，作家所致力於追求的是某種更甚於現實主義的"真實主義"，也即所謂"新寫實主義"(New Realism)和"後現實主義"(Postrealism)，嚴肅的純文學頗受挑戰。

應該看到，作為一種泛文化現象，後現代主義的表現形式絕不僅限於文學領域，這一特徵也不難在本書的各篇論述中窺見。我認

① 在有些學者(如哈桑)的後現代主義定義中，後結構主義就被包容了進來。

為,我們理解後現代主義主要應從下列幾個方面入手:(1)後現代世界觀,即認為世界究竟是整體(現代主義)還是碎片;(2)意義,即文本內部有無中心意義;(3)敍事,即所謂"元敍述"是否合法;(4)自我的失落,也即主體的失落;(5)互文性,也即文本內部的語言因素互相顛覆,互相分解,最後的終極意義永遠別想得出;最後一點,但並非最不重要的一點,即哲學上的認識論和本體論懷疑。然後,我們才可以從文學自身的形式入手,來探討後現代主義文學運動。

在近幾年的國際文學理論界和比較文學界,後現代主義仍是一個前沿研究課題,甚至是不少文化人的熱門話題。後現代主義進入到中國,也只是近幾年的事情。我國曾有學者把後現代主義一詞譯為"後期現代主義",或稱這種文學現象為第二次世界大戰後"現代主義思潮的重新抬頭",這實在是極大的誤解,其原因在於,他們只看到了後現代主義對現代主義的部分繼承(如同後結構主義對結構主義的那種部分繼承),而忽視了這二者的根本對立和相悖。也有人乾脆認為,中國也出現了後現代主義文學,這一觀點實際上已被實踐證明是不正確的。當然,我們也不應當否定,在近幾年的中國文學中,確實有着不少後現代主義的因素,這一方面取決於西方後現代主義文學的影響以及中國作家對它的主體建構性接受;另一方面則應歸因於當今這個信息時代的後現代主義氛圍。從本書各篇論文的討論以及本後記的介紹來看,後現代主義是西方後工業、後現代社會的特定文化和文學現象,它只能產生在資本主義物質文明高度發達、並有着豐厚的現代主義文化土壤的地區,而在只出現過一些具有現代主義傾向的作家、作品,卻根本缺乏這種文化土壤和社會條件的中國,則不可能出現一場後現代主義文學運動,少數具有後現代主義傾向的先鋒作家的實驗探索,也許能在文學創作和理論批評的圈子內產生有限的"轟動效應",但卻終究不能成為中國當代文學的主流。對於這一點,我們應當有清醒的認識。誠然,我們可以在馬原、莫言、劉索拉、徐星、余華、格非、王朔、劉恆、孫甘露、殘雪、洪峰、蘇童、葉兆言等“先鋒小說家”的作品中窺見不少後現代主義的因素,但這主要是西方後現代主義文學的影響以及他們的接受創造性之結果。即使如此,只要我們作些認真的比較研究,也不難發見這二者之間的差異,其原因在於,一種異質文化的傳入,必定會受到本民族文化的“過濾”和“篩選”。這兩種文化因子的撞擊和交融,只能產生上述二者的變體——第三者。從歷史上來看,現代主義曾在中國文學中掀起過兩次浪潮,一次是五四前後至三、四十年代;另一次則是1978至1985年,但由於各種複雜的政治、經濟、文化、社會等因素,致使現代主義始終未能成為中國文學的主流,至多只與現實主義文學形成過“二元對立”的態勢。同樣,在處於社會主義初級階段的當代中國文壇,要釀成一種強有力的後現代主義思潮,也是難以實現的。

最後,我想簡單提一下本書的翻譯工作。本書的翻譯自始至終得到佛克馬教授的支持和幫助,他不僅為我們提供原著,而且早在1988年初——本書剛開始翻譯之際——就為我們撰寫了中譯本序言。在此我謹代表另外三位譯者向佛克馬教授表示衷心的感謝。此外,北京大學出版社的喬征勝、江溶、張鳳珠三位編輯也為本書的編輯出版付出了不少心血,在此也一並致謝。由於本書涉及英、法、德、荷蘭、西班牙、意大利等語種,這大大超過了譯者的學力,因此不當之處在所難免,作為主要譯者和全書的統校者,本人當負主要責任。我希望本書在臺灣的出版有助於島內學界同仁和作家、批評家對後現代主義這一課題的研究,同時也懇請海內外專家學者不吝指正。

王 寧

1990年春於北京大學

1990年春修改

APPROACHING POSTMODERNISM

edited by

Douwe Fokkema and

Hans Bertens

John Benjamins Publishing Company

Amsterdam/Philadelphia 1986

走向後現代主義

編　　者：〔荷蘭〕佛克馬、伯頓斯
譯　　者：王寧、顧棟華、黃桂友、趙白生
出 版 者：淑馨出版社
發 行 人：陸又雄
編　　輯：尤淑芬
地　　址：台北市安和路 2 段 65 號 2 樓（日光大廈）
電　　話：7039867・7006285・7080290
郵　　撥：0534577～5 淑馨出版社
印　　刷：建武企業有限公司
法律顧問：蕭雄淋律師
登 記 證：新聞局登記證台業字第 2613 號
出　　版：1992 年9 月初版
定　　價：280 元

⊙本書由作者授權北京大學出版社與淑馨出版社合作出版

ISBN 957-531-243-0（平裝）　

國立中央圖書館出版品預行編目資料

走向後現代主義／佛克馬(Douwe Fokkema),伯頓斯(Hans Bertens)編；王寧等譯. --初版. --臺北市：淑馨,1992〔民81〕

面； 公分

譯自：Approaching postmodernism

ISBN 957-531-243-0(平裝)

1.文學-哲學，原理

810.139 81003550

淑馨·文史哲系列圖書

書名	作者	定價
審美教育書簡	(德)弗里德里希·席勒著 馮至、范大燦譯	120元
古典文藝美學論稿	張少康著	280元
倫理學體系	(德)弗里德里希·席勒著 何懷宏、廖申白譯	320元
蔡元培美學文選	聞笛、水如編	150元
歷史的哲學反思	王樹人著	150元
中國、科學、文明	(日)藪內清著 梁策、趙煒宏譯	140元
美學與意境	宗白華著	250元
小說24之美	俞汝捷著	180元
拾遺集	常振國	140元
理性與浪漫的交織——中國建築美學論文集	王世仁著	280元
王府生活實錄	金寄水、周沙塵著	150元
印度文化論集	金克木著	220元
未來主義、超現實主義、魔幻現實主義	柳鳴九主編	320元
幻想與寄託的國度——志怪傳奇新論	俞汝捷著	180元
理學·佛學·玄學	湯用彤著	280元
八十年代:改變中國的33本書	寒士主編	280元
**世界文化叢書		
東方民族的思維方法	〔日〕中村元著 林太、馬小鶴譯	280元
紳士道與武士道——日英比較文化論	〔英〕麗月塔著 孫志民等譯	280元
文化人類學的理論構架	莊錫昌、孫志民編著	280元
黑暗與愚昧的守護神——宗教裁判所	董進泉著	280元
麝香之路上的西藏宗教文化	常霞青著	280元
人類早期文明的「木乃伊」——古埃及文化求實	朱威烈、漢尼希等編著	280元
多維視野中的文化理論	莊錫昌、顧曉鳴 、顧雲深等編著	280元
俄羅斯文化之路	姚海著	280元
錘子與鐮刀——蘇維埃文化和蘇維埃人	葉書宗、張盛發著	180元
文化與時間	〔法〕路易·加迪等著	280元
墨西哥:文化碰撞的悲喜劇	劉文龍著	180元
史學:文化中的文化	張廣智、張廣勇著	280元
在傳統與變革之間——英國文化模式溯源	錢乘旦、陳曉律著	280元
炮火中的文化	金重遠著	280元
希伯來文化	朱維之主編	280元
**藝術教育與美學研究叢書		
故宮——東方建築的瑰寶	萬依、楊辛	140元
繪畫——東西方文化的衝撞	王慶生	140元
電影——銀幕世界的魅力	彭吉象	140元
書法——心靈的藝術	張以國	140元
笑話——人間的喜劇藝術	段寶林	140元
山水審美——人與自然的交響曲	謝凝高	140元